CHARLOTTE LINK
L'OSPITE SCONOSCIUTO

Romanzo

Traduzione di Valeria Montagna

CORBACCIO

Titolo originale: *Der fremde Gast*
Traduzione dall'originale tedesco
di *Valeria Montagna*

Visita *www.InfiniteStorie.it*
Il grande portale del romanzo

PROPRIETÀ LETTERARIA RISERVATA

Copyright © 2005 by Charlotte Link and
AVA - Autoren und Verlags Agentur GmbH,
Munich-Breitbrunn (Germany)

© 2005 Casa Editrice Corbaccio s.r.l., Milano
www.corbaccio.it

Finito di stampare nel mese di ottobre 2005
per conto della Casa Editrice Corbaccio s.r.l.
dal Nuovo Istituto d'Arti Grafiche - Bergamo
Printed in Italy

ISBN 88-7972-754-0

*A Kenzo
con affetto*

Prologo

LETTERA ANONIMA A SABRINA BALDINI

Maggio è arrivato... Il tuo giardino, Sabrina, è una meraviglia, con tutto quel verde e quei fiori! Ti ho visto ieri sera mentre stavi seduta fuori. Tuo marito dov'era? Sta poco a casa con te, vero? Ma lo sa o no che non sei affatto la moglie fedele che lui si immagina? Gli hai mai confessato tutti i vergognosi abissi della tua esistenza? Oppure preferisci tenere per te le cose essenziali? Mi piacerebbe molto vedere se ti riesce di invecchiare al suo fianco tacendogli il tuo tradimento.

Comunque stiano le cose ti vedo molto sola. Si era fatto buio e tu eri ancora fuori. Poi sei entrata, lasciando però la porta della terrazza aperta. Che imprudenza da parte tua, Sabrina! Non hai mai sentito dire che può essere pericoloso? Il mondo è pieno di gente malvagia... affamata di vendetta. Il desiderio di vendetta è una cosa brutta, ma a volte più che comprensibile, non sei d'accordo anche tu? Ognuno riceve quel che si merita. Il mondo diventa sopportabile solo se si è convinti dell'esistenza di una giustizia universale. A volte la si attende troppo a lungo, così bisogna semplicemente darle una mano.

Lo capisci anche tu, Sabrina, che meriti solo di morire, vero? Ormai dovrebbe esserti chiaro, fin da quei giorni lontani, quando ti sei comportata così male. Quello che hai fatto, o per meglio dire non hai fatto, viene comunemente definito omissione di soccorso. Per quale motivo, Sabrina? Pigrizia? Indifferenza? Volevi evitare un possibile conflitto? Non volevi correre rischi? Non volevi offendere nessuno? Insomma, è sempre la solita storia! Sembravi così presa dal tuo impegno in favore del prossimo. Ma solo a patto che non ti procurasse delle grane. Tante parole, ma dietro il vuoto. È così semplice distogliere lo sguardo! Mentre invece occuparsi delle cose genera solo fastidi!

Tuttavia bisogna pagare. Prima o poi. Sempre. Di sicuro hai sperato di farla franca, vero, Sabrina? Sono passati tanti anni... I ricordi sbiadiscono, quei giorni forse li hai già rimossi da tempo, li hai stemperati nel ricordo, e un po' alla volta ti sei trovata a pensare che ti era andata bene, una volta di più. Che te l'eri cavata senza dover pagare il conto.

L'hai pensato veramente? In realtà mi sembri troppo intelligente per averlo fatto. E troppo navigata.

Adesso ci siamo. Prima o poi doveva accadere, e trovo che non sia il caso di aspettare ancora. Da parte mia non ci sono dubbi. La tua sentenza è stata emessa e in breve verrà eseguita. Su di te e su Rebecca. Anche lei è colpevole, quindi non sarebbe corretto che a pagare fossi solo tu.

Mi occuperò di entrambe con molta calma. Non sarà una cosa veloce, un fulmine a ciel sereno. Dovete soffrire. La vostra sarà una morte faticosa. Sarà lunga abbastanza da lasciarvi il tempo per riflettere su voi stesse e sulla vostra vita.

Sei ansiosa di incontrarmi, Sabrina? Così ansiosa che di sera non avrai più il coraggio di stare seduta a lungo nel tuo bel giardino? Che farai attenzione a tenere ben chiusa la porta della terrazza? Che ti guarderai intorno con attenzione, a destra e a sinistra, ogni volta che uscirai di casa? Che ti spaventerai quando sentirai suonare il campanello? Che di notte resterai sveglia nel letto ogni volta che tuo marito, tanto per cambiare, non ci sarà, e con gli occhi spalancati nell'oscurità ti domanderai se hai chiuso veramente bene tutte le porte? Oppure terrai le luci sempre accese, perché non sopporti più il buio intorno a te? Ma nonostante tutto sarai ben cosciente del fatto che anche tutto questo non ti mette al riparo da nulla. Io arriverò esattamente nel momento in cui ho previsto di arrivare. E tu non potrai difenderti.

In fondo lo sai bene.

Mi farò vivo presto, Sabrina. È bello sapere che fino a quel momento non penserai altro che a me, notte e giorno. E che avrai un aspetto sempre più grigio e sfatto. Mi fa molto piacere vederlo.

A presto!

Domenica, 18 luglio

Sognò che un bambino aveva suonato alla sua porta. Lo aveva cacciato via, coma faceva con chiunque le si presentasse all'improvviso pretendendo qualcosa. Quel modo di mendicare così insistente l'aveva sempre infastidita, come se si sentisse messa alle strette ogni volta che qualcuno compariva nel suo giardino a chiedere l'elemosina. Quasi sempre si trattava di iniziative a buon fine, certo, ma non era sempre facile capire se quelle persone fossero oneste, e anche quando sventolavano i tesserini di riconoscimento che le autorizzavano alla raccolta per qualche organizzazione benefica, restava comunque impossibile stabilire sui due piedi se non si trattasse piuttosto di una truffa organizzata più o meno bene. Soprattutto tenendo conto dei suoi sessantasette anni e dei suoi problemi alla vista, in costante peggioramento.

Aveva appena chiuso la porta quando sentì di nuovo suonare.

Si rimise seduta nel letto, rapida, confusa, perché il campanello questa volta l'aveva risvegliata dal suo sogno. Aveva ancora davanti agli occhi l'immagine del ragazzo: un viso appuntito, pallido, diafani, dagli occhi enormi. Non aveva chiesto soldi, ma cibo.

«Ho tanta fame» aveva detto con una voce sottile, ma in tono leggermente accusatorio. Aveva subito richiuso la porta, spaventata di fronte a una realtà che preferiva ignorare. Si era girata cercando di liberarsi di quell'immagine quando un istante dopo avevano suonato di nuovo, e lei aveva pensato: ci risiamo!

Perché adesso si era svegliata? Che avessero suonato *veramente*? Capita di inserire nei sogni rumori che sembrano veri. In effetti avrebbe anche potuto essere il suono di una sveglia, che tuttavia lei non possedeva. In fondo ormai nessuno dei due lavorava più e di mattina si svegliavano presto comunque.

Era molto buio fuori, ma dalle fessure delle tapparelle penetrava un po' di luce dei lampioni. Nel letto di fianco a sé il marito dormiva. Come al solito era assolutamente immobile e con un respiro così leggero e regolare, che bisognava prestare una certa attenzione per essere sicuri che fosse vivo. Le era già capitato di leggere di anziane coppie che si addormentano la sera, e al mattino uno dei due si sveglia e trova la moglie, o il marito, morto. In quei momenti aveva pensato che in un caso del genere, lei ci avrebbe messo un bel po' prima di rendersi conto della morte di Fred.

Il cuore le batteva forte, veloce. Le bastò uno sguardo all'orologio elettronico, i cui numeri fosforescenti rilucevano di un colore verdino, per capire che erano quasi le due del mattino. Una brutta ora per risvegliarsi, un momento della notte in cui si è del tutto indifesi. Perlomeno questo valeva per lei. Aveva spesso riflettuto che se mai le fosse capitato qualcosa di brutto – per esempio di morire –, sarebbe sicuramente successo di notte, fra l'una e le quattro.

È stato solo un brutto sogno, si disse, nient'altro. Puoi rimetterti a dormire.

Si sdraiò, e in quel momento sentì di nuovo il campanello. Allora si rese conto che non si era trattato di un sogno.

Alle due di notte qualcuno stava suonando alla loro porta.

Si rimise seduta nel letto e rimase in ascolto del suo stesso respiro affannoso e dell'inquietante silenzio che era seguito al suono acuto del campanello.

Non c'è nessun pericolo, pensò, nessuno mi obbliga ad aprire.

D'altra parte non poteva significare nulla di buono. Nemmeno gli ambulanti suonano alla porta a quell'ora. Chi strappa dal sonno la gente nel cuore della notte può avere solo cattive intenzioni, oppure trovarsi in grave difficoltà. E non era forse questa seconda ipotesi la più probabile? Un ladro o un malintenzionato avrebbero mai suonato il campanello per farsi aprire?

Accese la luce e si piegò sopra il marito che dormiva profondamente. E che non poteva comunque aver sentito niente, dal momento che usava i tappi per le orecchie. Fred era così sensibile ai rumori, perfino le chiome degli alberi mosse dal vento lo disturbavano, attraverso i vetri della finestra della camera da letto. O il cigolio di un'asse del pavimento, o una foglia secca che staccandosi da un ramo di una pianta d'appartamento fosse caduta a terra. Il minimo rumore era sufficiente a svegliarlo, e questo era per lui un problema notevole. Se aveva intenzione di dormire, veniva sopraffatto da una rabbia incontenibile. Il suo umore ne restava fortemente alterato per giorni e giorni. Per ovviare a questo inconveniente, a un certo punto aveva deciso di usare i tappi di cera. E sua moglie aveva iniziato a tranquillizzarsi.

Alla luce di queste considerazioni esitava a svegliarlo. Avrebbe potuto seccarsi al punto di non rivolgerle più la parola per una settimana intera. Soprattutto se fosse risultato del tutto inutile disturbarlo. Ma se poi i fatti avessero dimostrato il contrario, la situazione non sarebbe stata molto diversa. Era sposata con quell'uomo da quarantatré anni, e la loro vita insieme era stata segnata soprattutto da momenti come quelli: combattuta fra due possibilità, intenta a soppesare nervosamente quale potesse essere la soluzione migliore, avendo comunque ben presente che l'obiettivo principale restava quello di non suscitare l'ira del marito. Dio solo sapeva che vivere con lui non era affatto semplice.

Suonarono una terza volta, più a lungo che in precedenza, quasi a sottolineare una certa fretta e insofferenza. Arrivò alla conclusione che il riposo notturno di Fred meritava di essere interrotto per un motivo così inconsueto. Gli diede uno scossone.

«Fred» sussurrò benché lui non potesse sentirla, «svegliati! Ti prego, svegliati! C'è qualcuno alla porta!» Fred si girò di lato, protestando seccato, poi si risvegliò all'improvviso e si sedette diritto nel letto. Fissò la moglie con occhi stupiti.

«Cosa diavolo...»

«C'è qualcuno alla porta!»

Poteva solo leggerle le labbra, perciò sfilò in malo modo i tappi dalle orecchie. «Cosa succede? Perché diavolo mi hai svegliato?»

«Hanno suonato alla porta. Già tre volte.»

Continuava a fissarla, come si fissa una persona non del tutto sana di mente. «Come? Suonano alla porta? A quest'ora?»

«Anch'io sono molto preoccupata.» Sperava che suonassero di

nuovo, perché si rendeva perfettamente conto che Fred non le credeva affatto, ma non si udì più nulla.

«Hai sognato. E per uno stupidissimo sogno hai pensato di dovermi svegliare?» Il suo sguardo era torvo e i capelli gli sparavano in tutte le direzioni.

Pensò che era un vecchio lunatico e brontolone, senza più il minimo fascino. Pensò che magari lei avrebbe vissuto ancora vent'anni e che se lui non fosse morto prima di lei, alla fine avrebbero vissuto insieme per sessantatré anni. Sessantatré anni!

Questo pensiero la investì con una tale tristezza che quasi sarebbe scoppiata a piangere.

«Greta, se osi di nuovo...» riprese Fred rabbioso, ma proprio in quell'attimo suonarono di nuovo, e con maggiore insistenza.

«Vedi!» Era quasi trionfante. «*C'è* qualcuno alla porta!»

«Hai ragione» replicò Fred perplesso. «Ma sono... le due di notte!»

«Lo so. Ma un ladro...»

«... non suonerebbe il campanello. Anche se teoricamente sarebbe l'unica possibilità per entrare da noi!»

Questa osservazione era più che giusta. Quattro anni prima, quando avevano acquistato la casa, Fred si era dato un gran daffare per renderla una specie di fortezza. La definiva il loro *buen retiro* della vecchiaia. In una zona un po' periferica di Monaco, tranquilla, un quartiere piuttosto agiato. Avevano sempre vissuto a Monaco, ma da tutt'altra parte, in una zona comunque altrettanto elegante. Però a quell'epoca erano giovani. Con l'età Fred aveva sviluppato una vera e propria paranoia per i delinquenti, al punto che aveva fatto montare le sbarre a tutte le finestre del seminterrato, le tapparelle erano tutte state dotate di una chiusura di sicurezza, e naturalmente era stato installato un allarme sul tetto.

«Forse è meglio far finta di niente.»

«Ma come facciamo a ignorare qualcuno che intenzionalmente ci sveglia nel cuore della notte?» Fred appoggiò entrambi i piedi a terra. Nonostante l'età era ancora piuttosto agile. Ma negli ultimi tempi era molto dimagrito. Il pigiama di seta a righe nere e blu gli stava decisamente largo. «Chiamo la polizia!»

«Ma no! Magari è un vicino di casa che ha bisogno d'aiuto! Oppure...» Non proseguì.

Fred aveva capito cosa intendesse dire. «E perché dovrebbe venire da noi se è successo qualcosa? È un secolo che non si fa vedere.»

«Non importa. Potrebbe essere lui. Dovremmo...» In realtà non sapeva assolutamente cosa fare, si sentiva travolta dalla situazione.

«È quello che dico io, chiamare la polizia!»

«E se poi invece è solamente... *lui*?» Perché, pensò fra sé, faccio sempre così fatica anche a pronunciare il suo nome in presenza di Fred?

Fred si era stufato di quel tira e molla.

«Adesso vado a controllare» disse deciso uscendo dalla stanza.

Avvertì i suoi passi sulle scale. Poi sentì la sua voce che proveniva da sotto, dal corridoio. «Chi è? Chi c'è?»

Più tardi – quando già non c'era più alcuna possibilità di discuterne con Fred, e quando aveva ormai capito che non sarebbero certo stati vent'anni quelli che le restavano da vivere, bensì qualche ora, al massimo qualche giorno – si domandò che risposta potesse aver ottenuto suo marito dalla persona oltre la porta, risposta che lo aveva spinto ad aprire immediatamente, senza alcuna esitazione. Lo ascoltò aprire tutte le innumerevoli serrature. Poi percepì un rumore sordo che non riconobbe, ma che le provocò improvvisamente una grande inquietudine. Si sentì rabbrividire, mentre il cuore continuava a batterle all'impazzata.

«Fred?» chiamò impaurita.

Al piano di sotto qualcosa cadde per terra con gran fragore. «La polizia! Chiama subito la polizia! Fai presto! Muoviti!»

Pessimo consiglio. Al primo piano della casa non c'era neanche un apparecchio telefonico. Forse ce l'avrebbe fatta a raggiungere la sua stanza e a chiudersi dentro, e a quel punto spalancare la finestra e chiamare aiuto. Se solo lui le avesse consigliato di agire in quel modo... Oppure se fosse venuto subito in mente a lei ... Invece si gettò fuori dal letto, si infilò, tremando come una foglia, la vestaglia e corse verso le scale. Come una moglie ubbidiente fino all'ultimo. Chiamare la polizia, aveva detto lui. Il telefono era in salotto. In realtà Fred aveva un cellulare, ma non sapeva dove l'avesse lasciato.

Solo quando raggiunse scala si rese conto di aver commesso un errore imperdonabile.
Ma ormai era troppo tardi.

Martedì, 20 luglio

Alle quattro e mezzo di mattina Karen rinunciò definitivamente al tentativo di dormire ancora un po' e decise che era meglio alzarsi e fare qualcosa di sensato, anziché rigirarsi nel letto con l'unico risultato di sentirsi ancor più agitata.

Ma cosa vuol dire sensato, considerò, cosa c'è di sensato *nella mia vita?*

Wolf, il marito, stava ancora dormendo e non si era affatto accorto della sua insonnia. Meglio così, tanto avrebbe reagito sfottendola oppure protestando, ed entrambi gli atteggiamenti l'avrebbero portata – tanto per cambiare – a scoppiare in lacrime. Di sicuro avrebbe sottolineato il fatto che la sera andava a letto troppo presto, quindi la mattina si svegliava inevitabilmente all'alba e tormentava tutti quanti con il problema della sua insonnia.

Forse aveva ragione. In fin dei conti quel che diceva pareva logico. E in genere Karen falliva sempre miseramente quando tentava di fargli considerare un problema da un'altra angolatura. Per Wolf esisteva un solo modo di vedere le cose, e cioè il suo, punto e basta. Karen era cosciente del fatto che la sera andava a dormire troppo presto, ma si sentiva così esausta, così debole che gli occhi le si chiudevano, qualunque cosa stesse facendo. Si infilava a letto come una malata, sfinita, e si addormentava immediatamente di un sonno innaturale. Dal quale si svegliava improvvisamente e altrettanto rapidamente verso le tre e mezzo. Poi si sentiva completamente sveglia, angosciata dai pensieri che riguardavano il suo futuro e la sua famiglia.

Indossò dei jeans e una maglietta, si infilò le scarpe da ginnastica e senza far rumore uscì dalla camera. Aveva letto in un libro che fare movimento all'aria aperta giova agli stati depressivi. Non sapeva con precisione se la sua potesse essere definita depressione, tuttavia ritrovava in sé alcuni dei sintomi descritti nel libro.

Dalla stanza dei bambini silenzio assoluto. A quanto pareva era riuscita a non svegliare nessun membro della famiglia.

Quando si affacciò alle scale vide Kenzo, il suo boxer, che l'aspettava giù nell'ingresso e agitava con vigore la coda tagliata. Benché avesse dormito in salotto – in quel periodo amava in modo particolare il divano –, non gli era naturalmente sfuggito il fatto che la sua padrona si fosse già alzata e vestita. Anche delle scarpe da ginnastica diede subito l'interpretazione giusta: passeggiata mattutina in vista! Con entusiasmo si mise a saltare fissando Karen con occhi carichi di aspettativa.

«Adesso arrivo» gli mormorò lei prendendo guinzaglio e collare, «non fare rumore!»

Fuori era già piuttosto chiaro, del resto era piena estate, ma la temperatura era ancora piacevolmente fresca. Sarebbe stata una giornata calda e soleggiata. Sui prati brillavano gocce di rugiada. Karen respirò a pieni polmoni l'aria leggera.

Che pace, pensò fra sé. Che silenzio. Tutto ancora tace. È come se io e Kenzo fossimo gli unici esseri viventi al mondo.

Decise di avviarsi verso il bosco. Le sarebbe bastato attraversare un paio di strade del quartiere, e sarebbe subito arrivata. La vicinanza al bosco era stato uno dei motivi determinanti che – in considerazione del cane – avevano spinto lei e Wolf a scegliere quell'abitazione alla periferia di Monaco.

Da quando si erano trasferiti nella nuova casa Karen era stata peggio. Anche in precedenza aveva sofferto di ogni tipo di disturbo, benché non fosse mai stata in grado di definire esattamente il suo genere di malessere. Un'amica riteneva che il suo fosse un matrimonio infelice, ma Karen aveva sempre negato con decisione. Con molta decisione. Lei e Wolf si conoscevano da quindici anni, erano sposati da undici e avevano due bei bambini, sani e deliziosi. A prescindere dai normali dissapori dovuti alla convivenza di due persone sotto lo stesso tetto, le cose fra loro andavano bene. Forse non si poteva dire che comunicassero tanto, dal momento che Wolf era molto impegnato nella sua carriera in una banca per la quale lavorava fin da quando aveva terminato gli studi, e a casa era abbastanza assente. Con il secondo bambino Karen aveva rinunciato al suo impiego come assistente in uno studio dentistico, e a entrambi questa era parsa la soluzione più ragionevole.

«Io guadagno abbastanza» aveva detto Wolf, «così tu ti puoi occupare completamente dei bambini senza fare tutto di corsa.»

A volte Karen sospettava che Wolf non avesse affatto chiaro quanto potesse essere stressante gestire i due bambini, anche perché, oltre a loro, doveva occuparsi della casa, del giardino, di Kenzo, della spesa, del bucato e di stirare, soprattutto le camicie di Wolf. Ciò significava – e a volte le pareva che proprio questa riflessione, sicuramente inconscia, si avvicinasse molto al nocciolo della sua frustrazione e del suo stato malinconico – un impegno stressante, e per il quale nessuno, nemmeno lontanamente, l'avrebbe mai ringraziata. Il problema riguardava comunque la stragrande maggioranza delle casalinghe, almeno a giudicare dalla posta delle lettrici di varie riviste femminili che Karen di tanto in tanto sfogliava. E allora perché anche lei si aggrappava a questo luogo comune, perché si univa al coro di lamentele delle sue colleghe, invece di vedere il lato positivo della vita? I ragazzi sani, il cane al quale era tanto affezionata, la carriera in ascesa del marito, la bella casa?

La bella casa nuova l'avevano infatti da tre mesi, e quando si perdeva nei suoi pensieri alla ricerca di una causa per il suo crescente disagio, a volte le capitava di pensare che forse non era stata capace di superare i disagi del trasloco, o non si era adattata alla nuova zona, ai nuovi vicini. I suoi sintomi si erano fatti inequivocabilmente più evidenti. L'insonnia la tormentava sempre più, ma paradossalmente anche la stanchezza. Le ore del giorno si dilatavano nella loro vacuità e a volte non riusciva assolutamente a riempire il tempo con attività sensate, benché le cose da fare non le mancassero di certo. A volte restava seduta sul divano, in una mano l'interminabile lista della spesa, nell'altra il borsellino, a fissare il suo bel giardino pieno di fiori, incapace di trovare la forza per alzarsi e andare al supermercato.

Che si sentisse sola? Era possibile che nella sua famiglia di quattro persone si sentisse così sola da perdere lentamente ma inesorabilmente la voglia di vivere, quella voglia che le stava sfuggendo e che non avrebbe mai più ritrovato?

Una settimana dopo il trasloco aveva deciso di scuotersi da quello stato e aveva preso l'iniziativa di andare a conoscere i vicini di casa, con la speranza di stabilire qualche contatto piacevole. Le visite l'avevano sostanzialmente depressa: da un lato un'anziana signora, piuttosto senile e inasprita, aveva trattato Karen in modo sgradevole e villano, quasi ad accusarla di essere responsabile della sua vita meschina. Dall'altro lato viveva una coppia di persone anche loro piuttosto anziane. A Karen non erano piaciute, perlomeno le era difficile pensare che un giorno o l'altro sarebbe riuscita a stabilire con loro un rapporto d'amicizia. *Lui* aveva parlato molto, pavoneggiandosi parecchio ricordando i bei tempi in cui era stato un avvocato di grido e aveva ottenuto, a sentire lui, successi assolutamente straordinari. La moglie quasi non diceva una parola, in compenso non aveva smesso un attimo di spiarla con la coda dell'occhio, tanto che Karen aveva avuto la spiacevole sensazione che si sarebbe messa a sparlare di lei senza pietà non appena se ne fosse andata. Con aria abbattuta e, come quasi sempre, piuttosto depressa, era rimasta seduta su un divano di broccato di pessimo gusto, sorseggiando un cognac e cercando di sorridere nei momenti giusti o di pronunciare un forzato: «Oh!» di stupore.

Augurandosi in cuor suo solo di poter tornare alla solitudine delle sue quattro mura.

«Li trovo poco simpatici» aveva spiegato alla sera al marito, «lui è pieno di sé, e lei non riesce ad aprire bocca, ma in compenso è piena di rabbia. Mi sono proprio sentita a disagio.»

Wolf rise e come in altre occasioni Karen trovò quella risata un po' presuntuosa. «La tua analisi è forse un tantino frettolosa, Karen. Mi sembra di aver capito che sei stata da loro per una mezz'oretta. E già sei in grado di giudicare due perfetti sconosciuti? Tanto di cappello, è l'unica cosa che posso dirti!»

Naturalmente la stava prendendo in giro, ma perché la feriva in quel modo? Non era sempre stato così. Cosa l'aveva resa così suscettibile? Oppure era lui che era diventato più tagliente con la sua ironia? O forse si erano verificate entrambe le cose e si condizionavano a vicenda? Wolf era diventato più caustico, e questo la rendeva più sensibile, e a sua volta la sensibilità di Karen portava Wolf a essere più duro nei suoi confronti. Questo forse non corrispondeva al comportamento che ci si aspetterebbe da un marito amorevole, ma la natura umana segue le sue regole.

E i nuovi vicini di casa non meritavano certo di essere l'oggetto di un litigio.

I nuovi vicini...

Kenzo aveva fiutato una traccia interessante sull'asfalto e decise di aumentare il passo. Karen si mise quasi a trotterellare per stargli dietro. Concluse che una corsetta al mattino presto era senz'altro più salutare che restarsene a letto ad agitarsi, ma nonostante questa riflessione non riuscì a scacciare tutti i pensieri sgradevoli dalla sua testa. Per esempio quello dei vicini di casa, che si era insinuato nuovamente e con prepotenza nelle sue riflessioni. Perché ormai da giorni doveva affrontare problemi per causa loro, e *affrontare problemi* significava per lei essere costantemente in cerca di soluzioni senza riuscire a trovarle, sentirsi sempre più infelice, dare sui nervi ai suoi familiari con le sue continue lamentele. Questo era almeno il quadro che recentemente Wolf le aveva dipinto in una delle sue «conferenze».

Da due giorni non riusciva a mettersi in contatto con i vicini, e questo era un problema. Aveva assoluto bisogno di farlo al più presto, dal momento che li voleva pregare di occuparsi un po' del giardino e del ritiro della posta, in previsione delle due settimane che lei avrebbe trascorso in Turchia in compagnia del marito e dei figli. Mancavano solo dieci giorni all'inizio delle vacanze scolastiche, e loro sarebbero partiti una settimana dopo. Sua madre aveva già accettato di occuparsi di Kenzo, ma le sembrava importante predisporre anche tutto il resto in anticipo. Aveva provato a suonare il campanello dei vicini il giorno prima e il giorno prima ancora, di mattina, a mezzogiorno e la sera, ma non aveva sentito alcun rumore. Le sembrava assai strano che la domenica mattina le tapparelle fossero tutte abbassate, poi che alcune fossero state alzate, mentre in casa pareva non esserci nessuno.

«Potrei scommetterci che ci sono» disse a Wolf, «ma non li ho più visti in giardino, e nessuno viene ad aprire!»

Wolf l'aveva fissata con uno sguardo un po' sofferente, come sempre quando Karen lo infastidiva con questioni che secondo lui avrebbe dovuto risolvere da sola. «Vorrà dire che sono partiti! Succede, no?»

«Ma le tapparelle...»

«Avranno un qualche sistema automatico di sicurezza. Che comanda gli avvolgibili da solo. Così nessuno può capire se la casa è vuota o meno.»

«Ma ieri notte...» Nella notte fra domenica e lunedì aveva visto qualcosa di strano. In una delle sue abituali fasi di insonnia era andata in bagno per bere un po' d'acqua. Nel farlo aveva dato un'occhiata fuori dalla finestra e aveva notato che nella casa accanto alcune luci erano accese. Così aveva pensato con sollievo che i vicini, dovunque fossero stati in precedenza, erano evidentemente tornati. Invece il giorno successivo si era ripetuta la stessa scena: nessuna reazione alla sua scampanellata.

«E allora vuol dire che anche le luci che si accendono e si spengono fanno parte del sistema d'allarme» aveva ribattuto Wolf seccato, quando lei gliene aveva accennato. «Ti prego, Karen, non farne una questione di stato! Mancano ancora più di due settimane alla nostra partenza. Vedrai che prima di allora torneranno! Fra l'altro... sbaglio, o sabato ti ha chiamato *lui*?»

Era vero. Il vicino aveva chiamato per lamentarsi del fatto che Karen avesse parcheggiato così male la sua auto davanti al garage da bloccare, secondo lui, anche l'accesso al suo. Karen aveva spostato l'auto e poi si era chiusa in camera a piangere, perché aveva avuto la sensazione di essere stata trattata male, con cattiveria.

«Perché non ne hai approfittato per chiedere per le vacanze?» le domandò Wolf.

«È stato così antipatico che...»

«È stato così antipatico! Non so se ti rendi conto che ormai lo dici di quasi tutte le persone con cui hai a che fare! Tutti ti trattano in maniera antipatica! Tutti sono cattivi con te! Nessuno ti vuole bene! Perché per esempio non domandi alla vecchia che abita qui di fianco se ci pensa lei a ritirare la nostra posta? Te lo dico io perché: perché quando sei andata a farle visita per conoscerla è stata *così antipatica*!» Aveva sottolineato le ultime parole scimmiottando la sua voce.

«Karen, hai sempre quell'aria penosa da vittima sacrificale, e forse è proprio questa tua caratteristica che spinge gli altri a trattarti male!»

Che potesse aver ragione lui?

Seguita da Kenzo aveva imboccato una strada al termine della quale, attraversando un piccolo tratto di prato, si arrivava ai margini del bosco. Kenzo si fermò alla cancellata di un giardino e cominciò ad annusare in giro con grande interesse; così anche Karen poté fermarsi per riprendere fiato. Anche se correre le faceva bene, era di nuovo assillata dai suoi pensieri angoscianti, pensieri che sembravano fatti apposta per sottolineare la già scarsa opinione che aveva di se stessa. Che l'atteggiamento da *vittima sacrificale* non fosse un caso? Che in fondo lo avesse cercato lei stessa? Si comportava davvero in modo da invogliare gli altri a trattarla male?

Sottomessa, insicura, dipendente dalle opinioni altrui, senza un briciolo di orgoglio.

Fra sé e sé pensò: In questo momento Wolf mi direbbe: fai qualcosa per cambiare. Ma chissà se si rende conto di quanto sia difficile tirarsi fuori dal pantano solo con le proprie forze.

No, un uomo come Wolf non avrebbe nemmeno lontanamente potuto immaginarsi le preoccupazioni e le tribolazioni che la assillavano quasi costantemente. Era uno di quelli che tirano dritto, senza esitazioni, in maniera lineare e senza porsi tante domande. Gli era del tutto ignota la condizione di chi è permanentemente insoddisfatto di se stesso. Ed effettivamente si trattava di una spirale perversa: Karen criticava se stessa, e per questo motivo anche la gente intorno a lei faceva lo stesso, e ciò a sua volta non poteva che acuire la già scarsa considerazione che aveva di sé. Dove l'avrebbe condotta un simile percorso?

Certo non a essere una donna forte, sicura, indipendente, considerò tristemente, piuttosto a essere sempre spaventata, sempre più nevrotica e impaurita dalle persone e dagli eventi.

Kenzo aveva già adocchiato l'imbocco del sentiero del bosco e aveva cominciato a tirare con vigore il guinzaglio. Karen lo sganciò, e il cane si allontanò trotterellando felice. Appena prima di imboccare il viottolo fra i campi si fermò e sollevò la zampa posteriore sul pneumatico di un'auto parcheggiata.

Accidenti, pensò Karen, speriamo che non l'abbia visto nessuno! Non poteva aspettare dieci metri a farla?

Si guardò attorno sentendosi colpevole e allo stesso tempo sollevata del fatto che a quell'ora del mattino non ci fosse in giro ancora nessuno. Naturalmente Kenzo aveva scelto la macchina più lussuosa: una BMW blu scuro, tenuta molto bene. Karen vide con raccapriccio qualcuno che stava aprendo la portiera dal lato del guidatore e scendeva dall'auto. Un tipo molto in ordine, in giacca e cravatta. E con un'aria assolutamente furibonda.

«Cosa diavolo è venuto in mente al suo cane?» la aggredì.

Karen richiamò subito l'animale, per evitare che facesse le feste allo sconosciuto, magari rovinandogli il vestito, e gli infilò il guinzaglio. Perché mai non aveva aspettato a liberarlo ai margini del bosco? Del resto come avrebbe potuto prevedere che avrebbe improvvisamente scambiato un'auto per il tronco di un albero? Come se non bastasse, un'auto con tanto di proprietario a bordo, e in più alle prime luci dell'alba?

Cosa cavolo ci fa questo qui a quest'ora?, pensò fra sé, seccata. Ma in fondo non era molto rilevante. Il tipo era assolutamente furioso, e Karen ricominciò a tremare, perché qualcuno – le pareva di sentire la voce sprezzante di Wolf –, si stava comportando in maniera così *antipatica* con lei.

«Mi... mi dispiace molto» balbettò. Sapeva di avere l'aria della scolaretta che in un attimo passa dal pallore alla vampata di vergogna, non certo quella di una donna adulta di trentacinque anni. «Non... non ha mai fatto una cosa del genere... non capisco come...»

L'uomo la fulminò con uno sguardo minaccioso. «Anch'io non lo capisco! Se non si è in grado di educare un cane forse bisognerebbe accontentarsi di un porcellino d'India!»

«Come le ho già detto, non ha mai fatto...»

«Mai! Mai! E a me che me ne frega? Cosa mi interessa quello che il suo cane sembrerebbe non aver *mai* fatto? Comunque ha sporcato la *mia* auto, guardi che roba!»

Karen non poté fare a meno di pensare che in qualche libro aveva letto che molti uomini consideravano la loro automobile come una parte di se stessi, come un'estensione del loro organo più importante. In questo senso si sarebbe potuto dire che Kenzo aveva fatto i suoi bisogni proprio sul membro eretto dello sconosciuto... Non c'era quindi da stupirsi che fosse così incavolato.

«Se ha fatto qualche danno... abbiamo comunque un'assicurazione che coprirebbe i costi...» Perché balbettava in quel modo? Perché si sentiva già di nuovo le lacrime agli occhi?

L'uomo si avvicinò con aria irosa alla ruota del misfatto, grugnì qualche parola incomprensibile – qualcosa come: «Stupida oca!» –, risalì al posto di guida e chiuse la portiera con violenza. Karen si sentì letteralmente attraversata dai suoi sguardi furibondi mentre proseguiva lungo la strada per imboccare finalmente il viottolo e poi, cento metri più in là, scomparire nel folto del bosco. Le bruciavano gli occhi.

Non c'è motivo di piangere, si ripeteva, ben sapendo però che nel giro di pochi minuti si sarebbe messa a singhiozzare come un cane legato alla catena. Le tremavano le mani e si sentiva le ginocchia molli. Ma cosa le stava succedendo? Perché ogni piccolezza le procurava una crisi? E perché d'altro canto le succedevano di continuo cose di quel tipo? Il vicino di casa che la aggrediva perché aveva parcheggiato male. Lo sconosciuto che le dava della *stupida oca* perché il suo cane aveva fatto la pipì sulla ruota della sua macchina. Ma succedeva anche agli altri, e forse reagivano in modo più furbo?

Gli altri sono molto più consci del proprio valore, pensò mentre le prime lacrime le rigavano le guance, e perciò non restano così scossi quando qualcuno li tratta male. Sono più impermeabili alle cose spiacevoli.

Ma lei non sarebbe mai stata in grado di restare indifferente. No, era veramente un caso disperato.

Si accovacciò a terra abbracciando Kenzo con entrambe le braccia e affondando il naso nel suo pelo un po' pungente, marrone scuro, che emanava un odore a lei così familiare, e si mise a piangere. Come tante altre volte pianse tutte le sue lacrime, mentre solo il corpo robusto e caldo del suo cane riusciva a trasmetterle un po' di consolazione e di sicurezza.

Wolf infatti avrebbe come sempre sbuffato trovandosela di fronte a colazione con gli occhi arrossati. I bambini, imbarazzati, avrebbero fatto finta di niente.

Sentiva che come moglie e come madre si stava rivelando una completa catastrofe.

Mercoledì, 21 luglio

1

Inga stava trotterellando dietro a Marius per la strada del paese, calda come non mai, e non era la prima volta da quando stava con lui – da due anni erano addirittura sposati – che le veniva spontaneo giudicarlo una persona priva di attenzioni. E, anche in questo caso non per la prima volta, arrivò a riconoscere che nonostante tutto sarebbe rimasta al suo fianco, perché una piccola parte di lei, lei così assolutamente ragionevole e con i piedi per terra, era irrimediabilmente attratta dalla follia caotica che lo caratterizzava e alla quale soltanto poteva imputare di trovarsi una volta di più in una situazione come quella. Non era semplicemente privo di attenzioni nei suoi confronti, lo era anche altrettanto nei confronti di se stesso, e questa mancanza di riguardo derivava dalla sua completa incapacità di riflettere sulle cose, di organizzarle, di valutare i rischi ed eventualmente prendere le distanze da un qualunque *fantastico progetto* nel quale gli svantaggi si rivelassero di gran lunga superiori ai vantaggi.

E alla fine, considerò Inga, combattuta fra la rabbia e la rassegnazione, eccoci qui con una temperatura di quasi quaranta gradi all'ombra, su una polverosa strada di paese – senza ovviamente alcun riparo – da qualche parte nel Sud della Francia, a domandarsi se questa è vita! E con lui è sempre così!

Si fermò a tergersi il sudore dalla fronte. Indossava una maglietta senza maniche, che le stava appiccicata addosso come uno straccio fradicio, e un paio di shorts stropicciati, che si sarebbe più che volentieri strappata di dosso per il gran caldo che le tenevano. Sarebbe stato un gran sollievo poter proseguire in mutande, tuttavia, benché si sentisse a un passo dal crollo finale, il suo senso del pudore pareva ancora prevalere. Ancora per poco! Era questione di minuti, poi si sarebbe ridotta ad andare avanti anche completamente nuda, infischiandosene alla grande di quello che la gente poteva pensare di lei.

«Posso avere ancora un goccio d'acqua?» gli domandò. Erano forse trascorsi più o meno dieci minuti da quando aveva bevuto l'ultima volta, ma aveva di nuovo la bocca completamente asciutta e la gola secca, e cominciava a vederci doppio.

Credo che ci siano più di quaranta gradi su questa strada, secondo me almeno cinquanta, pensò.

Marius si voltò. Entrambi avevano caricato in spalla la loro attrezzatura da campeggio, ma lui si era offerto di portare i viveri per entrambi. Anche se questo non influiva più di tanto sulla questione del peso; perfino dal punto di vista delle scorte erano messi decisamente maluccio.

«Non abbiamo quasi più acqua» le disse, «forse sarebbe prudente aspettare un attimo prima di bere un altro sorso.»

«Ma io devo assolutamente. Altrimenti non credo che riuscirò più a muovere un solo passo!»

Marius scaricò lentamente a terra lo zaino enorme, aprì una tasca laterale e ne estrasse una bottiglia di plastica. Era piena più o meno per un quarto. Nonostante ciò Inga l'afferrò con forza e se la portò alla bocca. In quel momento sarebbe stata disposta a pagare oro pur di potersela scolare. Per educazione si vedeva però costretta a lasciarne metà a Marius. Le costò un enorme sforzo di volontà restituirgli la bottiglia con il suo tiepido contenuto.

«Tieni. Te la lascio.»

Marius bevve quel che restava e scaraventò la bottiglia vuota su un campo incolto alla loro destra. In un'altra circostanza Inga, che aveva molto a cuore le problematiche ambientali, avrebbe protestato violentemente, ma in quel momento non aveva neppure la forza per farlo.

«Ecco» disse Marius, «finita. Adesso di acqua non ne abbiamo più!»

«Ma ci sarà pur un negozio da qualche parte. La gente che vive in questo buco di merda andrà pur a fare la spesa!» Inga gettò uno sguardo intorno. La strada era completamente deserta. Le persiane delle case a destra e a sinistra erano tutte chiuse. Silenzio di tomba. Era ovvio che con quel caldo e a quell'ora del giorno nessuno uscisse in strada. Solo due turisti pazzi con la tenda in spalla potevano aver avuto la bella idea di trascinarsi sotto quella cappa rischiando di schiattare per l'afa.

«Immagino che un negozio ci sia» osservò Marius, «ma magari è più nel centro del paese. Qui sullo stradone non mi pare di vederne.»

«Io non ce la faccio ad attraversare anche il paese.» Inga si fece scivolare lo zaino giù dalle spalle, poi ci si sedette sopra. Le tremavano leggermente le gambe. «Forse potremmo suonare a un campanello e chiedere un bicchiere d'acqua.»

«Mmm» fece Marius, che cominciò anche lui a guardarsi intorno, quasi che in quel breve lasso di tempo qualcuno potesse spuntare da chissà dove. Ma di nuovo non si mosse una foglia, e sulla strada non si avvertiva nemmeno un alito di vento.

Inga sentiva che avrebbe potuto piangere. Aveva fatto male a fermarsi e a bere. E soprattutto a sedersi. Infatti adesso aveva la sensazione che per nulla al mondo avrebbe potuto rialzarsi e proseguire.

«Oh, Marius, perché... voglio dire, come ci è venuto in mente di venire in luglio in autostop fino alla costa meridionale della Francia?»

In fondo poteva darsi una risposta da sola: perché Marius, tanto per cambiare, aveva avuto un'idea strepitosa e perché, come in tante altre occasioni, alla fine bisognava riconoscere che le cose non erano andate lisce come lui aveva pensato all'inizio. Questa constatazione non l'aveva comunque portato a riconsiderare il suo progetto, e anche questo era un suo tipico comportamento.

«Inga, notiziona!» aveva esordito al telefono, euforico. Inga era appena rientrata da Berlino dove, nell'ambito dei suoi studi in campo storico, aveva partecipato a un seminario di approfondimento di due settimane, mentre Marius era rimasto da solo a Monaco. Naturalmente si erano sentiti tutte le sere.

«Possiamo avere una macchina! Uno che conosco mi presta la

sua. Ho pensato che, appena ritorni, possiamo andare fino alla costa del Mediterraneo e passare qualche giorno di sogno.»

«E chi te la presta la macchina? Chi è questa persona?»

«Non lo conosci. Gli ho dato una mano per un esame all'università e così vuole sdebitarsi! È un'idea fantastica, no?»

Aveva maledetto lo scetticismo che l'assaliva ogni volta che Marius le esponeva le sue idee, i suoi progetti e le sue proposte. Perché si ritrovava immediatamente a svolgere il ruolo della governante puntigliosa, che sottolinea i problemi, moderando l'entusiasmo esuberante di Marius?

«Ma non abbiamo un posto per dormire. E non ne troviamo di sicuro adesso.»

«Andiamo in campeggio.»

«Ma non abbiamo...»

«Ce la facciamo prestare. Una tenda, sacchi a pelo, fornelletto, stoviglie. Non c'è problema.»

«Questo tuo conoscente deve avere un debito enorme nei tuoi confronti...»

«Prova un po' a pensare, gli ho fatto praticamente io tutto il lavoro! Dovrebbe baciare il terreno su cui cammino!»

«Sai, Marius, ho solo paura che in luglio al mare faccia molto caldo e ci sia un sacco di gente e...»

«Ma noi siamo in macchina. Possiamo sceglierci i posticini più tranquilli. Se un posto non ci piace, tiriamo diritto. Dai, Inga, non fare come tua nonna! Dimmi di sì e goditi la vacanza!»

Cosa avrebbe potuto fare altrimenti? Aveva acconsentito, contenta che almeno *lui* fosse felice e cercando di evitare che la sua inquietudine interiore trapelasse. Non aveva provato alcun senso di trionfo, ma aveva accolto con rassegnata sopportazione la notizia che il conoscente di Marius in realtà non era assolutamente intenzionato a dargli la macchina e che al massimo gli avrebbe prestato la famosa attrezzatura da campeggio che Inga tornando dal seminario aveva già trovato sparsa ovunque nel corridoio del loro piccolo appartamento.

«È una questione un po' delicata per la macchina» le aveva spiegato Marius, «sai, l'assicurazione...»

Appunto. Come aveva immaginato lei fin dall'inizio. Ma almeno avevano una tenda nuova di zecca, dei sacchi a pelo fantastici, degli splendidi zaini, e anche tutto il resto era di prim'ordine. Evidentemente non era mai stata usata prima ed era di ottima qualità.

«Questo tuo conoscente deve avere un sacco di grana» osservò Inga.

Marius diede un'alzata di spalle. «È ricco di famiglia. C'è chi ha fortuna e chi no.»

E proprio a questa affermazione Inga si ritrovò a pensare, in quel mezzogiorno in quella strada bollente di un paese sconosciuto, mentre aveva la sensazione che sarebbe impazzita per la sete e non avrebbe più potuto sopportare oltre il dolore per le vesciche ai piedi. Non era certo una vacanza fortunata, anche se Marius sicuramente sarebbe stato di un altro parere. Avevano viaggiato velocemente, questo lo riconosceva anche lei. Erano partiti la sera prima, tardi, perché Marius, che durante le vacanze lavorava da uno spedizioniere, aveva avuto da fare. Una giovane coppia li aveva portati fino a Lione, dove erano arrivati alle tre di notte, avevano dovuto montare la loro tenda nel buio più totale di uno squallido campeggio in periferia, e Inga si era sentita così stanca che avrebbe volentieri pianto. Avevano dormito sì e no tre ore, poi si erano portati al casello dell'autostrada, dove avevano aspettato un tempo infinito. Del resto, chi avrebbe caricato volentieri due tipi come loro, carichi di roba appesa ovunque? Alla fine una giovane francese con un bimbo sul seggiolino posteriore aveva avuto pietà di loro, anche se era stata di scarso aiuto, visto che di lì a poco si era fermata in un quartiere di periferia dove stava andando a trovare la madre per qualche giorno. Li aveva fatti scendere a un bivio, dicendo loro che ci sarebbero voluti meno di mezz'ora per raggiungere il paese successivo, mentre in realtà avevano camminato più di un'ora. Ma a quel punto si erano trovati ben distanti dall'autostrada, in una zona totalmente priva di aree di servizio e con la necessità assoluta di comprare dell'acqua.

«Saremmo dovuti scendere all'ultimo parcheggio» osservò Inga.

«D'accordo, ma adesso siamo venti chilometri più avanti.»

«E allora? Cosa ci serve? Qui non passa un cane di nessuno che prosegua fino al prossimo paese. E questo significa che dobbiamo tornare all'autostrada, cioè più o meno a cinque chilometri da qui. Con questo caldo...»

Le tremava la voce, e per evitare il peggio decise di non parlare più. Dall'espressione di Marius capiva come lui temesse veramente che Inga scoppiasse in lacrime, cosa che lo rendeva del tutto impotente e infelice. In realtà lei non piangeva molto spesso, anzi piuttosto raramente. Ma in quel momento...

La stanchezza, pensò, è colpa della stanchezza se ho voglia di piangere. Non ne posso più. Non ne posso proprio più.

Si slacciò le stringhe delle pesanti scarpe da trekking. Quando iniziò a sfilarsele non poté fare a meno di lamentarsi per il dolore. Si srotolò i calzini facendo attenzione, inorridendo alla vista di alcune grosse vesciche di colore rosso fuoco.

«Devo andare in farmacia» disse e mentre lo diceva si rese conto che trovare una farmacia in quel paese sarebbe stato ancora più difficile che trovare un negozio di alimentari. Ammesso che ce ne fosse una.

Probabilmente non c'era affatto. La prima lacrima si staccò dalle ciglia e scese lungo la guancia arrossata dalla calura.

«No!» Marius le si avvicinò immediatamente e catturò la lacrima con le dita. «Non piangere. Ascoltami, non è stata una bella idea quella di toglierti le scarpe. Adesso non riuscirai più a infilartele.»

«Devo mettermi una pomata. E un cerotto. Potrebbe venirmi un'infezione.»

«Sei messa veramente male» osservò Marius un po' preoccupato. «E sì che non mi pare che abbiamo camminato molto, o sbaglio?»

Come al solito stava banalizzando ogni cosa. Come al solito.

«La tipa che ci ha caricato, questo tratto non l'ha certo mai fatto a piedi, o forse l'ha fatto d'inverno, quando si cammina più rapidi. Mezz'ora! Era completamente fuori!»

«Però mi pare che i tuoi piedi...»

Alzò lo sguardo, irritata perché sapeva di aver commesso un errore enorme. «Va bene, d'accordo, ho le scarpe nuove. Ho sbagliato a mettermele sapendo di dover camminare molto. Tuttavia non avevo chiaro fin dall'inizio, quando mi hai tanto decantato questa vacanza di sogno, che saremmo finiti in una specie di deserto dove avremmo camminato per chilometri e chilometri. Forse ti sei completamente dimenticato di accennare a questa eventualità!»

Si inginocchiò davanti a lei, osservò i suoi piedi e poi alzò lo sguardo. Come sempre Inga faceva fatica a mantenere vive rabbia e aggressività di fronte all'espressione mite e agli infantili occhioni blu di Marius.

«Non litighiamo» la pregò, «ci fa solo sprecare energia!»

Gli passò una mano sui capelli biondi umidi di sudore, che sulla fronte gli facevano un'onda strana, cosa che non gli avrebbe mai permesso di avere un'espressione veramente seria.

«Va bene. Però...» Si interruppe. Non aveva alcun senso cercare di spiegargli che una volta di più la sua superficialità e la sua incapacità di riflettere li avevano condotti entrambi in quella situazione e che era assolutamente necessario che cercasse di maturare un po', comportandosi in maniera più responsabile. Comunque non sarebbe mai cambiato, così come ogni persona adulta non è più in grado di modificare il proprio carattere, perlomeno non in risposta alle preghiere o ai consigli altrui. Solo un'esperienza scioccante o un evento sconvolgente gli avrebbero fatto cambiare direzione, ma certamente Inga non era in grado di provocare un fatto del genere.

«Adesso ascoltami» disse Marius, «tu rimani seduta e ti riposi un po'. Io lascio qui tutto il carico e vado a cercare una farmacia. E un supermarket. Ti porterò della limonata gelata e una bella pomata rinfrescante per i piedi. Cosa te ne pare?»

Ovviamente l'offerta era davvero allettante, ma Inga avrebbe provato gioia o sollievo solo quando Marius fosse tornato con quanto aveva promesso. Nel frattempo c'era il rischio concreto che si perdesse e di conseguenza facesse ritorno solo ore dopo, o che lungo il cammino dimenticasse il motivo per il quale si era messo in marcia. Inga non si sarebbe affatto stupita se fosse riapparso con in mano un CD di un gruppo che cercava da anni e che aveva finalmente scoperto nella drogheria del paese. La cosa lo avrebbe emozionato al punto che di sicuro si sarebbe scordato il motivo che l'aveva portato in quel negozio.

Annuì, dal momento che non le restavano alternative. «Va bene. Sei gentile. Sei sicuro di riuscirci?»

«Io mi sento benone. Soprattutto non ho vesciche ai piedi. Allora» si alzò con un balzo, «aspettami qui, chiaro?»

Inga sorrise tristemente a Marius e lo vide allontanarsi lungo la strada del paese per poi piegare in una via laterale sulla sinistra. Stava senz'altro meglio di lei. In realtà faceva anche tanta attività fisica, non come lei, che invece si concentrava sempre e solo sugli studi, senza concedersi alcuna distrazione.

Dovrei almeno fare un po' di ginnastica, magari iscrivermi ai corsi che fanno a scuola, pensò.

Poco più avanti lungo la strada c'era un muretto che gettava un'ombra risicata sul marciapiede, e Inga decise di mettersi lì, altrimenti nel giro di qualche minuto si sarebbe presa un'insolazione. Fece un'enorme fatica ad alzarsi, a raccogliere le sue cose e a percorrere i venti passi che la separavano da quel punto. Il contatto dei piedi nudi con l'asfalto bollente la costrinse ad affrontare il breve percorso saltellando, tornando indietro due o tre volte per portare a destinazione tutta la sua roba. Poi si lasciò andare sul sacco a pelo arrotolato, ansimando come una locomotiva. Sentiva un po' di nausea. Era possibile che fosse già stata troppo sotto il sole e che il suo crollo fisico non fosse dovuto solamente alla sua scarsa attitudine per l'attività sportiva.

L'ombra era molto gradevole. Anche il fatto di stare seduta. Se solo avesse avuto un po' d'acqua avrebbe cominciato a sentirsi di nuovo bene.

Chiuse gli occhi cercando comunque di non addormentarsi. Alla fine aveva sparso intorno tutto quanto. Il solo pensiero la fece restare estremamente vigile.

Tutto quello che avevano... Ma Marius aveva portato con sé qualche soldo, o no?

Sospirò a voce alta per il fatto di non averci pensato prima, poi si allungò verso lo zaino di Marius e aprì la tasca esterna. Il portafogli non c'era, e questo la sollevò enormemente. Doveva aver preso anche il cellulare, quindi avrebbe potuto chiamarlo. Forse lo trattava sempre troppo come uno sciocco, forse lo giudicava in modo troppo ingiusto. In fondo stava studiando, e sempre con ottimi risultati, e faceva addirittura dei lavori per altri. Era sicuramente un po' casinista, ma non del tutto. Era assolutamente necessario – per preser-

vare il loro matrimonio – che di tanto in tanto lei se lo ripetesse a voce alta.
Di nuovo chiuse gli occhi.

Doveva essersi addormentata, perché non aveva sentito arrivare l'auto. Si spaventò a morte vedendo qualcuno che si chinava sopra di lei. Forse l'aveva anche sfiorata con una mano, ma di questo non poteva essere del tutto sicura.
«Scusi?» chiese completamente frastornata, come se avesse sollevato la cornetta del telefono aspettandosi che qualcuno dall'altra parte stesse per avviare una conversazione.
Si trovò invece a fissare il volto di uno sconosciuto. Sembrava una persona con qualche anno in più di lei, poteva essere sulla quarantina, e aveva un'aria simpatica e preoccupata insieme.
Sì, soprattutto preoccupata. Era questa la prima sensazione che quell' incontro improvviso aveva suscitato in lei.
«Ah, ma lei è tedesca!» le disse l'uomo. Parlava senza il minimo accento, quindi probabilmente era anche lui tedesco, almeno così pensò Inga. Poi vide la macchina, parcheggiata dietro di lui. Targa di Monaco.
«Mi sono addormentata» rispose lei, «che ore sono?»
L'uomo guardò l'orologio da polso. «L'una e un quarto.»
Marius era partito alle dodici e venti. Aveva dormito quasi un'ora. Si sollevò, guardò a destra e a sinistra lungo la strada deserta, arsa dal sole.
«Sto aspettando mio marito. È andato a cercare qualcosa da bere.» Mentre parlava si accorse di avere le labbra completamente secche e tagliate dall'arsura. Il desiderio di un goccio d'acqua si faceva sempre più disperato.
«Santo cielo, ma non è certo un problema! Aspetti!» Si alzò, tornò alla macchina e tornò con una borsa frigo. La aprì ed estrasse una lattina gelata coperta di condensa.
«Ecco. Nei viaggi lunghi bevo Coca-Cola come un matto, perciò mi spiace ma non ho nient'altro, comunque...»
Inga gli strappò di mano la lattina, la aprì con mani tremanti, la accostò alle labbra e si mise a bere. Bevve come chi sta morendo di

sete e poco alla volta si sentì rinascere, come se stesse riprendendo conoscenza. Presto si sentì di nuovo in forze.

«Grazie» gli disse dopo averla svuotata. «Lei mi ha salvato.»

«Stavo percorrendo questa strada, l'ho vista qui a terra e ho temuto che magari avesse qualche problema. Così mi sono fermato.» Il suo sguardo corse alle gambe nude, per soffermarsi, con un'espressione di raccapriccio, alle sue estremità. «Santo cielo! Ma i suoi piedi sono in uno stato tremendo!»

«Abbiamo camminato molto. E io come una stupida ho messo un paio di scarpe nuove.» Diede un'alzata di spalle. «Mi sa che ci eravamo illusi sull'autostop.»

L'uomo si guardò attorno. «Credo di essere il primo automobilista che passa di qui da un bel pezzo. Questo paese non è nella posizione ideale per trovare un passaggio in macchina. A ogni modo... non so dove siate diretti, comunque...»

«Al mare.»

«Be', allora siete un po' fuori strada.»

«Lo so. Infatti volevamo tornare verso l'autostrada, ma forse con questo caldo l'unica è aspettare fino a sera.»

La fissò pensieroso; sembrava intento a riflettere, come se cercasse di prendere una decisione. «Anch'io vado verso il mare. A Cap Sicié. Costa Azzurra.»

«Ah... allora anche lei è un tantino fuori strada, o no?»

Con un gesto della mano si scostò i capelli dalla fronte. Erano scuri, con qualche isolato filo grigio. «Alla radio hanno parlato di un incidente. Con una gran coda. Che ho cercato di evitare con una deviazione.»

Lo guardò. Sapeva di avere un aspetto perbene. Ma in fondo capiva benissimo la gente che per principio non offre passaggi. Anche lei apparteneva a quella categoria. Una volta, in una giornata gelida, una sua amica aveva dato un passaggio a una coppietta, mossa da compassione per l'aspetto semiassiderato dei due. A un certo punto lui le aveva puntato un coltello alla gola e l'aveva costretta a deviare in un viottolo laterale. Lì l'avevano costretta a scendere e se l'erano svignata con la sua macchina e la sua borsa, nella quale c'erano naturalmente i soldi, il libretto degli assegni e tutti i suoi documenti. E in fondo poteva ancora dirsi fortunata, dal momento che non le avevano fatto del male.

L'uomo sospirò. «Le confesso che in genere non carico mai gli sconosciuti» le disse come leggendole nel pensiero, «ma non me la sento di piantarla qui. Quindi, se vuole...»

«Il problema è...»

Annuì. «Suo marito. Certo, dobbiamo prima recuperare anche lui.»

«Non posso mollarlo qui, le pare?»

«Ovvio! Ha idea in che direzione sia andato?»

«Di là.» Indicò la strada. «E poi alla prima ha svoltato a sinistra. Di più non so. Sperava di trovare un negozio di alimentari da qualche parte. Posso provare a chiamarlo con il cellulare.»

«Aspetti un attimo. Il paese non è grande, di sicuro lo rintracciamo subito.» L'uomo richiuse la sua borsa frigo e si alzò. «Venga. Carichiamo i suoi bagagli e poi andiamo a cercarlo.»

«Ma così le creo un sacco di fastidi» osservò Inga. Si tirò su in qualche modo, soffocando un grido di dolore nel momento in cui appoggiò a terra i piedi. «Cielo, è bollente!»

«Salga in macchina velocemente. Ci penso io ai bagagli. Non le conviene stare qui in giro a piedi nudi.»

Sollevata si lasciò andare sul sedile del passeggero. Evidentemente aveva tenuto l'aria condizionata accesa tutto il tempo, e la temperatura era più che gradevole. L'uomo riapparve al suo fianco allungandole una cassetta del pronto soccorso.

«Tenga. Cominci a fasciarsi un po' i piedi, così almeno non le si sporcano.»

Mentre Inga si dava da fare con la garza, il suo salvatore stipò tutta l'attrezzatura da campeggio nel baule e in parte sul sedile posteriore. Poi si sedette al posto di guida e accese il motore. Aveva la fronte imperlata di sudore. «Santo cielo» commentò, «cinque minuti a questa temperatura e ci si ritrova lessi. Dimenticavo» la fissò, «io mi chiamo Maximilian. Maximilian Kemper.»

«Inga Hagenau.»

«D'accordo, Inga – posso chiamarla così, vero? –, adesso andiamo a cercare suo marito. E se tutto fila liscio, stasera siete al mare.»

Troppo bello per essere vero, pensò lei, e mentre si appoggiava ai sedili freschi e morbidi rifletté che, quanto meno agli occhi di sua madre e di tutta una serie di amiche benpensanti, stava agendo in modo del tutto avventato. Si era preoccupata del proprio aspetto, più o meno rassicurante al fine di ottenere un passaggio, ma nemmeno per un attimo si era domandata se *lui* avesse un'aria perbene. Seria. Affidabile, almeno.

Con gli occhi socchiusi cominciò a squadrarlo di sottecchi. Stava guardando la strada. Perlomeno non le guardava le gambe nude. Questo l'avrebbe innervosita. Prima aveva provato il desiderio di sfilarsi gli shorts, ma in quel momento rifletté che erano piuttosto succinti. Si sarebbe volentieri coperta le cosce con qualcosa, ma non riusciva ad arrivare ai suoi bagagli, senza considerare che con quel caldo si sarebbe sentita piuttosto imbecille con un pullover sulle gambe.

Di nuovo gli lanciò uno sguardo furtivo. Aveva ancora gli occhi fissi alla strada.

Inga fece un profondo sospiro. Si sarebbe fatta tre volte il segno della croce non appena Marius fosse salito in macchina.

2

In quella mattina di luglio, un mercoledì come tanti altri, Rebecca Brandt decise che era arrivato il momento di porre fine alla sua vita, ormai giudicandola non più degna di essere vissuta.

Non che il pensiero del suicidio le fosse piombato addosso inaspettato. Si era trattato di un vago presentimento, che lei aveva interpretato come una specie di ancora di salvezza a cui aggrapparsi nei momenti più cupi, quando la disperazione e il dolore le erano parsi insopportabili e non vedeva altra via di scampo. Allora aveva pensato: il giorno in cui non reggerò più, la farò finita. È l'unica possibilità che mi resta. La libertà di decidere che non ce la faccio più.

Si era organizzata. Morfina. Grazie al suo defunto marito medico non le era stato difficile ottenere le pastiglie. Ne aveva fatto una scorta enorme. Se le avesse inghiottite tutte si sarebbe addormentata per non risvegliarsi mai più. Le confezioni erano nell'armadietto del bagno, sul fondo, appena nascoste da una scatola di aspirina, da uno spray per il raffreddore e dai sonniferi. Negli ultimi mesi le era capitato di restare per lungo tempo davanti all'armadietto aperto a fissare quelle scatolette. E a volte questo le era bastato per ritrovare un po' di energia.

Si rendeva perfettamente conto che quel giorno non avrebbe funzionato. Non le sarebbe bastato vedere le pastiglie per darsi una scossa. Era ormai priva di forze. Non era possibile vincere la lotta contro la depressione, mentre il pensiero di gettare finalmente la spugna si faceva di attimo in attimo più allettante e seducente.

Per tutta la vita, rifletté in quel momento, ci insegnano che non bisogna mai mollare. È per questo che si fa così fatica. Dobbiamo superare così tanti contrasti dentro di noi. E i sensi di colpa. Soprattutto quelli.

Provò a pensare a se stessa. Proprio quella mattina le sembrava di non riuscire a riconoscere i suoi sensi di colpa. Ammesso che ci fossero ancora, non era comunque in grado di spiegarseli, così doveva assolutamente sfruttare l'occasione. I sensi di colpa costituiscono l'ostacolo più impervio nella progettazione e realizzazione di un suicidio. Il fatto che tacessero stava a significare che il destino le stava offrendo un'opportunità.

In realtà quella giornata era iniziata come tutte le altre. Si era alzata presto, aveva indossato la tuta da ginnastica ed era uscita in giardino. Era una mattina chiara e luminosa, aveva avvertito con piacere l'aria fresca sulla pelle e il gusto salmastro sulle labbra. Sarebbe stata una giornata calda, molto calda e piena di sole.

Felix aveva amato molto il giardino. Si era letteralmente innamorato di quel giardino quando loro due avevano deciso – erano ormai passati otto anni da quel giorno – di comperare una casa in Provenza, da qualche parte al mare, una casetta circondata da un ampio terreno. In realtà non si erano affatto sentiti così sicuri che quello fosse ciò che avevano desiderato veramente; all'inizio Rebecca aveva avuto la sensazione che fosse piacevole andare in giro, sognare, vedere posti nuovi. A quell'epoca erano entrambi molto impegnati nei loro rispettivi lavori e a Monaco conducevano una vita sicuramente felice, ma altrettanto stressante. Il solo pensiero di un rifugio lontano, di un luogo dove staccare e rilassarsi a volte era bastato a rendere più sopportabile la frenesia della quotidianità. Poi però una foto nella vetrina di un'agenzia immobiliare li aveva portati fino a Le Brusc, nei pressi di Cap Sicié, un promontorio piuttosto aspro rispetto alle coste vicine, di pietra scura, che i marinai del luogo consideravano alquanto pericoloso da doppiare e comunque imprevedibile. D'improvviso quello che era stato solo un sogno stupendo sembrava volersi trasformare in realtà.

«Non so se qui mi piace veramente» disse Rebecca mentre con la macchina si erano inerpicati lungo strade tortuose e ripide. La zona era coperta da un fitto bosco e si aveva la sensazione di passare improvvisamente dal sole caldo del giorno a un mondo di ombre.

«Proviamo a dare un'occhiata» rispose Felix.

Avevano oltrepassato prati incolti e vecchie case diroccate quasi soffocate da giardini ormai completamente inselvatichiti. A un tratto un colorato accampamento di zingari al bordo della strada... piante da frutta, straordinariamente curate come in un vivaio... poi di nuovo il bosco. La strada asfaltata terminava, si proseguiva su uno sterrato pieno di buche che l'acquazzone di qualche giorno prima aveva trasformato in pozzanghere.

«Ma questo posto è fuori dal mondo» osservò Rebecca mentre si rendeva conto di come la sua voce tradisse un po' di timore.

Una delle ultime case sembrava corrispondere a quella presentata nella vetrina dell'agenzia. Il terreno era delimitato da una staccionata bianca che in molti punti era distrutta, e a Felix parve di riconoscerla, ricordando la fotografia.

La casa, bianca, si intravedeva dietro una specie di muro di sterpaglie. Rebecca si sentì gelare mentre scendeva dall'auto, e il suo primo pensiero fu: mai. Non potrei resistere nemmeno una settimana in questo posto. Mai.

Felix si diresse subito al cancello per aprirlo e nel farlo quasi lo scardinò, poi entrò nel giardino.

«Aspetta» gli disse Rebecca, «non sai nemmeno se c'è gente in casa.»

«Non credo proprio che qualcuno abiti ancora qui» osservò Felix, «questo posto ha un'aria totalmente abbandonata. Guarda quanto è alta l'erba! Credo che nessuno l'abbia più tagliata chissà da quanto, né sono state potate siepi e piante.»

Mentre tentavano di percorrere, inciampando, il viottolo ormai quasi irriconoscibile che conduceva alla casa, furono costretti ad allontanare i rami che si impigliavano nei capelli. Rebecca dovette convenire che era del tutto improbabile che qualcuno vivesse ancora lì. L'edificio aveva un'aria abbandonata quanto il giardino, dalle pareti trasudava il salnitro e parte delle finestre del primo piano era senza vetri. La porta d'ingresso era traballante quanto il cancello del giardino.

«Qui c'è da investire una marea di soldi» borbottò Felix, e Rebecca lo fissò preoccupata. «Non penserai mica sul serio che possiamo...?»

«Ma no, no» rispose lui, poi erano andati sul retro della casa e tutto era sembrato diverso. La luce, il cielo, tutta la giornata. All'improvviso ai loro occhi era apparso il giardino, un prato infinito che terminava a ridosso delle rocce, e al di là di queste splendeva il mare, immenso e blu, la cui superficie rifletteva i raggi del sole che splendeva nel cielo senza una nuvola e che riusciva ad annullare in un attimo l'impressione tetra che fino a quel momento aveva caratterizzato il luogo in modo così ossessivo.

Rimasero entrambi come folgorati da quella vista e dalle sensazioni che suscitava in loro.

«È...» disse Felix rapito, e Rebecca completò la frase: «Incredibile. È incredibilmente bello».

Attraversarono tutto il prato fino alle rocce selvagge e a picco sul mare. Dal basso si sentivano rumoreggiare le onde che gettavano schiuma bianca contro gli scogli. Fra l'acqua e le rocce la sabbia chiara di una piccola baia.

«Lì si potrebbe andare a fare il bagno» disse Felix.

«Ma non si può scendere» osservò Rebecca.

«Ma certo che si scende. Bisognerebbe tracciare un sentiero.»

«Però c'è molta risacca.»

«Non sempre. Non certo tutti i giorni.»

Si voltarono di nuovo verso la casa. Da questo lato aveva una piccola veranda coperta. C'erano una sedia a sdraio sconquassata e una buganvillea un po' rinsecchita che si arrampicava lungo un montante e copriva in modo disordinato il tettuccio.

«Stare seduti lì e guardare il mare...»
«La sera al tramonto...»
«O la mattina, all'alba...»
«Ascoltare il rumore della risacca...»
«Osservare il cielo...»
«I gabbiani...»

Si erano presi per mano ed erano tornati lentamente verso la casa, attraversando il prato. Verso la loro casa.

La acquistarono due settimane dopo.

Quella mattina Rebecca aveva fatto un rapido giro in giardino fumandosi una sigaretta, poi era entrata in cucina a prepararsi un té. Lo beveva sempre, bollente e dolcificato con poco miele, in una grande tazza di ceramica gialla con due grossi gatti neri le cui code si intrecciavano a formare un cuore. Rebecca ne aveva una identica ma in rosso, mentre quella gialla era di Felix, e adesso usava solo la tazza del marito. Erano un regalo di amici in occasione del loro decimo anniversario di matrimonio. Le avevano portate nella casa al mare perché erano sembrate loro particolarmente adatte al luogo.

In vacanza Felix aveva sempre amato una colazione abbondante, perciò anche quella mattina alle sette Rebecca aveva apparecchiato in sala, aveva messo in forno una baguette surgelata e preparato burro e marmellata. Come al solito aveva messo un piatto per lui e uno per sé, si era seduta, aveva iniziato a fissare il pane, il burro e la marmellata sapendo che ancora una volta non sarebbe riuscita a mangiare assolutamente niente. La mattina era il momento peggiore. Il giorno le si presentava in tutta la sua infinita lunghezza, promettendo una serie di lunghe ore solitarie. La sera era ancora molto lontana. E con lei il momento in cui avrebbe preso le sue pastiglie, si sarebbe infilata a letto e per qualche ora avrebbe dimenticato.

E in quel momento, che ogni volta si ripresentava con la sua solitudine sconsolata e una paura che di giorno in giorno accresceva in lei il malessere, aveva pensato: non ne posso più. Non voglio più vivere. Le cose non migliorano e io non riesco più a sopportare queste mattine.

Lo pensò con una calma assoluta e notò che in quell'attimo la paura si allontanava e la sensazione di solitudine si faceva meno angosciante, come fosse diventata controllabile.

Sparecchiò di nuovo la tavola, sistemò la cucina, salì in camera, mise il copriletto sul letto. La stanza era al primo piano e dalla finestra la vista sul mare era spettacolare. Le tende candide si gonfiavano nella brezza del mattino. Sul comò una foto incorniciata in argento che li ritraeva nel giorno del loro matrimonio, entrambi radiosi, innamorati, strafelici. Intorno a loro la neve: si erano sposati in gennaio, e nella notte precedente alla cerimonia aveva nevicato. Parecchi degli invitati che provenivano da altre città non erano riusciti ad arrivare, perché non avevano osato mettersi in viaggio con un tempo tanto inclemente. Alla fine era stata una festa piuttosto intima, cosa che loro avevano apprezzato in maniera particolare.

Ripose nell'armadio alcune magliette che erano sulla poltrona. Proprio perché Felix aveva amato profondamente quella casa voleva lasciarla in ordine, curata. Adesso avrebbe fatto le pulizie, avrebbe tirato a lucido ogni cosa: vetri, pavimenti, scaffali e armadi, la ceramica e i mobiletti del bagno. Nel momento del commiato definitivo avrebbe voluto veder brillare ogni angolo.

Sfacchinò tutta la mattina senza badare al fatto che sudava generosamente. Quando si apprestò a svuotare l'ultimo secchio di acqua sporca erano già le due, e si alzò lamentandosi in silenzio per il mal di schiena.

Le piastrelle chiare del pavimento luccicavano nel sole. Rebecca avvertì d'improvviso una calma interiore, a lei sconosciuta o da tempo dimenticata, che sembrava darle un certo senso di soddisfazione. Finalmente aveva un traguardo da raggiungere, e intorno a lei regnava l'ordine.

Andò in bagno, prese le pillole dall'armadietto. Scese al pianterreno e le mise sul tavolo della cucina. Avrebbe fatto un altro giro in casa e in giardino per controllare che tutto fosse a posto, poi le avrebbe inghiottite, magari con un paio di pillole per dormire e due o tre bicchieri di whisky, così si sarebbe gettata ogni cosa alle spalle.

Proprio nel momento in cui notò in sala un posacenere pieno, che decise di vuotare immediatamente, sentì uno squillo.

In quel silenzio assoluto il suono improvviso la spaventò, e per un attimo non riuscì nemmeno a capire da dove provenisse. Era come impietrita, poi si rese conto che era il telefono e che stava a lei rispondere oppure lasciar perdere.

Da quando aveva completamente interrotto i contatti con tutto e tutti, da quando si era completamente estraniata dal resto del mondo e da tutto ciò che le era appartenuto, anche le telefonate erano diventate così rare che quasi aveva dimenticato la presenza dell'apparecchio nero in salotto. L'ultima volta aveva suonato quattro settimane prima, ma era solo qualcuno che aveva sbagliato numero.

Forse anche questa volta, pensò, quindi posso non rispondere.

Il telefono si zittì. Rebecca fece un lungo sospiro, poi prese il posacenere. Il telefono riprese a suonare.

Forse era una cosa importante. Benché le riuscisse difficile immaginare che ci potesse essere ancora qualcosa di importante in assoluto. Aveva tagliato i ponti con tutti. La gente l'aveva dimenticata. Aveva sempre pagato regolarmente le tasse, così come le bollette di luce e acqua.

O no? Che la telefonata riguardasse un problema di quel tipo? Qualcosa che si era dimenticata di sistemare?

Esitando sollevò la cornetta. «Rebecca Brandt» disse a voce bassa.

Un attimo dopo si era già pentita amaramente del suo gesto.

3

Aveva rovinato tutti i suoi piani. Certo le restava comunque ancora molto tempo. Ci avrebbe messo almeno due ore e mezzo per arrivare, così sarebbe toccato a lui l'onore di rinvenire il cadavere. Alla fine poco le importava di chi l'avrebbe trovata e quando, e in fondo era perfino più gradevole che accadesse subito. Altrimenti il suo corpo sarebbe rimasto lì a putrefarsi per il resto di quella calda estate, e chissà quando qualcuno sarebbe arrivato, magari per sbaglio, a scoprirla.

In piedi al tavolo della cucina stava fissando le pastiglie domandandosi cosa fosse cambiato in pochi istanti. Perché non era più in grado di compiere il gesto che fino a pochi attimi prima l'aveva riempita di una vera pace interiore e di una tranquillità da tempo ormai a lei sconosciuta? Lo squillo del telefono. Una voce che non aveva più sentito da tanto, ma che le era comunque familiare. Una risata allegra.

Maledizione! Strinse a pugno la mano destra e sferrò un colpo sul tavolo. Provò una fitta dolorosa al polso, ma era come se in realtà non le appartenesse, come se tutta la scena si fosse svolta da qualche altra parte, lontano da lei. Quella persona aveva interrotto la sua solitudine, ecco cos'era successo, con la sua telefonata era riuscita a sfondare la corazza che si era costruita attorno, mentre per lei proprio quella totale solitudine con se stessa, e quell'allontanamento dalla realtà erano stati indispensabili per raggiungere il punto al quale era approdata quella mattina, subito dopo essersi alzata: il punto di non ritorno della sua esistenza terrena.

Il processo era stato così lungo, faticoso e doloroso, che per la delusione avrebbe voluto piangere. E anche questo era un sentimento completamente nuovo, o perlomeno lungamente sopito: le lacrime le bruciavano agli occhi, e ogni momento era un'occasione per piangere. Le ultime volte che le era successo era stato poco dopo la morte di Felix. Poi più niente. Il suo lutto aveva asciugato tutte le sue lacrime.

Adesso poteva ricominciare da capo. Il mondo le aveva teso una mano, l'aveva sfiorata, l'aveva fatta piangere. Era come se qualcuno l'avesse afferrata appena in tempo prima che si gettasse senza alcuna esitazione dall'orlo del precipizio. Invece doveva rinviare tutto, perché ora era costretta a ripercorrere a ritroso il difficile cammino in salita, impiegando tutte le sue forze, passo dopo passo. Ma a un certo punto si sarebbe trovata in alto. E allora avrebbe staccato il telefono.

Prese le scatole delle pillole, le riportò in bagno, le nascose di nuovo nell'armadietto. Cercò di fissarsi nella memoria la loro immagine, il loro aspetto carico di promesse. *Le pastiglie c'erano comunque.* Avrebbe potuto recuperarle in qualsiasi momento. Da quell'istante non se ne sarebbe mai scordata.

Si vide nello specchio sopra il lavandino, un viso teso e pallido come un cencio. Com'era possibile essere così bianca in piena estate nel Sud della Francia? Era come se da almeno un anno non avesse più preso neanche un raggio di sole. In effetti era proprio così. Quando mai era uscita di casa? Al mattino prestissimo, per fare un giro in giardino, ma solo alla luce dell'alba. A volte di sera era andata in terrazza. Ma raramente. Felix aveva molto amato le lunghe serate in terrazza, che talora si erano protratte fino a notte fonda. Avevano bevuto insieme un bicchiere di vino rosso e avevano contato le stelle cadenti. Come avrebbe potuto sopportare l'aria tiepida, il vento caldo e il chiaro di luna senza di lui?

Si spazzolò i capelli. Dal momento che, purtroppo, avrebbe ricevuto visite, avrebbe dovuto fare la spesa nel vicino paese. Aveva il freezer pieno, a dire il vero, ma non aveva alcuna intenzione di cucinare. La scossa emotiva di quella mattina era stata troppo forte, sentiva chiaramente che non avrebbe mai trovato il vigore necessario per mettersi ai fornelli. Sapeva di un negozietto dove si potevano acquistare insalate pronte, e anche dell'ottimo formaggio. Avrebbe scaldato una baguette. Probabilmente sarebbe stato sufficiente. In fin dei conti non era stata lei a pregarlo di farle visita.

Il negozio si trovava al porto di Le Brusc. Schiere di turisti si spintonavano lungo la passeggiata, uomini orrendi e panciuti, mezzi nudi e con la pelle lucida di olio solare, donne con microscopici bikini che non coprivano per nulla le smagliature, ragazzini urlanti e teenager immusonite, dai fisici perfetti ma dagli sguardi insignificanti. Dai banchetti lungo la strada saliva l'odore di fritto. Würstel e patatine, polli arrosto, pizze che trasudavano olio, quiche dall'odore di speck affumicato, che con ogni probabilità gli ambulanti avevano preparato con gli avanzi della settimana precedente, o almeno così sembrava a un'occhiata attenta. Rebecca si domandava come la gente potesse mangiare roba del genere, perdipiù con quel caldo. Si chiedeva come quell'odore non bastasse a farli stare male, e come, in assoluto, fosse possibile sopportare quel caos e il contatto ravvicinato di tanti corpi seminudi e sudati.

E perché poi non riusciva a vedere altro che gente orribile?

Sapeva bene che la zona non era popolata esclusivamente da uomini sgradevoli, e che Le Brusc non era il punto di ritrovo delle donne che portavano un bikini senza poterselo permettere. Di sicuro avrebbe potuto incontrare anche teenager spensierate e bambini deliziosi. Ma forse sono proprio la bruttezza e la volgarità a prevalere oscurando la bellezza, fin quasi a farla scomparire. Pure lo stato d'animo di Rebecca faceva sicuramente la sua parte in queste considerazioni. Stava per dire addio alla vita e al mondo, e questo prevedeva anche l'esaltazione degli aspetti sgradevoli dell'esistenza così come la negazione di quelli positivi.

Certo quel giorno, passeggiando lungo il porto, non le fu difficile. Quando ebbe raggiunto il negozio dove intendeva fare la spesa, era stata urtata e spinta un'infinità di volte, si era ritrovata con una macchia di olio solare sulla manica della maglietta bianca e aveva evitato per un soffio un ragazzo che, noncurante della folla, era transitato come un proiettile sul suo skateboard. Aveva un gran caldo e sentiva che le sarebbe esploso il mal di testa. Tuttavia, benché in realtà fosse solo seccata e sfinita – o forse era proprio quello il motivo? –, nel momento in cui aprì la porta del negozietto le venne improvvisamente da pensare al fatto particolare di trovarsi lì in quel momento e di avvertire il peso e il fastidio del suo corpo, dolorante e sudato, mentre, se i suoi programmi non avessero dovuto subire quel cambiamento inaspettato, sarebbe già stata morta. E così il suo corpo non avrebbe più sentito nulla.

D'improvviso si sentì rabbrividire, tremare, e la cosa non era certo dovuta all'aria resa decisamente più fresca dal condizionatore.

Per fortuna dietro al banco non c'era il proprietario, ma una ragazza che presumibilmente vi lavorava durante l'estate e che Rebecca non conosceva. Lei e Felix si erano spesso serviti in quel negozio, ma lei non c'era più entrata dal giorno della sua morte, e le avrebbe creato un certo disagio dover dare risposte e spiegazioni. E ancor più l'avrebbero infastidita parole di cordoglio. Benché la gente fosse naturalmente mossa dalle migliori intenzioni, i commenti sulla scomparsa di Felix le erano sempre suonati piuttosto falsi. Perché nemmeno lontanamente avrebbero mai potuto intuire il dolore che lei provava effettivamente, perché nessuna partecipazione e comprensione avrebbe mai potuto essere simile a ciò che la perdita del marito significava per lei. La fine di lui era stata la sua fine, ma chi l'avrebbe mai capito? *La vita va avanti* le era parsa la frase più beffarda fra tutte. Il commento di Felix sarebbe stato uno solo: *stronzate*. La vita non andava affatto avanti. Si poteva respirare, mangiare, bere, sentir battere il proprio cuore e tuttavia essere morti. Aveva provato a spiegarlo a qualcuno, ma senza il benché minimo risultato.

Comprò formaggi di diverse qualità, insalate e olive, e quando fu fuori si rese conto che senza volerlo aveva fatto la spesa proprio come prima, quando c'era Felix: aveva scelto tutte cose che piacevano soprattutto a lui. Così come fino a quel momento aveva continuato a cucinare i piatti che lui amava, anche quando lei non ne mangiava affatto, magari perché non aveva fame e finiva per buttarli. Era come se stesse seguendo delle regole che non avrebbe mai smesso di osservare. Non riusciva a comportarsi come se lui fosse morto.

Comportarsi come se lui fosse morto!

Quasi avrebbe riso, anche se non era certo dell'umore giusto per farlo. Che modo strampalato di pensare. Non riusciva a comportarsi come se lui fosse morto. Ma era morto, maledizione. Era stata al suo funerale, aveva gettato una manciata di terra sulla sua bara e aveva percepito la presenza delle persone intorno a lei come attraverso un velo o un muro, tutti quei visi tristi, contriti, qualcuno addirittura in lacrime, e si era parlato di una perdita incolmabile e del fatto che Felix fosse stato strappato troppo presto ai suoi cari.

«Cerchi di non leggere l'arbitrio, la sorte ingiusta nella sua morte» le aveva detto il parroco, e anche la sua voce le era parsa lontanissima, «era scritto che dovesse morire in questo momento e in questo modo, e un giorno si troverà una risposta alla sua domanda disperata: *perché?*»

Merda, aveva pensato lei allontanandosi.

Tenendo ben stretta la borsa della spesa si gettò nella folla, decisa ad abbandonare al più presto quel caos per rientrare nella quiete di casa sua. Quando qualcuno la prese per un braccio istintivamente cercò di divincolarsi, senza nemmeno guardare chi fosse, poi però una voce familiare l'apostrofò con un: «Madame!» e Rebecca alzò lo sguardo sul viso abbronzato di Albert, il direttore del porto.

Lui e Felix erano stati più o meno amici, lontani per tipo di formazione e educazione, tuttavia uniti dalla passione per la vela e per tutto ciò che aveva a che fare con il mare e la navigazione. Avrebbero potuto stare insieme per ore, seduti a parlare di avventure veliche passate, bevendo pastis, che Rebecca invece non amava affatto. Raramente aveva preso parte a questi incontri. Lei personalmente non andava in barca e quindi non aveva nulla da raccontare. Al contrario aveva sempre avuto l'impressione che la sua presenza in qualche modo impedisse ai due amici di divertirsi a raccontar balle a ruota libera. Quindi si era sempre tirata indietro. Era giusto che Felix avesse quei momenti di svago.

«Madame, che bello rivederla!» le disse Albert raggiante. Parlava francese con uno spiccato accento provenzale e, come sempre, Rebecca fece abbastanza fatica a capirlo.

«Come va, Madame? Non sapevo che avrebbe passato qui l'estate!»

Rebecca non aveva voglia di spiegargli che ormai da parecchi mesi viveva qui, che aveva venduto la casa in Germania e che non aveva alcuna intenzione di farvi ritorno. Voleva evitare che Albert cominciasse a farle visita per trasferire a lei l'amicizia che aveva nutrito per Felix.

«Devo sistemare varie cose» gli rispose in tono evasivo, «altrimenti casa e giardino diventano un caos... qualcosa bisogna fare per forza.»

«Se ha bisogno d'aiuto...»

«Me la cavo da sola, grazie.» Notò che stava parlando in modo assai poco affabile, perciò aggiunse: «Lei è veramente molto gentile, Albert. Se dovessi avere qualche problema, so a chi rivolgermi».

Albert sospirò. «Ero molto affezionato al signor Brandt. Era una persona fantastica. E poi in barca era proprio bravo. Eccezionale, veramente.»

«Sì» replicò Rebecca con una certa rigidità, poi un silenzio imbarazzato si stese fra loro, mentre tutt'intorno la vita di spiaggia continuava con il suo vociare vivace e rumoroso.

«Che ne sarà della *Libelle* ora?» le domandò Albert dopo un attimo. «Voglio dire, io continuo di sicuro a occuparmene, ma è un peccato che nessuno la usi più. Una barca così bella! E poi lei paga anche una bella cifra per il posto barca, e...»

«È forse successo qualcosa?» gli domandò Rebecca.

Albert alzò entrambe le mani, come per difendersi. «Che Dio me ne guardi, no! Voglio solo dire... mi preoccupo per la barca. Il signor Brandt ci teneva tanto. A volte penso...» Lasciò la frase a metà.

«Cosa?»

«A volte penso che non sarebbe contento di sapere la *Libelle* qui a beccheggiare in porto. Una barca come quella deve navigare a vele spiegate, sentire il vento, la schiuma, il sale... così si intristisce.»

Anche Felix aveva sempre parlato della *Libelle* come di un essere vivente, quindi Rebecca non si stupì sentendo la preoccupazione di Albert. Gli sorrise, disarmata. «Io non so andare in barca, non ho mai preso la patente.»

«C'è sempre tempo per imparare.»

Era veramente una barzelletta. La giornata si stava rivelando una sequenza di episodi assurdi. Adesso le proponevano pure di prendere la patente nautica.

A quell'ora avrebbe dovuto essere morta!

Quasi che la vita avesse deciso di passare alle maniere forti. Pur di distoglierla dal suo intento. Quasi cercasse di apparire interessante, importante e soprattutto promettente. Ma con lei il trucco non avrebbe funzionato. A proposito della voglia di vivere, nessuno avrebbe più potuto fare nulla.

«Vedrò» disse in tono evasivo.

«Potrei anche aiutarla, se decidesse di vendere la *Libelle*» propose Albert. «Farei in modo di trovarle un buon acquirente. Qualcuno che sappia apprezzarla.»

«Albert, ci devo pensare. Mi faccio viva appena ho deciso. La ringrazio comunque per il suo impegno. Grazie mille.»

Mentre proseguiva si domandò se lo avrebbe mai cercato davvero. Sul momento l'aveva detto solo per sganciarsi senza essere sgarbata. Ma mentre cercava le chiavi dell'auto nelle tasche dei jeans, si domandò se fosse più o meno corretto interpretare l'andamento di quella giornata – la telefonata, la sua conseguente discesa al porto, l'incontro con Albert – come una concatenazione casuale e assurda di eventi che aveva mandato a monte il suo progetto di fuga dal mondo. In fondo poteva leggerlo come un segno del destino. Aveva preso la sua decisione di andarsene e non aveva tenuto conto della cosa alla quale Felix era stato più affezionato.

«Subito dopo di te» le aveva detto qualche volta, «la *Libelle* viene subito dopo di te!»

Forse avrebbe dovuto accettare la proposta di Albert e cercare una buona sistemazione per la barca. E solo a quel punto levarsi definitivamente di torno.

Sospirò sedendosi nella macchina bollente. Abbassò i finestrini, depose la borsa della spesa sul sedile del passeggero e lanciò uno sguardo al mare. Qualche barca era uscita nonostante la quasi totale bonaccia. Rivide Felix, quello sguardo particolare che aveva ogni volta al rientro dalla vela. Così rilassato. Felice. Pareva assolutamente in pace con se stesso, come se per qualche ora fosse riuscito a scrollarsi di dosso tutto ciò che lo opprimeva rendendo la sua vita faticosa.

Accese l'auto.

Così le restava ancora una faccenda da sistemare.

4

Kenzo corse verso la staccionata e, non appena Karen ebbe aperto il cancello, iniziò ad abbaiare rivolto alla casa dei vicini. Era una giornata strana, c'era aria di temporale, già dalle prime ore del giorno aveva fatto un gran caldo benché non splendesse il sole e il cielo fosse plumbeo. Tirava un vento secco, a raffiche.

«Ora di sera si scatena» aveva detto Wolf a colazione prima di catapultarsi fuori di casa ancora con l'ultimo boccone in bocca. Doveva partecipare a una non meglio definita riunione, comunque importantissima, per preparare la quale aveva già fatto gli straordinari il giorno prima, tornando a casa quasi a mezzanotte. Sembrava voler sfuggire al contatto diretto con la moglie. Karen non ne capiva il motivo, e lui evitava immediatamente qualunque suo tentativo di approfondire la questione.

Questo comportamento la feriva? Non avrebbe saputo dirlo. Dal momento che la sua vita era sempre più solitaria e frustrante, non era più in grado di isolare i singoli episodi di disappunto. Il comportamento di Wolf rientrava in un problema molto più vasto, una crisi esistenziale di cui lui era solo uno tra i tanti aspetti dolorosi che la accompagnavano giorno dopo giorno.

Kenzo continuava ad abbaiare e Karen, che si era appena accomodata sul divano in salotto e, sentendosi una volta di più completamente sopraffatta dalle incombenze di quella giornata, se ne stava lì con la testa fra le mani, con un certo sforzo si risollevò. La giornata che l'aspettava... Erano già le due e mezzo del pomeriggio e cosa aveva fatto fino a quel momento? In sostanza aveva rimuginato. Aveva preparato il pranzo per i bambini, prelibatezze da freezer, perché non si era sentita di uscire a fare la spesa. I bambini poi erano andati a nuotare con alcuni amici. Come sempre Karen era stupefatta dell'energia che avevano gli altri.

 Kenzo abbaiò di nuovo. Erano tre giorni che abbaiava alla casa dei vicini, ogni volta che passava dal giardino.

 Come mai Kenzo, il mite e tranquillo Kenzo, d'improvviso si era trasformato in un cane ringhioso?

 Uscì in veranda. «Kenzo! Kenzo, in casa, subito!»

 Il cane si girò verso di lei agitando il suo moncherino di coda, poi si voltò nuovamente, si diresse alla staccionata e vi appoggiò le zampe anteriori, emettendo un lungo latrato.

 «Kenzo, adesso basta. Buono, vieni qui!»

 Sembrò non averla sentita: perché dovrebbe essere proprio lui a preoccuparsi dei miei desideri, pensò Karen, quando non lo fanno nemmeno Wolf e i bambini?

 Dal giardino confinante sull'altro lato giunse la voce seccata di una donna anziana. «Tutti i giorni la stessa solfa! Non ne posso proprio più! Non potrebbe insegnare al suo cane a non abbaiare?»

 Karen fu tentata di ignorare la vecchia attaccabrighe e svignarsela in casa chiudendosi la porta alle spalle, ma subito le venne in mente che fin dall'inizio aveva deciso che sarebbe stato importante vivere in buona armonia con i vicini. Le costò uno sforzo enorme avvicinarsi alla staccionata e tentare di rivolgere un sorriso allo sguardo cattivo di chi le stava di fronte.

 «Buongiorno. Mi dispiace molto che il mio cane la disturbi, ma...»

«D'estate faccio il riposino in terrazza» ringhiò la vecchia, «e non è certo l'ideale un cane che abbaia in continuazione.»

«Non capisco che cos'abbia. Di solito non abbaia mai. È un paio di giorni che qualcosa lo disturba nella casa dei vicini. Mi sembra veramente furioso.»

Era evidente che la vecchia se ne faceva un baffo del motivo che spingeva il cane ad abbaiare. Il suo unico desiderio era che smettesse.

«Anche quelli hanno avuto il cane, fino a due anni fa» le disse lanciandole uno sguardo velenoso, come se la ritenesse in qualche modo colpevole per quella circostanza. «Quelli dell'altra casa. Ma lui sapeva ubbidire, glielo posso garantire! Non lo si sentiva mai abbaiare.»

«Be'...» iniziò a dire Karen, ma la vecchia subito la interruppe: «Loro dicevano che un cane deve sentirsi completamente sottomesso. Deve imparare che è l'ultimo della famiglia, capisce? Che occupa il rango più basso, o come diavolo lo vuol chiamare. Quello entrava sempre per ultimo dalla porta, e gli davano da mangiare sempre per ultimo. Quando uno di loro rientrava tardi il cane magari aspettava anche per ore. Così l'hanno ridotto all'obbedienza.»

Karen si sentì mancare il respiro. «Ma è roba da matti» le sfuggì.

La vecchia diede un'alzata di spalle. «Loro comunque erano molto contenti perché non faceva mai niente che loro non gli permettessero. Assolutamente niente. Tutto questo abbaiare non sarebbe certo successo con quell'altro cane.»

Karen sentì che dentro di lei, nel profondo, nonostante tutta la sua tristezza e la sua rassegnazione, qualcosa tentava di ribellarsi. Poteva essere rabbia, una misera ma guizzante fiammella di rabbia alla quale mancava l'ossigeno per trasformarsi in fiammata, in fuoco scoppiettante, ma che comunque – con grande sorpresa di Karen stessa – non si era ancora spenta. Era da molto tempo che non provava più nemmeno rabbia. Solo in quel momento se ne rese conto, all'improvviso, di fronte a quella sgradevole persona, ossuta e lunatica e con il pensiero a un povero cane ormai morto da tempo, la cui famiglia si era sempre e solo preoccupata di farlo sentire sottomesso.

«Io comunque non intendo ridurre alla completa subordinazione il mio cane» le rispose Karen con freddezza, e con sua grande sorpresa la durezza di quella reazione modificò improvvisamente qualcosa nel comportamento della vecchia, che subito si ammorbidì.

«Mah, gente strana» commentò, «come dire... dispotica. Lui perlomeno. Lei... chissà. Mi sembra sempre un po' malinconica. E arrogante. Non hanno molti amici, almeno visite ne ricevono poche. Non hanno figli né nipoti, una volta gliel'ho chiesto. Mi sa che sono completamente soli al mondo. Ma non sono fatti miei. Non ho mai avuto nulla da spartire con loro. Né l'ho mai cercato.»

«Lei sa per caso se sono partiti? Hanno le tapparelle sempre chiuse.»

«Io non mi impiccio in quello che fanno gli altri. Non me ne sono mai pentita. Ho sempre e solo ficcato il naso nei fatti miei. Non ti immischiare, e non avrai grane, questo è sempre stato il mio motto. Voglio dire, già la vita è complicata, non trova anche lei? Non c'è proprio bisogno che mi faccia carico anche dei problemi degli altri.»

«Le cose non sono sempre così semplici.»

«Per me sì» disse la vecchia convinta, e Karen pensò con orrore che in fondo poteva anche avere tragicamente ragione. A lei la vecchia pareva una persona incapace di sentimenti, non partecipando a nulla di tutto ciò che le si svolgeva intorno.

Uno potrebbe morire ai suoi piedi e la cosa non la toccherebbe, pensò Karen mentre un brivido le correva lungo la schiena, proprio quando una nuova raffica di vento caldo si avvicinava. Il cielo era diventato color dello zolfo, e in lontananza si sentiva tuonare.

«Nella notte fra domenica e lunedì» proseguì Karen «c'era una luce accesa, e una delle tapparelle era alzata. Ma la mattina dopo di nuovo niente. Strano, no? Ho suonato un paio di volte, ma non c'è stata nessuna reazione.»

«Perché le preme tanto rintracciare quei due?»

Karen le spiegò in breve del viaggio e della posta che si sarebbe accumulata nella cassetta.

La vecchia parve combattuta, ma alla fine disse: «Lo posso fare io per lei. Se mi porta la chiave della cassetta lo faccio volentieri».

«Ah, sarebbe proprio gentile da parte sua» le rispose Karen visibilmente grata, «lei è veramente molto carina.»

La vecchia bofonchiò qualcosa e si volse per andare. Karen ne dedusse che la conversazione era terminata. Chiamò ancora una volta Kenzo, il quale questa volta obbedì senza esitazioni. Scodinzolando guardava verso il cielo, come spaventato. Evidentemente il temporale in arrivo era molto più efficace delle parole della padrona e di buon grado si avviò per rientrare nella sua cuccia.

«Resta qui» gli disse Karen, «torno subito.»

Le era venuta un'idea.

Vado solo a vedere, pensò.

Benché le prime gocce ormai cominciassero a scendere, corse fuori verso la casa dei vicini. Non le fu nemmeno necessario arrivare fino al cancello per vedere quello che cercava: la cassetta della posta, dalla quale spuntava l'angolo di una busta. E il tubo dei giornali nel quale erano infilati due quotidiani. Un terzo giornale era appoggiato sul muretto e quindi si sarebbe completamente sciolto nel temporale che stava per scoppiare.

Quindi erano via. Evidentemente non avevano incaricato nessuno per la posta. Né avevano disdetto la consegna del quotidiano.

Eppure qualcosa non la convinceva affatto. Karen li conosceva pochissimo, tuttavia non le parevano certo i tipi che partono lasciandosi dietro il caos. Per quanto poco simpatici e altezzosi, e di sicuro autoritari, erano comunque persone perbene, in grado di tenere la situazione sotto controllo, tutt'altro che dei confusionari.

Fissò la casa silenziosa con le tapparelle abbassate. La pioggia stava aumentando e Karen ebbe un brivido che non sapeva se attribuire alla frescura o a cos'altro.

Come aveva detto la vecchia qualche minuto prima? *Non c'è proprio bisogno che mi faccia carico dei problemi degli altri!*

Lentamente Karen si volse per rientrare.

5

Rimase sconvolto dallo stato in cui trovò Rebecca. L'aveva vista l'ultima volta il giorno del funerale di Felix, e allora gli era sembrata scioccata e sconvolta, ma nonostante tutto il turbamento aveva ancora ritrovato in lei la donna che aveva conosciuto. Ora, nove mesi più tardi, gli parve di avere davanti a sé un'altra creatura.

Era molto dimagrita, ma questo sarebbe stato il minore dei mali, in fondo era prevedibile. Nonostante avesse perso più di dieci chili, non si era comperata vestiti nuovi, così i pantaloni e la maglietta le stavano addosso come un sacco, sottolineando la magrezza esagerata. Era pallida come un cencio, quasi trasparente, e sembrava addirittura aver cambiato fisionomia: le guance terribilmente scavate, tanto che gli zigomi sembravano più alti e larghi. Aveva un'aria più dura e dimostrava più dei suoi quarantatré anni.

La cosa che però letteralmente lo spaventò fu lo sguardo spento – l'avrebbe quasi definito privo di vita – nei suoi occhi. Erano occhi appannati, senza vivacità. Non brillavano più, né mostravano alcuna emozione. Non avrebbe nemmeno potuto dire che erano occhi *tristi*. Semplicemente privi di espressione. Vuoti. Come se anche lei fosse morta insieme a lui, pensò con grande tristezza.

Si erano seduti in terrazza, sul retro, davanti a loro lo scenario fantastico delle rocce, del mare e del luminoso cielo estivo blu. Rebecca aveva portato in tavola le insalate, il formaggio, la baguette e un vino bianco leggero. Lei però ne bevve appena un goccio, e non toccò neppure il cibo nel piatto.

Dopo un lungo inizio silenzioso – accompagnato dalla sgradevole sensazione da parte di Maximilian che Rebecca fosse impaziente che lui se ne andasse –, le disse senza tanti preamboli: «Quello che ti ho detto oggi a mezzogiorno al telefono non è vero. Che ero comunque da queste parti. In realtà sono venuto solo per te».

«Me l'ero immaginato.» Persino la sua voce era diversa. Adesso era priva di calore e anche di quella piacevole musicalità che l'aveva sempre contraddistinta. Priva di emozione, come gli occhi. «Del resto perché mai avresti dovuto essere in zona?»

«Appunto» concordò lui, «prima ci capitavo per venire da voi. E adesso per venire da te.»

Lo guardò. «Maximilian, non ti devi preoccupare per me. Ho tutto quello che mi serve. Felix mi ha lasciato in una botte di ferro e...»

La interruppe. «Scusami, Rebecca, ma non si tratta di stabilire se hai tutto ciò che ti serve! Se hai abbastanza soldi! Io sono preoccupato per te! Da un giorno all'altro hai praticamente cancellato la vita che avevi condotto fino a quel momento in Germania, sei sparita qui in Francia, dove non conosci nessuno, non lavori e vivi nella più completa solitudine. Non ti sei più fatta viva! A un certo punto non ho più resistito. Ho voluto vedere se eri ancora al mondo!»

Gli sorrise debolmente. In realtà si trattava di una smorfia appena accennata delle labbra, che solo con molta buona volontà si sarebbe potuta interpretare come un sorriso. «Come facevi a sapere che ero qui?»

«L'ho immaginato. In fondo non potevi essere altrove: il luogo che Felix amava di più. Ho pensato che ti saresti ritirata qui.»

«Appunto» rispose lei, «lo vedi con i tuoi occhi. Il luogo che Felix amava di più. Infatti qui sto bene.»

Si accorse che stava per arrabbiarsi, e dovette sforzarsi per non far trasparire il suo stato d'animo. «Scusa, non te ne avere a male, Rebecca, ma non hai proprio l'aspetto di una donna che sta bene! Sei pallida come una maschera di gesso, sei magrissima e ti muovi come se fossi in trance. Dovresti vederti. E certo non c'è nulla di cui stupirsi. Vivi qui in compagnia di un morto ed è una cosa...»

La vide come scossa da un brivido.

«Scusami» le disse con voce più pacata, «ma questa è la sensazione che ho. Qui tutto ricorda Felix, manca solo lui.»

«Ma va?» lo apostrofò con tono cinico. Si accese una sigaretta mentre le mani le tremavano leggermente.

«Non voglio dire che devi dimenticarlo» disse Maximilian. «Nessuno riuscirebbe mai in un'impresa del genere. Ma bisogna continuare a vivere.»

«E chi lo dice che bisogna?»

Sospirò. «Devi avere intorno qualcuno. Amici. Conoscenti. Un lavoro che ti soddisfi. Non significherebbe un tradimento nei suoi confronti. Né significherebbe di sicuro perderne la memoria. Ci sarebbe ancora la casa. In ogni momento potresti...»

«Maximilian» lo interruppe con una voce che finalmente rivelava un tono più deciso, «non ti ho chiesto di immischiarti nella mia vita. Hai voluto farmi visita e ho acconsentito. Ma adesso non intendo darti spiegazioni riguardo a un mio problema. Sono padrona di decidere come intendo vivere.»

Anche lui prese una sigaretta. In realtà aveva smesso di fumare, ma in quel momento pensò che una sigaretta era quello che ci voleva.

«Era il mio migliore amico» riprese con vigore, «e tu eri sua moglie. Io sento nei confronti di Felix l'impegno di non lasciarti andare alla deriva, perciò non riuscirai a liberarti di me con tanta facilità, come ti sei liberata di ogni altro aspetto della tua vita. Santo cielo» si alzò cominciando a gesticolare con la sigaretta, «mi farebbe quasi piacere che non ti avesse lasciato in condizioni economiche così tranquille! Almeno saresti costretta a lavorare! Non potresti startene qui seduta a fissare le pareti!»

Anche lei si alzò. Di nuovo il suo viso aveva assunto una maschera impassibile. Non le fu necessario dire una sola parola, il suo atteggiamento complessivo parlava già abbastanza chiaro: voleva che lui se ne andasse. Per quanto la riguardava il loro breve incontro era già terminato.

«Rebecca» le disse come supplicandola, ma ormai senza speranza.

Non gli rispose. Nel silenzio che si era creato fra loro sentirono da lontano il cancello che cigolava.

Rebecca aggrottò la fronte.

Non viene mai a trovarla nessuno, pensò Maximilian, e quando sente il cigolio del cancello fa una faccia che altri farebbero di fronte a una scossa di terremoto.

«Credo sia per me» disse, «probabilmente i miei compagni di viaggio.»

Non pareva affatto interessata. Comunque aprì la bocca e, per la prima volta da quando era arrivato, i suoi occhi mostrarono almeno di concentrarsi su un pensiero.

«Pensi che potrebbe interessarti rilevare la *Libelle*?» gli domandò.

6

Un po' alla volta Inga cominciò a essere preoccupata per i suoi piedi. Li sentiva pulsare, dalle vesciche su fino ai malleoli. Mentre Marius montava la tenda si era tolta le bende restando sciocc ata alla vista dei crateri sanguinolenti che parevano essere peggiorati anziché migliorati.

«Credo» disse «che dovrò farmi vedere da un medico.»

In quel momento Marius stava lottando vigorosamente con paletti e teli. Maximilian Kemper li aveva lasciati nei pressi di un campo abbandonato e completamente inselvatichito che si trovava di fianco alla proprietà di una conoscente a cui voleva fare visita. L'erba alta e i rami degli arbusti di rose, pieni di spine, rendevano molto difficile il cammino, tuttavia in qualche modo erano riusciti a raggiungere uno spiazzo che godeva dell'ombra di alcuni alberi d'alto fusto, e lì avevano individuato una piccola radura coperta di muschio, ideale per la tenda. Marius era andato avanti per un tratto e aveva annunciato felice che poco più in là cominciavano gli scogli che si gettavano a picco nel mare.

«Devi vedere, devi proprio vedere!» aveva gridato, ma Inga aveva replicato: «Non adesso, Marius. Non sto quasi più in piedi. Non riesco nemmeno a darti una mano con la tenda. I piedi mi fanno un male infernale.»

«Nessun problema. Faccio da solo! Rimani lì seduta e riposati!»

A quel punto, dopo la sua osservazione circa l'opportunità di farsi visitare, sollevò lo sguardo dal lavoro della tenda. «Davvero?» le domandò. «Ti fa veramente così male?»

«Direi proprio di sì.»

Le si avvicinò per osservare i suoi piedi. «Santo cielo. È terribile. Deve farti un male cane!»

«Non è piacevole. Mi servirebbe almeno una pomata per togliere l'infiammazione.»

Rifletté. «Ascoltami bene, magari io vado fino alla casa della conoscente di Maximilian, può essere che abbia qualcosa da darti. Oppure Maximilian ti accompagnerà dal dottore.»

«Non mi va molto» disse Inga, anche se sapeva bene di non avere altra scelta che chiedere nuovamente aiuto alla persona gentile che li aveva accompagnati fino a lì.

Osservò Marius che con passo agile attraversava l'erba alta. L'avevano ritrovato subito nel paesino della Provenza settentrionale, dopo aver girato in due o tre strade. L'avevano adocchiato seduto all'ombra di un ulivo, a guardare nel nulla davanti a sé. Inga si era sentita mancare.

«Certo non è quello il modo per trovare un supermercato» aveva commentato, e Maximilian era scoppiato a ridere. «E in ogni caso trovare un supermercato qui è quasi impossibile.»

Marius aveva fatto un balzo per la paura, quando la macchina si era fermata davanti a lui, e aveva fissato Inga con occhi interrogativi. «Ehi! Cosa succede? Da dove...?»

«Sali» era stata la sua risposta secca. «Mentre tu te ne stavi qui tranquillo a riposare, sono riuscita a combinare un passaggio fino al mare.»

Marius non aveva nascosto il suo imbarazzo. «Mi girava la testa. Probabilmente per il caldo. Volevo stare seduto un momento e basta, ma... mi devo essere addormentato...»

Si fregò gli occhi. Inga si pentì dei pensieri velenosi che aveva avuto. Lei non si sentiva praticamente più in grado di muovere neanche un passo, ma almeno Marius doveva tirare avanti per forza.

Aveva fatto le presentazioni fra i due e Maximilian aveva ripetuto che la sua meta era Cap Sicié.

«Vado a trovare una vecchia amica. Se volete venire con me...»

Naturalmente Marius aveva subito ritrovato la sua baldanza, come se avesse sempre saputo che sarebbe passato qualcuno per portarli direttamente al mare. Aveva bevuto qualcosa e mostrato a Inga il pollice alzato, in segno di vittoria. Lei aveva gettato uno sguardo ai suoi piedi dolenti e aveva concluso che per lui le cose si risolvevano sempre molto in fretta, e che le difficoltà appena superate venivano subito accantonate. Forse dipendeva anche dal fatto che i problemi non lo assillavano mai come succedeva a lei. *Lei* si era sentita nel panico, non lui. *Lei* aveva visto fin dall'inizio solo difficoltà nel progetto di quel viaggio. *Lei* era sicura che mai nessuno sarebbe comparso ad aiutarli in quella situazione miserevole. *Lei* era quasi crollata. Non lui. Lui non crollava. Era forse più coraggioso, più sicuro di sé e fiducioso? Stranamente, pensandoci bene, Inga non gli avrebbe attribuito facilmente nessuna di queste qualità.

Lo stesso pensiero le tornò in mente mentre era seduta sul prato all'ombra delle piante e lo guardava allontanarsi. No, la sensazione che aveva era che tutto quanto accadeva non lo toccasse mai veramente. Nonostante la sua serena spensieratezza, che a un'analisi superficiale si sarebbe potuta interpretare come pura e semplice gioia di vivere, le dava sempre la sensazione di essere un po' distante dal mondo, protetto da una sorta di corazza che gli evitava il contatto con tutto ciò che di spiacevole, difficile e problematico il mondo poteva procurargli. Nonostante il suo viso sempre sorridente, a volte Inga aveva l'impressione che non fosse affatto felice come sembrava. Era l'assenza di situazioni sfortunate e sgradevoli che lo faceva risultare così radioso.

Non è una serenità autentica.

Con decisione cercò di scacciare questi pensieri. Era sempre stato un suo punto debole quello di tentare di analizzare persone e fatti nei minimi dettagli. La sua ultima relazione era fallita proprio su questi aspetti. Non voleva assolutamente ripetere gli stessi errori. Era del tutto inevitabile che fra lei e Marius nascesse qualche problema. Lui prendeva la vita come veniva, senza porsi molti pensieri sul domani, lei invece faceva mille considerazioni preoccupate sul futuro: due mondi destinati a scontrarsi in maniera esplosiva.

Ma magari in questo modo ci compensiamo, pensò sonnacchiosa stendendosi nell'erba e guardando il cielo blu sopra la sua testa, magari lui mi aiuta a essere un po' meno complicata, e io gli evito di mettersi nei guai a cuor leggero.

Chiuse gli occhi.

Quando li riaprì non avrebbe saputo dire quanto avesse dormito. Davanti a lei il viso sorridente di Marius. Al suo fianco Maximilian la guardava preoccupato. Poi vide una donna. Una donna molto bella, con lunghi capelli scuri, il viso pallido e gli occhi di una tristezza infinita. Teneva in mano un tubo di crema e delle bende, ma scuoteva la testa sconsolata.

«C'è ben poco da fare. Le ferite sono sicuramente infettate. Sarebbe molto meglio che la visitasse un medico.»

«Va bene» disse Maximilian. Tese una mano a Inga. «Riesce ad arrivare alla macchina?»

Inga fece cenno di sì con il capo.

«Adesso la accompagno da un dottore» le disse.

Giovedì, 22 luglio

1

Nel cuore della notte squillò il telefono. Karen si risvegliò immediatamente dal suo sonno inquieto e leggero, si mise seduta nel letto e tese l'orecchio nel buio. Il cuore le batteva forte. La radiosveglia segnala le due e mezzo. Una telefonata a quell'ora non poteva significare niente di buono.

Il telefono squillò nuovamente, con un suono che sembrava molto più acuto che durante il giorno.

«Wolf» mormorò, «il telefono!»

Wolf borbottò qualcosa di incomprensibile, si avvolse il cuscino intorno alla testa e si voltò a pancia in giù. Era più che evidente che non si sarebbe alzato, perciò Karen scese dal letto e a tentoni raggiunse l'apparecchio del corridoio.

«Pronto?» disse. «Chi è?»

All'inizio non riuscì a sentire assolutamente niente. Poi si rese conto che dall'altro capo dell'apparecchio le arrivava un fruscio, forse un respiro. Un respiro soffocato, forzato.

«Pronto?» ripeté. «Ma chi parla?»

Di nuovo nessuna risposta, solo il respiro, ora un po' più nitido. Una sensazione sgradevole, le vennero subito in mente vicende delle quali aveva letto o sentito: di uomini che alle ore più impensate telefonavano a donne ignare, evidentemente godendo della loro confusione o del loro disagio, e traendone una perversa soddisfazione sessuale. In genere però questi episodi erano anche accompagnati da oscenità o minacce, mentre il suo interlocutore era assolutamente muto. Inoltre – e Karen non avrebbe saputo spiegare il motivo della sua impressione – quello strano respiro non sembrava l'ansimare eccitato di un maniaco. Sembrava piuttosto il respiro di una persona spaventata, e affaticata. Di qualcuno a cui mancasse l'aria e che per questo motivo non riuscisse a parlare.

Forse per questa ragione Karen esitava a sbattere semplicemente giù la cornetta e tornarsene a letto senza tante storie.

«Per favore, dica qualcosa» disse.

Lo sconosciuto sembrò voler articolare una parola, ma ne risultò solo un suono sordo. Il respiro si era ulteriormente indebolito, ormai era una specie di rantolo.

Solo quel respiro, debole e irregolare.

«Senta, chiunque lei sia, non posso fare niente per lei» proseguì Karen. «Dovrebbe dirmi il suo nome, o il suo telefono o il suo indirizzo. Altrimenti non posso fare proprio niente.»

Aspettò. Non aveva idea di quanto tempo fosse passato, se qualche minuto o di più. Si rese solo conto che nonostante la calda notte estiva sentiva un gelo salirle lungo le gambe, che la costringeva a saltellare da un piede all'altro. E le parve che qualcosa di minaccioso si stesse affacciando alla sua vita, la stesse agguantando, qualcosa che non aveva nulla a che fare con la sua quotidianità.

«Adesso riappendo» aggiunse in tono precipitoso, poi, sbattuta giù la cornetta, rimase con gli occhi puntati all'apparecchio, come se da quell'individuo si aspettasse una spiegazione di qualche genere, o almeno una reazione, anche solo un nuovo squillo. Ma non accadde nulla. La notte tornò silenziosa e calma, come se non fosse successo niente.

Karen sgattaiolò di nuovo a letto. Sapeva che a quel punto non sarebbe mai più riuscita a addormentarsi.

«Wolf» lo chiamò sottovoce.

Lui rispose borbottando: «Cosa c'è?»

«Una cosa strana. C'era qualcuno al telefono, ma non ha detto una parola. Respirava soltanto.»

«Lo scherzo di un cretino.»

«Non so... se era un uomo o una donna... respirava in un modo strano.»

Wolf sbadigliò. «Sarà stato uno di quei pervertiti. Uno di quelli che si eccitano sentendo una voce.»

«Non era quel tipo di respiro. Era...» Non sarebbe mai riuscita a tradurlo in parole. «Come se qualcuno fosse veramente in difficoltà. Come quando uno fa fatica a respirare e si sforza di dire qualcosa...»

Wolf sbadigliò di nuovo. «Karen, hai una fantasia molto vivace. Ti metti in testa le cose più straordinarie. Sai però cosa non sarebbe male? Se tu non lo facessi nel cuore della notte. Ci sono persone che di giorno lavorano duro, e di notte hanno bisogno di dormire.»

«Non gli ho mica detto io di telefonare!» D'improvviso le venne in mente una cosa, e si mise di nuovo seduta nel letto. «E se fosse mia madre?»

«Ma tua madre mica si mette a telefonarti a quest'ora!»

«Se avesse bisogno di aiuto lo farebbe.» Karen si preoccupava parecchio per la madre. Era rimasta sola nel grande appartamento dove aveva vissuto con il marito, e si opponeva strenuamente ai tentativi della figlia, che sperava di convincerla a trasferirsi in un appartamento più piccolo vicino a lei e a Wolf. Karen le avrebbe addirittura proposto di andare a stare con loro, ma al minimo accenno a questo argomento il marito aveva sempre protestato violentemente.

«Eh, no, cielo! Questo proprio no! Tua madre è una persona perbene, ma sotto lo stesso tetto con la suocera... non fa per me! Cerca di toglierselo subito dalla testa!»

«Proverò a chiamarla» decise Karen saltando di nuovo giù dal letto. «Se no non riesco a mettermi tranquilla.»

Wolf protestò. «Senti, Karen, a volte sei proprio insopportabile! Lasciala dormire quella poveretta. Insomma, come fai a essere così isterica? Non puoi nemmeno immaginarti quante persone vengono svegliate di notte da qualche fessacchiotto, ma non è che poi solo per questo motivo fanno tutte queste scene!»

Karen era già uscita dalla stanza, aveva raggiunto il telefono e stava digitando il numero della madre. Ci volle parecchio prima che l'anziana signora rispondesse. Aveva la voce addormentata e fu assai sorpresa quando capì che era sua figlia a chiamarla.

«Santo cielo, Karen! È successo qualcosa? I bambini? Wolf?»

Fu subito chiarito che non aveva nulla a che fare con la chiamata misteriosa ed era anche molto stupita del fatto che Karen potesse aver considerato l'eventualità di una sua telefonata nel cuore della notte.

«Scusa, sai, ma chiamerei subito la guardia medica» le spiegò la madre aggiungendo poi in tono d'accusa: «Devo dire che mi hai fatto prendere un bello spavento. Mi è venuta la tachicardia. Non farlo più, Karen. Cosa ti sta succedendo? Sei un po' troppo tesa ultimamente, mi pare.»

L'osservazione aveva fatto centro, in fondo era quello che diceva sempre anche Wolf. Ancora una volta Karen ebbe una gran voglia di piangere.

«E come ti viene in mente una cosa del genere?» le domandò con una voce che anche alle sue orecchie suonò stridula e incerta, come quella di una scolaretta.

«Insomma, recentemente mi hai raccontato che non riuscivi a trovare qualcuno che ti ritirasse la posta durante le vostre vacanze, e mi sei sembrata molto agitata per questo. Come se si trattasse di un problema di importanza capitale!»

Era come se si fosse messa d'accordo con Wolf. *Bisognerà che parliamo sul serio a Karen! È sempre più strana. Si agita per cose che non meritano alcuna attenzione. Non è facile starle vicino. E dire che è sempre stata una persona più che ragionevole!*

«Quel problema è risolto» rispose riflettendo che si stava comportando come chi sente di doversi giustificare, e questo la irritava. «Voglio dire, la faccenda della posta. Ho trovato chi se ne occupa.»

«Benissimo. Cerchiamo di non fasciarci la testa prima del tempo. Adesso vado a farmi una camomilla. Cielo, una telefonata del genere nel cuore della notte è uno spavento atroce!»

Figurarsi poi se all'altro capo c'è qualcuno che respira affannosamente e non dice una parola, pensò Karen, *ma tutti si stupiscono che io mi sia agitata e spaventata. Mi dicono che sono tesa e isterica. La mamma invece si prepara una tisana e pensa di essere* lei *ragionevole.*

Karen si tirò le lenzuola fino al mento. Sentiva che l'unica cosa che avrebbe voluto era nascondersi in una tana, per trovare calore, benessere e solitudine. Voleva stare sola. La cosa più bella sarebbe stata essere completamente sola al mondo.

«Allora» sentì la voce sarcastica di Wolf, «era tua madre il misterioso personaggio dal respiro inquietante?»
«No» gli rispose secca.
«Ma guarda un po'» osservò Wolf, «in compenso adesso è sveglia, di sicuro si sarà agitata e dovrà bersi una camomilla per calmarsi. Hai fatto proprio un bel lavoro, Karen, davvero! Complimenti!»
Perché coglie sempre nel segno, *sempre?*, si domandò sconsolata. Rimase con gli occhi spalancati a fissare l'oscurità. Dal respiro regolare di Wolf intuì che si era subito riaddormentato.
Se solo ne avessi la forza, pensò improvvisamente, se ne avessi la forza lo pianterei.
Questo pensiero e tutte le conseguenze che ne sarebbero potute derivare la spaventarono a tal punto che passò il resto della notte a riflettere, dimenticando addirittura la strana telefonata.

2

Nel porto di Le Brusc i parabordi delle barche si scontravano ritmicamente uno contro l'altro, il loro cigolio sovrastava le urla e le risate della gente intorno, così come le grida dei gabbiani e l'abbaiare dei cani che correvano su e giù lungo la banchina, giocando fra di loro in mezzo alla folla. Le drizze sbattevano contro gli alberi. Una leggera brezza soffiava dal mare, senza tuttavia portare il minimo refrigerio. Era come se il vento recasse con sé il calore della sabbia africana. In cielo nemmeno una nuvola.
«È bella la barca» disse Maximilian in tono di approvazione. «L'ha tenuta veramente bene, Albert!»
Albert, visibilmente soddisfatto per il complimento ricevuto, giocherellava imbarazzato con il suo berretto da pescatore, il viso scuro, bruciato dal sole, era raggiante.
«Mi piace molto. È una bella barca. E sono contento di occuparmene.»
«Una Vindö 90!» esclamò Marius con entusiasmo. Stava accan-

to ai due e osservava con aria da intenditore la *Libelle*. «Dev'essere divertente andarci!»

Maximilian lo guardò sorpreso. «Lei va in barca?»

«Certo. Ho la patente nautica, e ci sono anche andato parecchio. Sul Mare del Nord, per esempio. Mio padre mi ha sempre portato, lui era un gran fanatico di questo sport.»

«Mmm» fece Maximilian. Aveva accompagnato Marius e Inga in auto a Le Brusc, perché Inga si facesse vedere ancora una volta dal medico e Marius potesse fare la spesa, e nel frattempo aveva fatto una scappata a vedere la *Libelle*. La conosceva bene, era andato molte volte in barca con Felix. L'offerta di Rebecca l'aveva un po' stupito. Non avrebbe mai pensato che si sarebbe separata dal gioiellino di Felix.

«Ne parlerò con Rebecca» disse, «magari una volta ve la presta. Potreste andare a farvi un bel bagno. Sulle spiagge pubbliche in questa stagione si diventa matti.»

«Sarebbe bellissimo» replicò Marius raggiante. «Abbiamo pochi soldi, non possiamo certo noleggiarne una. Sono sicuro che anche Inga sarebbe entusiasta!»

Salutarono Albert e fecero ritorno alla macchina. Inga li stava aspettando, aveva già terminato la sua visita. Con suo grande sollievo le ferite si stavano rimarginando velocemente, ancora qualche giorno poi avrebbe camminato di nuovo bene.

Quando i due furono saliti e Maximilian ebbe acceso il motore Inga gli domandò senza tanti preamboli: «Ma che problema ha?»

Maximilan la fissò. «Chi?»

«Rebecca. La signora Brandt, voglio dire. È terribilmente triste. Non sorride mai e ha sempre un'aria così infelice.»

«Nove mesi fa è morto suo marito. Un incidente d'auto, un frontale con uno che viaggiava contromano. È stato uno choc terribile. E temo che non si sia ancora affatto ripresa.»

«Vive qui tutto l'anno?»

«Prima venivano solo per le vacanze, ma adesso ha deciso di ritirarsi in questa casa, anche se a me non sembra una cosa sensata. In fondo non conosce praticamente nessuno, tranne il direttore del porto, e comunque anche quella è una conoscenza più che superficiale. È molto sola.»

Avevano ormai lasciato il paese. Una strada stretta portava attraverso il bosco, che era piuttosto buio e nonostante la giornata estiva sorprendentemente fresco.

«Maledettamente sola, lassù dove vive» osservò Marius. «È un posto incantevole, ma non proprio caratteristico per la zona, mi pare.»

«Aspetti, prima deve vedere le rocce scure del capo. È uno spettacolo assolutamente memorabile» disse Maximilian. «Hanno un aspetto così minaccioso. Per i velisti, fra l'altro, è un punto piuttosto rischioso. Il mare davanti al capo nasconde delle correnti imprevedibili, che possono trasformarlo in un tratto molto impegnativo.»

«Di cosa vive Rebecca?» domandò Marius.

Maximilian gli lanciò un'occhiata di sbieco. E si trovò a fissare un viso aperto, spontaneo.

«Felix, il marito, l'ha lasciata in una situazione tranquilla. Era un medico molto famoso, e naturalmente guadagnava anche parecchio. Non è costretta a lavorare e quindi si può dedicare totalmente alla sua sofferenza.» Pronunciò le ultime parole con una certa amarezza.

Marius lo guardò. «Era molto felice con il marito, vero?»

Maximilian rise tristemente. «Felice? Parlando di Felix e Rebecca suona quasi banale. Erano una coppia perfetta. Chi mai avrebbe detto che il destino li avrebbe separati così presto? Felix è morto che aveva appena compiuto quarantaquattro anni. Rebecca ne aveva quarantadue. È... è stata una cosa ingiusta.»

Rimasero in silenzio tutti e tre mentre la macchina si inerpicava su strade impervie, strette e sconnesse. Fra la vegetazione e le rocce si aprivano di continuo scorci sul mare che risplendeva blu nella luce del sole. I prati erano delimitati da vecchissimi ulivi nodosi, con i rami contorti in forme bizzarre, le cui foglie risplendevano argentee nella luce del sole.

«E poi bisogna considerare che non è sempre estate» aggiunse Maximilian, «anche qui ci sono le nottate invernali lunghe e buie, le giornate autunnali nebbiose o piovose, dal mattino fino alla sera, quando le nubi e il mare si fondono in una massa tristemente grigia. Come si fa a stare qui da soli in quei momenti? Come si fa a resistere?»

Benché avesse quasi parlato a se stesso, Inga gli rispose. «Lei si preoccupa molto per Rebecca, vero?»

«Sì. Felix era il mio migliore amico. Sento una certa responsabilità nei confronti della sua vedova. Ma non so proprio cosa fare.»

«Avevano figli?»

«No. Qualcosa non ha funzionato. Ma Rebecca si è sempre impegnata molto a favore dei piccoli. Aveva iniziato a studiare medicina, poi è passata a psicologia. Quindici anni fa ha fondato un'associazione che si occupa di problemi della famiglia, di maltrattamenti ai bambini, ma anche di genitori violenti. Un servizio telefonico di sostegno, colloqui individuali e terapie di gruppo e tante altre iniziative. Rebecca ci si dedicava anima e corpo. La sua associazione – si chiamava Kinderruf, il telefono dei bambini – era molto nota, lavorava a stretto contatto con i servizi sociali minorili. Questa donna» con la mano diede una botta al volante, un gesto che risultò più disperato che aggressivo, «questa donna che adesso vegeta nella più totale solitudine, come un'ombra senza vita, fino a neanche un anno fa era una persona vivace, impegnata, circondata di gente dal mattino alla sera, sempre disponibile con il prossimo, piena di idee e di energia. E gioiosa, ottimista. Era sempre positiva e riusciva a trasferire questa sua positività anche agli altri. Per me è incomprensibile che ora...» Non terminò la frase. Si domandava se fosse veramente così incomprensibile. Chi aveva conosciuto lei e Felix e li aveva visti insieme poteva capire che la morte di lui le avesse tolto la voglia di vivere. Tuttavia, di questo era più che convinto, dietro a quella facciata c'era ancora la vecchia Rebecca, sepolta sotto pesanti strati di disperazione, malinconia e dolore mai superato. Il problema era che non avrebbe mai dato a nessuno la possibilità di penetrare quella fitta coltre per arrivare fino alla Rebecca di un tempo e risvegliarla alla vita. Aveva interrotto la sua vita precedente in maniera così radicale che probabilmente nessun altro oltre a lui avrebbe osato superare i confini che lei aveva stabilito in modo tanto netto e indiscutibile.

Nessuno parlò più per il resto del viaggio. Maximilian rifletté sui prossimi passi da compiere. La sera del suo arrivo aveva subito preso una stanza in un hotel di Sanary; non aveva osato chiedere a Rebecca di utilizzare la sua stanza degli ospiti, né lei si era pronunciata in tal senso. Da quel momento l'aveva vista due volte, e in entrambe le situazioni l'aveva trovata tutt'altro che serena. Riusciva a giustificare le visite a Rebecca solo con il suo interesse per la barca, ma anche quello non le avrebbe motivate in eterno. In fondo poi aveva già deciso di non prenderla. Gli ricordava troppo Felix. Magari un giorno avrebbe potuto comperarne una, ma allora sarebbe stata una barca nuova e del tutto diversa.

Fece scendere Marius e Inga davanti al campo incolto e per un attimo li seguì con lo sguardo. Entrambi indossavano degli shorts e avevano le gambe leggermente abbronzate. Inga zoppicava ancora un po'. Marius faceva ondeggiare pigramente la borsa di plastica bianca con la spesa.

Come si riesce a essere spensierati a quell'età, pensò Maximilian, il sole, il mare, una tenda, l'essere in due: è più che sufficiente per essere felici.

Proseguì per il breve tratto che ancora lo separava dal cancello di Rebecca, scese, si corazzò internamente contro il dolore e il rifiuto che di sicuro l'avrebbero accolto al suo ingresso. Il cancello cigolò quando lo aprì.

Adesso avrà sentito il rumore e starà sospirando innervosita, pensò leggermente depresso.

La incontrò nella veranda sul retro. Stava stendendo un po' di bucato, qualche maglietta, della biancheria, dei calzini. Non alzò nemmeno lo sguardo verso di lui.

«Ho fatto una lavatrice per quei due ragazzi» gli disse come se le fosse stata chiesta una spiegazione. «La ragazza, come si chiama?, Inga? Stamattina presto è arrivata e mi ha chiesto se giù in paese c'è una lavanderia. Allora le ho proposto...» Non finì la frase.

«Spero di non averti creato dei fastidi» osservò Maximilian imbarazzato «portandomi dietro quei due.»

Diede un'alzata di spalle. «Non si fermeranno mica in eterno, comunque.»

«Certo che no.» La osservò. Aveva ancora i movimenti rapidi di una donna abituata a sbrigare in fretta le cose per mancanza di tempo.

Oh, Rebecca, pensò tristemente.

«Avrei voluto venire già stamattina presto» le disse, «ma poi ho accompagnato i due ragazzi giù in paese. Inga è andata ancora dal medico, e Marius voleva fare la spesa. Ne ho approfittato per comprare due cose anche per te.» Sollevò la borsa della spesa che aveva depositato a terra di fianco a sé, sulle pietre del vialetto. «Frutta, formaggio e un ottimo vino rosso. Ho pensato... magari stasera ceniamo insieme?»

Non gli rispose.

«Sono stato giù al porto» proseguì lui, «e sono andato di nuovo a dare un'occhiata alla *Libelle*. E ho parlato con Albert. L'ha tenuta veramente bene.»

«E quindi: la prendi o no?»

«Non ne sono sicuro. Mi ricorda molto Felix.»

«Devi solo dire sì o no. Se non la vuoi non è certo un problema.»

«Non è così semplice.»

«Non posso risolvere io per te questo dubbio.»

«Almeno concordi con me che ci possa essere un problema?»

Di nuovo Rebecca non replicò e Maximilian, innervosito dal fatto di sentirsi così disarmato, la aggredì: «Maledizione, Rebecca, non sei l'unica che soffre! Tu hai perso tuo marito. Io ho perso il mio migliore amico. I genitori di Felix hanno perso un figlio. È... insomma, in qualche modo dobbiamo tutti tirare avanti! Non c'è niente che ci possa aiutare. La *sua* vita è terminata. Non la nostra. E non ci possiamo fare proprio niente».

Stese l'ultimo fazzoletto, raccolse il cesto della biancheria vuoto. Per la prima volta indirizzò il suo sguardo a lui che di nuovo si spaventò per quegli occhi assolutamente vuoti.

«Rebecca» le disse sottovoce.

Contrasse le labbra in un'espressione di rabbia e rassegnazione. «Lascia che io superi il mio dolore come posso» gli rispose, «e anche tu fa' a modo tuo.»

«Ma tu non lo stai superando affatto!» replicò lui vigorosamente, per rendersi subito conto che con le sue parole e i suoi sfoghi non stava ottenendo assolutamente niente. Non avevano alcun senso. Del resto lo pensava già da tempo. Rebecca aveva fatto in modo che la morte di Felix fosse praticamente inaccessibile a qualunque altra persona, e l'unico risultato al quale probabilmente la visita di

Maximilian a Le Brusc avrebbe portato era la fine della loro amicizia... o dei miseri resti di quella che una volta era stata un'amicizia.

«Allora stasera ceniamo insieme?» le domandò. Lei esitò, ma alla fine fece cenno di sì. Desiderava essere gentile, ma non mostrava il minimo segno di gioia.

Si volse per andare, poi però gli sovvenne ancora una cosa. «Il ragazzo» disse, «pare sia un esperto velista. Era entusiasta della *Libelle*. Gli piacerebbe molto provarla con sua moglie. Tu cosa ne dici?»

Non sapeva perché, ma si sarebbe aspettato un rifiuto. Stranamente, invece, Rebecca si limitò a un'alzata di spalle.

«Perché no» rispose.

3

Tutte le volte che si dirigeva alla cassetta della posta aveva il timore che *lui* si fosse fatto vivo. A essere precisi, ovviamente non sapeva nemmeno se si trattasse di un *lui*, ma fin dall'inizio e senza alcuna esitazione aveva escluso la possibilità che una donna potesse averle mandato quelle orribili lettere. Non che fossero infarcite di descrizioni eccessivamente violente. Tuttavia trasmettevano un senso di minaccia che non poteva non suscitare paura. Fra l'altro, ricorreva varie volte l'espressione *pena di morte*. Forse era proprio questa sorta di piacere a giocare con il terrore che non riusciva a interpretare come una caratteristica femminile, anche se questo le faceva sorgere il dubbio di essere legata a idee convenzionali e da tempo superate, e che forse non avevano mai avuto senso.

In fondo non fa alcuna differenza, pensò Clara mentre camminava lungo il viottolo, maledicendo il suo cuore che batteva all'impazzata, non ha nessuna importanza sapere chi abbia scritto tutte queste cattiverie. È tutto così orribile e disgustoso, ma da almeno due settimane non sono arrivate altre lettere, quindi non è proprio il caso adesso di agitarsi.

Ciò nonostante nel momento in cui aprì la cassetta le tremavano le mani. C'erano una rivista e alcune lettere. Fino a poco tempo prima sarebbe stata felice di riceverle e si sarebbe domandata chi poteva averle scritto. A quel punto invece era così nervosa che non provava altro che timore e angoscia. Le avrebbe fatto molto più piacere trovare la cassetta vuota.

È una cosa veramente assurda, pensò.

Sfogliando quello che era arrivato vide che nessuna lettera era *sua*. Aveva imparato a distinguere il carattere che usava al computer, l'avrebbe subito riconosciuto. Nessun adesivo conosciuto sulle buste col suo nome. *Signora Clara Weyler*. Poi l'indirizzo.

C'erano la bolletta del telefono, una lettera di sua sorella da Maiorca, dove era andata in vacanza, un invito a partecipare a un concorso a premi, una cartolina dalle Maldive.

Chi sarà alle Maldive in questo periodo?, si domandò mentre con gioia notava che il battito aveva ripreso il ritmo normale e sentiva le gambe decisamente più solide.

Ritornò verso la casa, dimenticandosi della cartolina.

Agneta. Si ricordò di lei. Una collega di tanti anni prima. Una svedese molto gradevole, bionda e spontanea. Agneta aveva sposato un uomo decisamente benestante – era nel consiglio d'amministrazione di un'importante catena di grandi magazzini, le sembrava di ricordare –, di conseguenza i viaggi esotici per lei non dovevano essere una rarità. Ovviamente viveva a Grünwald, il quartiere chic di Monaco, e con ogni probabilità passava da un aereo all'altro, sempre in giro per il mondo.

«*È stupendo*» scriveva, «*sole fantastico, mare blu, sabbia fine e calda. Sto imparando a fare immersioni! Quando scendo sott'acqua mi sembra di poter sfuggire a tutto. Ero abbastanza a pezzi negli ultimi tempi, ho avuto delle vicende piuttosto sgradevoli. Ti racconto tutto quando torno: mi piacerebbe sapere cosa ne pensi tu. A presto, bacioni, Agneta.*»

Di nuovo il battito accelerò. Clara si fermò.

Cosa aveva voluto dire Agneta?

Non si vedevano da circa tre anni. Comunque non erano mai state amiche intime. Colleghe, che si capivano, che provavano una certa simpatia reciproca, ma niente di più. Non si erano mai consultate se non per problemi di lavoro, molto raramente era capitato che si fossero scambiate delle confidenze private. Clara era andata al matrimonio di Agneta con il ricco fidanzato, e per ricambiare un anno più tardi aveva invitato Agneta al suo matrimonio con Bert. Poi le aveva mandato una partecipazione l'anno precedente, quando era nata Marie. Per questo motivo Agneta aveva l'indirizzo. Ma mai prima le aveva spedito cartoline, e ancor meno aveva accennato a dei problemi sui quali avrebbe ascoltato volentieri l'opinione di Clara.

Strano. Agneta aveva le sua amiche, così come Clara, del resto. Perché allora?

A meno che...

Clara osservò di nuovo la cartolina che teneva fra le mani, che presero a tremare impercettibilmente. Agneta non le aveva scritto semplicemente di un problema. Bensì di *vicende piuttosto sgradevoli negli ultimi tempi*. E del fatto che si era sentita *a pezzi*.

Era la stessa cosa che lei, Clara, avrebbe detto di se stessa. Di vicende sgradevoli solo il cielo sapeva quante ne aveva avute, e una persona che andava alla cassetta della posta con le ginocchia molli, alla quale tremavano le mani quando l'apriva, che di sera non riusciva a addormentarsi e di notte si spaventava per qualunque rumore si poteva ben definire *con i nervi a pezzi*.

Agneta aveva ricevuto le stesse lettere e si rivolgeva alla ex collega perché le lettere avevano a che fare con la loro attività di allora. Quindi non aveva senso confidarsi con un'amica o una conoscente qualunque. Doveva essere qualcuno di quei tempi, di quando avevano lavorato insieme ai servizi sociali.

Clara rientrò e chiuse la porta con attenzione. Era una giornata molto calda e normalmente avrebbe lasciato tutto spalancato, per far sì che il calore e il profumo dell'estate piena riempissero la casa. Tuttavia, da quando aveva ricevuto le lettere, non osava quasi più nemmeno lasciare uno spiraglio nelle persiane. La paura si era insinuata nella sua vita, vi si era annidata prepotentemente e non pareva affatto intenzionata ad abbandonarla. Era cambiato tutto. E proprio in quel periodo. Neanche a farlo apposta. Dalla nascita di Marie nel settembre dell'anno precedente ogni giorno aveva pensato che finalmente tutto andava per il verso giusto, la sua vita era bella, piena e felice. Non che prima fosse stata un incubo. Aveva svolto un lavoro che le era sempre piaciuto. Almeno all'inizio. Poi... le aveva dato sui nervi, e lei si era resa perfettamente conto che in fondo era troppo sensibile per interagire costantemente con la vita dura, spesso fin troppo brutale, di coloro i quali campano ai margini della società e cercano di compensare la loro frustrazione per un'esistenza miserevole ricorrendo a rabbia e violenza. Per anni le cose erano andate bene, ma poi se n'era allontanata, e ne era molto contenta. Amava Bert ed era sicura che sarebbe rimasta con lui tutta la vita. Non era ricco e con ogni probabilità non sarebbero mai andati in vacanza alle Maldive come Agneta, ma vivevano in modo più che decoroso. In più Bert aveva ereditato dai genitori la casetta nella quale abitavano, alle porte di Monaco, già quasi in campagna. Marie sarebbe cresciuta in un giardino in cui avrebbe potuto giocare liberamente, circondata da prati e boschi che iniziavano dove finiva il loro steccato. E lo stesso i suoi fratelli. Clara desiderava altri bambini, ma aveva già quarantun anni e si chiedeva se avrebbe avuto ancora la fortuna di portare a termine un'altra gravidanza. Almeno aveva Marie. Il ruolo di mamma la occupava totalmente. Non avrebbe desiderato cambiare assolutamente niente nella sua esistenza.

L'unica cosa che voleva intensamente era che quella persona non le scrivesse più. Benché le fosse chiaro che la paura non l'avrebbe abbandonata nemmeno quando non fosse arrivata più nessuna lettera. Perlomeno ci sarebbe voluto molto tempo. Sentiva che quel tipo in qualche modo era là fuori. Non avrebbe mai più potuto comportarsi come se lui non fosse mai esistito.

Appoggiò la cartolina dalle Maldive su un ripiano nell'ingresso. Una foto calda, un'immagine solare. Agneta se la passava bene, era così lontana. Ma sarebbe tornata, questo era ovvio. Anche lei non sarebbe potuta sfuggire in eterno alle sue paure.

Clara si propose di parlarne ancora quella sera stessa con il marito. Naturalmente era al corrente delle lettere, ma le aveva liquidate come le esternazioni di un folle.

«Deve esserci qualcuno là fuori che si diverte a mandare in giro stupidate del genere» aveva detto, «e tu, tesoro, faresti bene a non prenderle troppo sul serio. Can che abbaia non morde.»

Quando gli avesse raccontato di Agneta avrebbe forse dato un altro peso a tutta quella storia?

Poteva immaginare cosa avrebbe detto. *Ma ancora non abbiamo nessuna certezza! Ti lasci troppo influenzare dalle tue fantasie. Lasciamo che Agneta torni, così ci informa di tutto.*

Sospirò. Una voce interiore le diceva che non era affatto vittima della sua stessa fantasia, ma che anzi aveva combinato ogni elemento della vicenda nella maniera più esatta. Le avrebbe fatto comunque bene sentire la voce calma di Bert che – almeno per un breve momento – l'avrebbe convinta che l'intera storia era del tutto innocente e priva di importanza.

Decise di occuparsi di Marie. E della casa. Poi avrebbe fatto la spesa, e avrebbe comprato qualcosa di veramente speciale per cena.

Poteva esserci chiunque là fuori, e lei non avrebbe permesso che il suo piccolo mondo incontaminato andasse in frantumi.

Venerdì, 23 luglio

1

I piedi di Inga erano ancora doloranti, ma da quando usava la pomata che le aveva prescritto il medico, e cambiando le bende a ogni applicazione, la situazione era molto migliorata. Poteva indossare solo dei sandali; a essere precisi stava tutto il giorno in ciabatte da mare, che con quel caldo era comunque la cosa più ragionevole. Faceva ancora fatica a camminare, zoppicava un po', e ciò che la infastidiva maggiormente era stare in quel posto meraviglioso senza poter fare nulla delle cose che la divertivano. Non poteva nuotare, non poteva fare passeggiate o andare a correre di buonora nel bosco. Stava lì, e questo la rendeva sempre più impaziente e inquieta. Perciò aveva dimostrato grande entusiasmo quando Marius le aveva raccontato dell'opportunità offerta loro da Rebecca di utilizzare la sua barca per un giro.

In fondo quella vacanza stava assumendo contorni molto più piacevoli di quanto avesse immaginato. Invece di sgomitare in un camping sovraffollato, avevano trovato un posticino incantevole, lontano dalla calca, in più con una vista assolutamente unica sugli scogli e sul mare, un'inquadratura migliore di qualunque cartolina romantica. Era convinta che sarebbero addirittura potuti scendere giù dagli scogli fino alla baia per fare il bagno, se solo non avesse avuto i piedi in quelle condizioni. Un vero e proprio sogno, trovare un posto del genere in luglio sul Mediterraneo.

Ancora due o tre giorni e tutto sarà a posto, pensò piena di ottimismo, così potrò di nuovo saltare come un cerbiatto e godermi questo splendore!

Era in piedi su una passerella di legno, sotto il sole scintillante, e stava osservando Marius e Maximilian che si davano da fare intorno alla *Libelle*, per armarla per l'uscita. Maximilian li aveva condotti giù al porto e ora li stava anche aiutando.

Nella notte si era alzato un tremendo mistral, il fortissimo e leggendario vento che soffia giù lungo la valle del Rodano e si getta in mare con una forza e una violenza inaudite. Inga aveva temuto per la tenda sconquassata dalle raffiche, ma per fortuna erano riparati dalle piante ed erano riusciti a mantenere intatto il loro rifugio. Al mattino il vento era calato del tutto, il cielo era tornato blu e limpido, l'aria un po' più fresca e piacevolmente tersa. Era come se il mondo fosse stato ripulito.

È commovente il modo in cui si dà da fare Maximilian, pensò Inga, ma allo stesso tempo aveva la netta impressione che anche le attenzioni dedicate a una giovane coppia di sconosciuti fossero per lui un modo per riconquistare la vicinanza di Rebecca. Marius e Inga gli fornivano l'opportunità di andare ogni giorno su, per dare un'occhiata a lei e alla sua solitudine.

Le pareva che ogni suo tentativo sarebbe fallito. Rebecca si era completamente ritirata. Forse nessuno sarebbe mai più riuscito a scuoterla.

Le venivano continuamente i capelli negli occhi, poi in una tasca trovò una molletta e se li fermò. Marius era molto indaffarato ad armare il genoa allo strallo di prua.

«Lei è un vero esperto» osservò Maximilian ammirato, «sa dove mettere le mani, anche se la barca le è del tutto sconosciuta.»

«Gliel'ho detto che fin dall'infanzia durante le vacanze ho sempre avuto a che fare con le barche» rispose Marius senza interrompere il suo lavoro.

Maximilian ripiegò la randa sul boma e la fissò. «Bene» disse, «adesso si tratta di vedere se il motore va. È fermo da un pezzo. Spero che la batteria non sia completamente scarica.» Guardò Inga.

«E lei? Anche lei è una professionista della vela?»

Inga scosse la testa ridendo. «Sono andata spesso con Marius, perciò ho qualche rudimento. Ma sono ben lungi dal poter essere definita una velista esperta.»

«È molto brava» disse Marius, «molto più brava di quanto racconti.»

«Nel caso sarebbe solo perché tu sei un buon istruttore» replicò Inga con voce calda e lei e Marius si scambiarono uno sguardo pieno di tenerezza e confidenza.

«Volete uscire oggi?» domandò qualcuno alle loro spalle in francese, e Inga si voltò stupita. Non conosceva l'uomo, molto abbronzato, che era arrivato senza farsi notare, ma Maximilian si intromise subito.

«*Bonjour*, Albert. Inga, le presento Albert, il direttore del porto. Albert, lei è Inga, la moglie di Marius, che le ho presentato ieri. Vorrebbero tentare un'uscita oggi.»

Albert fece una faccia corrucciata e osservò il cielo con attenzione. «Qui torna il mistral» osservò.

«Anche oggi?» domandò Inga. «Sembra esserci una gran calma.»

«Torna, torna» insistette Albert, «oggi pomeriggio si leva.»

«Ci sono problemi?» chiese Maximilian. Aveva appena tentato di avviare il motore, ma senza successo.

Albert fece un cenno in direzione delle montagne. Inga non riusciva a vedere assolutamente niente a parte il cielo di un blu stratosferico nella sua luminosità, ma gli uomini sembravano aver individuato misteriosi segnali. Anche Maximilian annuì con il capo. «Il mistral. Ancora non è finito.»

Marius aveva terminato di armare il genoa e si stava passando una mano sulla schiena. «Ma per un po' tiene» osservò.

Albert ondeggiò con la testa. «Ve l'ho detto, secondo me nel pomeriggio.»

«Prima no?» domandò Inga decisamente preoccupata.

«È improbabile, Madame.»

«Albert è molto preciso nelle sue previsioni» disse Maximilian, «del resto ha vissuto sempre qui. Non mi è mai capitato che si sia sbagliato. Io e Felix abbiamo sempre chiesto consiglio a lui per uscire in barca, e ci siamo sempre trovati bene.»

«Adesso sono le dieci» disse Marius. «Propongo che io e Inga rientriamo verso le quattro. Così abbiamo tutto il tempo e non corriamo comunque rischi.»

«Le quattro come limite massimo!» insistette Albert.

«Ci penserà Inga» lo rassicurò Marius, mentre lei annuiva con il capo. «Si fidi di me.»

Maximilian era scomparso sottocoperta e riapparso con due giubbotti di salvataggio. «Ecco. Questi mi fate il favore di indossarli. A bordo della *Libelle* vige questa regola.»

Porse la mano a Inga per aiutarla a salire. Le ciabatte da mare la rendevano un po' incerta, tuttavia passò senza difficoltà sulla passerella ondeggiante. Mentre indossava il giubbotto si rese conto che non stava più nella pelle dalla gioia.

«Che giornata stupenda» disse, «e che carina Rebecca a prestarci la sua barca. La ringrazi ancora tantissimo da parte nostra, Maximilian.»

«Lo farò.» Guardò Marius. «Adesso tenterò di avviare il motore con la manovella. La batteria è piuttosto giù, ma se il motore gira, si ricarica. Non se ne dimentichi.»

«Chiaro. Dov'è la manovella?»

La trovarono dopo un po' e ci volle ancora un momento per togliere la scala che consentiva di scendere sottocoperta e accedere al vano motore.

Inga trattenne il respiro, poi improvvisamente sentì un crepitio, mentre l'odore di gasolio si diffondeva nell'aria limpida.

Con un balzo Maximilian saltò in banchina. «Vengo a riprendervi alle quattro» disse.

È proprio una meraviglia questo posto, pensò Inga. Era a prua e al comando di Marius mollò gli ormeggi, mentre lui a poppa si era piazzato al timone.

Lentamente la *Libelle* si allontanò dal suo ormeggio. Un gabbiano che fino a quel momento era rimasto in testa d'albero si sollevò in volo con grida che parevano di disapprovazione.

«Si va!» gridò Inga.

Vide Maximilian che agitava la mano in segno di saluto. Di fianco a lui Albert, ancora con l'aria scettica. Inga non riusciva a capirne il motivo. Forse il tempo? Oppure la *Libelle* era ormai diventata la sua creatura, il suo gioiello che desiderava conservare gelosamente? Forse non approvava che Rebecca avesse voluto prestare la barca ai due sconosciuti, ma naturalmente non aveva potuto dire niente, e forse era questo il motivo del suo disappunto.

Che importava? La cosa la lasciava del tutto indifferente. Era una giornata stupenda e l'avrebbe trascorsa interamente sulla barca con Marius, l'uomo che amava.

Strizzò gli occhi quando si rese conto che fra lei e il sole si era inserita un'ombra. Era Marius che aveva abbandonato il timone per un attimo, per andare a prendere il berretto da baseball, per proteggersi dai raggi.

«Ormai potresti anche ammettere che l'idea di venire al Sud non era poi così malvagia» osservò.

Inga dovette ridere. Sembrava un ragazzino in attesa di un riconoscimento speciale.

«È stata un'idea grandiosa» gli rispose, «e sono molto felice che le mie lamentele e le mie fosche previsioni non si siano realizzate. Soddisfatto?»

Marius sogghignò. «Era quello che volevo sentire» disse e con un paio di balzi tornò al timone.

Stavano ormai uscendo dal porto, davanti a loro si estendeva il mare infinito e blu, nel giro di pochi minuti avrebbero navigato a vele spiegate.

2

Come sempre il cancello del giardino di Rebecca cigolò quando lo aprì, e come ogni volta che lo oltrepassava Maximilian non poté fare a meno di immaginare l'espressione seccata del viso di lei e i suoi sospiri, e questo pensiero gli fece involontariamente rallentare il passo e assumere un'andatura incerta e titubante.

La trovò in cucina. La porta della veranda era aperta, perciò entrò senza bussare. Con grande vigore Rebecca stava passando uno straccio sul piano di lavoro, che comunque era già perfettamente pulito. Anche quel particolare era del tutto nuovo. In precedenza Rebecca si era sempre occupata poco della casa, sia perché non aveva mai avuto il tempo per farlo, sia perché non aveva voglia di controllare i lavori che la donna delle pulizie svolgeva piuttosto pigramente. Tutte le volte che era andato a trovare lei e Felix, quel piccolo caos l'aveva sempre divertito e l'aveva fatto sentire uno di casa. Aveva passato serate al tavolo della loro cucina, grande e piuttosto disordinata, bevendo un bicchiere di vino e osservando Rebecca che preparava gli spaghetti e con gesti nervosi li condiva con un sugo pronto.

La donna che vedeva davanti a sé, totalmente trasfigurata, gli faceva sempre più paura.

«Ciao, Rebecca» la salutò.

Naturalmente aveva sentito il cigolio del cancello e forse anche il rumore della macchina, così non si spaventò e continuò noncurante a pulire lo sporco che non c'era.

«I due ragazzi sono partiti in barca» le raccontò. «Quel Marius è veramente in gamba, l'ho capito già da come la armava. Puoi proprio stare tranquilla.»

«Infatti lo sono» replicò lei.

«Siamo d'accordo che alle quattro vado a riprenderli al porto. Albert dice che viene il mistral, perciò non possono fare tardi.»

«Mi sembra ragionevole.»

«Certo...» La guardò indeciso, poi colto improvvisamente da una rabbia violenta e incontenibile, la prese per un polso, stringendolo con forza e obbligandola a interrompere il suo inutile lavoro.

«Maledizione, Rebecca, non voglio vederti così! Non posso più tollerarlo, capisci? Vivi segregata in questa casa e sprechi la tua vita passando il tempo a pulire, probabilmente per la centesima volta negli ultimi due giorni, una cucina che è già perfettamente a posto. Questo è il segnale di un malessere! Non sei più tu! Non mi è mai capitato di assistere a un simile spreco di energie e capacità, stai buttando via la tua vita nel modo peggiore!»

Rebecca cercò di divincolarsi dalla presa. «Lasciami, Maximilian, lasciami subito!»

«No! Se ricominci a pulire questo piano della cucina, finirai per consumarlo! Domani riparto per la Germania, e ti assicuro che sparirò completamente dalla tua vita, ma prima di andarmene vorrei almeno dirti che non riesco davvero più a capirti. E questo non certo per l'indolenza e la viltà che dimostri nel gettare alle ortiche tutto ciò che ti resta nonostante la morte di Felix. Posso capire il tuo dolore, il tuo lutto. Lacrime, accuse, quello che vuoi. Ma non è assolutamente comprensibile che tu abbia in programma, a quanto è dato immaginare, di trascorrere i prossimi cinquant'anni della tua vita in questa dannata solitudine, a pulire da mattina a sera una casa pulitissima, assalita dal puro terrore ogni volta che senti cigolare il cancello, solo perché questo significa l'intrusione di un essere vivente nel tuo isolamento, fosse anche il postino! »

Rebecca riuscì finalmente a liberarsi della sua stretta. Con forza rabbiosa scaraventò a terra lo straccio che aveva tenuto in mano per tutto il tempo. Per la prima volta da quando era arrivato, Maximilian vide un po' di vita nei suoi occhi. Lampeggiavano di rabbia.

«E chi diavolo ti dà la certezza» gli urlò «che io abbia intenzione di vivere ancora cinquant'anni?»

Maximilian arretrò di un passo. Di colpo la cucina fu invasa dal silenzio. Si sentiva solo il leggero ronzio del frigorifero.

«È così, allora» disse dopo un attimo, «è così. È strano, sai. Mentre ero a Monaco e a un certo punto ho deciso di venire da te, ero roso da un pensiero che mi ha spinto ad agire in questa direzione. Uno strano presentimento: non è che magari le viene in mente di fare una sciocchezza? Poi mi sono detto che erano stupidaggini. Ti conoscevo bene. Una donna forte e volitiva. Una che non si perde d'animo, che sa stringere i denti. Tuttavia non riuscivo a liberarmi di una stupida sensazione che poco alla volta è diventata così fastidiosa da costringermi a partire. Evidentemente il mio istinto non mi ha ingannato.»

Rebecca si era ripresa rapidamente, si piegò per raccogliere lo straccio e lo appoggiò alle sue spalle sull'acquaio. Quando si girò guardandolo di nuovo negli occhi, aveva assunto un'espressione cinica, ma non più rabbiosa.

«Non venirmela a raccontare, Maximilian. Conosciamo entrambi il motivo per il quale sei venuto.»

Maximilian fece un lungo sospiro. «Rebecca...»

«Da quando ti sei separato – no, anzi, forse addirittura da prima – mi hai ronzato attorno, ma la fatalità ha voluto che io fossi la moglie del tuo migliore amico e che quindi fin dall'inizio tu sapessi che per te sarei rimasta un tabù. Ma adesso Felix è morto, quindi dopo un intervallo di tempo ragionevole, hai pensato che...»

«Rebecca!» la zittì con durezza. «Non parlare così! Non devi permetterti di farlo, nei miei e tanto meno nei tuoi confronti. Quello che dici non è vero. Sono venuto perché ho temuto per te, e per nessun altro motivo.»

«Volevi sfruttare la morte del tuo amico per riuscire finalmente a prenderti quello su cui già da tempo avresti voluto mettere le mani» proseguì lei decisa, «e devo dire che raramente mi sono trovata di fronte a un atteggiamento più cinico.»

Maximilian si sentì mancare. Di fronte a sé aveva un volto carico d'odio e disprezzo, e pensò: no! No, ma come è possibile che ragioni in questo modo, com'è possibile che...

Da quando ti sei separato mi hai ronzato attorno...

Esprimeva il concetto in un modo così rozzo, quindi non nella giusta luce, ma in fondo aveva ragione. L'aveva ammirata e adorata fin dal momento in cui l'aveva conosciuta, ed era possibile che dopo la separazione, quando aveva cominciato a trascorrere parecchie serate con lei e Felix, non fosse più riuscito a mascherare i suoi sentimenti.

Sulle prime si sentì turbato, ma poi la rabbia ebbe il sopravvento. Lei era stata ingiusta nei suoi confronti, sbattendogli in faccia quelle accuse con tale durezza.

«Sei infelice e amareggiata» le disse, «e per questo motivo maltratti le persone che ti vorrebbero solo aiutare. Io ti ho sempre stimata. Forse ti ho ammirato, ti ho apprezzato più di quanto non fosse lecito nei confronti di una donna sposata, è possibile, ma non ho mai provato sentimenti che non avrei potuto in qualunque momento spiegare a Felix. Mi sembrava bellissimo tutto quello che facevi nella tua vita. Felix era più che benestante, avresti potuto trasformarti senza alcuna difficoltà in una moglie viziata e senza cervello, spendendo le tue giornate fra golf e tennis, shopping e iniziative benefiche, una di quelle che si incontra con le amiche dal parrucchiere, dall'estetista o a qualche stupidissima sfilata di moda. Come mia moglie, insomma, con la quale alla fine il rapporto si è incrinato. Ma tu eri così diversa. Trovavo stupenda la dedizione che avevi per il tuo lavoro, mi piaceva quando raccontavi dei centomila problemi che dovevi affrontare quotidianamente e che a volte ti toccavano al punto da non riuscire a dormire di notte per la preoccupazione, ma che comunque hai sempre preso di petto, con coraggio ed energia. Mi ricordo di quando la sera io e Felix ci bevevamo un whisky davanti al camino, e a un certo punto, sempre piuttosto tardi, tu tornavi da una qualche riunione con genitori in difficoltà o da un seminario sulla prevenzione della violenza o da qualcos'altro, e rientravi stanca ma realizzata. Avevi un'aria giovane, piena di energia e soprattutto così diversa dalle donne con le quali avevo a che fare di solito. Jeans e maglione, capelli lunghi, selvaggi, mai addomesticati da un parrucchiere alla moda, e poi quella bigiotteria per cui hai sempre avuto un'inspiegabile predilezione... Tutto quanto insieme...» Mentre cercava le parole giuste, di nuovo fissò il suo viso freddo, inavvicinabile, e si rese conto che stava parlando a un muro.

«Oh, Rebecca» disse, «non riesco a capire perché noi due dovremmo addirittura smettere di *vederci*. Non lo capisco proprio. Non capisco il tuo cambiamento. Dov'è sparita la donna solida, forte che eri una volta?»

«La cosa non ti riguarda» replicò lei con freddezza.

Avrebbe voluto agguantarla per le spalle e scuoterla. «Rebecca, finirai per soccombere. Per morire. Morirai per tua scelta oppure sarà una morte interiore. Allora resterà solo un involucro che respira e con un cuore che batte, ma che per il resto è morto. E se proprio vuoi saperlo, secondo me hai già scelto da un bel pezzo questa seconda opzione.»

«Sono comunque fatti miei.»

«Quindi vuoi andare avanti così? Restare sepolta qui a pulire la casa e pensare a Felix, gettando via il tuo futuro con tutto quello che ancora può offrirti?»

Lo guardò con aria di sfida. «E che cosa avrebbe da offrirmi il futuro? Forse te?»

Con tutta la pacatezza di cui era capace le rispose: «Adesso vado. Ho fatto quel che potevo fare. E ti prometto che non tornerò più. Sei una donna adulta, e devi aver chiaro quello che desideri».

Maledizione, pensò fra sé, sto parlando come un vecchio offeso dall'ingratitudine dei giovani che non ascoltano i suoi consigli. Avrei voluto dire altro, tutt'altro.

«Arrivederci, Rebecca» si accomiatò sapendo che avrebbe rinunciato al consueto bacio sulla guancia, «e comunque, se hai bisogno d'aiuto, ti prego, chiamami. Potrebbe essere...» Fece un gesto rassegnato con la mano. Rebecca sembrava una statua di sale, immobile.

Una volta fuori, alla luce forte del sole, capì che doveva andarsene per forza. Il più in fretta possibile. Restando nelle sue vicinanze non faceva che aumentare il rischio di una nuova crisi di debolezza, che lo avrebbe spinto a occuparsi ancora di lei e a subire un'altra umiliazione. Sarebbe tornato subito in albergo.

Si ricordò di un'altra cosa, così si sporse di nuovo verso la cucina. Rebecca era ancora nella stessa posizione di quando l'aveva lasciata.

«I due ragazzi» le disse «rientrano alle quattro in porto. Li vai a prendere tu? Altrimenti dovranno arrangiarsi per arrivare fino a qua. Io adesso torno in albergo a prendere i miei bagagli e parto subito per Monaco. D'ora in poi dovrete cavarvela da soli.»

Nessun cenno o movimento gli diede la certezza che almeno avesse prestato ascolto.

3

Verso l'ora di pranzo Karen decise di andare in centro per fare acquisti. Faceva molto caldo, ma in cielo le nubi si addensavano sempre più fitte, quindi avrebbe potuto girare per i negozi senza patire il solleone. Erano le dodici e un quarto, e in genere a quell'ora si metteva a preparare il pranzo per i ragazzi, i quali però erano impegnati in una manifestazione sportiva a scuola che si sarebbe protratta fino al tardo pomeriggio. Le si presentava quindi l'occasione di una pausa inaspettata, e sentendosi meglio del solito quel giorno, le era venuta quell'idea stravagante. Era un secolo che non faceva shopping per sé, l'aveva sempre ritenuta un'occupazione superflua. Non aveva bisogno di capi eleganti per la vita che conduceva fra le quattro mura domestiche, e tanto meno per i lavori in casa e in giardino, per non parlare delle passeggiate con Kenzo. I settimanali femminili consigliavano sempre di rinnovare il guardaroba per tirarsi su il morale, oppure di sottoporsi a una seduta rigeneratrice da parrucchiere, estetista e massaggiatrice, ma Karen non aveva mai attribuito alcun valore a queste cose. Quella mattina, però, per la prima volta dopo tanto tempo, si era osservata attentamente allo specchio della camera da letto, e si era immediatamente resa conto di essere molto dimagrita. Aveva le costole sporgenti, le ossa del bacino molto in vista, il ventre incavato, le cosce ben poco toniche. Era salita sulla bilancia e le era sfuggito un grido di sorpresa: pesava otto chili meno che in gennaio o febbraio, quando si era pesata l'ultima volta.

Non si era affatto resa conto del progressivo dimagrimento, ma ricordava bene che tante volte, nelle giornate in cui si era sentita triste e abbattuta, non era riuscita a mandare giù neanche un boccone. Negli ultimi tempi poi aveva avuto vari episodi di vomito per l'ansia e la sua costante preoccupazione per qualunque cosa. Preoccupazione soprattutto per il suo matrimonio.

Queste considerazioni l'avevano portata a una riflessione conclusiva: in fondo potrei *fare* qualcosa per il mio matrimonio, invece che limitarmi a crucciarmi. Ho una bella figura, ma infilata nei sacchi che porto non si vede nemmeno. Wolf non la vede nemmeno. Stasera al suo arrivo sarò completamente rimessa a nuovo.

Questo pensiero le aveva donato un nuovo impeto, così aveva sbrigato tutte le faccende con grande energia ed entusiasmo, e a mezzogiorno aveva finito. Prima di uscire aveva liberato Kenzo in giardino. Come di consueto il cane corse alla staccionata e cominciò ad abbaiare alla casa dei vicini, poi si girò, fece la pipì contro un cespuglio di rose e trotterellò di nuovo verso casa.

«Bravo» gli disse Karen, «e adesso stai qui bravo bravo da solo, chiaro? Io torno presto.»

Kenzo la fissò con occhi sorridenti. Nell'uscire non poté fare a meno di voltarsi verso la casa dei vicini, alla quale il cane aveva appena abbaiato. Come al solito le tapparelle erano abbassate. Nessun segno di vita.

Avevo deciso di non pensarci più!

Invece abbandonò immediatamente il suo proposito quando per raggiungere il suo garage non poté fare a meno di notare la loro cassetta delle lettere. Aveva già prelevato tutta la posta in eccedenza e l'aveva messa da parte in casa sua, sopra un armadietto della cucina. A Wolf non aveva raccontato niente, perché non voleva assolutamente fornirgli il destro per qualche commento velenoso. Era comunque dell'avviso che un compito del genere, anche se non concordato, rientrasse fra i normali favori che i vicini di casa si scambiano.

Due lettere, un giornale e un catalogo di abbigliamento spuntavano dalla cassetta, e Karen li ritirò senza indugio. Di nuovo provò a suonare il campanello, anche se sapeva che la porta della casa, muta e scura, non si sarebbe aperta.

Ha proprio ragione Wolf, mi preoccupo troppo per questa faccenda, pensò.

Il giro in centro cominciò sotto i migliori auspici. Trovò subito un parcheggio e non appena entrò nella boutique nella quale in altri tempi aveva spesso fatto acquisti – quando tutto era diverso, quando abitavano nella casa vecchia e Wolf qualche volta le diceva ancora di amarla –, la commessa la riconobbe subito e la salutò molto cordialmente.

«Ma com'è bella snella! Mi deve assolutamente dire che dieta ha fatto!»

Il disamore costante verso se stessi, pensò Karen, può fare veri e propri miracoli!

Naturalmente non lo disse a voce alta, ma borbottò qualcosa sullo stress da trasloco, e la commessa assentì con fare comprensivo. «Traslocare può essere faticosissimo. Se però in cambio si ottiene la linea di una ragazzina... Certo, adesso ha bisogno di rinnovare il guardaroba, si vede subito. Almeno due taglie meno di quella che indossa ora!»

Nel giro di un'ora Karen comprò molto più di quello che aveva in mente, invogliata dai complimenti della commessa e leggermente euforica per un bicchiere di champagne che la ragazza le aveva offerto e che, favorito dalla giornata calda, le era entrato in circolo molto rapidamente. Anche perché, ancora una volta, era a stomaco vuoto.

Acquistò due paia di jeans molto aderenti e due o tre magliette strette e corte, una minigonna e una gonna lunga e – sicuramente per effetto dell'alcol – un bikini. Non ne aveva mai portato uno prima, nemmeno da ragazza, e dopo i due parti non l'avrebbe di certo mai sfiorata l'idea di indossarlo alla sua età, nemmeno in sogno.

«Ma se non se lo può permettere lei!» aveva esclamato la commessa entusiasta, aggiungendo poi le parole decisive: «Lo faccia per suo marito, una volta ogni tanto è necessario!»

Karen uscì dal negozio con due grossi pacchi. Le girava un po' la testa, e nel suo subconscio si faceva lentamente strada la preoccupazione per la reazione che Wolf avrebbe avuto di fronte all'estratto conto, ma evidentemente lo champagne le impediva ancora di farsi troppi scrupoli. In fondo avrebbe potuto anche esagerare, prendere il coraggio a quattro mani e andare in un ristorante da sola, cosa che non le piaceva affatto, ma che in quel momento le sembrava invece l'unica cosa da fare. Era da un pezzo che non mangiava altro che cibi preparati da lei, e forse si sarebbe divertita a farsi viziare un po'. Forse in quel modo sarebbe anche riuscita a nutrirsi in modo più completo.

Portò le borse alla macchina, le infilò nel baule e si avviò verso un piccolo ristorante italiano non lontano dalla banca del marito. Molto tempo prima, prima della nascita dei bambini, a volte lei e Wolf si erano incontrati lì a pranzo. Avevano mangiato un piatto di pasta e poi una porzione di tiramisù in due, imboccandosi scherzosamente a vicenda. Fra una portata e l'altra si erano tenuti la mano, raccontandosi la mattinata appena trascorsa. A quel tempo Karen lavorava ancora e a volte capitava che avessero talmente tanto da dirsi che si sorprendevano a parlare contemporaneamente, per poi scoppiare a ridere entrambi. A quel punto discutevano su chi avesse diritto a ricominciare per primo, e la discussione era costellata di baci, altri baci e...

Sospirò pensando a tutto ciò. Con il primo bambino i loro pranzi insieme erano terminati, perché Karen non aveva più potuto allontanarsi da casa. Qualche volta aveva tentato di portare il piccolo con sé, ma si era rivelata un'impresa molto impegnativa: il piccolo piangeva in continuazione e Wolf era arrivato a dire che in quel modo la pausa del pranzo era diventata stressante e che sarebbe stato meglio interrompere per un po' quella consuetudine.

Per un po'... Poi era arrivato il secondo bambino, che come il primo non smetteva mai di piangere («Evidentemente non ci sai proprio fare con i bambini!» le aveva ripetuto Wolf quasi quotidianamente), e a un certo momento era tacitamente divenuto chiaro che l'abitudine dei pranzi al ristorante italiano era ormai un ricordo.

L'unica cosa che non riusciva a capire era perché la situazione fosse sfociata in quel gelo reciproco. Succedeva anche ad altre coppie di diventare genitori e di non avere più tanto tempo l'uno per l'altra, c'erano altri mariti sotto pressione per il loro lavoro, che vivevano in condizioni di stress e ansia, ma nonostante ciò l'amore reciproco restava intatto.

Oppure no?

Forse il cammino è simile per tutti, rifletté Karen, mentre percorreva le strade che ancora le sembravano familiari, forse quello che ci è successo è del tutto normale? E allora sono io che non riesco a adattarmi a questo stato di cose? Che mi deprimo e finisco per diventare lentamente ma inesorabilmente anoressica? Quindi Wolf avrebbe ragione. Forse tendo a comportarmi da isterica e a drammatizzare troppo ogni cosa, e...

Notò che il suo buonumore di prima si stava volatilizzando lasciando il posto alla ben più familiare cupezza. Quella depressione che sempre più la rimandava a Wolf o perlomeno a certe cose che lui le diceva spesso. Offese. O almeno parole che lei subiva come tali. E che magari non erano affatto intese in quel senso.

Nella sua testa il processo si era riavviato. Di nuovo le sue ossessioni, e sapeva bene che la tortura sarebbe andata avanti per ore. Il carosello dei pensieri si metteva in moto in maniera impercettibilmente lenta, senza che lei se ne rendesse conto. A volte, alle prime avvisaglie, le sembrava che per un attimo le si offrisse la possibilità di evitarlo, di interromperlo, quando era ancora debole. Era raro tuttavia che riuscisse a cogliere l'istante. In quell'occasione, per esempio, le era letteralmente sfuggito di mano.

Era arrivata di fronte al ristorante, avrebbe solo dovuto attraversare la strada, ma sapeva che non sarebbe mai entrata. Non sarebbe comunque riuscita a mandare giù nemmeno un boccone, e a quel punto le mancava il coraggio di rivedere il locale che le era tanto familiare, perché le sarebbero tornate davanti agli occhi immagini che la legavano a un tempo ormai irrimediabilmente passato. Magari avrebbe ritrovato un cameriere di allora, che l'avrebbe riconosciuta e le avrebbe domandato come mai non si era più fatta vedere, e lei temeva che allora sarebbe scoppiata in lacrime. Cosa che naturalmente non doveva assolutamente succedere.

Stava per fare dietrofront quando vide Wolf.

Camminava tranquillamente sull'altro lato della strada, facilmente riconoscibile per quell'atteggiamento inconfondibile da capo lievemente altezzoso e per l'abito grigio, tipico dell'impiegato di banca. La luce del sole evidenziava le prime sfumature grigie nella sua capigliatura castano scuro, donandogli un aspetto interessante e attraente. Era davvero circondato da un'aura di positività, che fece subito sentire Karen poco appariscente, insignificante, del tutto inadeguata al fianco di un uomo di quel livello. Dipendeva soprattutto dalla calma con cui si muoveva, e dalla sicurezza che sfoderava come uno scudo al suo passaggio. Camminava lungo la strada in modo naturale, senza pensieri o paure, senza confrontarsi con gli altri o domandarsi se le altre persone fossero meglio di lui, più belle, intelligenti, colte.

A ben vedere Wolf non faceva, provava e pensava tutto ciò che invece appunto lei faceva, provava e pensava. I loro mondi si separavano. Da un lato l'uomo d'affari di successo, dall'altro una misera casalinga, grigia e impacciata.

E tale rimaneva anche con tanti vestiti nuovi, Karen se ne rese conto in quel momento. Non era cambiato nulla. Aveva solo speso un sacco di soldi, fornendogli in questo modo l'occasione per altre critiche.

Accanto a Wolf camminava una giovane donna che rideva forte, gettando all'indietro la sua folta chioma che cercò di fermare con gli occhiali da sole, appoggiandoli sulla testa con un movimento molto sensuale.

In un attimo l'effetto dello champagne si esaurì. Del tutto sobria e calma – sedata?, si domandò – Karen osservò la scena.

La donna indossava un tailleur pantalone beige chiaro con una maglietta bianca. Non era certo vestita in maniera provocante, anzi in modo piuttosto classico per la sua giovane età, quindi era facile immaginare che anche lei lavorasse in una banca. Magari nella stessa di Wolf. Una collega. Durante l'intervallo di mezzogiorno Wolf andava a pranzo con una collega. E proprio al ristorante italiano, là dove tante volte si era incontrato con la moglie. Tutto normale. Non c'era motivo di preoccuparsi.

Perché mai avrebbe dovuto pranzare tutto solo? E perché mai avrebbe dovuto evitare l'unico ristorante buono nei pressi della banca, solo perché in un tempo molto lontano l'aveva frequentato con la moglie, tenendola per mano e facendole un sacco di coccole?

I due avevano raggiunto l'ingresso, Wolf aprì la porta alla sua accompagnatrice e poi la seguì all'interno. Per quanto Karen poté vedere attraverso i vetri opachi i due furono accolti subito con grande cordialità dal cameriere.

Li conoscono, hanno il *loro* tavolo, come l'avevamo noi allora, pensò Karen, sanno già cosa vogliono da bere, e se alla fine ordinano un dessert solo glielo portano con due cucchiaini, così magari lo mangiano insieme...

Fece un lungo respiro cercando di impedire a questo pensiero di prendere corpo. Wolf e la sua collega non mangiavano di certo il dessert insieme. Non si comportavano sicuramente come una coppietta. Erano buoni amici, ottimi amici che passano la loro frettolosa pausa pranzo in compagnia. A Wolf faceva certo piacere farsi vedere in giro con quella donna. Di sicuro più che con sua moglie.

Lo stato di ottenebramento svanì. Karen quasi si sentì male immaginando la scena: lei che terminava prima i suoi acquisti e che, avendo bevuto un po' troppo champagne, trovava il coraggio di entrare sola al ristorante. Wolf se la sarebbe trovata di fronte e probabilmente sarebbe rimasto di stucco, e a quel punto avrebbe dovuto fare le presentazioni e si sarebbero seduti tutti e tre allo stesso tavolo e... Questi scenari le parevano così terribili e imbarazzanti che non poté più restare ferma lì; si girò di scatto e corse come un'indemoniata fino alla macchina. Quando vi arrivò aveva il fiatone, con le mani che le tremavano cercò le chiavi, aprì la portiera, salì e si lasciò andare sul sedile. Una breve occhiata nello specchietto retrovisore le fu sufficiente per stabilire che ancora una volta aveva un aspetto orribile, il viso pallido arrossato dal calore e dall'agitazione, i capelli in disordine, il rossetto sbavato. Fantastico. Non c'era da stupirsi se Wolf non aveva più voglia di uscire con lei e di averla al suo fianco. Sapeva anche lui che quel giorno i bambini erano alla riunione sportiva della scuola, avrebbe potuto proporle di trovarsi in centro per il pranzo. Ma non era certo così stupido. Aveva di meglio per le mani. E Wolf era comunque sempre convinto di meritare il meglio.

Non credo che siano amanti, considerò Karen, e allora perché mi sento così distrutta? È perché mi sento tagliata fuori dalla sua vita? Che mi abbia esclusa già da un pezzo? Non mi considera proprio più, per lui sono forse semplicemente la donna che mette in ordine la casa e si occupa dei figli? Che dolore! Che maledetto dolore!

Si sentì sollevata solo quando arrivò a casa senza inconvenienti. Le avevano suonato un paio di volte perché non era ripartita a un semaforo verde, afflitta com'era dai suoi pensieri, poi non aveva dato la precedenza a un'auto cabriolet e il guidatore, in compagnia di una bionda affascinante, l'aveva coperta d'insulti.

Non importa, aveva pensato, non importa assolutamente niente, mentre in realtà le importava moltissimo.

Uscendo dal suo garage notò la presenza di un uomo davanti al cancello dei vicini. Stava suonando il campanello proprio in quel momento, e probabilmente lo aveva già fatto diverse volte, visto che si guardava attorno con aria sconsolata. Accortosi di Karen si diresse verso di lei.

«Mi scusi, sa per caso se i Lenowsky sono via?» le domandò. «Avevo un appuntamento per oggi...»

Lo fissò e le ci volle un attimo per uscire dal suo turbamento e tornare nel presente. «Un appuntamento?» Aveva la voce leggermente strozzata, così se la schiarì. «Un appuntamento?» ripeté mentre rifletteva che lo sconosciuto doveva trovarla piuttosto sciocca.

«Sono il giardiniere. I Lenowsky mi hanno dato l'incarico di curare il giardino. Due settimane fa abbiamo preso appuntamento per oggi e mi hanno anche fatto capire che ci tenevano molto alla puntualità.»

«E i Lenowsky le hanno detto che ci sarebbero stati quando lei fosse venuto a iniziare il lavoro? Perché in giardino si può entrare comunque e...»

«Assolutamente no» replicò deciso. «Il signor Lenowsky ha delle idee molto precise per quel che riguarda il lavoro da svolgere. Lo abbiamo stabilito insieme, ma ci ha tenuto a precisarmi che sarebbe stato sicuramente presente per valutare al momento eventuali modifiche.»

«Capisco» disse Karen. Aveva ricominciato a parlare con voce normale. «Sa, sono stupita anch'io da questo fatto. Le tapparelle sono sempre abbassate, la cassetta delle lettere straripa... io tolgo la posta che cade fuori, altrimenti avrebbe già riempito il viottolo. Ma nessuno mi ha chiesto di farlo, e la cosa strana è che pare che non ci sia nessun altro incaricato di farlo, è veramente molto insolito.»

«Ha ragione» concordò il giardiniere, «è veramente molto strano.»

«Abitiamo qui da poco» proseguì Karen. Le faceva piacere sfogarsi con qualcuno. «Perciò non conosco molto bene i vicini, comunque mi sembrano persone... insomma, non sono i tipi che partono senza preoccuparsi per la casa e il giardino. Mi hanno dato la sensazione di persone che organizzano la loro vita nei minimi dettagli.»

«Anche a me hanno dato la stessa sensazione. Non mi pare da loro che non si siano preoccupati che qualcuno ritirasse la posta. E anche che non mi abbiano avvisato che l'appuntamento era rimandato. L'avrebbero fatto di sicuro. Si può pensare qualunque cosa di loro, ma sono certamente persone affidabili.»

«Mmm» fece Karen. Entrambi fissarono la casa. Aveva un aspetto ostile, con le tapparelle abbassate, così silenziosa, priva di vita. Qua e là ronzava un'ape e in giardino svolazzava qualche farfalla.

«Il mio cane continua ad abbaiare» riprese Karen, «ormai da almeno una settimana. E prima non l'ha mai fatto.»

«Forse è meglio dare un'occhiata in giardino, cosa ne dice? Magari troviamo una finestra con la tapparella alzata e riusciamo a sbirciare dentro.»

Karen si accorse di sentire freddo e che aveva la pelle d'oca su tutto il corpo. «E cosa pensa di poter vedere?» gli chiese imbarazzata.

L'uomo diede un'alzata di spalle. «Non ho idea. Quei due non sono più ragazzini. Magari si sono sentiti male, sono caduti...»

«Tutti e due?»

«Io vado a dare un'occhiata» tagliò corto il giardiniere aprendo il cancello. Karen lo seguì.

L'erba del prato era piuttosto alta, altro aspetto del tutto particolare, considerando che Fred Lenowsky amava tenerla molto rasata. Il temporale di due giorni prima aveva riempito d'acqua il piccolo abbeveratoio in pietra per gli uccelli, tuttavia la siccità era ancora evidente in parecchi punti. Nei vasi in terracotta che ornavano il viottolo i gerani erano afflosciati. Un grosso cespuglio di margherite, proprio di fianco alla porta d'ingresso, stava seccando, così come i fiori bianchi. Dalle fessure fra le pietre della scala spuntavano le prime erbacce. Non erano ancora altissime, ma certo non erano state rimosse con la consueta meticolosità. Il giardino non sembrava del tutto abbandonato, molti giardini avevano quell'aspetto. Ma considerando la pedanteria dei Lenowsky non era certo nella sua condizione abituale, e cioè di massimo ordine.

La porta aveva una cornice di legno e al centro una curiosa sequenza geometrica di inserti quadrati di vetro verde scuro; non era quindi trasparente. Sulla sinistra della porta girava intorno alla casa un viottolo di pietra. Le finestre al pianoterra avevano tutte le tapparelle abbassate.

«Naturalmente è anche possibile» osservò Karen «che i Lenowsky siano partiti e abbiano effettivamente dato a qualcuno l'incarico di occuparsi di casa e giardino. Ma questa persona potrebbe essersi ammalata o dimenticata, o magari potrebbe impedirglielo qualcos'altro...»

«Tutto è possibile» concluse il giardiniere, che però non pareva affatto convinto, «bisognerebbe forse chiedere un po' qui attorno.»

Avevano terminato il giro della casa ed erano arrivati a una terrazza. Qui c'erano un tavolo da giardino bianco rotondo e quattro sedie, con dei cuscini blu e bianchi ordinatamente legati alle sedute. Il vento aveva spinto in un angolo vicino alla porta della veranda la tovaglia a fiori, che si era avviluppata attorno al basamento vuoto di un ombrellone.

«Ma non vanno mica in vacanza lasciando fuori i cuscini!» esclamò il giardiniere. «Secondo me, c'è qualcosa che non quadra!»

Dalle finestre e dalla porta della terrazza non era possibile guardare dentro. La terrazza era completamente coperta da un balcone del primo piano. Il giardiniere corse fino a un angolo del giardino per cercare di sbirciare in alto. «Non riesco a vedere molto, ma mi sembra che ci sia una finestra con la tapparella alzata. Bisognerebbe arrampicarsi sul balcone...»

«Ma stiamo già commettendo una violazione» disse Karen chiaramente a disagio, «siamo su una proprietà privata...»

Il giardiniere sbuffò con impazienza. «In questo momento è l'ultima cosa che mi preoccupa. Temo che ci sia qualcosa di strano. Forse dovremmo...» Non terminò la frase.

«Cosa?» gli domandò Karen. Nonostante tutto non si sentiva ancora completamente presente. Non riusciva a togliersi dalla testa l'immagine di Wolf che camminava accanto alla giovane donna dai lunghi capelli.

«Forse dovremmo avvisare la polizia.»

Karen ebbe uno scatto, perché immaginava la reazione di Wolf a una proposta del genere. «Mah, non so... magari poi non è niente, e noi facciamo solo una brutta figura.»

«Mmm» replicò lui. Probabilmente l'aveva già inquadrata come una borghesuccia dei quartieri periferici che non voleva assolutamente essere coinvolta in faccende che potessero crearle qualche problema. «Aspettiamo ancora un paio di giorni» proseguì, «poi però bisogna fare qualcosa. Lei la casa ce l'ha sempre sott'occhio. Le dispiacerebbe chiamarmi se notasse qualche cambiamento?»

«Certo» rispose Karen. Dentro di sé stava pregando il cielo che potesse *al più presto* far succedere qualcosa. Che facesse tornare i Lenowsky belli abbronzati e in gran forma dalle loro vacanze e che alla fine venisse fuori solo un banale malinteso con la persona alla quale avevano affidato la sorveglianza. Pensò alle luci nella notte. Dentro di sé non era affatto convinta che la soluzione sarebbe stata così indolore.

Il giardiniere le allungò il suo biglietto da visita e si segnò il nome e il numero di Karen su un altro.

«Non si sa mai» le spiegò, «magari mi viene in mente qualcosa che devo dirle.»

Si chiamava Pit Becker, e aveva un biglietto decorato con fiori e piante.

«Nel caso avesse bisogno di un buon giardiniere...» aggiunse ridendo. Involontariamente Karen si trovò a pensare che nella sua situazione sarebbe stato molto facile avviare una relazione con un giardiniere. Di mattina, con i bambini a scuola. Pit era un uomo piacevole, era alto, spalle larghe e molto abbronzato. Ma era più che evidente che la trovava una donna del tutto insignificante. Ai suoi occhi non era altro che una brava mammina che viveva in un quartiere residenziale alla periferia della città. Una cliente potenziale, nient'altro.

Uscirono dal giardino lasciandosi alle spalle la casa scura e silenziosa. Pit salì sul suo furgoncino con le fiancate decorate con fiori e piante, alzò la mano in segno di saluto e partì. Per un bel pezzo Karen lo seguì con lo sguardo, poi entrò nel suo giardino con passo pigro e aprì la porta di casa. Kenzo le saltò addosso quasi scaraventandola a terra per l'entusiasmo.

«Almeno tu dimostri di essere felice di vedermi» gli disse.

Con i suoi occhi grandi e neri le lanciò uno sguardo pieno d'affetto. Poi le passò di fianco e corse in giardino fino alla staccionata e si mise ad abbaiare alla casa dei vicini, ininterrottamente, fino a quando Karen lo richiamò in casa, temendo che qualcuno potesse lamentarsi per il rumore.

4

La *Libelle* beccheggiava in un tratto poco tranquillo per via del mistral, le vele sbattevano, l'acqua era di un colore turchese intenso, sotto un cielo blu con pochissime nuvole e davanti a scogli che strapiombavano nel mare e, nella parte più alta, si congiungevano alle pendici di un monte boscoso.

Una giornata quasi perfetta.

Una vacanza quasi perfetta, pensò Inga sonnacchiosa.

Si era sdraiata su una delle panche del pozzetto, con indosso un microscopico bikini, e sentiva il piacevole tepore del sole sul suo ventre. Si era appoggiata il cappello di paglia sul viso, dal momento che si scottava facilmente, inoltre il sole del mezzogiorno la accecava. Pensò di aver dormito per qualche minuto e si domandò cosa l'avesse risvegliata. Il mare si era ingrossato, ma le onde erano piuttosto lunghe e facevano alzare e abbassare la barca a intervalli regolari. Poi però i movimenti si erano fatti più bruschi, e forse era stato proprio il cambiamento di ritmo a farle aprire gli occhi. Spinse di lato il cappello e si sollevò. C'era una leggera brezza, e le nuvole in cielo parevano delle enormi virgole molto accentuate. Albert aveva previsto giusto: stava tornando il mistral.

Si guardò attorno, ma di Marius non v'era ombra. Alla fine lo vide in mare, fra le onde; legato per sicurezza allo scafo con una corda, stava nuotando nel suo stile del tutto particolare, sempre un po' aggressivo. In quel momento sollevò la testa per lanciare uno sguardo alla barca. Forse anche lui si era già reso conto che il vento stava rinforzando.

Gli fece un cenno con la mano e lui rispose, poi iniziò a nuotare a vigorose bracciate.

È incredibile, pensò Inga, siamo completamente soli qui. Speriamo di poter prendere la barca altre volte nei prossimi giorni.

Marius nel frattempo aveva raggiunto la *Libelle* ed era salito a bordo utilizzando la scaletta. Come in tante altre occasioni Inga constatò che lo trovava sempre molto attraente. Erano sposati da due anni, e il loro legame era ormai nella fase in cui non si osserva più il partner con occhi stupiti, bensì con una certa naturalezza, tuttavia in quell'istante pensò: com'è bello! Giovane e forte.

D'un tratto sentì che in quel momento, sotto quel sole, su quella barca avrebbe desiderato fare l'amore con lui, e il problema era solo se il mistral avrebbe lasciato loro il tempo sufficiente.

Probabilmente no. Forse era meglio non fargli nemmeno la proposta.

Osservò come Marius armava la randa con gesti sicuri, da esperto. Si muoveva sulla barca come se per anni non avesse fatto altro, e nell'attimo in cui Inga stava per dichiarargli apertamente tutta la sua ammirazione, lui disse improvvisamente, senza dare apparentemente troppo peso alle sue parole: «Sarebbe meglio che ci defilassimo con 'sta chiatta. Cosa ne pensi?»

Inga rise. A volte si comportava in maniera strana. Gli piaceva parlare in modo serio di argomenti del tutto irrilevanti, e Inga si era sempre divertita a partecipare a questo gioco.

« Assolutamente sì » rispose pigramente. « In fondo potremmo finalmente fare il giro del mondo. Sarebbe molto più divertente che tornare all'università. »

Con un asciugamano Marius si diede una passata ai capelli. « Con questa barca non si può fare il giro del mondo. Ma se la vendessimo, guadagneremmo un bel pacco di soldi, e potremmo iniziare una nuova vita da qualche parte. »

« Però al Sud. Vorrei stare in un posto dove fa sempre caldo come oggi. Non ho più voglia dei freddi inverni del Nord. Non potremmo prendere in considerazione la California o qualcosa del genere? »

Nel frattempo Marius aveva sistemato la randa. Si infilò bermuda e maglietta e poi il giubbotto.

« Faresti meglio a vestirti anche tu e a metterti il giubbotto » osservò, « il vento sta rinforzando. »

Inga si alzò immediatamente per prendere i suoi indumenti. Adesso sentiva una corrente fresca che la faceva gelare. « Dovremmo tornare velocemente in porto. Non mi piacerebbe proprio cominciare a ballare come in un guscio di noce. »

« Storie » replicò Marius deciso, « non torniamo certo subito indietro. Magari la vecchia non ci lascia usare la barca un'altra volta. Abbiamo quest'occasione e non intendo sprecarla! »

Lei si infilò la maglietta avvertendo improvvisamente l'abbassamento di temperatura. Guardò Marius. Non era il momento di mettersi a giocare, doveva per forza capirlo. Il vento aumentava attimo dopo attimo. Avevano già aspettato troppo.

« Marius, comincio ad avere un po' di paura. Io non sono un lupo di mare come te. Voglio sentirmi la terra sotto i piedi quando il mistral si scatena, lo capisci, vero? »

« Ho navigato in condizioni ben peggiori » disse Marius, « non sarà certo questo ridicolo mistral a fermarmi. »

« Abbiamo promesso di rientrare per le quattro. Maximilian verrà a prenderci. Non voglio farlo aspettare. »

« E invece noi lo faremo aspettare, il tenero Maximilian. Quel tipo non mi piace affatto. Cosa credi, che non mi sia accorto di come ti tiene gli occhi addosso? È pazzo di te, se ne accorgerebbe anche un cieco! »

Inga rise di nuovo, ma questa volta parve a lei stessa una risata a sproposito. «Marius, sei proprio fuori! È Rebecca che gli interessa, con noi è solamente gentile. Adesso non metterti in mente cose strane!»

«Certo, tu parli così. A te fa piacere che ti faccia gli occhi dolci. Non hai mai pensato che per me la cosa non è altrettanto divertente?»

Parlava con un tono che non le era affatto familiare. Lo fissò incerta. «Se è uno scherzo è meglio finirla qui. Io ho paura del mare. Voglio tornare in porto.»

«E io ti ho detto che ce la svignamo e facciamo un sacco di soldi con la barca.»

«Ma sei impazzito? Non starai mica parlando sul serio, vero?»

Non aveva solo una voce strana, ma anche un'espressione inquietante negli occhi.

«Quando parlo, parlo sempre sul serio. Sarebbe ora che anche tu te ne rendessi conto.»

«Ma... ma... questa è pura follia! Non possiamo mica compiere un... un gesto criminale! E perché poi? Voglio dire, non ce la passiamo mica male noi. Vorresti rubare una barca e vivere il resto dei tuoi giorni braccato dalla polizia?» È pura follia, pensò fra sé, questa situazione ha preso una piega del tutto sbagliata. Di sicuro lo fa per prendermi in giro, ma quando la smetterà?

«Così quella vecchia pazza avrà un motivo valido per stare male» proseguì Marius, «se la barca scompare per sempre!»

«Vecchia pazza? Intendi dire Rebecca?»

«E chi se no? È sua questa barchetta, o sbaglio?»

Inga si era rivestita e stava infilandosi il giubbotto. Ancora non riusciva a capire del tutto cosa stesse succedendo e sperava solo che da un momento all'altro Marius le regalasse una bella risata che avrebbe concluso e sistemato tutto. Ma qualcosa le diceva che non l'avrebbe fatto. Quell'espressione strana negli occhi... non gliel'aveva mai vista prima e la metteva molto a disagio.

Nel frattempo Marius era indaffarato nel pozzetto a tentare di accendere il motore. Il quale però non sembrava voler emettere il suo familiare borbottio. Benché fosse stato a lungo in acqua e non stesse svolgendo un compito particolarmente faticoso, in pochi secondi Marius si ritrovò madido di sudore. Si era agitato ed era diventato aggressivo. Un'altra persona.

«Perché vuoi andare a motore?» gli domandò Inga. «E lasci su le vele?»

«Continui a dirmi che dobbiamo muoverci altrimenti ci becca il mistral. Con il motore viaggiamo di più.»

«È vero.» Forse allora vuol veramente tornare in porto, pensò di nuovo fiduciosa.

Alla fine il motore si accese. Ansimando Marius si sollevò e con un gesto nervoso si allontanò dalla fronte un ciuffo di capelli bagnati. «Finalmente» esclamò, «maledetto attrezzo!»

Scivolò dietro al timone. «Siediti» le ordinò, «adesso andiamo.» Non aveva mai usato con lei un tono così autoritario.

Intimidita Inga si rannicchiò sulla panca, sulla quale fino a un quarto d'ora prima era stata a oziare, avendo la sensazione di vivere una giornata paradisiaca, di sogno. Avrebbe capito subito se Marius era intenzionato a puntare su Le Brusc oppure se voleva abbandonare l'ampia baia di Cap Sicié. Inga non sapeva come avrebbe potuto comportarsi in questa seconda eventualità. Come si affronta un incubo che si trasforma in realtà?

Marius pareva molto concentrato, ma chiuso a riccio, e non sarebbe stato facile riuscire a comunicare con lui.

Non sono affatto sicura che dopo questa esperienza potremo restare insieme, rifletté Inga, e si spaventò per la considerazione che aveva appena formulato, per come una situazione così improvvisa e contraria alla sua volontà avesse potuto far nascere in lei pensieri così drammatici e devastanti.

Come aveva temuto Marius volse la prua a sud-est. Sulla sinistra le rocce scure di Cap Sicié si ergevano minacciose verso il cielo. Dalla cresta dell'onda si poteva vedere in lontananza l'isola di Porquerolles. Il mare era molto agitato, le onde alte, scure, mentre il vento soffiava verso il cielo la schiuma bianca. La randa sbatteva ingovernabile avanti e indietro.

«Abbassati!» le urlò Marius. «Se no ti becchi il boma in testa!»

Inga si piegò. «Marius, ma sei matto? Cosa vuoi fare ancora! Il capo è pericoloso, e il mistral è sempre più forte! Ho paura, Marius, ho paura. Ti prego, torniamo in porto!»

«Neanche per sogno. Non ho proprio voglia di ritrovarmi ancora fra i piedi la pazza. Vedrai che bel gruzzoletto ci becchiamo per la barca, così poi ce la spassiamo anche noi davvero!»

«E se scuffiamo? Se la tempesta ci sbatte contro le rocce?»

«Dimentichi che hai a che fare con un grande della vela!» Stava ridendo. Ed era una risata inquietante.

È malato, pensò Inga, la sua è la risata di un pazzo.

«Ti prego, Marius» stava quasi piangendo. Non sapeva di cosa avesse più paura: delle onde, della tempesta oppure di Marius, che d'un tratto le pareva un estraneo. «Ti prego, Marius, dimmi cosa sta succedendo! Sei cambiato all'improvviso. Perché vuoi portare via la barca a Rebecca? Cosa ti ha fatto?»

«Non puoi capirlo. Tira dentro la testa, maledizione!»

Si abbassò proprio all'ultimo istante. Il boma la sfiorò. La barca ballava come impazzita. Inga si rendeva perfettamente conto che Marius riusciva a tenerla solo con grande fatica.

«È sempre peggio!» si mise a urlare.

«Correnti!» le urlò lui di rimando. «Qui davanti al capo le correnti si incrociano, spesso scorrono in senso opposto alle onde alzate dal vento. È per questo che ci sbatte così avanti e indietro!»

«Ti prego, rientriamo! Ti prego!»

Non le rispose. Inga si alzò e faticosamente cercò di raggiungerlo. La barca beccheggiava a tal punto che in ogni momento rischiava di perdere l'equilibrio, ed effettivamente alla fine cadde quasi addosso a Marius. Ma scivolò di fianco al timone. Sentì un dolore pungente alla coscia, qualcosa l'aveva ferita, probabilmente una scheggia di legno, ma era troppo agitata per realizzare che la gamba stava sanguinando.

«Marius, basta!» Il vento ormai ululava al punto che anche nelle immediate vicinanze era costretta a gridare per farsi sentire da Marius. «Non so cosa sta succedendo, ma non sei solo su questa barca. E io voglio tornare in porto, poi tu fai quel che ti pare!»

Agguantò il timone cercando di modificare la rotta. Ben presto dovette ammettere con se stessa che non aveva la benché minima possibilità di cavarsela. Marius era molto più robusto, e in più era in una posizione vantaggiosa, seduto sulla panca del timone e non semisdraiato sotto, come lei. In più c'era la corrente, che naturalmente rendeva le cose assai difficili persino a Marius, e che Inga non sapeva assolutamente come dominare. Lei e Marius si affrontarono in una breve colluttazione, ma ben presto Inga perse ogni vigore e singhiozzando mollò la presa del timone.

«Vedi di non immischiarti!» le gridò lui. «Altrimenti va veramente a finire che scuffiamo!»

«Perché ce l'hai con Rebecca?»

«La odio.»

«Ma perché? La conosci? C'è stato qualcosa...?» Forse, pensò in preda alla disperazione, se parla, magari riesco a fare qualcosa, se solo mi spiega cosa è successo!

«No. Ma la odio lo stesso.»

«Ma non si odia una persona così, senza un motivo!»

«Io sono qualcuno» le disse di punto in bianco. Aveva parlato con voce normalissima, ed era come se il vento gli avesse strappato le parole dalla bocca e le avesse sfilacciate, ma con un grande sforzo Inga aveva capito quello che aveva detto. Perlomeno dal punto di vista acustico. Il senso delle sue frasi le restava invece completamente oscuro.

«Tu sei qualcuno? Certo che sei qualcuno!»

«Ah, sì?» La fissò con odio. Ma perché ha quegli occhi strani, si domandò lei sempre più inquieta. Quello sguardo lontano... disturbato. Forse è malato? O folle?

Chi è quest'uomo? Chi è l'uomo che ho sposato?

«Mi fa piacere che tu te ne accorga. Purtroppo però non succede a tutti. Anzi a nessuno. E tu fra l'altro parli solo per metterti l'animo in pace.»

«Marius, ma Rebecca ti ha forse fatto del male in qualche momento della tua vita? Forse ha avuto a che fare con te in passato?»

«Storie. Come dovrei conoscerla? Voglio dire...» Si interruppe, per trattenere il timone che la forza delle onde quasi gli strappava di mano. Quando finalmente ebbe riportato la barca sulla rotta, ansimava per la fatica. «Non c'è bisogno di conoscerla per sapere che tipo è, lo capisci?»

«No.»

«Io so chi e cosa è, e questo mi basta. Ma so anche chi sono io.

Non sono l'ultimo degli ultimi. In qualche situazione sono anch'io il primo!»

Inga si rese conto che non aveva alcun senso cercare di parlare con lui. Gli era successo qualcosa, non poteva sapere cosa, ma non era certo quello il momento per scoprirlo. Erano in balia di onde gigantesche, il vento era ulteriormente rinforzato, la maledetta corrente del capo era sempre più minacciosa, ma Marius non accennava minimamente a voler rientrare. L'unica cosa certa in quella confusione era che non avrebbe mai riportato la *Libelle* nel porto di Le Brusc.

Inga si allontanò carponi da lui. La randa continuava a sbattere avanti e indietro. Sapeva che si trovavano in una situazione estremamente pericolosa. Un colpo del boma in testa avrebbe potuto uccidere chiunque.

«Dove vai?» le urlò dietro Marius.

Non gli rispose. La *Libelle* aveva un'andatura pericolosamente veloce, e a Inga era venuta in mente una possibilità per tentare almeno di rallentarla: doveva staccare l'interruttore generale sottocoperta. Senza l'aiuto del motore Marius non sarebbe mai riuscito nel suo intento. Non vedeva altra possibilità, e si augurava che Marius non intuisse la sua idea, ma si limitasse a pensare che voleva ripararsi dalla bufera. L'interruttore si trovava a lato della scaletta d'accesso. Se fosse riuscita a raggiungerlo, Marius non avrebbe mai potuto impedirle di staccarlo.

«Dove vuoi andare?» le urlò di nuovo, e di nuovo lei non rispose.

Era quasi arrivata al primo gradino quando l'afferrò da dietro per un braccio e la sbatté di lato, con una violenza tale che sentì improvviso un dolore acutissimo alla spalla; gli occhi le si riempirono di lacrime, e per un attimo le mancò addirittura il fiato per lo choc e l'orrore. Marius incombeva su di lei, il viso sconvolto, negli occhi uno sguardo folle di odio e rabbia.

«Brutta cretina» le sibilò. Inga riusciva ormai solo a intuire le parole, piuttosto che sentirle. «Volevi spegnermi il motore, vero?»

La barca, ormai senza controllo, veniva sbattuta su e giù dalle onde. L'acqua aveva invaso la coperta. Marius era fradicio da capo a piedi, ma aveva del miracoloso che riuscisse a tenersi in equilibrio in quella situazione. Per ben due volte evitò il boma solo all'ultimo istante; evidentemente doveva aver sentito il rumore, perché aveva lo sguardo fisso su Inga, immobile, rannicchiata, come paralizzata dal dolore, sul primo gradino della scaletta.

Mi ha lussato una spalla, pensò con orrore.

«Voglio tornare indietro» riuscì a dire a fatica, «ti prego, Marius, rientriamo.»

«Io non torno da quella gente!» le urlò lui. «Mai più, mi senti? *Mai più!*»

Inga riuscì, spostando leggermente il peso, a scendere di un altro gradino. Non poteva certo pensare di muoversi rapidamente, i dolori erano troppo intensi, ma forse, senza farsi troppo notare, avrebbe potuto...

Benché Marius non sembrasse completamente in sé, il suo istinto era evidentemente vigile e gli permise di intuire le intenzioni di lei. Le sferrò un pugno violentissimo sulla spalla già compromessa.

«Così fai prima ad arrivare giù!» Lo sentì urlare queste parole, poi il dolore quasi le fece perdere i sensi, vacillò e precipitò sottocoperta, dove picchiò la testa con violenza contro qualcosa. Un attimo dopo il boato della bufera sembrò placarsi, la silhouette di Marius cominciò a confondersi nel riquadro del tambucio. Per qualche secondo ancora pensò che non poteva perdere il controllo della situazione, che non poteva addormentarsi proprio in quel momento, ma poi l'oscurità l'avvolse e non fu più in grado di pensare assolutamente a nulla.

5

Cercò di non soffermarsi sulle parole che Maximilian le aveva rovesciato addosso, rabbioso e irritato... ma forse in qualche misura anche rattristato? Si sforzò *di non pensare affatto a lui*, ma non era così facile. Era sconcertata dal fatto che fosse riuscito così facilmente e rapidamente a penetrare la sua corazza e a sfiorare tutto quello che lei cercava faticosamente di tenere a distanza, tutto ciò che con estrema forza di volontà aveva cercato di spingere ai margini della sua coscienza. I ricordi della sua vita precedente, della casa a Monaco, del lavoro, del suo impegno, dei suoi collaboratori, degli amici. Della vita con Felix e Maximilian.

Dopo la separazione Maximilian era diventato uno di famiglia. A volte Felix aveva detto per scherzo: «Abbiamo adottato Maximilian». Era uno di loro, il suo arrivo in casa era sempre gradito, non aveva bisogno di annunciarsi, spesso la sera cenava con loro, guardava la televisione, chiacchierava, a volte beveva un bicchiere di troppo e allora dormiva nella camera degli ospiti, la mattina si affacciava stralunato in cucina e osservava Rebecca che a piedi nudi e in camicia da notte, con i capelli arruffati e il viso struccato, preparava il caffè. Tutti e tre avevano una grande confidenza reciproca. Confini e distanze si dissolvevano e ognuno si presentava agli altri per quello che era. A Rebecca non aveva mai dato fastidio farsi vedere da Maximilian prima di essere pronta per uscire, vestita e truccata, così come l'aveva lasciata del tutto indifferente incrociarlo in mutande in corridoio mentre si recava al bagno o ancora a letto quando lei entrava in camera sua per salutarlo. Se Felix era via per lavoro, capitava spesso che Maximilian e Rebecca fossero a casa da soli. Nessuno aveva mai trovato strana questa situazione, ma circa sei mesi prima della sua morte Felix una volta le aveva detto: «Credo si sia innamorato di te».

Era stato in una fredda serata d'aprile, Felix e Rebecca erano eccezionalmente soli in salotto. Fuori stava per diventare buio, il giardino era una distesa bianca di peschi in fiore, quando all'improvviso, obbedendo alle bizze del tempo, fiocchi di neve avevano cominciato a danzare in quel mare fiorito. Felix aveva riattizzato il fuoco nel camino. Si ricordava ancora che le aveva detto: «Di sicuro è l'ultima volta che lo faccio fino al prossimo inverno!»

Era stata l'ultima volta nella sua vita.

«Chi si è innamorato di me?» gli aveva domandato lei, e Felix aveva risposto: «Maximilian. Lo vedo da come ti guarda».

Era rimasta perplessa e, ripresasi dalla sorpresa iniziale, era stata colta da quella successiva, cioè dal fatto che Felix glielo comunicasse in quel modo, tranquillo e, in apparenza, del tutto indifferente.

«Secondo me ti sbagli» aveva replicato.

Felix aveva sorriso. «Lo conosco da un bel po'. Dal primo anno di scuola. Non sono molte le cose che riesce a tenermi nascoste. E da quando si è separato ha cambiato atteggiamento.»

Per celare il suo imbarazzo aveva concentrato lo sguardo sul suo bicchiere di vino. «Non mi pare che comunque la cosa ti disturbi più di tanto» aveva poi aggiunto.

Felix aveva riflettuto per un attimo. «No. Stranamente in effetti non mi disturba. Forse perché siamo amici da tanto. Sono assolutamente certo che mai si permetterebbe di dichiarare apertamente i suoi sentimenti. Mi sento di escluderlo. Semplicemente continuerà ad ammirarti, ad avere un debole per te, ma per lui resterai sempre inaccessibile.»

«Però abbiamo entrambi sperato che trovasse una nuova compagna. Non è facile se le cose stanno davvero così.»

Felix aveva scrollato le spalle. «Non possiamo farci niente. Ma comunque Maximilian resta una persona molto realista, con i piedi per terra. Capirà quando sarà il momento di rinunciare a questo sogno irrealizzabile per lasciar spazio a una possibilità concreta nella sua vita.»

A ben guardare, da quella serata in poi aveva avvertito un certo imbarazzo in presenza di Maximilian. Resa vigile dal colloquio con Felix, aveva notato lei stessa che l'amico pendeva letteralmente dalle sue labbra, che seguiva ogni suo movimento, che cercava spesso di starle vicino. Al di là di questi atteggiamenti però non una parola, non un gesto tradivano i suoi sentimenti. Da un lato apprezzava il suo comportamento, dall'altro tuttavia la inquietava. Gli ultimi sei mesi prima della morte di Felix erano trascorsi in maniera un po' diversa rispetto a prima.

Vederlo comparire di nuovo l'aveva decisamente scombussolata, e con tutta la buona volontà non credeva affatto che il suo arrivo potesse essere attribuito a una preoccupazione disinteressata nei suoi confronti. Ma come poteva tradire in quel modo Felix solo nove mesi dopo la sua morte? Al suo funerale Maximilian aveva pianto, ma evidentemente trascorso non molto tempo era arrivato alla conclusione che ogni situazione andasse sfruttata al meglio. Era proprio questo che lei non gli avrebbe permesso. Non avrebbe permesso a nessuno, a nessuno su tutta la terra, di approfittare della morte di suo marito.

Se però cercava di essere onesta con se stessa, allora doveva ammettere di averlo trattato comunque in maniera aggressiva e scostante. Se una qualunque delle persone che aveva frequentato prima fosse apparsa all'improvviso in quel momento, avrebbe in qualche modo scalfito la sua corazza protettiva, e lei non avrebbe potuto perdonare a nessuno una simile invadenza. Tre giorni prima era stata fermamente decisa a riunirsi a Felix nella morte. Ora invece era lì e qualcosa era cambiato. Non sapeva esattamente cosa, ma doveva trattarsi di un fatto fondamentale, perché le impediva di salire al primo piano a prendere le pastiglie che erano nell'armadio, inghiottirle e farla finita. Non riusciva a farlo, per quanto la sua testa desiderasse agire in tal senso.

La vita, pensò all'improvviso con lucidità, la vita si sta di nuovo impadronendo di me. Si è insinuata fra me e la morte. E mi costerà uno sforzo enorme allontanarla un'altra volta.

Negli ultimi tempi le aveva fatto bene – perlomeno aveva questa sensazione – estraniarsi dal mondo e dalla gente per prepararsi a compiere l'unico passo che riteneva giusto e necessario per lei, ed era più che mai determinata a ricreare quelle condizioni. Ma quel pomeriggio capì che non sarebbe stato un processo né facile né breve. Alcuni dicono che una situazione, una volta modificata, non è più riconducibile allo *status quo ante*, ma Rebecca non aveva alcuna intenzione di prendere in considerazione quella eventualità. Ce l'aveva fatta una volta, ce l'avrebbe fatta anche una seconda. Solo non subito. Purtroppo.

Alle quattro e mezzo ammise a se stessa di pensare con insistenza ai due ragazzi tedeschi, Inga e Marius, che probabilmente erano rientrati dal loro giro sulla *Libelle* e che a quell'ora stavano aspettando qualcuno che li andasse a prendere a Le Brusc.

Cosa diavolo mi importa di loro?, pensò rabbiosa. Maximilian me li ha scaricati qui, ma questo non è un problema mio. Vedranno di cavarsela da soli, troveranno un modo per tornare indietro!

Quella Inga le pareva simpatica. In realtà aveva tentato di eliminare dalla sua vita sentimenti come affetto e simpatia, ma si vedeva costretta ad ammettere che certe cose che si vorrebbero escludere sono invece in grado di riaffermarsi con particolare determinazione. Inga le era piaciuta, purtroppo era così. Una giovane donna intelligente, aperta, disponibile verso gli altri. Marius le sembrava più un tipo superficiale – benché le paresse di poter intravedere un lato più complesso in lui, senza peraltro provare alcun interesse –, Inga invece doveva senz'altro essere una tipa seria e riflessiva. A Rebecca era sempre piaciuto quel genere di persone. Quando nei tempi andati aveva scelto i suoi collaboratori per l'associazione aveva sempre attribuito un'enorme importanza alla serietà e alla capacità di mantenere un impegno con costanza.

Era in salotto e stava scrutando il mare oltre il giardino. Stringeva i pugni con tanta violenza da ferirsi i palmi delle mani. Doveva fare attenzione, altrimenti la visita indesiderata di Maximilian avrebbe provocato il crollo di un argine. Già da mesi era riuscita, e con successo, a escludere rigorosamente dai suoi pensieri l'associazione, la sua attività, i collaboratori, i clienti. Adesso però i fantasmi si stavano riaffacciando.

«Andate tutti quanti al diavolo!» urlò a voce alta.

La voce risuonò nella casa vuota. Quando l'eco si esaurì rimase solo il ticchettio dell'orologio sulla mensola del camino. Nel frattempo si erano fatte le cinque meno venti.

Andò nell'ingresso, con mano titubante prese le chiavi della macchina dal gancio. Avrebbe forse peggiorato la situazione se fosse scesa al porto a prendere i due ragazzi? O era invece sensato fare qualcosa di necessario che in ogni caso non sarebbe più riuscita a togliersi dalla testa per il resto della giornata?

Adesso vado a prenderli, pensò, poi gli dico chiaro e tondo che non voglio avere nulla a che fare con loro. Sono solo un intoppo transitorio, così come Maximilian. Che comunque passerà.

Aveva sentito ululare il vento, ma non aveva ben capito cosa stesse succedendo, perciò l'infuriare della tempesta la colse di sorpresa quando uscì dalla porta di casa. Il cielo era di un blu cupo, vi si rincorrevano cumuli di nubi sfilacciate, gli alberi si piegavano, mentre l'annaffiatoio sbatteva rumorosamente sulle pietre del viottolo. Solo tenendo il capo abbassato riuscì a raggiungere la porta del garage. Il mistral era tornato, più forte e intenso della notte precedente.

Speriamo che non rovesci la loro tenda, pensò rabbrividendo al pensiero che in quel caso avrebbe dovuto ospitarli in casa sua.

Lungo la strada fu continuamente costretta a frenare per evitare i

rami spezzati che volavano sulla carreggiata. Il mistral era in grado di spazzare via dai giardini tavoli e sedie e anche persone che fossero state catturate dai suoi vortici. A Felix era piaciuto molto, ne era rimasto affascinato.
Adesso non devo pensare a Felix.
La maggior parte dei turisti aveva abbandonato la spiaggia e la passeggiata a mare e si era ritirata nell'interno, perciò Rebecca non ebbe alcuna difficoltà a trovare parcheggio. A fatica riuscì ad aprire la portiera. Scendendo dalla macchina quasi fu investita da un cestino dei rifiuti in metallo che il vento aveva strappato dai suoi attacchi e che ora sollevava nell'aria come una piuma.

La temperatura si era notevolmente abbassata, cosa che peraltro risultava piacevole, dopo che per giorni si era mantenuta intorno ai quaranta gradi. Rebecca ipotizzò che fosse calata di almeno dieci gradi. Per la prima volta dopo parecchi giorni di afa si sarebbe riposato meglio. A meno che non intervenissero altri motivi a impedirlo, cosa che Rebecca riteneva più che probabile per sé.

Già all'inizio della passerella poté vedere che il posto della *Libelle* era ancora vuoto. Le altre barche sbatacchiavano violentemente, alcuni proprietari si preoccupavano di rinforzare gli ormeggi. Rebecca guardò l'ora. Erano le cinque passate. Forse Marius e Inga si erano scordati dell'accordo preso, oppure erano in ritardo e ora si trovavano a lottare contro la tempesta e il mare in burrasca per rientrare in porto. Era anche possibile che Marius non fosse affatto un grande esperto di vela, come aveva lasciato intendere a Maximilian.

Non avrei dovuto permettere che mi trascinasse in questa storia, pensò seccata, è proprio vero che Maximilian non fa altro che crearmi problemi, in ogni senso.

«Madame! Madame, meno male che è arrivata!» Senza che Rebecca se ne fosse accorta era apparso Albert. Il suo viso bruciato dal sole e dalle intemperie aveva un'espressione estremamente preoccupata. «Non sono ancora rientrati. I due ragazzi, voglio dire. Ho ripetuto loro mille volte di rientrare entro le quattro, ma...» Scrollò le spalle. «Ho il timore che non riescano affatto a tornare con questo mare!»

«Pare che il ragazzo sia un velista esperto.»
«È possibile. Comunque non sono ancora qui.»

Rebecca era continuamente costretta a ricacciare indietro i capelli arruffati che il vento le faceva puntualmente turbinare davanti agli occhi. «Sono giovani. Spesso i giovani non ascoltano i consigli di chi è più anziano!»

«Ma la barca non è loro! Sarebbe veramente grave se non si attenessero deliberatamente agli accordi.»

Rebecca sospirò. Non aveva voglia di rimanere lì. Non aveva voglia di parlare con Albert. Non voleva sentirsi responsabile per nessuno. Desiderava solo tornare nella quiete e nella solitudine della sua casa.

«Spero solo che non sia successo niente» disse.

Albert stava fissando il mare. Non si vedeva una barca per miglia e miglia. Nessuno sarebbe mai uscito con quel tempo.

«Da quanto li conosce?» le domandò.

Rebecca parve esitare. Albert avrebbe di sicuro pensato che era stata troppo affrettata e superficiale. Era però vero che non le importava assolutamente nulla del suo giudizio. «Non li conosco affatto. Li ha trascinati qui Maximilian. Sono autostoppisti. Li ha caricati e me li ha portati a casa.»

Albert la fissò incredulo. «E lei presta la sua barca a persone del genere?»

«Me lo ha chiesto Maximilian. Non hanno certo facce da delinquenti, quei due. E poi quel Marius dovrebbe essere un gran campione.»

«In effetti sembra avere una certa dimestichezza» dovette ammettere Albert controvoglia. «Tuttavia potrebbe essere che...» Non terminò la frase.

«Che cosa?» gli domandò Rebecca.

«La *Libelle* ha un discreto valore. E se quei due avessero avuto fin dall'inizio l'intenzione di non rientrare?»

Rebecca alzò le spalle infreddolita. Cosa avrebbe potuto replicare? Una coppietta di ladruncoli, che si defilava con la barca tanto amata da Felix!

Ci mancava anche questa, pensò sopraffatta dallo sfinimento, anche questa mi ha combinato Maximilian.

Albert sembrò notare la sua stanchezza e il suo abbattimento, così le disse, cambiando tono: «Ma forse non è il caso di fare gli uccelli del malaugurio, vero? Quei due sono giovani e sembrano anche innamorati. Magari hanno gettato l'ancora da qualche parte e si sono dimenticati di tutto. Cosa ne dice, le andrebbe una tazza di tè nel mio ufficio? Così magari li aspetta qui e non deve rifarsi tutta la strada».

Era una proposta più che ragionevole, ma naturalmente Albert non poteva supporre che significato avesse per lei. Stare ore e ore seduta di fianco a un altro essere umano a bere tè... Rientrava fra le cose che aveva deliberatamente eliminato, e per nulla al mondo era intenzionata a ritornare a simili abitudini. Era veramente incredibile quale infinita catena di eventi avesse provocato l'arrivo di Maximilian, il quale nel frattempo aveva levato le tende, mentre lei era rimasta come invischiata nelle conseguenze nefaste della sua visita.

«D'accordo» rispose, «non credo che mi resti altro da fare.» Dallo sguardo di Albert capì che l'aveva offeso, così aggiunse: «Albert, è una proposta carina. È solo che sono un po'... nervosa.»

Era del tutto comprensibile. Una barca come la *Libelle*, che spariva con una coppietta un po' ambigua... Nella situazione di Rebecca lui sarebbe stato sull'orlo dell'infarto. Anche se lui di sicuro non avrebbe mai dato la sua barca al primo venuto. Una barca non va mai prestata, sarebbe come prestare la propria moglie.

Ma questa era una riflessione che solo un uomo avrebbe potuto apprezzare.

6

Si svegliò e al primo momento non riuscì proprio a capire dove si trovasse. Il pensiero che le attraversò subito la testa fu: sono a letto, ed è lunedì mattina. Aveva in bocca un cattivo sapore che tuttavia conosceva e che da sempre collegava al lunedì mattina. Non derivava dal fatto di riprendere il lavoro, ma dall'inizio di una settimana lunga e immensa, e quindi altrettanto minacciosa.

Tuttavia comprese immediatamente che non si trovava nel suo letto. Il suo letto non ballava in quel modo frenetico, e non era nemmeno così duro. Si mise faticosamente a sedere. La spalla destra le faceva così male che cacciò un urlo dal dolore e gli occhi le si riempirono di lacrime. Anche la testa le dava fastidio, aveva delle fitte terribili, e sentiva di avere qualcosa appiccicato all'orecchio destro. Con cautela si toccò i capelli, osservando poi incredula la mano sporca di sangue. Nel suo cervello annebbiato lentamente si fece largo il vago ricordo della sua caduta sottocoperta. Era tutta rotta, ed evidentemente si era ferita gravemente alla testa. Ma ogni cosa era stata come cancellata dall'oscurità.

Sono svenuta. Chissà per quanto?

Mentre si scervellava su questa domanda le venne in mente di guardare l'orologio. Erano quasi le cinque e mezzo. Questo significava che era stata lì sotto per almeno due ore. Quindi... Sconvolta cercò di rimettersi in piedi, noncurante dei dolori lancinanti alla testa e al braccio. D'improvviso le tornò alla mente cosa le era successo, si ricordò del comportamento strano di Marius, di quel cambiamento repentino che era avvenuto in lui, della sua intenzione di svignarsela con la barca e di rivenderla in un porto qualunque del Mediterraneo. Una situazione talmente assurda che le pareva solo un brutto sogno, anche se la sua mente si era rimessa a funzionare in modo lineare, tanto che fu certa che non era stato affatto un incubo a farle balenare davanti agli occhi quelle immagini terrificanti. Era successo tutto veramente, e nel giro di pochi attimi aveva completamente modificato la sua vita.

La barca ballava al punto che si meravigliò di non avere la nausea. Più di una volta finì contro le pareti della cabina, perché in quelle condizioni di mare era praticamente impossibile mantenere l'equilibrio. Quando finalmente raggiunse la scaletta e riuscì a mettere fuori la testa notò che la barca era completamente vuota.

Non c'era più nessuno al timone. La randa sbatteva senza alcun controllo. Con molta prudenza cercò di spingersi fuori, facendo molta attenzione alla vela, e cercando di guardare anche verso prua. Anche lì nessuno. Intorno a lei solo onde tempestose e a una distanza assai minacciosa le pareti di roccia della costa.

Marius aveva abbandonato la barca.

Ma poiché le condizioni atmosferiche rendevano praticamente impossibile un'ipotesi del genere, si infilò nuovamente sottocoperta e si guardò in giro nella cabina, che peraltro era piccola e ben illuminata, tanto che sarebbe stato piuttosto difficile nascondersi da qualche parte. Una cuccetta aperta destinata a due persone, un tavolo di legno con due panche. Sopra gli scomparti, dove erano riposti carte nautiche, occhiali da sole, un berretto da baseball, e un flacone di olio solare che sbatacchiava avanti e indietro. E il cellulare di Marius. Che tuttavia non poteva esserle di alcuna utilità, dal momento che Inga non conosceva un solo numero di telefono che avrebbe potuto chiamare per chiedere aiuto. Non sapeva nemmeno quello del soccorso o della guardia costiera, o di chi mai si potesse chiamare in una situazione del genere.

Nessuna traccia di Marius.

La *Libelle* aveva appena passato la cresta dell'ennesima onda corta e ripida e stava sbattendo la prua nel cavo, tanto che Inga perse l'equilibrio. All'ultimo istante riuscì ad afferrare il bordo del tavolo, per evitare di essere scaraventata dall'altra parte della cabina. Picchiò violentemente le ginocchia.

Se l'era svignata. Non riusciva a capire come avesse potuto e tanto meno perché l'avesse fatto, ma se n'era andato e l'aveva mollata in mezzo alla tempesta e alle onde altissime, sola sulla barca, lei che non aveva mai frequentato un corso di vela, che doveva le sue limitate conoscenze solo alle numerose uscite con lui. Il mare aveva perso il suo bel colore blu, non rifletteva più i raggi del sole, era scuro, minaccioso, selvaggio, nemico.

Si rannicchiò sul pavimento della cabina, le ginocchia strette al corpo, mentre con le mani si teneva salda alla gamba del tavolo, e cercò di ragionare sulle possibilità che le restavano.

Nonostante la sua situazione più che precaria faceva fatica a concentrarsi per pensare a una via d'uscita; continuava a distrarsi e a chiedersi cosa fosse successo a Marius, cosa avesse provocato quel cambiamento in lui, come mai non si fosse accorta prima che in lui vi erano lati tanto strani, così aggressivi, forse addirittura pericolosi. Che invece se ne fosse resa conto? Che ci fossero state delle avvisaglie che aveva volutamente ignorato? Se si sforzava di essere onesta con se stessa doveva riconoscere che c'erano state situazioni nelle quali le era parso poco chiaro. E poi esplosioni di aggressività, di rabbia. Del resto, qual è l'uomo che non ne ha?

E qual era il ruolo di Rebecca in quella storia? Una donna sconosciuta, che avevano incontrato per puro caso, ma che si sforzava in modo così evidente di mantenere le distanze, impenetrabile a qualsiasi relazione umana. In passato Rebecca aveva vissuto a Monaco. Anche loro, Inga e Marius, erano di Monaco. Forse c'era stato un punto di contatto fra le loro vite, chissà quando, nel loro passato.

Poco prima, quando si erano trovati in quella situazione assurda, che lei inizialmente aveva interpretato come un gioco, per capire solo in seguito che si trattava di tutt'altro, Marius aveva citato ripetutamente il nome di Rebecca. E lo aveva accompagnato con evidenti espressioni di odio; tanto evidenti che non sarebbe stato nemmeno necessario lo sguardo assente e minaccioso dei suoi occhi per capirle. Non era solo odio, ma anche una rabbia incontenibile per un'offesa profonda, un complesso di sentimenti feriti.

Marius. Il sereno Marius, che non conosceva complicazioni. Per i suoi gusti fin troppo sereno e spensierato. Tante volte aveva pensato che un po' più di attenzione, di serietà, di capacità di prevedere e di vivere un po' meno alla giornata le avrebbero fatto solo piacere. Poi però aveva considerato che nella sua vita forse non aveva mai affrontato contrattempi e dispiaceri. Tutto si era sempre svolto in maniera semplice. Perché avrebbe dovuto conoscere paure, preoccupazioni e difficoltà?

Evidentemente si era proprio sbagliata. Nella sua vita c'erano abissi che lui intenzionalmente fingeva di ignorare, ma che da tempo avevano iniziato il loro lavorio distruttivo, sotterraneo e inesorabile, e che a quel punto...

Si passò una mano sul viso, quasi tentasse in quel modo di placare i suoi pensieri. Adesso aveva ben altro da fare che perdersi nel vano tentativo di analizzare il carattere di Marius. A questo si sarebbe dedicata più tardi. Doveva riportare a terra quella maledetta barca. Doveva salvare la propria vita.

Stringendo i denti per non sentire i dolori lancinanti alla spalla, raggiunse nuovamente la scala e si affacciò fuori. Decise che la prima cosa da fare era cercare di bloccare la vela che sbatacchiava selvaggiamente sopra la sua testa, poi avrebbe tentato di raggiungere il porto utilizzando solo il motore. Per fortuna non era distante dalla costa, e questo le permetteva di orientarsi; riusciva ancora a vedere

Cap Sicié, e di conseguenza a immaginare a grandi linee la posizione del porto di Le Brusc. Dubitava che sarebbe riuscita a sistemare la vela senza correre il rischio di prendere il boma in testa. Per un attimo considerò che questa eventualità poteva anche spiegare la scomparsa di Marius. Forse non l'aveva affatto mollata, in fondo non aveva motivo di farlo, il suo progetto era stato di vendere la barca da qualche parte e poi sistemarsi con i soldi guadagnati. Magari era stato sbattuto fuori bordo da una bomata. Le tornò alla mente l'ultima immagine che aveva registrato prima di perdere conoscenza: Marius affacciato al tambucio, sbattuto di qui e di là dalla forza della tempesta, ma in piedi. Forse non aveva prestato sufficiente attenzione.

Allora potrebbe essere morto.

Ricordava bene di averlo visto indossare il giubbotto di salvataggio. Ma se per caso aveva perso conoscenza ed era caduto in acqua a faccia in giù... E in ogni caso, a prescindere da questa eventualità, una botta simile avrebbe potuto anche uccidere una persona sul colpo. Oppure provocarle un'emorragia cerebrale.

Agguantò la scaletta, e una volta sopra si tenne alle draglie. Un'onda sommerse la barca; Inga riuscì per miracolo ad aggrapparsi a una cima e a non essere trascinata via. Inghiottì una gran quantità d'acqua salata, cercò disperatamente di respirare, l'acqua le andò di traverso, cominciò a tossire. La testa le martellava ossessivamente – cosa succede in caso di emorragia cerebrale?, si domandò, oppure se così fosse non riuscirei nemmeno a fare questi pochi movimenti? –, mentre dalla spalla le partivano delle vere e proprie stilettate lungo il braccio. Si guardò attorno, ma in mezzo a quelle onde infinite non riusciva a individuare un corpo trasportato dalla corrente. Certo questo poteva anche non significare nulla: Marius poteva essere stato trascinato altrove, senza tener conto del fatto che le onde erano talmente alte che era quasi impossibile scorgervi qualcuno.

La randa.

Doveva concentrarsi solo ed esclusivamente sulla vela. Doveva ammainarla, poi avrebbe tentato di riavviare il motore. Quando si era svegliata sottocoperta aveva notato che era spento, ma si augurava vivamente che questo non significasse che il carburante era finito o che c'era un guasto. Forse sarebbe stato più prudente tentare prima di accendere il motore e ammainare la vela solo in seguito. Infatti, in caso di necessità lei da sola non sarebbe mai riuscita ad alzare di nuovo la randa, senza considerare che non aveva comunque idea di come avrebbe potuto raggiungere la banchina andando a vela. Decise di non dedicare ulteriori riflessioni a questa eventualità.

Combattendo contro il dolore molto forte e l'umidità che si sentiva addosso, si diresse al motore. Aveva cominciato a tremare vistosamente, e immaginava che la sensazione di freddo fosse provocata dai dolori e dal lungo stato di incoscienza piuttosto che dall'effettiva temperatura esterna. Si sentiva febbricitante. E dire che solo un paio d'ore prima aveva considerato quella giornata assolutamente perfetta!

Infilò la chiave, ma quando la girò non ci fu alcuna reazione. Tentò una seconda e una terza volta. Niente. A quel punto le lacrime cominciarono a bagnarle le guance.

«Ti prego» mormorò, «accenditi, maledetto attrezzo!»

Ipotizzò che prima, con Marius, avessero tenuto il motore troppo poco acceso per ricaricare la batteria e che quindi si trovasse nella stessa situazione che avevano dovuto affrontare alla partenza, quella mattina. Cosa aveva fatto Marius con la manovella d'avviamento? Purtroppo non aveva prestato molta attenzione, quindi era molto dubbiosa circa la possibilità di riuscire a compiere l'operazione.

L'interruttore generale sottocoperta. In fondo c'era anche quella speranza.

Con molta fatica cercò di ridiscendere, ondeggiando come un ubriaco. Forse era il panico crescente – *io non sono capace di condurre una barca a vela, se quel maledetto motore non si accende sono perduta* –, che insieme al sollevarsi e all'abbassarsi delle onde le provocava una forte nausea. Arrivò sotto, sperando di riuscire a raggiungere la toilette, senza però riuscirvi e vomitando quindi sul pavimento della cabina. Dovette restare a terra per un po', spossata, ad aspettare che la nausea si placasse un poco. In bocca aveva un gusto terribile, ma per fortuna si ricordò che in uno dei gavoni c'erano le bottiglie di acqua minerale di cui avevano fatto scorta prima di partire. Al secondo tentativo riuscì a sollevare lo sportello, con uno sforzo indicibile.

Perfetto. Si sentiva esausta come non mai. Come poteva pensare di riuscire ad ammainare la randa in quelle condizioni?

Bevve qualche sorso e si rese conto che le faceva bene, le restituiva un po' di energia. Richiuse lo sportello, si avvicinò all'interruttore generale e diede corrente. Poi tornò su, ansimando, sputando, continuando a inghiottire acqua di mare. Passò sotto il boma, che fendeva ritmicamente l'aria come un'immensa sciabola. Girò la chiavetta dell'accensione trattenendo il respiro. Il motore si accese, come se nulla fosse. Le parve un miracolo e di nuovo, questa volta per la gioia, sentì le lacrime che le riempivano gli occhi. Il motore funzionava. E il timone anche.

Forse c'era qualche possibilità di farcela.

A quel punto restava solo da ammainare la maledetta randa.

7

Quella sera Wolf arrivò a casa alle sei, fatto del tutto inconsueto negli ultimi anni. L'ultima volta era successo per un'infezione gastrointestinale, accompagnata da nausea e febbre alta, tanto che aveva fatto fatica a reggersi in piedi, cosicché Karen per prima cosa gli domandò: «Non ti senti bene?»

La fissò con aria seccata, ossia nel modo in cui ultimamente era abituato a guardarla. «E perché dovrei sentirmi male? Vorrei solo cambiarmi per l'impegno di stasera.»

«Impegno?»

Le passò vicino dirigendosi verso la camera da letto, mentre cominciava a slacciarsi la cravatta. «Non ti ricordi? Il presidente del consiglio d'amministrazione compie sessant'anni. C'è una cena al ristorante Quattro Stagioni.»

Karen era assolutamente certa che Wolf non le avesse detto niente, ma preferì lasciar perdere. Tanto l'avrebbe sicuramente contraddetta, convincendosi ancor più del fatto che Karen era poco presente, poco in sintonia con la realtà che la circondava.

«Immagino quindi che le mogli non siano invitate» osservò come di sfuggita. Lo aveva seguito in camera da letto, dove Wolf aveva buttato la giacca sul letto e stava per sfilarsi la camicia.

«Al contrario» replicò alla sua osservazione. Non la stava guardando in faccia, ma aveva un tono di voce lieve e forzato quanto il suo. «Ma ho immaginato che tu non avessi nessuna voglia di venire.»

«E come mai l'hai immaginato? Senza nemmeno domandarmelo?»

«Perché non vuoi mai andare da nessuna parte!»

«Non è affatto vero. Per anni mi sono sempre sentita dire che dovevo stare con i bambini. Forse ormai sono in grado di badare a se stessi!»

«Va bene, come vuoi tu.» Era rimasto in mutande, in piedi davanti a lei. Karen trovava che avesse un bel fisico, slanciato e tonico; era solo un po' troppo pallido di carnagione. Dopo l'estate sarebbe stato in piena forma. «La prossima volta ne terrò conto.»

Prese una camicia pulita dall'armadio, ma la riappese subito. «In effetti vorrei prima farmi una doccia» disse. «Scusami, Karen, ma se stai qui in giro a fissarmi mi innervosisci, con quell'aria da cerbiatto ferito. Per stasera purtroppo non possiamo più modificare niente. Non posso farti venire senza aver confermato prima la tua adesione.»

Aveva buttato sul letto alla rinfusa l'abito da lavoro. Era sottinteso che si aspettava che se ne occupasse Karen. Era talmente ovvio che non riteneva nemmeno necessario chiederlo.

Se almeno una volta mi chiedesse per favore di occuparmi di qualcosa per lui, pensò, invece di darlo sempre per scontato!

«E chi sarà la tua dama?» gli chiese.

Wolf si bloccò sulla soglia del bagno. «Come, scusa?»

«Be', immagino che in un'occasione di gala come questa ogni invitato abbia una dama. Dal momento che sarai senza di me, avrai un'altra al tuo tavolo.»

«*Un'altra al tuo tavolo*... devo dire, Karen, che a volte hai un modo ben bizzarro di parlare. Sembra quasi... Non ho la minima idea di chi sarà la mia dama. Magari mi mettono di fianco alla moglie di un collega. O di fianco a qualche collega donna. Cosa vuoi che ne sappia!»

Trovò che avesse avuto una reazione eccessivamente irritata a una domanda tutto sommato innocente, e questo improvvisamente la spaventò. Benché avesse avuto la ferma intenzione di non tirare in ballo il pranzo di mezzogiorno al ristorante italiano, d'un tratto non riuscì più a trattenersi. «Chi è quella con cui hai pranzato oggi? Quella ragazza con i capelli lunghi?»

Wolf si sentì come scosso da un tuono. «E come diavolo... Voglio dire, come fai a sapere con chi vado a pranzo io?»

Karen alzò le spalle. L'unico rimpianto che le restava per aver sollevato la questione era che sicuramente avrebbero finito per litigare, ma ormai il passo era fatto. «Oggi i bambini avevano una manifestazione sportiva a scuola e sono tornati solo un'ora fa. Perciò a metà mattina sono andata in centro. Mi sono comprata due paia di jeans, poi ho pensato...»

Wolf aggrottò la fronte. «Cosa?»

«Volevo mangiare qualcosa nel nostro vecchio ristorantino italiano. Quando ci sono arrivata, però, ti ho visto lì. Con un'altra.»

Wolf si era ripreso dallo choc e, come di consueto, aveva già affilato i suoi coltelli per prepararsi alla controffensiva. «Ci risiamo, santo cielo! *Ti ho visto con un'altra...* Ti assicuro che comincio a pensare che tu sia un po' paranoica, Karen. Cosa intendi dirmi? O meglio, cosa intendi domandarmi? Se ho una relazione con un'altra?»

«No, io...»

«Tu stai qui e mi sottoponi a continui interrogatori. Uno torna a casa dopo una giornata di lavoro maledettamente complicata, con pochi minuti per cambiarsi per poi ributtarsi in una serata altrettanto impegnativa e che, spero tu mi creda, non sarà certamente divertente, e tu sfrutti questi pochi attimi per dar voce ai tuoi sospetti e lanciare accuse! Tipico di te, Karen! Tu non hai niente da fare, per cui non riesci a renderti conto come altre persone vivano in uno stato di stress continuo, che non lascia loro il tempo di occuparsi di questioni cervellotiche come fai tu!»

Sentiva gli occhi gonfi di lacrime e dovette fare uno sforzo enorme per ricacciarle indietro. Il colloquio aveva preso la piega consueta: Wolf riusciva sempre a rigirare la frittata. Invece di esporsi rispondendo alle sue domande – che potevano certamente avere un tono accusatorio e sospettoso, non intendeva negarlo – Wolf la attaccava nel solito modo, costringendola a difendersi e facendola sentire un'isterica, dandole la sensazione di essersi comportata una volta di più in modo sbagliato. Si sentiva come sempre con le spalle al muro, con l'unico desiderio che la questione si risolvesse in fretta, prima che Wolf potesse dirle qualcosa che l'avrebbe angosciata per settimane.

«In realtà mi sono sentita solamente delusa» gli disse con voce tremante. Non combattevano mai ad armi pari. Il punto era sempre quello. Non combattevano ad armi pari.

Wolf fece un lungo sospiro, esagerato, ostentato. Poi guardò platealmente l'ora. «Proprio il momento giusto per una discussione. Certamente se arrivo in ritardo alla festa del presidente la mia carriera non potrà che averne ripercussioni più che positive. Perché non mi sono portato il vestito in ufficio e non mi sono cambiato lì? Perché mai ho rischiato e sono passato da casa? Perché sono così stupido?» Si diede un colpo alla fronte, con un gesto altrettanto plateale.

«Va bene così» mormorò Karen. Non riusciva più ad andare avanti, da un momento all'altro si sarebbe messa a piangere.

«Ah. E siccome va bene così, mi devi fare questa scenata?»

«Ho pensato... io» la prima lacrima fece capolino «ho pensato che avresti potuto chiedere a me di uscire a pranzo. E anche stasera, avresti potuto portarmi alla cena.»

«Io non ne posso più!» sbottò Wolf. «Si vede proprio che non hai la minima idea di cosa sia la mia vita. *La minima idea!* Ma cosa credi, che io al mattino sappia già se a pranzo avrò tempo per uscire a mangiare? Pensi che la regola per me sia quella di andare al ristorante? Hai idea della fatica che faccio per poter permettere a voi, a te e ai bambini, una vita senza preoccupazioni in una bella casa con ampio giardino? In genere il pranzo lo salto del tutto, oppure mi faccio mandare uno yogurt dal bar interno, perché non ho nemmeno *il tempo* di uscire dal mio ufficio! Oggi è stata un'eccezione. Un'eccezione, ci tengo a sottolinearlo, *del tutto* imprevista. *All'ultimo momento* ho deciso di sfruttare un appuntamento saltato per uscire a pranzo e una collega, con cui» pronunciava le parole come se con ognuna di esse intendesse colpirla, «*non ho una relazione*, ha deciso altrettanto all'ultimo momento di accompagnarmi. Okay? Così ti va bene? Magari adesso potrei farmi una doccia, in modo da avere una remota possibilità di arrivare puntuale a una cena non del tutto priva d'importanza per me e il mio lavoro?»

Aveva alzato molto il tono della voce.

«Ti prego, Wolf. I bambini...»

«Ai bambini potresti poi raccontare che hai sospettato che il loro padre avesse una relazione con un'altra donna, e che lui ha reagito a questo sospetto con una lieve alterazione dell'umore. Io li ritengo grandi e maturi abbastanza per capire la gravità dell'offesa che si nasconde dietro una simile insinuazione!»

Le lacrime che le scendevano copiose sul viso non aiutavano certo a migliorare la situazione. «Wolf, ma è tutto un malinteso. Io non ho affatto pensato che tu mi tradissi. Almeno non come ci si immagina di solito. Ho solo pensato che sarebbe stato bello che tu facessi qualcosa con me... io ho la sensazione di non ricoprire più alcun ruolo nella tua vita e...» La voce le venne meno, i singhiozzi le impedirono di proseguire.

Wolf avvicinò il viso al suo. Lo sentiva respirare e poteva vedere il suo sguardo gelido. «Adesso possiamo concludere?» le chiese a bassa voce e sottolineando ogni parola. «Voglio dire, *saresti disposta a lasciarmi entrare in bagno adesso?* Altrimenti mi vedrei costretto a disdire in qualche modo la mia partecipazione alla serata, e sarebbe molto gentile da parte tua comunicarmi le tue intenzioni prima che io esca completamente dai gangheri.»

Per la prima volta da quando lo conosceva ebbe improvvisamente paura di lui. Paura della sua collera e del profondo disprezzo che aveva maturato nei suoi confronti.

Ecco, pensò affranta, le cose stanno proprio così. Disprezzo. Non mi vuole più bene. Gli do sui nervi. Non c'è più spazio per niente. Non c'è più amore, simpatia, fiducia. Niente. Disprezzo, e in un momento come questo il disprezzo si tramuta velocemente in odio.

«Certo che puoi andare in bagno» gli sussurrò con le ultime forze, poi si voltò immediatamente, perché non vedesse le lacrime che ormai scendevano copiose.

Se solo adesso mi abbracciasse un momento, pensò, sapendo bene che questo non sarebbe mai accaduto. E infatti Wolf non lo fece.

Un attimo dopo dal bagno arrivò lo scrosciare dell'acqua della doccia.

In giardino i bambini ridevano.
Kenzo stava abbaiando alla casa dei vicini.
Karen iniziò a piangere.
Era solo una sera d'estate come tante altre.

8

Albert continuava a preparare del tè che Rebecca beveva avidamente, una tazza dopo l'altra. Andò in bagno due volte e si guardò allo specchio, stupita nel vedere la sua faccia: stupita di come le cose stessero andando. Stupita di essere lì a farsi versare il tè. Stupita di poter ascoltare le chiacchiere di Albert.

Parlava soprattutto di Felix. Del fatto che fosse stato tanto affezionato alla *Libelle*. Che fosse stato un ottimo velista. Di come fosse stato interessante parlare con lui di barche. Avevano passato tanto tempo insieme, seduti davanti a un bicchiere di vino a dar sfogo alla loro passione comune.

«Sempre i migliori» mormorava di tanto in tanto, «sono sempre i migliori ad andarsene per primi.»

Rebecca sapeva che stava bevendo tutto quel tè innanzitutto per poter stringere nelle mani la tazza, in secondo luogo per tenere a bada il suo nervosismo. Non si trattava esclusivamente della barca. E nemmeno, a dire la verità, della sorte dei due ragazzi. Si trattava piuttosto del fatto di dover subire una situazione del genere. La vicinanza di un'altra persona. Il fatto di restare per ore fuori dalla sicurezza delle sue mura domestiche.

Per ore?

Di ritorno dalla seconda visita alla toilette le venne in mente di guardare l'orologio. Erano le sette e un quarto. Era uscita di casa due ore prima e da allora stava seduta nell'ufficio di Albert. Non era mai stata fuori così a lungo.

Da quando era morto Felix.

Rientrando nell'ufficio vide Albert alla finestra che con il binocolo scrutava l'orizzonte.

«Non si vede nessuno» disse lui.

«Non so se vale la pena che resti ancora qui ad aspettare» osservò Rebecca. Gli si avvicinò e fissò fuori dalla finestra nella serata burrascosa. Le pareva che fosse più buio del solito per quell'ora.

«Mah, l'unica speranza che mi resta è che si siano messi al sicuro in una qualche baia e adesso evitino di rischiare di ripartire» disse Albert. «Voglio dire, il ragazzo mi sembra senz'altro un velista provetto, comunque...» Aveva abbassato il binocolo, ma poi lo riposizionò immediatamente davanti agli occhi. Rebecca sentì che aveva il respiro affannato. «Ma non è possibile...» borbottò Albert.

Anche lei vide la barca, nello stesso momento. Era rimasta nascosta dietro una striscia di terra, per questo motivo non avevano potuto individuarla prima, ma a quel punto la videro sobbalzare come un legno sulle onde, verso l'ingresso del porto fra i due fari. Pareva essere senza vela e anche senza guida, come un oggetto in balia degli elementi.

Ma qualcuno sarà bene al timone, Rebecca corresse immediatamente i suoi pensieri, non può essere arrivata per caso nel golfo.

«È la *Libelle*?» domandò agitata.

«Non sono sicuro al cento per cento» rispose Albert, «ma potrebbe essere.»

«Ma è senza vela.»

«In quel modo non riuscirà mai a entrare in porto. Non capisco... sembra che al timone ci sia qualcuno un po' insicuro...»

«Ma magari non è lei.»

«E invece penso proprio di sì.» Albert depose il binocolo sul tavolo, si avvicinò a un armadio, ne estrasse il suo giubbotto arancione e prese a infilarselo. «Devo andare a vedere. Non so cosa facciano quei due, ma di sicuro non riusciranno ad azzeccare l'imboccatura del porto. Devo andare ad aiutarli.»

«Ma non è troppo pericoloso?»

«Ce la farò. Ho fatto cose ben più impegnative.» Si diresse alla porta. «Lei resta qui?»
Gli fece cenno di sì con la testa.
«Faccia attenzione, mi raccomando» gli disse mentre usciva.

Nella mezz'ora successiva dalla finestra dell'ufficio seguì con la massima attenzione Albert che aveva preso la sua imbarcazione a motore e si era diretto verso quella che sembrava la *Libelle*, la quale nel frattempo si era di nuovo allontanata di un tratto dall'imbocco del porto e rischiava di essere rigettata nel mare in tempesta. Rebecca era giunta alla conclusione che non si trattasse della *Libelle*; non riusciva a immaginare che un velista esperto come Marius non potesse essere in grado di compiere quella manovra. Comunque Albert era dovuto intervenire e Rebecca era rimasta ammirata dal suo modo coraggioso e tranquillo di affrontare la situazione.

Non c'è da stupirsi che Felix l'apprezzasse tanto, pensò, e subito fu sopraffatta da un'ondata di dolore, perché anche quel salvataggio, come tante altre esperienze, non avrebbe più potuto condividerlo con Felix. Non sarebbe corsa a casa a raccontargli tutta agitata: «Pensa, Albert è uscito con una bufera del genere, col suo gommone, per andare ad aiutare una barca in difficoltà!»

Non avrebbe mai più rivisto i suoi occhi brillare d'interesse per qualunque cosa lei gli riferisse; non le aveva mai mostrato indifferenza, al contrario aveva sempre reagito con un: «Ma davvero? Racconta un po' meglio!»

In quel modo le aveva sempre dato la sensazione di essere capita e accettata, di essere parte di lui, così come lui era parte di lei. Nulla di quello che la occupava lo lasciava indifferente, e lei dal canto suo partecipava a tutto ciò che lo interessava.

Ed era proprio questo che la faceva soffrire in modo così terribile: dal momento che erano stati così strettamente legati l'uno all'altra, la morte di Felix significava che inevitabilmente era morta anche una parte importante di lei. La metà del suo cuore, della sua anima, del suo cervello. Del suo respiro, della sua vista e del suo udito, del suo gusto, del suo odorato, del suo tatto. Per questo non riusciva più ad assaggiare i cibi, per questo il rumore del mare si era allontanato, il sole aveva perso la sua luce dorata e il blu del cielo la sua luminosità. Tutto era più distante, più pallido, irreale, si svolgeva come dietro a una parete di nebbia, all'orizzonte. Solo il dolore era rimasto. Era sempre al suo fianco, pronto a sopraffarla in ogni momento. Era cresciuto nella stessa misura in cui tutto il resto si era indebolito. Era l'unica vera realtà della sua vita.

Sferrò un pugno sulla vecchia scrivania di Albert davanti alla finestra. «Maledizione» mormorò. Non voleva permettere al dolore di impadronirsi di lei. Voleva ritornare a quello stato di assenza di sentimenti che con tanta fatica era riuscita a costruirsi. Ci era già riuscita una volta, ce l'avrebbe fatta di nuovo.

Non doveva più pensare a Felix. Neanche per un attimo. Non doveva pensare a come sarebbe stato bello raccontargli i fatti di quel pomeriggio. Inevitabilmente questo la faceva precipitare in una condizione di disperazione che le toglieva il respiro e la avvolgeva di vuoto e di buio, come nei primi tempi dopo l'incidente. Non sarebbe più stata in grado di reggere un'esperienza del genere.

Per distrarsi agguantò il binocolo. Albert aveva quasi raggiunto l'uscita. Già all'interno del porto aveva visto l'imbarcazione rollare e beccheggiare in maniera preoccupante, ma di lì a poco sarebbe stato in mare aperto e la situazione sarebbe certamente peggiorata. Nel frattempo, nonostante il tempo da lupi, sulle banchine si erano radunati alcuni gruppetti di curiosi, soprattutto uomini, che si piegavano nel vento come i rami degli alberi, e che avevano intuito che era in corso un'operazione di salvataggio, quindi la serata avrebbe potuto riservare qualche momento emozionante.

Il gommone di Albert scomparve dietro la massicciata del molo, e a quel punto non fu più visibile. Doveva aver quasi raggiunto la barca, ma sicuramente la parte più pericolosa sarebbe cominciata proprio allora: doveva riuscire a saltare a bordo, impresa più che ardita con un mare così agitato.

Per distrarsi si mise a sciacquare la teiera, sistemando poi tutto per preparare dell'altro tè. Albert e le persone che stava salvando là in mezzo al mare, sicuramente bagnate fradice e stanche morte, avrebbero senz'altro gradito una bevanda calda al loro ritorno. Su uno scaffale trovò una bottiglia di rum. Una piccola correzione non avrebbe certamente guastato.

Camminava avanti e indietro, evitando di guardare fuori, analizzando una carta nautica appesa al muro, poi con un fazzoletto tolse la polvere da un'ancora di bronzo, attaccata anch'essa alla parete.

Immediatamente gettò il fazzoletto in un cestino; doveva assolutamente perdere quell'abitudine di pulire qualunque cosa le capitasse a tiro. Maximilian aveva ragione, era diventata una vera e propria mania. Non c'era superficie né oggetto che non subissero quel trattamento. Aveva rappresentato per lei una tecnica di sopravvivenza, ma ormai non le serviva più. Non avrebbe più vissuto a lungo.

Quando di nuovo osò gettare uno sguardo all'esterno, vide la barca all'imboccatura del porto, ancora in balia delle onde, ma evidentemente condotta da una mano molto più sicura. Questo significava che Albert ce l'aveva fatta. Rebecca fece un lungo respiro, poi si apprestò a guardare nuovamente attraverso il binocolo. A quel punto era chiaro che si trattava della *Libelle*. Si domandò cosa poteva essere successo.

Albert fece una discreta fatica a governare la barca in mezzo a tutte le altre fino al suo posto barca, per poi ormeggiarla. Un gruppo di uomini – Rebecca immaginò che si trattasse di velisti – aspettava di poter dare una mano per l'attracco della *Libelle*. Anche in porto le barche sbattevano selvaggiamente, mentre gli alberi si scontravano l'uno contro l'altro. Rebecca vide Albert saltare con un balzo sulla banchina, poi tendere la mano, per aiutarla a scendere, a una persona evidentemente del tutto esausta. Doveva trattarsi di Inga. Faceva fatica a stare in piedi, e solo al terzo tentativo riuscì a saltare a terra. Albert la portò, più che sorreggerla, fino al molo. Zoppicava. Fu sorpresa dal fatto che nessun altro seguiva i due. Sulla barca non sembrava esserci una terza persona.

Dov'era Marius?

Rebecca riempì due bicchieri di tè bollente, vi aggiunse un po' di rum e zucchero, poi corse verso la porta dell'ufficio e la spalancò. Albert entrò, completamente fradicio e scosso dalla tosse. Al suo fianco, per meglio dire appesa a lui, Inga, stravolta dalla stanchezza. Aveva un aspetto orribile: era sporca di sangue sulle gambe nude e alle tempie, la maglietta che indossava era sporca di vomito. La ragazza tremava, cercando disperatamente di dire qualcosa ma senza riuscire a mettere insieme le parole. Quando cercò di allontanarsi un ciuffo di capelli dalla fronte, Rebecca notò che aveva anche le mani tagliate e sanguinanti.

«Santo cielo, Inga, ma cosa è successo?» Liberò Albert, il quale a stento si reggeva in piedi, dal peso della povera ragazza, che aiutò a sedersi, quasi costringendola a rilassarsi un po'. «Ma cosa le è capitato? Dov'è Marius?»

Ancora Inga non era in grado di pronunciare parola, ma riuscì almeno ad agguantare il bicchiere di tè che le veniva offerto e a portarselo alle labbra. Cominciò a bere a piccoli sorsi senza poter domare il tremito che la scuoteva.

«Calma» cercò di consolarla Rebecca, «adesso si sistema tutto.»

Nemmeno lei si sentiva tranquilla, come invece cercava di dare a vedere. Doveva essere successo qualcosa di tremendo, forse Marius si trovava in pericolo di vita, o magari era addirittura morto. Annegato.

Il giovane Marius, tanto sportivo... le sembrava incredibile.

Si volse verso Albert che, appoggiato alla parete, stentava a riprendere fiato.

«Albert, a lei ha detto qualcosa? Lei ha visto Marius?»

Albert scosse la testa. «A bordo c'era solo lei. Nessuna traccia del ragazzo. E lei non è riuscita a dire una sola parola. Credo che abbia ammainato la randa da sola e portato la *Libelle* fin qui a motore. Con una tempesta del genere... non c'è da stupirsi che sia mezza morta!»

«Prenda anche lei una tazza di tè, Albert» disse Rebecca, «mi sembra che ne abbia bisogno.»

L'uomo bevve come un assetato.

«Dobbiamo subito chiamare la guardia costiera» aggiunse, «bisogna che inizino immediatamente le ricerche di... come si chiama? Marius.»

«Ma forse dovremmo prima sapere cos'è accaduto» osservò Rebecca. Passò una mano sui capelli bagnati di Inga, piegandosi verso di lei. «Inga, dobbiamo fare qualcosa per Marius» le disse con circospezione, «riesce a parlare? Può raccontarmi cos'è successo?»

Inga non riusciva controllare il battito dei denti, tuttavia si sforzò di articolare qualche parola.

«Non so cosa sia successo» riuscì a dire, «quando mi sono svegliata non c'era più.»
«Quando si è svegliata?»
«Sono... sono caduta. La testa...» Alzò la mano e si toccò la ferita alla tempia, facendo un balzo per il dolore. «Ho perso conoscenza. E poi non l'ho più trovato.»
«Ma dov'eravate? Voglio dire, quando è successo l'incidente in che punto eravate?»
«Davanti a Cap Sicié. C'era una tempesta terribile.» Lentamente cominciò a parlare in maniera più intelligibile. «Onde gigantesche. Temo che l'abbia colpito... il boma. Sbatteva avanti e indietro. Ho paura che l'abbia scaraventato giù dalla barca.»
Rebecca si morsicò le labbra. La situazione appariva veramente tragica. Si voltò e riferì ad Albert le parole di Inga.
«Essendo svenuta non ha capito cosa sia successo» aggiunse. «Dal momento però che Marius sembra veramente scomparso, forse le cose sono andate proprio come teme lei. Santo cielo, Albert, lei pensa che possa essere ancora vivo?»
«Le chieda se aveva il giubbotto» la pregò Albert.
Rebecca ripeté la domanda in tedesco e Inga fece cenno di sì. «Sono sicurissima.»
Albert appoggiò la tazza sul tavolo. Si era già un po' ripreso. «Adesso avviso la guardia costiera. Si occupa lei della ragazza?»
Rebecca assentì. «Adesso per prima cosa la porto dal dottore. Che le controlli innanzitutto la ferita alla testa. Poi la porterò a casa mia. Se riesce a raccontarmi ancora qualcosa la chiamo, Albert.»
Albert si avvicinò alla scrivania, scarabocchiò qualcosa su un quaderno, strappò la pagina e la porse a Inga. «Il mio cellulare. Mi può chiamare in qualunque momento.»
«Benissimo» rispose Rebecca rivolgendo lo sguardo alla tempesta che infuriava fuori.
La fine del mondo, pensò. E immediatamente dopo: e adesso ho questa Inga fra i piedi.
Stava per rimanere invischiata in una storia. E aveva l'inquietante sensazione di aver perso già da tempo il controllo della situazione.

Lunedì, 26 luglio

1

Con una certa invidia Clara pensò che Agneta avesse un aspetto veramente fantastico.
Era una tipica scandinava. Aveva gambe molto affusolate, capelli lunghissimi e biondi e grandi e luminosi occhi azzurri. Appena rientrata dalle Maldive era pure molto abbronzata, il che creava un piacevole contrasto con i suoi capelli chiari. Ai tempi in cui erano state colleghe di lavoro, aveva portato quasi esclusivamente jeans, in estate gonnelline di cotone, magliette e felpe esagerate. Ora invece il suo abbigliamento lasciava chiaramente intuire che il marito doveva essere benestante. Il tailleur di lino azzurro con la gonna al ginocchio era di ottima fattura, i sandali beige con i tacchi altissimi li aveva sicuramente comprati in uno dei negozi più eleganti del centro. Al collo un giro di perle, orecchini e braccialetto coordinati. Sulla borsetta il marchio discreto, ma ben visibile, di un famoso stilista.
Ha fatto strada, proseguì Clara nel suo ragionamento, cercando però di non far trapelare la sua invidia. L'invidia non è un sentimento positivo, e poi i soldi non portano la felicità. Almeno da soli.
Tuttavia al fianco di Agneta si sentiva decisamente poco attraente. In attesa della visita, aveva cercato di mettersi in ghingheri, ma la sua tenuta era disperatamente triste in confronto a quella della ex collega. La gonna a fiori lunga fino al polpaccio era misera, e sulla maglietta bianca c'era una macchiolina verdognola che però aveva notato solo quando Agneta aveva suonato il campanello, quindi

non aveva più potuto cambiarsi. La settimana precedente Marie aveva sputato gli spinaci ed evidentemente in lavatrice la maglietta non si era perfettamente smacchiata.

Non posso farci proprio niente, pensò innervosita.

Agneta aveva un modo di fare cordiale e affascinante, non più naturale come una volta, ma comunque simpatico. Si era perfettamente immedesimata nel suo ruolo di moglie oggetto da esibire. Clara riusciva benissimo a immaginarsela alle feste mentre intratteneva garbatamente gli ospiti, facendo le presentazioni, sorseggiando con eleganza il suo champagne e dicendo sempre la cosa giusta nel momento più adatto. Anche se in cuor suo forse compiangeva Clara per la sua vita, per la casa piccola, il giardino minuscolo, Agneta non tradiva tuttavia nulla di tutto ciò e si mostrava fin troppo entusiasta. Fece molti complimenti a Marie, trovò ogni cosa «carinissima» e lodò anche la forma strepitosa di Clara.

«Ti fa bene il matrimonio, mia cara!»

«Anche a te, devo dire» osservò Clara, «mi sa che fai una vita decisamente interessante.»

«Mah, del resto che significa, poi? Comunque le Maldive sono stupende. Sono proprio un paradiso. Sabbia bianca come la neve, l'acqua turchese... dovresti andarci anche tu una volta!»

«Il volo è troppo lungo per la bambina» commentò Clara, e fra sé e sé aggiunse: e per tre persone è comunque troppo caro.

«Hai ragione» assentì Agneta immediatamente, «e poi lo dico sempre, uno può riposarsi altrettanto bene nel giardino di casa propria.»

«È solo che dal giardino è difficile mandare cartoline belle come la tua. L'ho ricevuta da pochi giorni. E nel frattempo tu sei già venuta a trovarmi!»

«La posta è sempre lentissima» disse Agneta, «ma non è comunque bello che io e te ci incontriamo di nuovo?»

Clara fece un sorriso forzato. «Bello, sì. Solo che il motivo...»

Agneta inarcò le sue sopracciglia magistralmente scolpite. «Sai già di che cosa si tratta?»

«Lo suppongo. Temo che tu possa avere il mio stesso problema.»

Le due donne si spostarono sulla terrazza, dove Clara aveva organizzato tutto per prendere il caffè. Mentre lo versava e tagliava una fetta di torta di mele che aveva preparato lei stessa, Agneta estrasse dalla borsetta un piccolo plico di lettere. Clara le guardò di sottecchi, riconobbe immediatamente la calligrafia delle buste, rabbrividì come se le avessero mollato uno schiaffo, rovesciando il caffè sulla gonna del prezioso tailleur di Agneta.

«O cielo» mormorò avvertendo chiaramente che stava impallidendo.

«Non fa niente» la rassicurò Agneta tentando di assorbire il liquido con un tovagliolino di carta, «lo faccio lavare in tintoria.»

«Non mi riferivo a quello...» Nel posare la caffettiera vide che le tremavano le mani. «Le lettere... è proprio come immaginavo io.»

«Quando sono rientrata dalle Maldive non ne ho trovate di nuove» disse Agneta, «e questo mi ha un po' sollevata.»

«Anch'io non ne ho più ricevute nelle ultime due settimane» replicò Clara, «ma lo stesso non riesco ad avvicinarmi alla cassetta delle lettere senza che mi tremino le gambe. È così terribilmente spaventoso... quello che scrive.»

«Pensi che si tratti di un uomo?»

«Non ne sono sicura... però mi pare. Anche se non so spiegarti il perché.»

Le due donne si guardarono negli occhi. «Sicuramente ha a che fare con il nostro lavoro di allora, ai servizi sociali minorili» concluse Agneta, «perlomeno nelle lettere che lui, o lei, scrive a me, vi fa sempre riferimento.»

«Anche nelle mie.»

«Ho continuato a scervellarmi per farmi venire in mente qualcosa che sia accaduto allora. Deve trattarsi di qualcuno convinto di aver subito una grave ingiustizia per colpa nostra. Soltanto che a me non viene in mente nessun episodio... particolarmente eclatante. Voglio dire che in fondo ci sono parecchie persone che potrebbero avercela con noi, ma non ricordo un caso specifico che oggi potrei considerare sospetto.»

«Sai se siano coinvolti altri?» domandò Clara.

«Non mi sono ancora messa in contatto con nessuno. Ma penso che sarebbe necessario farlo. Se riuscissimo a sapere i nomi di tutti quelli che ricevono queste lettere, si potrebbe forse ricostruire un numero circoscritto di casi, dei quali tutti si sono occupati.»

«Se si tratta di un caso di allontanamento dalla famiglia, allora ci sono un sacco di persone arrabbiate con noi» osservò Clara.

«Poi abbiamo aiutato una gran quantità di famiglie che semplicemente odiavano l'assistenza, anche se senza di noi non avrebbero saputo come tirare avanti» aggiunse Agneta.

«E pensa alle famiglie adottive, alle quali sono stati tolti i bambini in affido perché quelle d'origine sembravano nuovamente in grado di occuparsene. Abbiamo visto scorrere fiumi di lacrime. E nascere desideri di vendetta.»

«D'altra parte io non riesco proprio a immaginarmi una famiglia adottiva malvagia al punto di scrivere queste lettere» disse Agneta, «insomma, a me paiono il frutto di una mente malata! Questa persona evidentemente si ritiene al servizio di una giustizia superiore dalla quale si sente investita del compito di eliminarci. Per quanto tuttavia mi sforzi, non mi viene in mente nessuno che potrebbe corrispondere a un quadro psicologico all'origine di pensieri così perversi.»

«Pensi che dovremmo rivolgerci alla polizia?» chiese Clara.

Agneta sembrò dubbiosa. «Ne ho parlato con mio marito. Lui lo sconsiglia, perché pensa che comunque non potrebbero fare niente, e alla fine ci troveremmo solo con la stampa alle calcagne.» Fece un sorrisetto. «In realtà quello che teme veramente è di avere *lui* i giornalisti alle calcagne, e nella sua posizione non vuole essere certamente collegato in alcun modo a vicende sgradevoli. In più non ha alcun interesse che il passato di sua moglie diventi di dominio pubblico.»

«Cosa non gli va del tuo passato?»

«Be', insomma, non lo ritiene di livello abbastanza elevato. In fondo cos'ero? Un'assistente sociale che lavorava ai servizi sociali minorili e si occupava di famiglie in difficoltà.»

«Ma non è certo una cosa di cui vergognarsi!»

«No. Ma se pensi a una persona che siede nel consiglio d'amministrazione di una catena di grandi magazzini, allora gli ambienti nei quali ci muovevamo a quei tempi erano perlomeno... poco puliti. Non gli fa piacere che ne parli, e basta.»

«Anche Bert pensa che non sia il caso di rivolgersi alla polizia» disse Clara. «Però non sono del tutto sicura, forse ha semplicemente paura che io dia fuori di matto, se dovessimo imboccare la strada della denuncia. Penso che lui ritenga la faccenda conclusa, dal momento che il tipo non si fa vivo da più di due settimane.»

Agneta non fece alcun commento.

Che meravigliosa giornata estiva, pensò Clara.

Da qualche parte in lontananza si sentiva il rumore di un piccolo velivolo da turismo, il motore borbottava sommessamente. Gli uccelli cinguettavano, gli insetti ronzavano. In una camera al piano di sopra anche Marie, che si stava svegliando dal suo sonnellino pomeridiano, sembrava cinguettasse.

Di nuovo Clara avvertì la paura. Quella nube scura e minacciosa che le si parava di fronte proprio in momenti come quello, quando si sentiva tranquillamente serena e soddisfatta. Per lei la *faccenda* non era affatto conclusa. Forse sarebbero dovuti trascorrere anni e anni dopo l'ultima lettera... Sarebbe stato un processo molto lungo, anche se spesso temeva che una traccia ancorché tenue di quella nube le sarebbe rimasta addosso, per sempre.

«Sta là fuori» riprese Agneta, «sta là fuori con tutto il suo odio e le sue fantasie sulla punizione che gli piacerebbe infliggerci. Perché faccio fatica a credere che la vicenda delle lettere sia conclusa? Che abbia finito, che si sia sfogato e adesso ci lascerà in pace? Perché, maledizione, ho ancora così paura?»

È completamente cambiata, pensò Clara. In questo momento ha perso tutta la sicurezza, l'eleganza, la disinvoltura della donna che si sente protetta dal suo benessere, dalla sua posizione sociale e dall'amore del marito. D'improvviso aveva assunto l'aria di una ragazzina smarrita, tormentata da brutti sogni che nemmeno durante il giorno riesce a cancellare del tutto.

«Anch'io ho paura» disse Clara a bassa voce, «e anch'io penso sempre che non ci lascerà affatto in pace.»

Le grida di Marie aumentarono di volume. Clara si alzò. «Devo andare a vederla.»

Quando ritornò da basso con Marie in braccio, Agneta aveva ritrovato il suo autocontrollo, aveva di nuovo indossato la maschera della padronanza assoluta e si era accesa una sigaretta. Osservò Clara che portava la bambina in giardino e la faceva sedere sul prato, dove la piccola, emettendo gridolini di gioia, cominciò a strappare dei fili d'erba, lanciandoli in aria e aspettando che le ricadessero in testa.

«Sai una cosa» le disse, «noi due ci siamo entrambe costruite una bella vita. Tu hai una bimba e un marito meravigliosi, anch'io sono felicemente sposata e ogni giorno faccio una quantità di cose, una più interessante e piacevole dell'altra. Non ci lasceremo distruggere, vero?»

«No» confermò Clara, ma suonò quasi come se una scolaretta ubbidiente avesse ripetuto una frase pronunciata dalla maestra.

«Cercherò di mettermi in contatto con qualcuna delle altre» disse Agneta. «Di quelle di allora. Magari troviamo dei punti di contatto che ci possano aiutare a scoprire l'identità del folle. E per il momento non dovremmo preoccuparci più del necessario, non credi?»

«Sì» confermò Clara.

Agneta fece un sospiro.

«Sai una cosa, il tuo caffè era veramente buono» osservò, «ma in questo momento... non avresti mica una grappa? Non ne berresti anche tu un goccio?»

«Hai ragione» rispose Clara, e questa volta sembrava del tutto spontanea, non come una brava scolaretta. Entrò in casa per prendere qualcosa che potesse allentare, almeno per qualche ora, la tensione che lei e Agneta si sentivano dentro.

2

«Cercherò un hotel» disse Inga. Era comparsa all'improvviso sulla veranda, un'ombra sottile e scura stagliata contro la luminosità del sole. Era spaventosamente magra.

Ma come è possibile dimagrire così tanto in pochi giorni?, si domandò Rebecca sconcertata. Poi però le vennero in mente i commenti della gente su di lei, nelle prime settimane dopo la scomparsa di Felix.

«Sei dimagrita in maniera pazzesca! Mi sa che non mangi più niente del tutto, vero?»

Lei come si era comportata, aveva mangiato? Non se ne ricordava più. E Inga mangiava o no? Era da lei da tre giorni, ma Rebecca non sarebbe assolutamente stata in grado di dire se durante i pasti mangiasse veramente oppure se stesse seduta al tavolo a giocherellare con le briciole sulla tovaglia. A giudicare dall'aspetto era più che probabile la seconda ipotesi.

Devo occuparmi un po' più di lei, pensò Rebecca sentendosi in colpa, ma allo stesso tempo consapevole che quel pensiero era in netto contrasto con tutto ciò che si era prefissata: creare un muro difensivo, separarsi interiormente dal mondo prima di compiere l'ultimo passo e staccarsene anche fisicamente.

Appoggiò la sua tazza del caffè sul tavolo. «Venga, Inga, si sieda. Le va di bere un caffè con me?»

Come sempre aveva apparecchiato per due. Controvoglia Inga si lasciò andare su una delle sedie di bambù laccate di bianco. Rebecca le versò un po' di caffè, poi le avvicinò latte e zucchero. «Perché vuole andare in un hotel?» le chiese e mentre parlava le sembrò di avere il tono di voce di chi si sente in colpa. «Qui c'è tutto il posto che vuole.»

Inga si scostò dagli occhi un ciuffo di capelli. Aveva ancora un cerotto sulla fronte, dove la ferita lacera si stava rimarginando. Il medico aveva diagnosticato una leggera commozione cerebrale e le aveva consigliato riposo assoluto. Si sarebbe ripresa velocemente, aveva assicurato. Dopo averle somministrato un potente antidolorifico le aveva anche sistemato la spalla lussata. Ormai non sentiva quasi più dolore. Le ferite ai piedi erano guarite.

«Per lei tutta questa storia dev'essere una specie di incubo» osservò Inga. «Un suo conoscente dà un passaggio a due autostoppisti e glieli porta qui, poi hanno un incidente con la sua barca, uno dei due scompare, e l'altra si ritrova a doverla ospitare in casa. Una perfetta sconosciuta, peraltro.»

«Non mi dà affatto la sensazione di essere una sconosciuta, Inga. Marius forse di più. Se adesso ci fosse lui per casa... allora sì che mi sembrerebbe di avere un estraneo in casa.»

«In ogni modo sono sicura che si era fatta tutta un'altra idea a proposito della sua estate.»

«Sì» ammise Rebecca, «in effetti non me l'immaginavo proprio così.»

A questo punto avrei voluto essere morta da almeno una settimana, pensò fra sé.

«Prima ha chiamato Albert» disse per cercare di cambiare argomento, «e ha detto che domani la guardia costiera farà purtroppo l'ultimo tentativo di ricerca di suo marito. Se non trovano nessun indizio...» Lasciò la frase incompiuta.

«...le ricerche verranno sospese» terminò Inga al posto suo. «L'avevo messo in conto, naturalmente. A dire il vero... non mi sarei nemmeno aspettata che lo cercassero ininterrottamente per quattro giorni.»

A dispetto dell'abbronzatura aveva un viso molto pallido, le labbra esangui.

«Era... è un ottimo nuotatore. E aveva addosso il giubbotto di salvataggio.»

«Cerchiamo di non pensare al peggio» disse Rebecca, «magari qualcuno è riuscito a ripescarlo.»

«Ma in quel caso avrebbe cercato di mettersi in contatto con noi.»

«Be'... lei mi ha raccontato che sulla *Libelle* aveva cominciato a comportarsi in modo strano. Magari per questo motivo non gli verrà tanto spontaneo riprendere i contatti e fare ritorno qui come se non fosse successo niente.»

Inga bevve un sorso del suo caffè. Aveva un'aria tesa e infelice che colpiva molto Rebecca.

«Io continuo a non capire» proseguì la ragazza, «a volte mi sembra che la scena sulla barca sia stata solo un brutto sogno. Del tutto irreale. Marius che all'improvviso... per un bel po' ho pensato che stesse scherzando. Lo facciamo spesso, sa. Di parlare in modo serissimo di cose assolutamente prive di importanza. Siamo in grado di farlo per ore. Ma questa volta...»

«E se invece si fosse trattato solo di un malinteso?» chiese Rebecca. «Uno scherzo che lui ha continuato a fare anche se lei si era già stufata da un po'? Lei mi ha raccontato che non era dell'umore giusto perché era preoccupata per il tempo. Magari lui semplicemente non ha capito che lei si era veramente stufata. Oppure voleva costringerla ad andare avanti.»

Inga si grattò la fronte. «Giorno e notte» disse «rivivo la scena nella mia testa. Lei non può immaginare quanto mi farebbe piacere trovare a un certo punto una chiave d'interpretazione, un chiarimento del tipo: è stato solo uno scherzo, ma io ero talmente tesa che non ho capito, che... Ma non lo credo affatto, Rebecca. Lui era... un altro, completamente cambiato. Mi ha spinto giù sottocoperta. Mi sarei potuta rompere l'osso del collo in quel volo. Aveva un'espressione molto strana negli occhi. Che non gli avevo mai visto. Non era più il Marius che conoscevo io. Era uno sconosciuto, e in più mi faceva paura.»

«Evidentemente c'è stato qualcosa» osservò Rebecca «che ha risvegliato un suo lato che fino a quel momento era rimasto nascosto. Che sia stata la vela? Che gli abbia ricordato qualcosa? Oppure è stato qualcosa che ha detto Maximilian, in porto prima che usciste? O magari Albert?»

Di nuovo Inga si toccò la fronte. Aveva sempre un po' di mal di testa, ma lo attribuiva alla commozione cerebrale. E naturalmente all'incubo nel quale era scivolata suo malgrado e dal quale pareva non trovare via d'uscita.

«Io penso che questo qualcosa avesse a che fare con lei» riuscì a dire infine.

Rebecca la fissò con occhi sinceramente stupiti. «Con me? E com'è possibile?»

«Non lo so. Era come se volesse rubare la barca non solo per ricavarne del denaro, ma soprattutto per... colpire lei. Per procurarle un dispiacere. Era come se covasse un vero e proprio odio nei suoi confronti. Me l'ha anche detto. Che l'odiava. Che sapeva esattamente chi fosse lei. Gli ho chiesto varie volte se la conosceva, ma lui mi ha risposto che non aveva bisogno di conoscerla per sapere tutto di lei. Era... come impazzito!»

«Sembrerebbe anche a me» disse Rebecca. «Per parte mia sono assolutamente sicura di *non* conoscere Marius. Non l'ho mai visto prima d'ora in vita mia. Voi siete ancora studenti. Io seguivo la mia attività dell'associazione e ormai non vivo più in Germania da quasi un anno. Dove potrebbero esserci dei punti di contatto?»

«Non lo so proprio» ammise Inga, «e per quanto provi a scervellarmi non trovo una soluzione.»

Rebecca versò dell'altro caffè. «Cosa sa lei di Marius? Voglio dire di quando non vi conoscevate ancora? Da quanto tempo vi frequentate?» Si bloccò all'improvviso. «Non vorrei sembrarle indiscreta...»

Inga subito si schermì. «Ma no. Assolutamente. Non può nemmeno immaginare come mi faccia bene parlare di queste cose con lei. Divento matta se continuo a rimuginare da sola su questa faccenda. Trovo molto gentile da parte sua interessarsi.» Indicò la tazza e il piatto che aveva davanti sul tavolo. «Che lei abbia apparecchiato anche per me. Pensavo che questo caffè pomeridiano fosse un momento tutto suo.»

Lo sguardo di Rebecca s'intristì. Inga ebbe l'impressione che un'ombra le avesse coperto il volto. «Sarò sincera, non avevo apparecchiato per lei. Ho apparecchiato per mio marito. Noi... verso le quattro di pomeriggio ci bevevamo sempre un caffè insieme. Durante le vacanze, naturalmente. Felix si mangiava anche un croissant. Io no. Io... ho sempre fatto attenzione alla linea.» Si morsicò il labbro. Inga appoggiò la sua tazza.

«Se la disturba il fatto che io...»

«Ma no, per niente» replicò Rebecca un po' fredda, «altrimenti non l'avrei invitata a sedersi.»

Per qualche attimo non parlarono.

Alla fine Rebecca interruppe il silenzio. «Le avevo chiesto di Marius. Forse c'è qualche episodio nel suo passato che ci può aiutare a capire qualcosa?»

«Sa una cosa» osservò Inga, «il fatto curioso è che io del passato di Marius so ben poco. Come se fosse spuntato dal nulla, quasi non ne avesse uno vero e proprio. E questo mi ha sempre disturbato un po', ma evidentemente ho imparato a non tenerne conto. Ci conosciamo da due anni e mezzo e siamo sposati da due. Lavoriamo entrambi, e io sono anche aiutata dai miei, così riusciamo a cavarcela abbastanza bene. Marius invece non ha alcun aiuto, ma non mi ha mai detto niente in proposito, solo che ha un pessimo rapporto con i genitori. Ci siamo conosciuti per caso all'università. Alla mensa. Lui era dietro di me, io stavo scegliendo cosa mangiare, e all'improvviso ha attaccato discorso. Mi ha consigliato di non prendere una certa cosa che aveva provato la settimana prima e che era tremenda. Io mi sono sentita imbarazzata di fronte all'addetta della mensa. Dietro di noi una fila infinita e noi lì a discutere su cosa dovessi scegliere io...»

Si ricordava ancora quanto l'avesse infastidita il fatto che quello studente sconosciuto non sembrasse assolutamente rendersi conto che stavano bloccando la file e che la gente intorno a loro stava perdendo la pazienza. In seguito ne avevano riparlato spesso, ma sempre in tono scherzoso, per esempio quando in compagnia di amici si ritrovavano a dover raccontare il modo in cui si erano conosciuti. Inga era solita esordire ridendo: «Sono quasi morta per l'imbarazzo! E intanto Marius con assoluta calma continuava a consigliarmi i cibi migliori e quelli meno interessanti, spiegandomene i motivi nei minimi dettagli. Neanche fossimo in un negozio di gastronomia. Le persone intorno a noi erano visibilmente seccate, ma a lui la cosa era del tutto indifferente!»

A quel punto in genere Marius aggiungeva: «In fondo paghiamo per quel cibo. Quindi è giusto che possiamo scegliere in pace quello che vogliamo».

Gli amici ridevano. Tpico di Marius! Il ragazzo solare, che prende la vita dal lato giusto, che trova sempre l'aspetto migliore nelle cose. E che se ne fa un baffo se dal suo posto al di là del bancone una tipa scorbutica lo manderebbe volentieri a quel paese...

Una sola volta, Inga se ne ricordò all'improvviso, avevano parlato molto seriamente di questo episodio.

«Strano» osservò, «l'avevo completamente rimosso.»

«Ma cosa?» le chiese Rebecca.

«Un anno e mezzo fa circa abbiamo fatto una gran litigata. Il tutto era nato da un episodio in un supermercato. Era sabato, il negozio pieno di gente. C'era una sola cassa aperta, e la coda dei carrelli occupava i corridoi. Fra l'altro noi avevamo solo una bottiglia di latte, era una situazione fastidiosa, ma al tempo stesso piuttosto comica. Era... una di quelle situazioni in cui persone che non si conoscono affatto cominciano a dire stupidaggini sul guaio in cui si ritrovano. Proprio perché non si tratta di un vero e proprio guaio.» Inga si interruppe un attimo, sembrava cercare le parole più adeguate. «Voglio dire che era una situazione che poteva far venire i nervi, ma che non si poteva definire certo una tragedia. Sono appunto cose che capitano. E infatti la gente più che altro diceva cose senza importanza...»

«Tranne Marius?» domandò Rebecca.

Inga annuì con il capo. «Tranne Marius. All'inizio non mi ero resa conto che la sua luna storta preludeva a un'esplosione di rabbia. Davanti a noi c'era un cliente che aveva comprato pochissima roba, un panetto di burro o un pacco di farina, e fece una battuta del tipo che noi eravamo i veri perdenti in tutta quella situazione... uno entra per comprare una sciocchezza, e si ritrova a passare un sabato pomeriggio al supermercato... stupidaggini del genere. Io dissi la mia, che in fondo c'era di peggio, e così via...» Rifletté un attimo. «E allora il tipo mi disse all'improvviso: 'Noi siamo nati *perdenti*', o qualcosa di simile, a ogni modo la parola importante era *perdenti*. E all'improvviso Marius è esploso. È stato... terribile. Ha cominciato a urlare. Che lui non era un *perdente*, e cosa diavolo veniva in mente a quel tipo, come si permetteva di dire una cosa del genere. 'Io non sono l'ultimo!' urlava. 'Io sono qualcuno, e non intendo subire queste cose!'»

Inga scosse la testa. «Strano» disse, «mi torna in mente proprio adesso. Ha pronunciato esattamente le stesse parole sulla barca. *Io non sono l'ultimo! Io sono qualcuno!* Proprio così!»

Rebecca la fissò con attenzione. «Ma è veramente molto strano, Inga. Perlomeno in quel supermercato non può certo esserci stato un legame con me.»

«No. Certo che no. Ma era come se... vivesse quella situazione, cioè quell'attesa esagerata, come se fosse rivolta a lui. Per meglio dire: *contro* di lui. Come se tutto succedesse solo per torturarlo e creargli problemi. Era... veramente furioso con me!»

«E com'è finita?»

«Oh, in maniera terribile. È passato davanti a tutti e si è messo a urlare contro la cassiera. Che cosa avesse mai in testa, e che lui non era intenzionato a sopportare un affronto del genere. La poveretta era attonita, comunque sotto pressione per tutta quella coda, e mancava solo un cliente che si mettesse a fare una scenata. Quasi tutti gli impiegati del supermercato erano a casa malati, quindi lei era sola e non poteva fare nulla... Io mi sono vergognata con tutta me stessa. I clienti intorno erano ammutoliti e a quel punto si sono messi a fissare Marius. Alla fine lui ha sbattuto la bottiglia del latte su uno scaffale, mi ha preso per mano, mi ha abbaiato che dovevamo andarcene e poi siamo corsi fuori.» Inga sospirò. «Non ho mai più osato fare la spesa in quel negozio. E a casa abbiamo litigato per ore. Non voleva assolutamente ammettere di essersi comportato in maniera impossibile.»

«È come se con estrema facilità si sentisse trattato male o messo in disparte» osservò Rebecca, «e la sua reazione a questa sensazione è... è...» Si bloccò.

«È quasi paranoica» aggiunse Inga, «lo può dire apertamente.» Si toccò di nuovo la testa dolorante. «In quell'occasione sono ritornata anche sull'episodio della mensa. In quella circostanza non aveva dato in escandescenza, ma si era comportato in maniera così... esageratamente sgradevole. Anche allora mi ero sentita in imbarazzo. Ma non sono riuscita a fargli capire la mia sensazione, quello che volevo dirgli. Insisteva sul fatto che qualcuno aveva tentato di trattarlo male – cercando di appiopppargli del cibo scadente come nel caso della mensa, oppure facendolo aspettare troppo a lungo come al supermercato –, e si stupiva enormemente che io subissi qualunque affronto senza reagire. A un certo punto abbiamo smesso di litigare, ma senza arrivare a una soluzione. Nessuno dei due aveva ceduto.»

Rebecca disse cauta: «Quindi lei si deve sempre essere sentita come su una polveriera, vero? In ogni momento avrebbe potuto esplodere. Se ne rendeva conto, oppure no?»

Inga non riusciva a fare a meno di massaggiarsi le tempie. Il mal di testa sembrava peggiorare.

«Sì» rispose sottovoce, «anche se probabilmente ho tentato di rimuovere questo timore con tutte le mie forze. Di continuo. Mi ripetevo che erano solo scivoloni da parte sua... magari conseguenze di una giornata negativa... possono succedere... cose del genere. Così...»

«Cosa?»

«Aveva sempre quel modo di fare, a volte appena percettibile, a volte ben evidente. Lo si notava nella maniera in cui trattava un cameriere in un ristorante. O un qualunque artigiano. O chi gli faceva una consegna... Sempre un po' dall'alto in basso, a volte addirittura sgarbato. E sempre... insomma, io restavo sempre col fiato sospeso. Avvertivo che c'era costantemente il rischio che la situazione degenerasse, se solo queste persone si fossero comportate in modo un po' arrogante, se non avessero fatto quello che voleva lui. Era come se restasse in attesa. Alla fine di queste scene io... io tiravo un sospiro di sollievo, perché non era successo niente.»

Rimase in silenzio, fissando il cielo blu. Anche Rebecca tacque per un momento. Alla fine osservò: «Faticoso. Quindi... non sono stati solo anni sereni con lui, o sbaglio?»

«No» rispose Inga, «di sicuro no. Poi però...» Dovette sorridere al ricordo. «A volte mi divertivo davvero con lui. Era così spontaneo, semplice. Aveva sempre qualche idea nuova su cosa fare. Con lui sono finita in locali assurdi, in teatrini impossibili, in cantine dove suonavano jazz, oppure a vedere spettacoli di travestiti. Nelle notti estive mi portava sull'Isar a fare il bagno, oppure mi faceva bigiare un seminario per andare a fare fondo nel Chiemgau, perché aveva nevicato e Marius era assolutamente fanatico dello sci. Io mi adeguavo. Io sono molto più seria di carattere, mi faccio sempre un sacco di problemi, quando non porto a termine i compiti che mi sono stati assegnati. Fra l'altro sono anche un po' più anziana di lui. Io ne ho ventisei, Marius ventiquattro. A volte però mi pare che ce ne siano molti di più fra noi. Almeno dieci.»

«Lei cosa studia?» le chiese Rebecca.

«Germanistica e storia. Ho quasi finito. Marius non sembra preoccuparsi degli anni che impiega per laurearsi. Studia legge, ma non è ancora riuscito a dare un solo esame al primo tentativo. Non è certo stupido. Al contrario, poi prende dei bellissimi voti. Ma ogni tanto pianta lì tutto. Inizia un lavoro, poi d'improvviso si stufa. Nel bel mezzo di uno scritto se ne va, perché fuori c'è il sole e secondo lui è meglio passare una bella giornata in piscina. Io mi secco molto. Mi sembra sempre di essere un noioso soldatino ubbidiente, in confronto a lui. E ho sempre pensato che fosse una fortuna avere qualcuno che mi facesse trasgredire un po', fare qualche follia di tanto in tanto. E non solo il mio dovere.» Fissò Rebecca con occhi spaventati. «Riesce a capirmi? Oppure trova che... Marius è un pazzo, e che me ne sarei dovuta accorgere prima?»

Nel cielo echeggiò forte il grido di uno stormo di gabbiani, tanto che per un momento Rebecca non poté rispondere. Poi disse: «La comprendo benissimo, Inga. Mi creda. Riesco perfettamente a capire il tipo di fascino che può esercitare una persona come suo marito; fra l'altro, vi siete sposati molto presto, vero? Ma evidentemente nella sua vita c'è un problema grosso, del quale lei non è al corrente, di cui però ha conosciuto i riflessi. Quando tornerà – e io penso che dobbiamo proprio essere ottimisti –, lei deve per forza chiarire questo punto. Non può andare avanti facendo finta di niente. Alla lunga non funzionerà.»

«No, certo» replicò Inga, «lei ha perfettamente ragione.»

«Io credo» proseguì Rebecca, «che saremmo un passo più vicini alla soluzione del problema se riuscissimo a scoprire perché sembra attribuire anche a me qualche torto nei suoi confronti. Perché ritiene che io lo abbia fatto sentire un essere inferiore. Dove potrebbe esserci un punto in comune fra le nostre vite?»

Di nuovo si udirono i gabbiani gridare, e nel clima di perplessità e inquietudine che si era improvvisamente creato fra le due donne, quegli strilli suonavano come un monito sinistro.

«Dove potrebbe esserci un punto in comune» ripeté Inga. Brancolava nel buio più completo.

Martedì, 27 luglio

1

Quel martedì Karen prese la decisione di abbandonare la camera matrimoniale che divideva con Wolf. La situazione era diventata insostenibile, soprattutto dopo il weekend durante il quale lui era stato molto a casa ed era riuscito comunque a non spiccicare nemmeno una parola. Dopo lo scontro della sera dell'invito il gelo fra loro non aveva fatto che aumentare, anche se in un primo momento Karen aveva pensato che non sarebbe mai stato possibile.

Al sabato sera aveva deciso di affrontare di petto un chiarimento. I ragazzi avevano invitato degli amici anche a dormire ed erano nella taverna, dove avevano organizzato un torneo di ping pong. Karen aveva acceso il fuoco nel camino sulla terrazza. Wolf era uscito solo dopo le nove dal suo studio, quando le tenebre erano ormai calate e il giardino si era riempito di ombre, del fruscio della foglie e di misteriosi mormorii. Karen indossava i jeans nuovi, che, come aveva potuto constatare guardandosi allo specchio, sottolineavano la sua figura slanciata, e una maglietta con una profonda scollatura. Si era truccata e, per la prima volta dopo tanto tempo, profumata.

Forse, aveva considerato, mi sono veramente trascurata troppo a lungo.

Poi però ebbe la sensazione che Wolf non avesse nemmeno notato il suo cambiamento esteriore. Arrivato in terrazza, aveva fatto cenno di rientrare in casa, ma lei l'aveva apostrofato.

«Wolf! Hai finito? Siediti un attimo qui con me. È una splendida serata!»

Aggrottando la fronte osservò le fiamme che danzavano nel camino. «E come mai hai acceso il fuoco? Vuoi fare la carne alla griglia?»

Il tono brusco le fece perdere ogni speranza e coraggio.

«No... pensavo solo che... lo trovo molto romantico, tu no? Io... io penso che troppo spesso abbiamo trascurato il lato romantico nella nostra vita.»

Wolf sospirò. «E allora pensi di recuperarlo in questo modo, forse?»

Karen si alzò – voleva per forza obbligarlo a guardare la sua figura attraente –, si avvicinò al tavolo da giardino, prese un bicchiere pulito e sfilò dalla glacette una bottiglia di champagne, della quale lei si era già generosamente servita. Gliene versò un po' e gli porse il bicchiere. «Tieni.»

Wolf lo prese, ma non aspettò di brindare con lei, e ne bevve immediatamente alcuni sorsi. Si diresse al limite della terrazza, fissando la casa dei vicini, muta e scura.

«Stanno via un bel po' quelli» osservò.

Karen gli si avvicinò. Kenzo, che si era acciambellato vicino al camino per dormire, sollevò il capo e cominciò a ringhiare.

«Bravo, Kenzo» gli disse Karen, «lascia perdere una volta per tutte!»

«Ha ancora il vizio di abbaiare alla casa?» domandò Wolf.

«Di continuo. Andrà a finire che la gente qui intorno si lamenterà. Non riesco a capire cosa gli sia successo.»

Wolf alzò le spalle.

«Nessuno si occupa più del giardino» disse Karen, «le piante ormai sono quasi tutte secche.»

Di nuovo Wolf sospirò. «Non sono cose che ci riguardino. Devi per forza immischiarti in questioni che non hanno nulla a che fare con te?»

«Non mi immischio affatto. Il giardiniere... insomma il giardiniere dei vicini è venuto a chiedere a me e...» Si interruppe. Aveva la sensazione che Wolf non la stesse a sentire e le sembrò che le mancasse il terreno sotto i piedi, come al solito. Tutta la messa in scena col camino acceso, lo champagne e il profumo era un completo fallimento. Si sentiva di nuovo come un animale costretto in un angolo e si ritrovò a farfugliare giustificazioni che non interessavano a nessuno. Non riusciva a capire perché ogni volta dovesse finire così: era stato *lui* a tirare in ballo la casa dei vicini, osservando che erano partiti già da tempo. *Lei* si era mostrata accondiscendente, e in un attimo lui aveva girato la frittata, accusandola di immischiarsi nelle faccende altrui. Come ogni casalinga annoiata che si rispetti, con un'insopportabile predilezione a ficcare il naso in questioni che non la riguardano.

Non era vero, ma non riusciva nemmeno a spiegarglielo. In sostanza non riusciva a cancellare e modificare l'immagine negativa che si era fatto di lei.

Non riesco a tenergli testa, pensò cominciando a lottare contro le lacrime, non sono abbastanza intelligente per lui, abbastanza pronta e sicura. Sono solo un essere grigio e insignificante e con ogni probabilità si è già da tempo pentito di avermi sposata. Nella sua vita l'unico compito che ancora mi spetta è quello di accudire i ragazzi. Quando saranno cresciuti se ne andrà.

«Wolf» gli disse in tono di supplica, con una voce che tradiva le lacrime in agguato e che, lo sapeva bene, lo avrebbe ancor più innervosito. «Wolf, una volta le cose non stavano così fra di noi. Voglio... voglio dire, ma cosa è successo? Perché è cambiato tutto?»

Wolf si girò verso di lei. Alla luce del lampione del giardino Karen riusciva a vedere bene il suo viso. Che non mostrava alcun calore o affetto.

«E adesso di cosa ti lamenti? Non è proprio possibile che tu almeno *un* giorno all'anno non ti lamenti e non piagnucoli?»

«Forse, se riuscissi a capire...» Si morsicò il labbro. Quelle maledette lacrime che ogni volta rovinavano ogni suo tentativo di parlare in maniera distaccata.

«Capire cosa? Noi due? Me? Te stessa? Ah, già, adesso ricordo, il problema è che io ho una relazione con una collega, non è così? È questo il punto che vorresti riuscire a capire?»

«Io non avevo detto che...»

«No? Strano! Buffo come si possano interpretare in modo diverso le parole. Mi pare che tu mi abbia fatto una scenata degna di un film. E con ottima scelta di tempi, proprio in una serata in cui ero stanco morto, sfinito, e in più dovevo pure uscire per un impegno molto importante. Ma già, a te cosa importa dei miei impegni importanti? O della mia tensione? Hai cose ben più importanti di cui occuparti, tu! Te stessa. Le *tue* esigenze. I *tuoi* problemi. Le *tue* preoccupazioni e difficoltà! Dove lo trovi il tempo da dedicare alle mie?» Con atteggiamento cinico alzò le sopracciglia e in un solo sorso svuotò il suo bicchiere di champagne.

Karen deglutì un paio di volte e si morsicò le labbra. Non poteva mettersi a piangere in quel momento. Almeno quella volta doveva riuscire a parlargli senza scoppiare in lacrime.

«Fra due settimane» gli disse «andiamo in vacanza. Come te lo immagini quel periodo? Noi due in questa situazione per due settimane in un albergo?»

«Oh, no!» esclamò lui passandosi una mano nei capelli, con gesto teatrale. «Adesso per favore non mettiamo in discussione anche le vacanze! Se non ricordo male sei stata proprio tu a insistere perché andassimo! Io ho sempre detto che mi pareva un po' caro, proprio quest'anno che abbiamo comperato la casa. Ma la signora ha cominciato a piagnucolare come suo solito, dicendo che in fondo siamo una famiglia, e una vacanza del genere sarebbe proprio necessaria, che solo così si ha un po' di tempo l'uno per l'altra e per i bambini e bla bla bla... Fino a quando mi sono ammorbidito e ho sganciato una bella somma per...»

Karen notò che era sempre più arrabbiato. «Non ho nessuna intenzione di disdire la vacanza» disse rapida, con voce già tremante, «è solo che non so se...» la voce si fece ancora più incerta, «se ce la faccio a vivere accanto a te per due settimane in una stanza d'albergo così come...»

«Come cosa?»

«Come mi tratti in questo periodo.»

«E come ti tratto?» le domandò gelido.

Le lacrime cominciarono a scenderle lungo le guance. Non c'era verso di rispondergli in modo pacato.

«Merda» sbottò lui e depose il suo bicchiere con gesto violento, «è sabato sera. Anche per me è il fine settimana. Ti prego di non provare più a coinvolgermi in una seratina davanti al camino a sorseggiare champagne, quando hai solo intenzione di lamentarti di qualcosa!»

Se ne andò. Karen lo sentì sbattere una porta in casa, e Kenzo si mise ad abbaiare.

Così era passato il sabato.

La domenica Wolf uscì subito, al mattino presto, per portare i ragazzi a nuotare. Karen sapeva bene che odiava le piscine, a maggior ragione in una domenica calda e soleggiata durante la quale il luogo si sarebbe trasformato con ogni probabilità in un carnaio. Ma Wolf sentiva il bisogno di andarsene. Non importava dove, ma lontano dalla moglie. E nessuno, nemmeno i bambini, avevano chiesto a Karen se desiderasse unirsi al gruppo.

Comincia a esercitare il suo effetto, pensò, ormai sola al tavolo della colazione abbandonato velocemente, lasciato nel caos, mentre fuori Kenzo abbaiava alla casa dei vicini. I ragazzi si stanno accorgendo che vengo trattata come una nullità, e si comportano di conseguenza. Vedono che io non mi difendo. Probabilmente mi disprezzano.

Dovette racimolare tutte le sue forze per sparecchiare la tavola, per infilare nella lavastoviglie i piatti sporchi di miele e uova, per scuotere la tovaglia piena di briciole e sciacquare la vaschetta di Kenzo. Poi si avviò alle stanze dei bambini, radunò mutande e magliette sporche, domandandosi come mai i ragazzi ignorassero con tanta ferrea determinazione la sua reiterata preghiera di mettere quella roba nel cesto della biancheria. Probabilmente non si curavano nemmeno di ascoltarla. Comunque non attribuivano alcuna importanza alle sue parole.

La domenica trascorse in desolante solitudine. Fuori faceva un gran caldo, tanto che Karen non riusciva a stare nemmeno in terrazza, sotto la tenda, e alla fine si ritirò in salotto, dove la temperatura era molto più fresca. Aveva già allontanato tre volte Kenzo dal cancello e aveva cercato di fargli capire che tutto quell'abbaiare le avrebbe sicuramente creato qualche problema con i vicini. Il cane la ascoltò, ma senza preoccuparsi minimamente per le sue parole.

Forse Wolf comincia a influenzare anche lui, pensò.

A mezzogiorno aveva mangiato del pane secco, perché da un lato non aveva avuto alcuna voglia di cucinarsi qualcosa, dall'altro non si era nemmeno sentita di prendere un pezzo di formaggio dal frigo o spalmare un po' di burro sul pane. Aveva tentato di leggere un libro, ma ben presto aveva dovuto ammettere che nemmeno una della frasi lette le si fissava nella memoria. Per non buttare via del tutto la giornata infine accese la lavatrice, solo a mezzo carico, perché non aveva abbastanza biancheria per un bucato completo. Lo aveva già fatto il giorno prima. Wolf l'avrebbe sicuramente rimproverata per quello spreco di elettricità. Sempre che se ne accorgesse, cosa non del tutto probabile.

Verso il tardo pomeriggio si sentiva così disperatamente sola che chiamò la madre, ben sapendo che un colloquio con lei non le avrebbe certo giovato. Ma l'esigenza di sentire una voce umana si era fatta così impellente da metterla nella condizione di sopportare perfino la madre, che tuttavia si lamentò come al solito del caldo e del fatto di avere solo un balcone molto piccolo, chiuso fra due mura e quindi bollente, il che rendeva impossibile starci e anche piantarvi qualche fiore.

«Ci vorrebbe un giardino» disse, «un bel giardino verde, dove sdraiarsi all'ombra di una pianta a prendere un po' di frescura. Che meraviglia sarebbe!»

Karen sapeva benissimo che anche in quel caso sua madre si sarebbe lamentata, magari delle formiche o dell'erba che punge o di quell'unico aeroplano che nel corso dell'intero pomeriggio le fosse volato sopra la testa. Nonostante tutto, però, fu subito assalita dai sensi di colpa. Avrebbe dovuto invitarla per il weekend. La invitava troppo raramente, sapendo che Wolf non sopportava l'idea di passare la domenica con la suocera, ma a ben vedere era un riguardo del tutto superfluo, dal momento che Wolf se ne andava per i fatti suoi e non si preoccupava affatto della sua solitudine.

Dovrei decidermi a fare quello che mi pare, pensò. Ma ciò che più l'angosciava era la sensazione di non sapere assolutamente cosa avrebbe fatto volentieri. Avere la mamma ospite di domenica? In realtà no. Questo avrebbe solo risolto qualche rimorso di coscienza, ma non le avrebbe procurato un vero piacere.

«Forse le vacanze avremmo dovuto organizzarle in maniera diversa» le disse. «Invece di portare Kenzo da te, avremmo dovuto far venire te qui. Così avresti avuto il giardino per due settimane...»

«Non se ne parla nemmeno» la interruppe immediatamente la

madre, «io lì tutta sola in quella vostra casa enorme... Mi annoierei a morte! Molto meglio che Kenzo stia qui da me.»

«Va bene. Resta tutto come stabilito.» C'è solo un particolare nuovo, cioè che io non ho più voglia di partire. Perché Wolf non se ne va da solo in vacanza con i ragazzi? Certo non sentirebbero la mia mancanza.

«Be'?» le domandò la madre. «È tutto a posto, adesso?»

«Cosa vuoi dire? C'era qualcosa che *non* era a posto forse?»

«Be', mi riferivo all'altra notte, quando mi hai telefonato. Quando mi hai chiamato di punto in bianco, perché eri convinta che mi fosse capitato qualcosa. Ho avuto l'impressione che fossi... che avessi i nervi abbastanza a fior di pelle.»

«Mamma, ma non ti ho chiamato di punto in bianco. Te l'ho spiegato. Avevo ricevuto una telefonata molto misteriosa e...» Mentre pronunciava queste parole Karen pensò quanto fosse sciocco rivangare ancora quell'episodio. Avrebbe desiderato solo un po' di comprensione e non era certo quello il modo per ottenerla. Sua madre non si curava affatto di come si fossero svolte le cose. Già da tempo si era fatta un'idea e non l'avrebbe certo cambiata, per nessun motivo.

«Va bene, in ogni modo è tutto a posto» tagliò corto, mentre si domandava come avrebbe reagito sua madre all'annuncio che il suo matrimonio era in crisi, che lei e Wolf litigavano sempre e che era più che probabile che avrebbero finito per separarsi.

Invece lasciò perdere e dopo aver discusso ancora di un paio di sciocchezze terminarono la conversazione.

Karen andò in giardino, ormai era quasi sera e il caldo era un po' più sopportabile. Le rose al di là della cancellata erano chiaramente sofferenti per la siccità, le foglie vizze, i boccioli secchi. Senza esitare prese la gomma e cominciò a innaffiare i poveri fiori assetati. Non importava quel che avrebbe detto Wolf, si sarebbe occupata ugualmente di quel giardino abbandonato.

Pensò che sarebbe stato bello avere un'amica, anziché essere sola in una giornata come quella. Potersene stare seduta con un'amica in terrazza, a bere un tè e verso sera un bicchiere di prosecco e parlare di qualunque cosa. Anche di problemi matrimoniali. Era forse quello il punto critico della sua situazione: non aveva nessuno a cui confidare le sue preoccupazioni, i suoi problemi. Nessuno che la aiutasse a riflettere. Nessuno che di tanto in tanto la facesse ridere di gusto. Forse era quello il motivo per cui Wolf non provava più niente per lei. Perché era una misantropa, chiusa in se stessa, cervellotica.

Rido troppo poco. Ma non riesco a trovare niente nella mia vita di cui ridere a cuor leggero.

Verso le sei tornarono i bambini, i capelli bagnati e scomposti, su di giri e allegri. Gettarono le loro borse nell'ingresso e si precipitarono davanti alla televisione, per vedere un programma al quale tenevano molto.

«E il papà dov'è?» chiese Karen, mentre toglieva dalle borse costumi bagnati e accappatoi, trovando gomme masticate e pezzi di cioccolata sciolta e notando che con ogni probabilità sua figlia aveva perso una ciabatta.

I bambini erano incollati al video. «Il papà ci ha lasciati giù. È tornato in ufficio. Ha detto di non aspettarlo per cena. Farà tardi.»

Solo molto più tardi Karen si rese conto che quel momento era stato un punto di svolta. Solo in seguito capì che quel momento, al termine di una domenica lunga, solitaria e sconsolata, aveva significato la fine di qualcosa: della speranza di trovare una soluzione alla tensione che si era instaurata fra lei e Wolf, di poter cancellare gli ultimi anni della loro vita e riprendere le fila dal periodo in cui la loro relazione era ancora positiva, allegra, affettuosa. In un angolo del suo cuore era rimasta viva la fiducia che il gelo e la cattiveria si sarebbero allontanate dal suo matrimonio come una malattia passeggera, della quale ci si ricorda con un brivido per un po', ma i cui contorni impallidiscono lentamente, fino a diventare solo una macchia scura nel passato.

Questa fiducia si spense, in modo irrevocabile e definitivo. Wolf aveva depositato i bambini davanti a casa al termine di una domenica durante la quale aveva lasciato la moglie completamente sola fin dal mattino e non aveva ritenuto nemmeno importante darle una spiegazione sulla sua assenza la sera stessa. Aveva lasciato ai ragazzi il compito di informarla.

Gli sono completamente indifferente. Quello che io provo gli è indifferente. Non c'è più niente, assolutamente niente che lo leghi a me.

Aveva preparato la cena per i bambini, ma lei stessa non aveva toccato cibo. Si muoveva e agiva come in stato di trance. Stese la roba ad asciugare, innaffiò i fiori sul balcone, fece il consueto giretto serale con Kenzo, scambiando quattro chiacchiere con un'altra proprietaria di cane, senza nemmeno rendersi conto di quello di cui avevano parlato. Spedì i ragazzi a letto, rimase ancora un attimo in terrazza e per la prima volta dopo parecchi anni fumò un paio di sigarette; aveva comprato il pacchetto al distributore automatico poco prima, quando aveva portato a spasso Kenzo. Alle undici Wolf non si era ancora visto. Karen andò a letto ma senza riuscire a dormire. A occhi spalancati fissava l'oscurità. Era finita. Fra lei e Wolf, e adesso per lei si trattava di compiere i passi necessari per non perdere completamente il rispetto per se stessa. O per riguadagnarlo. Non sembrava infatti averne conservato molto.

Quando lo sentì armeggiare alla porta di casa, si sollevò e guardò l'ora alla radiosveglia. Erano quasi le due e mezzo. Era evidente che non poteva essere stato in ufficio fino a quell'ora. Sentiva freddo, ma non aveva nessuna voglia – cosa che le succedeva per la prima volta – di parlare con lui. Di chiedergli dove fosse stato e perché non le dicesse niente di quella strana serata. Non aveva più voglia di chiarire le cose. Quando entrò in camera e si stese al suo fianco Karen finse di dormire. Si muoveva con estrema cautela, in silenzio. Voleva evitare una discussione.

La mattina dopo a colazione Karen non accennò nemmeno alla serata precedente ed ebbe la netta sensazione che questo lo irritasse leggermente, ma la cosa le era ormai indifferente. Con il suo comportamento non intendeva più ottenere qualche risultato.

Anche lunedì Wolf rientrò quando Karen già dormiva. La mattina successiva non ci fu nemmeno un accenno a questo nuovo episodio. Ancora una volta Wolf parve seccato dalla circostanza.

Uscito lui e lasciati i bambini a scuola, Karen si apprestò a sistemare per sé la camera degli ospiti.

Si trattava di una stanza piccola ma molto confortevole, situata nella mansarda, con le pareti oblique, una tappezzeria a fiori e un lucernario dal quale la vista spaziava oltre i giardini dei vicini fino al limitare del bosco. Accanto alla stanza c'era un bagnetto con le piastrelle verdi. Una volta sua madre vi aveva alloggiato e si era trattato forse dell'unica esperienza della sua vita della quale in seguito non si fosse lamentata.

Karen passò la mattina a trasportare i suoi vestiti e a riporli nell'armadio, a sistemare i suoi cosmetici nel bagno, a preparare il letto e a trovare un posto ai pochi libri ai quali teneva veramente. Tolse dalla camera da letto due acquerelli che aveva dipinto qualche mese prima – quando ero convinta, pensò con amarezza, che la creatività mi avrebbe aiutato a uscire dalla depressione –, e li portò nel suo nuovo regno. Tolse un po' di polvere, sistemò un mazzo di rose sul tavolo e lasciò che l'aria calda estiva entrasse dalla finestra. Si guardò attorno e le parve che la stanza fosse proprio su misura per lei. Trasferirsi in mansarda era stato il primo passo. Un primo passo lungo un cammino che immaginava interminabile, irto di ostacoli, e che senz'altro sarebbe stato costellato di cadute e scivoloni.

Devi solo riguadagnare la fiducia in te stessa, si ripeté il vecchio monito.

Pensò a quale sarebbe stato il passo successivo; era importante avere qualcosa da fare per non finire in un vicolo cieco.

Potrei telefonare all'agenzia e informarmi se ci rimborseranno un po' di soldi se rinunciamo all'ultimo momento, riflettè. Stranamente il problema che aveva così a lungo assillato Wolf si era risolto di colpo con il trasferimento nella nuova stanza: adesso sapeva che lei non sarebbe partita. Si stupì solamente di non averci pensato prima.

In quel momento squillò il telefono.

Karen corse da basso e rispose affannata. «Sì? Pronto?»

«È successo qualcosa?» domandò una voce maschile, che le sembrò in qualche modo già nota, ma che non riusciva ad attribuire a qualcuno in particolare.

«Chi parla?»

«Becker. Pit Becker. Sono il giardiniere dei Lenowsky...»

«Ah, già... mi ricordo! Buongiorno! Perché pensa che sia successo qualcosa?» Sto parlando come una stupida, pensò.

«Aveva una voce un po' strana quando mi ha risposto.»

«Davvero? No, no, non è successo niente.» Niente, a parte il fatto che il mio matrimonio sta andando in pezzi e ho appena deciso di non dormire nello stesso letto con mio marito, aggiunse fra sé e sé.

«In realtà volevo solo sapere se i Lenowsky sono tornati» disse Pit Becker, «oppure se li ha sentiti.»

Karen scosse la testa, anche se Pit ovviamente non poteva vederla. «No. Né l'una né l'altra cosa. Tutto come prima.»

«Secondo me è ora di intervenire» disse Pit. «Non possiamo continuare a far finta di niente.»

Strano, pensò Karen. Pit, che le era sembrato un giovanotto dotato di senso pratico, moderno, provava e diceva le stesse cose che le passavano per la testa ogni volta che osservava la casa dei vicini. Se però ne faceva parola Wolf le dava dell'isterica esaltata o nella migliore delle ipotesi della casalinga annoiata in cerca di situazioni che potessero animare la sua noiosa quotidianità.

Il passo successivo, molto importante, sarebbe stato quello di non considerare più Wolf il punto di riferimento di qualunque evento nella sua vita.

«Certo, cosa pensa, dovremmo avvisare la polizia? Non ho idea... possono esserci problemi se si fa intervenire la polizia e alla fine viene fuori che è stato un falso allarme? Voglio dire che noi ci basiamo solo su un cattivo presentimento, non abbiamo elementi più solidi ai quali riferirci!» Una voce interna le diceva intanto che non era la polizia che temeva, bensì Wolf. Poteva prevedere con precisione i suoi commenti cinici e distruttivi, nel caso la polizia si fosse trovata a dover intervenire senza un motivo più che valido.

Pit sembrò riflettere un attimo.

«Io resto dell'idea che si potrebbe passare dal balcone» le disse poi. «Potrei venire subito. La scala ce l'ho... non ci vuole niente a scavalcare la ringhiera e tentare di aprire una finestra.»

«Adesso?»

«Perché no? Se lei potesse darmi una mano, ancora meglio! Sarebbe importante che qualcuno fosse testimone che non sto cercando di entrare per rubare.»

Karen rifletté un momento. Stava succedendo tutto molto in fretta, ed era tutto così strano, tuttavia...

Senza staccarsi dal telefono si avvicinò alla finestra e guardò verso la casa. Avvertì un brivido freddo lungo la schiena, che di certo non dipendeva dalla temperatura della giornata.

Guardò l'ora. Erano appena passate le undici. «I bambini tornano da scuola all'una» osservò, «fino a quel momento sono libera.»

«Okay» disse Pit, «in un quarto d'ora sono da lei.»

Aveva riagganciato subito. Non le aveva nemmeno lasciato la possibilità di cambiare idea.

Karen andò in bagno – nel suo nuovo bagno in mansarda – e si spazzolò i capelli. Corse in salotto, si versò un po' di grappa e la bevve tutta d'un sorso.

Si mise ad aspettare.

2

Inga non avrebbe mai pensato che sarebbe stato così difficile convincere Rebecca a fare una gita. Nel frattempo aveva ovviamente capito che la vita della sua ospite era interamente dominata da un unico intento strategico, e cioè quello di estraniarsi da tutto. Ciò che ancora non era in grado di valutare era la misura di questa sua volontà.

«Vada da sola, Inga» aveva detto Rebecca quella mattina, quando la ragazza le aveva proposto una passeggiata al mare, magari fermandosi da qualche parte a mangiare, «non fa per me. Lei però dovrebbe cercare di godersi un po' del suo soggiorno, nei limiti del possibile. Pensa che i suoi piedi le consentano di affrontare una passeggiata?»

«Ormai sono quasi guariti. Non credo però di essere in grado di godere di qualcosa in questo momento, ma stare qui seduta ad aspettare... Voglio dire, oggi è l'ultimo giorno in cui effettueranno le ricerche di Marius, e in fondo penso sempre che magari accada il miracolo e lui torni qui e tutto quello che è successo sulla barca si riveli solo un brutto sogno... Però questa situazione mi fa impazzire...» Le sembrò di aver fatto un discorso poco logico e concluse: «Penso che farebbe bene a tutte e due uscire un po'».

« Io mi trovo in una situazione del tutto diversa dalla sua » aveva prontamente replicato Rebecca.

Inga si era rivolta alla finestra. Era una giornata più fresca delle precedenti, anche se ormai era quasi agosto, il mese più caldo dell'anno. Cielo blu e sole, ma anche un fresco venticello da nord. Quel giorno sarebbe stato possibile camminare senza sciogliersi per il caldo.

« La prego! Ho prenotato il volo di ritorno per domani. E prima di partire vorrei invitarla a pranzo. Lei ha fatto così tanto per me... la prego, non mi dica di no! »

Rebecca non aveva nemmeno tentato di nascondere che l'idea non l'attirava affatto, tuttavia alla fine aveva accettato. « E va bene. Ma non voglio mangiare né a Le Brusc né nelle immediate vicinanze. Magari potremmo incontrare qualcuno che conosceva Felix e...»

« Sarebbe molto grave? »

« Non voglio incontrare nessuno » aveva ribattuto Rebecca con grande durezza, e Inga aveva subito capito che insistere ulteriormente avrebbe rimesso in discussione la gita.

Avevano percorso un breve tratto in macchina in direzione di Marsiglia. A un certo momento Rebecca era uscita dall'autostrada, aveva attraversato un paio di località minori e alla fine aveva raggiunto il parcheggio di una baia.

« Eccoci. Da qui possiamo prendere il sentiero degli scogli, così ci godiamo la vista sul mare e sulle piccole insenature. »

Il sentiero era stretto e ripido, obbligandole spesso a procedere silenziose l'una dietro l'altra, concentrandosi su ogni passo e facendo attenzione al pietrisco scivoloso sotto ai loro piedi. Rebecca non si interessava affatto al panorama, mentre Inga continuava a fermarsi, rapita dalla bellezza del mare luminoso. Da lontano appariva ingannevolmente liscio, tranquillo, ma le onde che si frangevano contro la costa impervia erano piuttosto violente e schizzavano la loro schiuma bianca verso il cielo. Le venne da chiedersi se quel mare ai suoi piedi poteva veramente essersi trasformato nella tomba di Marius. Era un pensiero nuovo per lei, estraneo alla sua vita. Marius non poteva essere morto; era inconsapevolmente convinta che se ne sarebbe fatta una ragione, che avrebbe accettato la notizia della sua morte, in un modo o nell'altro. La cosa più triste restava la constatazione che, comunque si fossero svolti i fatti, era la loro vita matrimoniale a essere morta. Se anche lui fosse ricomparso, niente sarebbe più stato come prima.

«Sta pensando a Marius, vero?» le chiese Rebecca rompendo il silenzio. Era andata avanti di un bel tratto, rendendosi poi conto che Inga, presa dai suoi pensieri, non l'aveva seguita, e quindi era tornata indietro.

Inga annuì. «Mi sto congedando da lui.»

«Ma non è ancora detto che...»

«È lo stesso. Fra noi è finita. Il tempo che abbiamo passato insieme è finito.»

«Per via della scena in barca?»

Inga rimase pensierosa. «Non solo. E forse non è quello il motivo principale. Voglio dire che per quanto sia stato terribile averlo di fronte come uno sconosciuto che dice cose senza senso, che mi ha spintonato sottocoperta e mi ha lasciato lì, svenuta, a posteriori è stato...» Non trovava le parole, le pareva folle quello che avrebbe voluto dire, che tuttavia era quello che provava veramente. «A posteriori non mi sono nemmeno tanto meravigliata per quello che era successo. Anche se non avevo mai messo in conto che una cosa simile potesse accadere. Non sapevo cosa, ma negli ultimi giorni, nel profondo di me stessa, avevo capito che qualcosa *sarebbe* successo. C'era qualcosa nella nostra relazione che non andava, che non quadrava. Solo che io non volevo ammetterlo perché...»

«Perché?» le chiese Rebecca.

Inga scrollò le spalle. «Chissà perché si fanno tante scene quando ci si trova coinvolti in una relazione sbagliata, sapendo bene che la persona che si è scelta non è quella giusta? Per paura di restare soli. Non si vuole perdere il senso di appartenenza. Quella sensazione di familiarità, anche quando è fasulla. È così bello tornare a casa e trovare qualcuno che ci aspetta, non è vero?»

Rebecca distolse lo sguardo da lei. «Lo so» disse a bassa voce.

«Ho sempre saputo che qualcosa non andava con Marius» proseguì Inga, «anche se era qualcosa di inafferrabile, inesprimibile. E la situazione non è cambiata. Di fronte a me c'è sempre un mistero sulla sua sorte. Ma ora so che è sempre stato così. Letteralmente dal primo minuto del nostro incontro. Gliel'ho già raccontato. E anche il fatto che questo comportamento – in una o nell'altra forma – era diventato il filo rosso della nostra relazione. Quando stavamo in mezzo alla gente ero sempre nervosa, tesa. Una parola sbagliata nel momento sbagliato da parte di qualcuno avrebbe potuto scatenare il disastro. Marius, che pareva così carino, allegro, scanzonato, in realtà era una specie di polveriera in grado di esplodere da un momento all'altro. Non è affatto facile vivere con un uomo così al proprio fianco.»

«E lei veramente non sa quasi niente della sua vita prima del vostro incontro? Dei tempi in cui non vi conoscevate? La sua famiglia, il suo ambiente... da dove viene?»

Inga scosse la testa. «In sostanza non so quasi niente. Ha sempre stroncato ogni mio tentativo di indagare. Non conosco nessuno della sua famiglia. Mi avrebbe fatto piacere incontrare i suoi genitori, ma all'inizio ha sempre trovato delle scuse piuttosto grossolane per evitarlo, poi a un certo punto mi ha detto chiaro e tondo che con i suoi aveva un cattivo rapporto. Una volta è stato terribilmente drastico: ha definito suo padre un pezzo di merda autoritario. D'altro canto io non volevo obbligarlo a presentarmeli. Inoltre non mi sembrava così sorprendente il fatto che non avesse nessun tipo di contatto con loro. All'università c'è un sacco di gente che si gode la libertà totale, che trova opprimente la famiglia e che interrompe radicalmente i rapporti. Più avanti poi magari le ferite si rimarginano... e credo che mi sarei aspettata qualcosa del genere anche da parte di Marius. Ho pensato che avesse bisogno della sua libertà, col tempo probabilmente avrebbe visto le cose con altri occhi.»

«Lei gliel'ha presentata la sua famiglia?» le domandò Rebecca.

Inga annuì. «L'ho portato dai miei al nostro primo Natale. Non eravamo ancora sposati, e non vivevamo neppure insieme. Aveva passato una delle domeniche precedenti con i suoi. Al termine di quella giornata l'avevo trovato particolarmente scorbutico e antipatico, e al telefono mi aveva detto che la vigilia non l'avrebbe certo trascorsa con loro. Mi spiaceva che restasse solo e l'ho invitato dai miei. Io sono originaria di un paese del Nord della Germania, siamo una famiglia numerosa, e dal ventitré dicembre al primo gennaio ci troviamo tutti dai miei. È sempre un incontro piacevole, caloroso, ed ero contenta che anche Marius provasse questa sensazione. Ma...»

«Non ha funzionato?»

«Sì, ha funzionato. Almeno non ci sono state scene particolari. Ma io mi sentivo terribilmente nervosa...» Inga rivolse lo sguardo a Rebecca. «Strano, no? Avevo rimosso ogni cosa. In quella settimana ho sempre avuto mal di testa. Una volta addirittura una specie di emicrania... mio padre è andato di notte in farmacia a prendermi un calmante. Non riuscivamo a spiegarcene il motivo, non avevo mai sofferto prima di mal di testa. Io già allora avvertii che quella tensione era connessa a Marius. Ogni giorno eravamo in quattordici seduti a tavola, c'era un'atmosfera allegra, ma io ero sempre sul chi vive, temevo che qualcuno facesse un'osservazione sbagliata. O per meglio dire: un'osservazione del tutto normale, che però avrebbe potuto urtare la suscettibilità di Marius. È stato come trattenere il fiato per una settimana intera.»

«Non c'è da stupirsi che le sia venuto il mal di testa» osservò Rebecca.

«Vero? Ma io mi imponevo di non mettere insieme le cose. Poco prima di ripartire...» Si interruppe. Rebecca la fissò con sguardo interrogativo.

Inga fece un respiro profondo. «Poco prima di ripartire ho chiesto a mia madre cosa pensasse di lui. Era la sera di San Silvestro, nel tardo pomeriggio Marius era andato alla birreria del paese con mio padre e mio fratello, come impone la tradizione del posto. Io ero molto preoccupata. Marius da solo con almeno quaranta uomini sconosciuti, tutti contadini. Che possono essere molto bruschi, magari volgari, soprattutto quando bevono, e non era da escludere che avrebbero preso di mira proprio lui, Marius, il cittadino. Mi era tornato il dolore alla testa, e probabilmente si vedeva anche. Mia madre infatti mi ha detto che ero tremendamente pallida e mi ha chiesto cosa fosse successo.»

Vedeva ancora la scena: lei e la mamma, sole nella bella cucina della casa con il soffitto con le travi a vista, cosa che nei dieci giorni precedenti non era successa nemmeno una volta, a bersi una tazza di caffè insieme, fuori era già buio, e aveva cominciato a nevicare piano. Dalla finestra della cucina lo sguardo spaziava sui prati che, al di là del giardino, parevano non finire mai. All'orizzonte i salici sembravano dissolversi nell'oscurità.

«Inga, non mi piaci» disse la madre, «sei così cambiata: così tesa, inquieta. Come un animale che deve sempre stare all'erta.»

Inga aveva riso, trovando però che quella risata avesse uno strano suono, affaticato. «Forse studio troppo. O magari è la vita in città. Di sicuro lì l'atmosfera è molto diversa che qui!»

«Può essere» aveva osservato la madre, poco convinta. «Ma è un pezzo che stai a Monaco, molto lontano da noi... e fino a oggi mi è sembrato che la lontananza ti facesse solo bene!»

Inga bevve un sorso di caffè, guardando fuori dalla finestra. Nel frattempo la nevicata si era fatta più intensa.

«Cosa pensi di Marius?» domandò in tono forzatamente distaccato.

Le parve che sua madre riflettesse a lungo – troppo a lungo – prima di risponderle. «Non è facile giudicarlo» osservò alla fine.

«No?» domandò Inga sorpresa. Sua madre era la persona più ottimista che lei conoscesse. Si era perciò aspettata una risposta spontanea e positiva. *Oppure l'aveva sperata, perché aveva assoluto bisogno di essere sostenuta nelle sue certezze vacillanti?*

«Ho la sensazione» disse la madre misurando le parole, «che sia parecchio complicato.»

Di sicuro non erano molte le persone che avrebbero definito Marius *complicato*, lui con le sue frasi ironiche, le idee originali, lo spirito allegro, che raramente si crucciava per qualcosa; Marius, che qualche volta si sarebbe voluto un po' più serio e riflessivo... Evidentemente la madre ne aveva ricavato un'impressione completamente diversa.

«Mi sembra che abbia come una facciata» proseguì «dietro alla quale... non mi è facile esprimerlo a parole... ci sono probabilmente dei tratti che non mi farebbe nessun piacere venire a conoscere.»

Nella cucina era calato il silenzio. Inga si ricordava ancora la sensazione di peso, come fosse piombo, che aveva avvertito dentro di sé.

«Non hai mai espresso un giudizio così negativo di una persona» notò.

La madre la guardò turbata. «Mi spiace averti dato questa sensazione. Non intendevo essere critica nei suoi confronti. Volevo solo dire che ha dei tratti difficilmente comprensibili...»

«Che non ti farebbe piacere venire a conoscere.»

La madre aveva annuito. «Perché mi rendono nervosa. Ma forse dipende solo da me.»

Ma rendono nervosa anche me, aveva pensato Inga preoccupata.

In quella giornata di luglio, piena di sole, lungo l'alto sentiero fra gli scogli a picco sul mare, la scena invernale nella calda cucina di casa pareva lontanissima... e allo stesso tempo molto vicina. Vicina perché ancora estremamente attuale, irrisolta.

Inga guardò in faccia Rebecca. «Non che a mia madre non piacesse. Anche lei però avvertiva qualcosa che la spaventava. E questa è una situazione completamente diversa e molto più inquietante.»

«Che lei però ha cercato di rimuovere?»

«Certo. Nel frattempo ero diventata un'esperta in materia. Sono la più giovane della mia famiglia, così ho convinto me stessa che la mamma avesse un atteggiamento particolarmente protettivo nei miei confronti, che la portava a presagire comportamenti sospetti in qualunque uomo mi si avvicinasse. Comunque, quando il 2 gennaio ce ne siamo andati, mi sono sentita subito meglio.»

Procedevano lentamente. Adesso il sentiero era largo, pianeggiante e sabbioso. Rebecca guardò l'ora. «Sono quasi le undici e mezzo. In una mezz'oretta dovremmo arrivare a La Madrague. Lì c'è un'ottima pizzeria. Chez Henri, dove potremmo mangiare qualcosa.»

«Volentieri. Soprattutto bere. Ho una gran sete.»

«E di chi è stata l'idea?» domandò Rebecca di punto in bianco, dopo qualche attimo di silenzio. «Voglio dire, di venire qui. In Francia.»

«Sua. E come al solito così, da un momento all'altro. Si è fatto prestare l'attrezzatura da campeggio da un amico e mi ha praticamente imposto il suo progetto. Io non ne avevo una gran voglia, pensavo al caldo, alle spiagge sovraffollate in alta stagione... ma il suo entusiasmo non lasciava scampo. Avevo paura che l'avrei offeso, se avessi criticato troppo il suo fantastico piano.»

«E le critiche sono quelle che gli danno il la, vero?»

«Proprio così. Così ho acconsentito e...» si interruppe alzando le spalle, poi riprese, «e adesso sono qui, in un angolino della Costa Azzurra, a raccogliere i cocci del mio matrimonio.»

«Penso che sarebbe successo anche restando a casa in Germania, prima o poi.»

«Certo. Era già da un po' che avevamo imboccato questa via, solo che io mi rifiutavo di rendermene conto.»

Di nuovo Rebecca si fermò. «Quello che continuo a domandarmi» disse, «è perché Marius colleghi dei pensieri negativi, o addirittura odio, proprio a me. Mi sto rompendo la testa, ma non mi viene in mente proprio niente. Io non lo conosco, di questo sono sicura.»

«Magari è possibile che Marius conosca lei.»

«Oppure che conoscesse... mio marito. Che avesse qualche conto in sospeso con lui, che ora trasferisce a me.»

Inga aggrottò la fronte. «Suo marito era medico, vero?»

«Cardiochirurgo, sì. È possibile che ci sia stato qualche precedente in tal senso nella famiglia di Marius? Qualcuno che non sia rimasto soddisfatto di mio marito come medico? Qualcosa...»

«L'ipotesi potrebbe anche essere plausibile» osservò Inga, «ma la cosa tragica è che io non so quasi niente di Marius. Non mi ha mai parlato della sua famiglia.»

«Sembra tutto avvenuto in maniera casuale. Troppo. Marius che per anni si porta dentro un odio antico nei confronti del mio defunto marito per poi rivolgerlo contro di me. Ma non si è mai avvicinato a noi, né quando stavamo in Germania, né qui a Le Brusc. Poi decide di fare un viaggio in Francia, chiede un passaggio a una persona, il miglior amico di mio marito, il quale lo porta a casa mia. Qui capisce che sono io la persona per la quale nutre un odio antico, o quanto meno che io sono la vedova dell'uomo per il quale ha sempre provato una profonda avversione. Decide di rubare la barca...» Trattenne il fiato. «Non ha senso una cosa del genere, non le pare? Tutte queste coincidenze?»

«A volte ci sono coincidenze quasi incredibili» disse Inga, «ma in questo caso sembra veramente tutto molto strano.»

«Non si può ipotizzare che lui abbia fatto in modo di essere raccolto proprio da Maximilian?» domandò Rebecca cauta. «Che abbia in un certo senso reso inevitabile l'incontro con lui?»

«Non so come avrebbe potuto organizzarlo» ammise Inga sconcertata. «Non poteva prevedere che saremmo finiti in quel villaggio sperduto. Ci aveva portati lì una signora. Maximilian aveva fatto quella strada solo per evitare una coda in autostrada. Che peraltro non poteva certo essere prevedibile o organizzabile!»

Rebecca continuò a riflettere.

«C'è una frase che non riesco a togliermi dalla testa. Quando mi ha raccontato della scena sulla barca, lei mi ha detto che Marius aveva affermato qualcosa del tipo che *non aveva bisogno di conoscermi per sapere tutto su di me*. Questo potrebbe significare...»

«Cosa?»

«Potrebbe significare che effettivamente non mi conosce. E magari nemmeno mio marito. Ma che semplicemente io rappresenti qualcosa che lui odia. Odia profondamente. In questo caso la coincidenza sarebbe molto meno casuale.»

«E di cosa si potrebbe trattare?»

«Non lo so... che si tratti dei soldi? La casa al mare, la barca a vela, il fatto che mio marito mi abbia messo nella condizione di poter vivere bene senza essere costretta a lavorare... Magari odia le persone benestanti?»

Inga scosse la testa. «Ma di una cosa del genere mi sarei accorta prima. Di sicuro avrebbe già fatto commenti in tal senso in altre circostanze. Invece non ho mai avuto la sensazione che fosse una persona... invidiosa.»

«Che abbia qualcosa contro i medici? Contro gli psicologi?»

«A me non risulta.»

«Kinderruf. La mia associazione. Un'iniziativa a favore dell'infanzia maltrattata. Che possa essere stata quella a far scattare la molla?»

Inga si tolse i capelli dalla fronte. Si sentiva gelare, benché la giornata fosse calda e avesse la fronte imperlata di sudore. *Non so assolutamente niente di lui!*

«Non lo so» disse, «non ho idea se abbia mai avuto a che fare con la sua associazione o con una analoga. Non lo so proprio!»

Con grande disappunto si rese improvvisamente conto che stava per scoppiare a piangere.

«E magari non lo saprò mai» aggiunse con voce incerta, «ho

sempre la sensazione che debba essere ancora vivo, ma la realtà mi costringe a pensare che è molto improbabile. Non avrebbero già dovuto trovarlo da tempo? Non avrebbe dovuto farsi vivo lui? E se invece è morto...»

Non riuscì ad andare avanti, si passò invece entrambe le mani sugli occhi per asciugarsi le lacrime. Avvertì che Rebecca le stava accarezzando con dolcezza il braccio.

«Cosa voleva dire? Se fosse morto...?»

Inga tolse le mani dal viso. Le bruciavano le palpebre, ma era riuscita a ricacciare indietro le lacrime.

«Se lui è morto, io non ho solo perso mio marito. Resto anche con una serie di domande aperte. È come se un filo della mia vita venisse reciso e pendesse così, senza connessione con il resto. Io non ho mai saputo niente e non saprò mai niente.» Fissò Rebecca con occhi sconsolati e lesse nei suoi partecipazione e compassione.

«Le faccio una promessa» disse Rebecca. «Se le cose dovessero andare così, la aiuterò a scoprire qualunque cosa riguardo a Marius. Nessuna persona può vivere senza il minimo legame con il suo passato. Troveremo delle tracce e le seguiremo, così lei potrà mettere insieme le tessere di un mosaico, in modo da creare un'immagine.»

Inga annuì con il capo.

In modo da creare un'immagine...

Rabbrividì al pensiero che si sarebbe potuto trattare di un'immagine che a posteriori avrebbe desiderato non avere mai visto.

3

Venti minuti dopo Pit Becker suonò alla porta. Nel frattempo Karen aveva ingoiato tre grappe e si sentiva perciò più o meno pronta ad affrontare l'incognita che si sarebbe presentata ai loro occhi.

«Salve» disse Pit, «come va?»

Karen sorrise, si sentiva tesa. «Va. Mi sento molto nervosa al pensiero di quel che ci aspetta.»

«Anch'io» ammise Pit.

Si guardarono, entrambi consci del fatto che ogni possibilità era ancora aperta, e che avrebbero anche potuto decidere di tornare sui loro passi.

«Perché lo fa?» gli domandò Karen.

Pit esitò. «Non lo so. Penso che si debba fare e basta, no?» Era visibilmente irrequieto, si passava di continuo la mano sul ciuffo che gli ricadeva sulla fronte, poi d'improvviso sembrò aver ritrovato la sua sicurezza.

«Merda, non è affatto vero, sto dicendo un sacco di stupidaggini» sbottò. «A essere sincero non sono affatto una persona buona. Ho un sacco di problemi. Secondo lei, oggi come oggi, chi incarica un giardiniere di occuparsi del giardino? Tutti quanti cercano di risparmiare, e se nella mia vita non cambia qualcosa entro breve, dovrò ricorrere al sussidio di disoccupazione.»

«Oh» commentò Karen, e mentre lo diceva pensò che era un'osservazione stupida.

«Sì, oh!» fece Pit. «Questo è il mondo al di là delle belle case private con i giardini carini, le belle macchine e le mogli sempre perfette. Le posso assicurare che in questo paese c'è anche chi lotta per sopravvivere, e in modo maledettamente duro.»

«Stia certo che non vivo sulla luna» replicò Karen, «e anche nel mondo delle belle case private ci sono problemi e difficoltà, questo posso assicurarglielo *io*.»

«Va bene» fece Pit. L'attimo di irritazione e durezza era passato. Era tornato a essere il giovanotto piacevole e abbronzato, con un'aria di affascinante spensieratezza.

«Quella che mi aveva proposto Lenowsky è una specie di assunzione» spiegò Pit. «Oltre ai lavori del giardino mi sarei dovuto occupare della manutenzione della casa. Avrei dovuto tagliare la legna e prepararla, in autunno raccogliere le foglie, in inverno spalare la neve. Insomma tutti quei lavoretti faticosi per le persone anziane. Per questi servizi mi avrebbe pagato uno stipendio mensile. Non certo una fortuna, ma una base sulla quale avrei potuto contare per tirare avanti. Senza l'assistenza pubblica. Sono settimane ormai che non vedo più altra soluzione. Riesce a capirmi? Il fatto che i due siano scomparsi mi spiazza. Devo assolutamente scoprire cosa è successo. Pensi pure che sono un cinico opportunista, ma si tratta della mia sopravvivenza!»

Karen chiuse la porta dietro di sé. «Non penso affatto che lei sia un cinico opportunista. La capisco perfettamente e adesso mi sembra anche che quello che stiamo per fare abbia molto più senso. Andiamo!»

Lo aveva sorpreso, se ne accorse benissimo.

La macchina di Pit era parcheggiata davanti al giardino dei vicini. Con un balzo salì sul retro del furgoncino scoperto, di colore verde, e prese la scala. Karen aprì il cancello. Percorsero il viottolo, lungo il quale il tarassaco era cresciuto tantissimo, fino alla parte posteriore del giardino, dove si fermarono sotto al balcone in muratura. Le sedie dai cuscini impolverati e la tovaglia appallottolata nell'angolo della veranda formavano lo stesso quadro desolato di alcuni giorni prima.

«Ho una strana sensazione» disse Karen.

«Anch'io» osservò Pit. Posizionò la scala. Arrivava senza difficoltà alla ringhiera del balcone.

«Allora, adesso salgo e do un'occhiata. Lei mi aspetti qui. Magari da lassù non c'è nemmeno la possibilità di entrare in casa.»

Scomparve verso l'alto e scavalcò la ringhiera. Karen lo teneva d'occhio. Al di là della staccionata Kenzo abbaiava agitato.

«Riesce a vedere qualcosa?» gli gridò cercando di non alzare troppo la voce.

Pit riapparve di fianco alla scala. «In effetti qui c'è una finestra con le tapparelle alzate. È la nostra unica possibilità.»

«E come pensa di aprirla?»

«Ho portato un taglierino per il vetro.»

Ha pensato proprio a tutto, si disse tra sé. Si sentiva estremamente a disagio.

«Cerco di tagliare un pezzo di finestra» proseguì Pit, «per poter raggiungere la maniglia.»

«E se è inserito l'allarme?»

Pit diede un'alzata di spalle. «È un rischio che dobbiamo correre.»

«Devo venire anch'io?»

«Sì. Spero che non soffra di vertigini!»

Lo verificherò immediatamente, pensò Karen apprestandosi a salire. Kenzo parve così sorpreso da quella scena che di colpo smise di abbaiare per seguire con grande attenzione i movimenti della sua padrona.

Arrivata in cima Pit la aiutò a scavalcare la ringhiera. Sulla piccola terrazza Karen si scosse la polvere dai jeans. Attorno a lei numerosi vasi di terracotta con gerani, begonie e margherite, ma anche lì, come in giardino, i fiori offrivano lo stesso triste quadro: appassiti e con il capo piegato, la terra secca.

«Vede» disse Pit, «questa è la finestra che vorrei aprire.»

La finestra con le tapparelle alzate dava la sensazione di un occhio, isolato e vivo, in quella casa per il resto totalmente priva di vita. Sembrava normale, inoffensiva in quell'ambiente circostante che mostrava solo indizi di distruzione, di rovina. Oltre i vetri si vedevano le tende di pizzo arricciate.

«Quindi lei pensa di poter tagliare un buco nel vetro?» domandò Karen. Si sentiva sempre più inquieta. Inoltre non riusciva a liberarsi dalla sensazione di essere osservata da ogni lato, di essere estremamente esposta su quel balcone. Di sicuro i vicini avevano già notato che due individui stavano cercando di entrare in una casa vuota con una scala, e certamente li stavano tenendo d'occhio. Magari qualcuno aveva già avvertito la polizia.

«Non vedo l'ora che sia finita e di andarmene da qui» mormorò Karen.

Pit aveva già preso il taglierino e lo aveva appoggiato alla lastra di vetro, in un punto vicino alla maniglia.

«È un gioco da ragazzi» disse, senza dare retta all'osservazione di Karen.

Il taglierino fece pochissimo rumore. Uno strano cigolio, qualche colpo secco, poi Pit staccò un pezzo di vetro praticamente rotondo utilizzando una ventosa. Lo appoggiò al pavimento, con cautela, passò la mano attraverso il buco e girò la maniglia. L'allarme non era inserito, evidentemente. La finestra si aprì.

Indietreggiarono entrambi contemporaneamente. Il fetore soffocante che fuoriuscì dalla casa li sorprese e li investì come una nube tossica. Dolciastro, pungente, racchiudeva in sé quanto di più disgustoso si potesse immaginare. Era così tremendo che Pit impallidì completamente, le labbra esangui, mentre Karen si voltò di lato coprendosi la bocca con una mano; per un po' dovette combattere contro un violentissimo stimolo a vomitare.

«Maledizione» riuscì a mormorare dopo qualche istante, «ma cos'è?»

Pit spinse di lato le tende. Anche a lui si leggeva chiaramente in faccia che stava lottando per non dare di stomaco. «Dobbiamo entrare per forza.»

«Io non ci riesco...» Di nuovo i conati.

«Vado io.» Pit scavalcò il davanzale. Dopo un attimo di esitazione anche Karen lo seguì, tenendosi la mano davanti alla bocca.

È un incubo, pensò.

A quel punto le parve evidente che si sarebbero trovati di fronte a una scena agghiacciante.

Trovarono Fred Lenowsky nel bagno, che era proprio accanto alla camera da letto dalla quale erano entrati. Era seduto sul gabinetto, nudo; i piedi legati con una corda al piedistallo smaltato, le mani legate dietro la schiena, mentre il capo era tenuto in posizione eretta da un filo dello stendibiancheria che qualcuno aveva fatto passare sotto il mento per poi agganciarlo a un chiodo che sporgeva dal soffitto. Lenowsky aveva un aspetto grottesco, evidentemente morto ma nonostante ciò costretto a mantenere quella postura così umiliante. Oltretutto era già iniziato il processo di decomposizione e questo rendeva terrificanti i tratti del suo volto.

«Ma come... come è morto?» mormorò Karen e allo stesso tempo si domandò se una risposta a quel quesito fosse la loro esigenza prioritaria in quel momento. Era sulla soglia, impietrita dall'orrore, fissando il morto mentre un rimbombo sempre più forte le torturava le orecchie, o si trattava forse di un fruscio? Faceva fatica a credere ai suoi occhi e si augurava di non svenire da un momento all'altro. Da ogni parte l'assaliva l'orrendo fetore di putrefazione che riempiva la casa in ogni angolo. Karen cercò di respirare solo dalla bocca. Per un attimo pensò con disgusto che non sarebbe mai più riuscita a liberarsi di quel terribile puzzo.

Pit, anche lui per un attimo incapace di reagire, fece un passo in direzione del cadavere.

«Mah, certo non è stata morte naturale» constatò in tono ruvido. La voce non gli obbediva, cercò di schiarirsela. «In genere per morire non ci si piazza legati sul gabinetto, le pare?»

Era esattamente di fronte al cadavere.

«Non ho proprio idea di come sia successo» disse.

«È già molto che... voglio dire, si può capire quando...?»

«Le sembro forse un medico legale?» la assalì lui.

Karen ammutolì. Signore mio, fa' che non sia vero, pregò in silenzio, senza potersi rendere conto in quel momento quale attimo di trionfo avrebbe vissuto alla fine di quella giornata con suo marito: finalmente era evidente che lei aveva avuto ragione. Che non era isterica, agitata, folle. Aveva solo avuto ragione, al cento per cento.

«È meglio che non tocchiamo niente» mormorò.

«Certo» rispose Pit. Si girò verso di lei. Karen vide che nonostante la sua pelle abbronzata era pallido come un cencio.

«Dobbiamo cercare la signora Lenowsky» aggiunse.

«Non credo di riuscirci» replicò Karen con quella voce estranea, sottile che faceva fatica a riconoscere come sua. Ma nonostante le parole si allontanò dalla porta, senza girarsi, e si trovò sul pianerottolo. Era abbastanza buio. Un certo chiarore proveniva solo dalla stanza nella quale avevano aperto la finestra, e dalla parte inferiore della porta, attraverso i pannelli di vetro colorato. Nonostante ciò si rese subito conto che tutt'intorno sembrava un campo di battaglia. I tappeti persiani, sparsi un po' ovunque, erano tutti arruffati, oggetti di ogni genere buttati a terra: rotoli di carta igienica, penne a sfera, spazzole e pettini, carte, documenti, blocchetti per appunti, tutto il contenuto di un cestino da lavoro, biancheria, riviste, una coperta sporca. Alla parete una macchia quadrata e giallognola indicava che qualcosa era stato appeso in quel punto per lungo tempo; probabilmente uno specchio, perché appena sotto sul pavimento c'erano schegge di vetro e perle che probabilmente decoravano la cornice.

«Vandali» commentò Pit uscendo anche lui dal bagno, «teppisti che sono riusciti a entrare, hanno ammazzato l'anziana coppia e poi hanno devastato la casa.»

«Ma come... non riesco a capire come possa succedere una cosa del genere senza che nessuno intorno se ne accorga.»

«Qualcuno qualcosa l'ha notata» disse Pit. «Non mi ha raccontato proprio lei che il cane continuava ad abbaiare alla casa? Evidentemente il suo istinto gli aveva fatto intuire che era successa una tragedia.»

Si guardarono sgomenti.

«Adesso dobbiamo cercare sua moglie» disse Pit indicando con un movimento della testa il bagno.

«Oppure chiamiamo subito la polizia.»

«Provo a scendere» disse Pit. Con cautela scese le scale facendo attenzione a non calpestare gli oggetti sparsi sui gradini. Dopo un attimo di esitazione Karen lo seguì.

Al pianoterra la situazione non era migliore, regnava la stessa devastazione provocata da mani sconosciute. Su un tavolo due bicchieri, riempiti per metà di un succo di frutta ormai rappreso. Una bottiglia di vino quasi vuota su un ripiano si era trasformata in una trappola per mosche; in superficie vi navigavano infatti i cadaveri di numerosi insetti. Pit si chinò e sollevò, contro la loro ferma intenzione di non toccare nulla, un cartone piatto e largo. «Non ci posso credere» disse sbalordito.

Karen riconobbe l'incarto di una pizzeria italiana a domicilio. Anche loro si erano serviti spesso in quel locale. Sul cartone qualche frammento di pasta sbocconcellato, con ogni probabilità ormai duro come la pietra.

«E si sono pure ordinati la pizza!» esclamò Pit. «Hanno ammazzato i due vecchi, poi si sono sistemati qui e si sono addirittura fatti portare da mangiare.»

Karen ripensò a quello che lei aveva notato. Le luci nella notte, le tapparelle alzate e poi abbassate, e nessuna reazione quando lei aveva suonato il campanello. Forse la casa era stata abitata per un po', ma non dai suoi legittimi proprietari. Quelli erano stati ammazzati da un pezzo. Da un pezzo?

Le venne un atroce sospetto, ma lo ricacciò immediatamente. Che i due anziani avessero dovuto trascorrere del tempo *ancora in vita* con i loro assassini?

Pit accese la luce di fianco alla porta, e Karen trasalì per l'improvviso chiarore. «No» disse, «sugli interruttori ci sono sicuramente delle impronte.»

«Va bene, ma con questa oscurità non si distingue niente.» Pit osservò preoccupato il cartone. «Una sola pizza. Quindi l'assassino era solo?»

«Magari gli altri hanno lasciato le loro tracce in giro per la casa» osservò Karen, «non mi pare che fossero tipi molto ordinati.»

Pit si avvicinò rapidamente alla porta d'ingresso e la spalancò. Non era chiusa a chiave. Ai loro occhi apparvero il giardino completamente inselvatichito, la luce chiara di una giornata di piena estate e il furgone verde di Pit parcheggiato davanti al cancello, con le sue decorazioni di piante e frutti, in quello scenario l'unico elemento rassicurante.

«Perché...?» iniziò a dire Karen, mentre Pit le forniva subito la spiegazione al suo gesto. «Volevo solo prepararci una via di fuga verso l'esterno. Non si sa mai...»

Karen capì cosa intendeva dire, e l'orrore la fece rabbrividire. «Lei pensa... che possano essere ancora qui?»

«In realtà no» replicò Pit. Per qualche momento tacquero entrambi, rivolgendo i loro sguardi al silenzio assoluto della casa scura e fredda. Fuori gli uccellini cinguettavano e gli insetti ronzavano nell'aria. All'interno l'assenza totale di ogni segno di vita.

«Non lo credo» ripeté Pit, «ma è meglio essere prudenti.»

Alla loro destra c'era una stanza grande e completamente al buio, nella quale a fatica si distinguevano i contorni dei mobili. Karen ricordava, da quando aveva fatto visita ai Lenowsky, che lì c'era il salotto. Vi entrò incerta.

«Abbiamo bisogno di luce» disse Pit dietro di lei. Per accendere la luce toccò l'interruttore solo con le unghie.

La luce svelò all'improvviso tutta la drammaticità della scena.

Greta Lenowsky era riversa sul tappeto davanti alla portafinestra chiusa che dava sulla terrazza. Aveva le gambe in una posizione contorta, del tutto innaturale. Indossava un paio di mutande color carne, lunghe fino al ginocchio, e una camicia da notte a fiori, infagottata in vita. Attorno al collo un collare da cane verde, al quale era agganciato un guinzaglio dello stesso colore. Le braccia tese sopra la testa, le mani che tenevano stretto un apparecchio telefonico che con ogni probabilità proveniva dal tavolino in stile Biedermeier di fianco alla porta. Una mano sulla forcella, l'altra stringeva la cornetta. Greta Lenowsky era morta, ma evidentemente negli ultimi secondi della sua vita aveva tentato di chiedere aiuto per telefono. Forse non aveva nemmeno avuto la forza di comporre un numero. Oppure per chissà quale motivo non era riuscita a ottenere la comunicazione. Era stata umiliata e torturata – il guinzaglio era un segnale inequivocabile –, ma aveva ancora trovato la forza di trascinarsi attraverso il caos della sua casa una volta così ordinata per raggiungere l'apparecchio, unica possibilità di salvezza. Troppo tardi. Per un soffio.

«Ma chi può fare una cosa del genere?» mormorò Karen. «Per l'amor del cielo, chi può fare una cosa del genere?»

Era piombata nel bel mezzo di un incubo, ne era stata travolta, e si rese conto che il suo cervello si rifiutava di capire fino in fondo quello che i suoi occhi vedevano. Il tappeto era pieno di macchie di sangue rappreso, ma più tardi si ricordò che in quegli attimi aveva costantemente cercato di interpretare quelle macchie come un motivo intessuto nel tappeto stesso, e questo solo per evitare di doversi riconoscere ulteriori tracce dell'atroce crimine.

«Adesso chiamo immediatamente la polizia» disse Pit. Si era fatto ancora più pallido, ammesso che fosse possibile.

Karen notò che gli tremavano le mani mentre estraeva il cellulare dalla tasca dei pantaloni. Con dita incerte, solo al secondo tentativo riuscì a digitare il numero.

4

Un'ora più tardi la quieta strada del quartiere residenziale sembrava trasformata nel set di un film. C'era un gran pullulare di poliziotti e macchine con le sirene e il giardino dei Lenowsky era stato cintato con il nastro rosso e bianco, per delimitare il luogo del delitto. Le auto che sopraggiungevano venivano fermate, i conducenti dovevano mostrare i documenti. Era un continuo andirivieni di gente dentro e fuori la casa. I cellulari suonavano. Era un gran caos, ma Karen pensò che sicuramente ognuna di quelle persone sapeva cosa fare e cosa non fare. E che nonostante la confusione le impronte non sarebbero andate perse.

Era certa di essere in stato di choc. Una giovane agente piuttosto energica aveva registrato i suoi dati e le aveva posto alcune domande. A Karen era parsa un tipo abbastanza indifferente; si comportava come se il massacro dei suoi vicini rientrasse nel normale tran tran quotidiano.

«Il commissario incaricato delle indagini vorrà parlarle entro oggi» concluse chiudendo il suo bloc-notes in maniera rumorosa, «pertanto la prego di restare a disposizione.»

«Comunque abito qui accanto» replicò Karen.

Poiché nessuno sembrava più occuparsi di lei, tornò nel suo giardino. Non aveva più visto Pit e immaginava che stessero interrogando anche lui.

Tanto sa dove trovarmi, pensò.

Kenzo la accolse con grandi feste. Karen si accoccolò vicino a lui sull'erba e cominciò ad accarezzarlo, e lentamente il tremito delle sue mani si calmò. In quel punto un grosso cespuglio di lillà impediva la vista della casa vicina e anche se non le era certo possibile rimuovere tutto ciò che aveva vissuto, almeno poteva per qualche momento toglierselo dagli occhi.

I bambini sarebbero rientrati di lì a poco e avrebbero subito notato che era successo qualcosa. Karen decise che avrebbe raccontato loro le cose come stavano, altrimenti ci avrebbe pensato qualcun altro a informarli sull'omicidio e sul fatto che era stata la loro mamma a rinvenire i cadaveri. Si domandò se i bambini si sarebbero stupiti al pensiero della mamma che si arrampicava su una scala appoggiata al balcone dei vicini, per entrare, al seguito di un giovanotto, in una casa nella quale era stato commesso un atroce delitto. Certo il tutto non corrispondeva esattamente all'idea che avevano di lei.

«Si meraviglieranno tutti quanti» disse a Kenzo, e le sue parole si riferivano innanzitutto a Wolf. Magari prima o poi si sarebbe reso conto di aver sempre sottovalutato la moglie.

Si alzò per entrare in casa passando dalla terrazza quando sentì che qualcuno la chiamava, e si voltò. Al cancello c'era l'anziana signora che viveva di fianco a loro, e che le faceva segno, concitata.

«Ma è vero?» le chiese mormorando, quando Karen le si avvicinò. «Quei due sono stati *ammazzati*, ed è lei che li ha trovati?»

Karen si stupì della velocità con cui si diffondevano le notizie in un villaggio piccolo come il loro. Che la notizia di un evento drammatico si fosse sparsa era comprensibile, ma che già si sapesse che i due Lenowsky erano morti e che lei aveva trovato i cadaveri, dimostrava che il passaparola funzionava alla perfezione.

«Sì, è proprio così» disse Karen, «sono morti tutti e due.»

«Uccisi?» domandò nuovamente la vecchia e Karen annuì. «A quanto pare, sì.»

«Santo cielo! Chi avrebbe mai pensato che qualcosa del genere potesse succedere nella nostra strada? E nessuno si è accorto di niente!»

«Qualcuno sì» la contraddisse Karen, ripetendo quello che Pit aveva fatto notare a lei più di un'ora prima. «Kenzo. Il mio cane. Aveva intuito che era successo qualcosa, perciò continuava ad abbaiare alla casa.»

Le procurava un certo piacere poterlo dire a chiare lettere, in quanto era stata proprio la vecchia scorbutica a lamentarsi spesso e volentieri per il boxer.

La donna infatti fissò il cane con aria diffidente, quasi potesse anche lui, per qualche oscuro motivo, essere coinvolto nel delitto. «Allora? Il nostro veggente! Be', devo dire...» fece un respiro profondo, «erano persone ben strane, ma certo non si meritavano quella fine!»

Karen fu tranquillizzata dal fatto che la vecchia concedesse il diritto a una fine non cruenta anche alle persone che non rientravano nella sua concezione filosofica del mondo e della vita.

«Sono ancora sotto choc» disse, «in realtà non ho mai smesso di pensare che ci fosse qualcosa di strano, ma... non ho mai creduto che... un crimine...»

Una voce dentro di sé le diceva tuttavia che era proprio il timore di un gesto criminale ad averla inquietata. Quel brutto presentimento, i brividi che la prendevano quando guardava la casa, la sua esigenza costante di occuparsene, di scoprire cosa fosse successo... Ma una cosa era pensare a un delitto, altro era trovarcisi di fronte. Il confronto diretto con una violenza così barbaramente compiuta coglie comunque impreparati. Karen aveva letto da qualche parte che questo tipo di choc colpisce anche i poliziotti.

«Ma come sono stati uccisi?» domandò la vecchia, e d'improvviso Karen provò una profonda repulsione per quella sua curiosità avida di dettagli macabri.

«Non glielo so dire» rispose con freddezza. Si voltò per andarsene, ma l'altra aveva ancora qualcosa da puntualizzare.

«Dicono che lei sia entrata là dentro con un giovanotto» disse accennando con un movimento della testa alla casa dei Lenowsky. Fra i cespugli del giardino era chiaramente visibile la scala appoggiata al balcone.

«Il giardiniere» disse Karen, «aveva un appuntamento con loro e non riusciva a spiegarsi come mai se ne fossero dimenticati. Pare che in questo tipo di cose fossero abbastanza... pignoli.»

«Mmm» fece la vecchia un po' delusa. Nelle sue fantasie il giovane si era già trasformato nell'amante segreto di Karen, e il comunicare al quartiere questa seconda notizia sensazionale le avrebbe procurato un piacere enorme.

Karen disse: «Mi deve scusare, ma non mi sento tanto bene» e si voltò con decisione. In effetti non stava per niente bene. Gradualmente lo stordimento che l'aveva colpita stava regredendo, e cominciava a sentirsi le gambe molli, una specie di formicolio alle dita e la bocca completamente secca, come fosse riempita di bambagia.

Andò in cucina a bere un bicchiere d'acqua, fissando attraverso la finestra il cespuglio di margherite bianche che aveva piantato in un vaso di terracotta sulla piccola veranda che utilizzavano per la prima colazione. I fiori chiari avevano un aspetto allegro, innocente. Cercò di mantenere lo sguardo fisso su quell'immagine che diffondeva un senso di purezza e di pace. Un leggero soffio di vento mosse appena le pianticelle. Karen chiuse gli occhi e si vide davanti Fred Lenowsky, nudo e legato al gabinetto. Il suo assassino, nel momento della morte, aveva voluto esporlo spudoratamente al ridicolo.

Si sentì mancare, spalancò gli occhi e osservò di nuovo le margherite.

Da quel momento lo avrebbe visto sempre davanti a sé. Il cadavere di Fred Lenowsky. E sua moglie. La casa devastata. Non sarebbe mai riuscita a liberarsi da quell'immagine. I suoi incubi avevano acquisito una nuova dimensione.

Da fuori sentì le voci eccitate dei suoi figli. Inghiottì frettolosamente un altro sorso d'acqua, mise il bicchiere sullo scolapiatti, cercò con gesto istintivo di raddrizzare le spalle e assumere una postura eretta.

Avrebbe raccontato ai ragazzi quello che era successo. In fondo – e questo pensiero si affacciò alla sua mente per la prima volta – nel caos di quella giornata almeno la sua famiglia non si sarebbe accorta della cameretta in mansarda che da quel momento sarebbe stato il suo regno esclusivo.

«Quindi è stato più o meno una settimana fa che le è venuto il dubbio che ci fosse qualcosa di strano nella casa accanto?» le domandò il commissario Kronborg. Seduto sul divano a fiori del salotto, quell'uomo imponente dava un'impressione un po' strana in quel quadro lezioso. Tutto in lui era più grande che negli altri uomini: innanzitutto l'altezza, ma anche le mani, i piedi, il naso. Nel complesso aveva un aspetto goffo, come se non sapesse mai bene cosa fare con se stesso, con il suo corpo. Come *un orso maldestro.*

Secondo me, pensò Karen, viene spesso sottovalutato.

Lei non intendeva commettere quell'errore. Aveva subito notato gli occhi vivaci, intelligenti, ma anche i tratti decisi e duri della sua espressione. Kronborg era una persona che sapeva bene cosa voleva. Del resto non si diventa commissario alla sezione omicidi per caso.

Gli aveva proposto di accomodarsi in terrazza, ma lui aveva replicato che preferiva parlare in casa. Era ovvio che i giardini dei vicini dovevano essere pieni di curiosi, che avrebbero fatto carte false pur di ottenere qualche informazione, ed era altrettanto ovvio che tutti gli occhi fossero puntati su Karen e sulla persona che stava parlando con lei.

«Sì» rispose quindi alla sua domanda, «una settimana fa. Si trattava delle nostre vacanze...» Raccontò che aveva tentato varie volte, ma inutilmente, di suonare dai Lenowsky, che si era anche seccata per il fatto che nessuno le apriva, benché nel frattempo avesse visto la luce accesa e le tapparelle alzate e poi riabbassate.

«Ma i Lenowsky potevano essere partiti» osservò Kronborg, «e aver dato a qualcuno l'incarico di occuparsi della casa.»

«Sì, però questo *qualcuno* avrebbe aperto la porta sentendomi suonare!»

«Si sarebbe potuto anche trattare di un sistema di sicurezza» proseguì Kronborg, senza rispondere alla sua domanda. «Tapparelle che si alzano e si abbassano automaticamente, diverse luci che si accendono e si spengono a orari predeterminati, e tutto ciò serve solo a far sembrare abitata una casa che in realtà è vuota.»

«Ma in questo caso non si dovrebbe, dopo qualche giorno, riconoscere un certo schema? Un ritmo particolare che alla fine si ripete, e che determina per esempio l'accensione e lo spegnimento delle luci?» Karen aggrottò la fronte. «Ma perché...»

Kronborg aveva intuito cosa intendesse domandare e sollevò la mano, per interromperla. «Perché insisto su queste cose quando è ormai evidente che il suo sospetto era più che fondato? Perché per le mie indagini è molto importante capire che cosa abbia suscitato in lei questa... inquietudine. È possibile che questo ci fornisca tanti piccoli tasselli che alla fine possono essere utili per risalire all'assassino. Osservazioni delle quali né io né lei riconosciamo la causa, ma che possono essere estremamente importanti.» Si muoveva avanti e indietro sul divano e cercava di trovare una posizione più comoda sotto al tavolino per le sue gambe lunghissime. «Capisce cosa voglio dire?»

«Sì» rispose Karen, «certo.»

«I miei colleghi hanno parlato con i vicini dei Lenowsky dell'altro lato. Loro non hanno notato assolutamente niente.»

Karen rifletté. «Certamente per me la situazione era diversa, perché io tentavo con insistenza di mettermi in contatto con loro. Non è molto che abitiamo qui ed erano gli unici che conoscevo appena – anche se non si può parlare di conoscenza vera e propria, ci eravamo solo presentati e ci salutavamo dalla staccionata. Fra due venerdì saremmo dovuti partire per la Turchia. Dovevo assolutamente trovare qualcuno che bagnasse il giardino e ritirasse la posta durante la nostra assenza. Sono stata costantemente sul chi va là per cercare di intercettare uno di loro in giardino. Non ho smesso un istante di tenere sott'occhio la casa... in un'altra situazione magari non mi sarei accorta di nulla neppure io.»

La osservò attentamente. «Da come ne parla mi pare che queste vacanze le creassero un certo stress!»

«Ha proprio ragione» commentò Karen.

Il commissario annuì. «Lei ha appena detto che *sareste* dovuti partire per la Turchia. Adesso la situazione è cambiata?»

«Andrà mio marito con i bambini» rispose Karen, anche se non era affatto sicura che Wolf sarebbe stato d'accordo, «e io resterò qui.»

Kronborg inarcò le sopracciglia, con aria interrogativa.

Karen ricambiò il suo sguardo, ma rimase in silenzio.

«Mmm... questo cambiamento dei vostri piani dipende dall'omicidio?» finì per chiederle.

«No» rispose Karen, «non ha niente a che fare con quello.»

Di nuovo il commissario annuì e Karen ebbe la sensazione sgradevole che sapesse già un'infinità di cose sulla sua vita e su di lei.

Sfogliò il suo bloc-notes. «Questo... come si chiama?... Pit Becker: non lo conosce da molto, vero?»

«No. L'ho conosciuto la settimana scorsa. Era davanti al cancello dei Lenowsky e mi ha domandato se sapevo dove fossero. Gli avevano promesso un incarico importante e quindi voleva sapere che fine avevano fatto.»

«Mmm. Certo questo potrebbe spiegare il suo... impegno. È stata comunque un'idea un po' originale quella di scavalcare il balcone e avviare indagini di vostro pugno, non le pare? Perché non avete semplicemente avvisato la polizia?»

Perché non si avvisa semplicemente la polizia, pensò Karen, con il rischio di rendersi del tutto ridicoli.

A voce alta disse: «Avevamo paura di esserci messi in mente delle sciocchezze. Nessuno dei due conosceva bene i Lenowsky, quindi non avremmo mai potuto essere sicuri che quel comportamento fosse insolito da parte loro. Quello di sparire senza dire una parola a nessuno, lasciando che la cassetta della posta trabocchi di lettere e il giardino secchi del tutto... ci sembrava strano da parte loro, perché ci avevano sempre dato la sensazione di persone molto precise, ma naturalmente non avremmo potuto metterci la mano sul fuoco.»

Karen si sforzò di spiegargli i non facili rapporti di vicinato. «Le dirò, noi abitiamo qui da aprile, ma in tutto questo tempo sono stata solo una volta da loro e per non più di venti minuti. Per il resto solo *buongiorno* e *buonasera* dalla staccionata. E Pit Becker si era limitato a girare in giardino con Fred Lenowsky concentrandosi sul problema del muschio nell'erba. Non lo conosceva personalmente. Inoltre i nostri sospetti erano molto vaghi. Un brutto presentimento, pochi episodi difficilmente spiegabili: le pare sufficiente per richiedere l'intervento della polizia?»

«Non è certo una decisione facile» ammise Kronborg. Fece un sospiro. «Un caso complicato. A prescindere dalla finestra dalla quale siete entrati voi due, non ci sono tracce di scasso. È come se i Lenowsky avessero fatto entrare volontariamente il loro, o *i loro* assassini.»

«Vuole dire che qualcuno ha suonato e...»

«Forse. O magari addirittura ha aperto con una chiave.»

«Una chiave? Ma allora avrebbe dovuto essere un parente o un conoscente stretto!»

«Non necessariamente. In determinate circostanze una chiave la si può dare a un vicino o...» Sollevò entrambe le mani, come a tranquillizzarla, vedendo che Karen aveva aperto la bocca. «Lei non aveva le chiavi, non volevo dire questo. Voglio solo dire che in questi casi le possibilità sono molteplici. Dal momento che siamo sul discorso: sa qualcosa di eventuali parenti dei Lenowsky? Figli, magari? Nipoti?»

Karen scosse la testa. «Ho sentito dire che non avevano figli. E altri parenti... non ho proprio idea. Come le ho detto, in pratica non li conoscevo.»

«Però vi siete parlati per telefono» disse Kronborg.

Karen lo fissò perplessa. «Per telefono? Io e uno dei Lenowsky?»

«Forse suo marito? Abbiamo...»

Le venne in mente il breve colloquio con Fred Lenowsky che risaliva a più di una settimana prima. Era stato per così dire il suo ultimo segno di vita e varie volte in seguito Karen si era pentita di non avergli esposto subito la questione delle vacanze. Di cosa si era trattato? Giusto, della macchina.

«Ho parlato io con il signor Lenowsky» disse, «i nostri garage sono confinanti e io avevo parcheggiato male la macchina sul piazzale antistante. Così lui non è nemmeno uscito e si è limitato a dirmi di posteggiare meglio.» Si ricordava il tono arrogante con il quale si era espresso. Non proprio villano, ma piuttosto altezzoso. Si era sentita come una scolaretta ripresa dall'insegnante.

«No» disse Kronborg, «non mi riferisco a quel colloquio. Deve sapere che negli ultimi istanti di vita Greta Lenowsky ha tentato di telefonare per chiedere aiuto. Era il suo numero che aveva composto.»

Karen ci mise un po' per capire quello che le stava dicendo. «Il... mio numero?»

«Sì. Non siamo ancora riusciti a stabilire in che giorno, ma lo sapremo presto. La cosa certa è che il suo numero è stato l'ultimo selezionato dal loro apparecchio.»

«Ma allora potrebbe anche trattarsi del colloquio che ho avuto con Fred Lenowsky?»

«È possibile» ammise Kronborg, «comunque dovremmo essere in grado di stabilirlo. Al momento la mia ipotesi è che effettivamente Greta Lenowsky sia riuscita a comporre un numero, e precisamente il suo. Con ogni probabilità non era nemmeno più in grado di chiamare la polizia, ha semplicemente schiacciato il tasto della ripetizione. E il suo era rimasto registrato per via della chiamata di qualche giorno prima e quindi è stato selezionato automaticamente.» La fissò con sguardo interrogativo. «Ma evidentemente... non c'è stato nessun colloquio?»

Karen ebbe la sensazione che tutto cominciasse a girarle in testa, che Kronborg parlasse più in fretta di quanto lei fosse in grado di comprendere e che lei dovesse affannarsi per stare dietro ai suoi ragionamenti. «Questo significherebbe che... la signora Lenowsky è morta poco dopo il mio colloquio con suo marito, giusto? Perché altrimenti avrebbe sicuramente parlato con qualcun altro nel frattempo, e il nostro numero non sarebbe stato l'ultimo selezionato.»

«Il responso dei medici legali non è ancora a disposizione» disse Kronborg, «tuttavia dalle prime indagini compiute risulterebbe che Fred Lenowsky sia morto da circa una settimana. La moglie è morta più tardi, forse quattro o cinque giorni fa.»

«Ma...»

«Ipotizziamo che l'assassino sia entrato in casa poco dopo il suo colloquio con Fred Lenowsky. Da quel momento i due anziani coniugi non hanno più avuto alcuna possibilità di avere contatti con l'esterno.»

Karen deglutì. La sua voce divenne flebile: «Quindi sono rimasti in vita ancora qualche giorno. Con l'assassino... in casa».

«Sì.» Kronborg rifletté un attimo, poi aggiunse: «Sono stati seviziati. Tutti e due. Per ore e ore. L'assassino o gli assassini li hanno tenuti prigionieri nella loro casa e li hanno torturati. Probabilmente per due o tre giorni. Per quei poveretti la morte deve essere arrivata come una liberazione.»

Karen cominciò a sentirsi ancora peggio. «Oh, Dio» riuscì solamente a dire.

Per un attimo gli occhi limpidi e intelligenti di Kronborg furono velati dalla compassione. Karen intanto sentiva che era impallidita fino alle labbra. Quei due poveri vecchi. Quella donnetta di Greta, con i suoi centrini all'uncinetto sotto i vasi dei fiori e i suoi punti di vista ottusi, e quel prepotente di Fred, sempre convinto di aver ragione e tanto arrogante da impedire a chiunque di contraddirlo... Non li aveva mai trovati simpatici. Tuttavia gente normale, come tanta altra. Certo non se li sarebbe mai figurati nel ruolo di vittime in un incubo mortale come quello che era capitato loro. E che certamente non avevano meritato. Per nulla al mondo.

«Oh, Dio» ripeté. Guardò Kronborg disperata. «Ho agito troppo tardi. Io avevo capito che qualcosa non andava! L'avevo *capito* e basta. Il mio cane l'aveva capito. Continuava ad abbaiare alla casa, rabbioso, violento. Non lo fa mai, di solito. Probabilmente quando ha cominciato loro erano ancora vivi. E io ho iniziato ad avere quel brutto presentimento!» Si alzò in piedi, ma ebbe subito l'impressione che le gambe non l'avrebbero retta. Si tenne allo schienale della poltrona. «Avrei potuto salvarla. E non ho fatto niente. Da vigliacca mi sono nascosta e mi sono lasciata convincere da mio marito di avere le traveggole.»

Scoppiò a piangere.

5

«Allora, forse potresti spiegarmi questa faccenda una volta per tutte!» disse Wolf.

In realtà Karen gli aveva già raccontato ogni minimo dettaglio. Ma a ogni nuovo particolare lui aveva assunto un'espressione di sempre maggiore incredulità, quasi a voler dire: *ma va' là, che non è vero!*

«Quei due poveretti sono stati proprio ammazzati» iniziò Karen, ma lui la interruppe subito brusco: «Questo l'ho capito. Ho notato anch'io le transenne e le macchine della polizia davanti alla loro casa. Quello che vorrei sapere è perché mia moglie è entrata furtivamente in casa di estranei e vi ha scoperto due cadaveri!»

Karen avrebbe voluto rispondergli sfrontatamente che l'aveva fatto appunto perché c'erano due cadaveri! Ma era ovvio che Wolf si riferiva al fatto che si fosse introdotta in quella casa come un ladro, utilizzando una scala.

Deve sembrare strano anche a lui, pensò.

«Il giardiniere...»

Wolf si allentò la cravatta. «Ma chi diavolo è 'sto giardiniere di cui continui a parlare?»

«Il giardiniere dei Lenowsky. Anche lui si è preoccupato per quei due poveretti. Proprio come me.»

«Incomprensibile!»

«Cosa?»

«Che a uno venga in mente una cosa del genere. Solo perché due persone non aprono la porta. Se noi partissimo senza informare nessuno... ti farebbe forse piacere che due perfetti sconosciuti ti entrassero in casa solo per controllare dove siamo finiti?»

A Karen cominciarono a tremare le labbra. Non lasciare che come al solito ti spiazzi, cercò di autoconvincersi.

«Secondo il commissario hanno tirato avanti ancora un paio di giorni. Se mi fossi preoccupata prima...»

Wolf era finalmente riuscito a slacciarsi e togliersi la cravatta. Come sempre la gettò sul letto. «Non si tratta di questo. D'accordo, avevi ragione... con le tue fosche supposizioni. Ma non è questo il punto. Su un piano generale non è affatto una bella cosa penetrare in casa altrui. Perché non hai chiamato la polizia se eri così convinta che ci fosse qualcosa di strano?»

È come un brutto sogno, pensò lei. Non era stato proprio Wolf a sostenere che non fosse assolutamente il caso di chiamare la polizia per un semplice sospetto, perdipiù *del tutto inconsistente*?

In quel momento tuttavia capì una cosa: agli occhi di suo marito lei avrebbe sempre agito nel modo sbagliato. Non importava cosa facesse, era sbagliato perché lo era *lei*. Tutti i suoi sforzi degli ultimi anni per essere la donna che lui aveva sempre desiderato erano stati condannati a fallire fin dall'inizio. Non le aveva mai concesso la benché minima possibilità. A un certo momento l'amore si era esaurito e il fatto che lui ritenesse di dover restare in casa nonostante tutto – forse per via dei bambini, o forse era la sua reputazione a imporglielo –, lo rendeva aggressivo, insoddisfatto e cronicamente irritato. Non la desiderava più. E glielo stava già dimostrando da molto tempo, ma lei si era rifiutata di capirlo.

«Senti, Wolf» gli disse con voce stanca, «anche tu ti sei sempre dichiarato contrario a questa possibilità. Tu eri contro tutto. Tu sei contro tutto. Quello che mi domando è perché le cose che io faccio siano ancora in grado di irritarti. Tu vivi la tua vita, e io la mia.»

Wolf inarcò le sopracciglia. «Però sei mia moglie. Tutto quello che tu fai getta inevitabilmente la sua ombra su di me.»

«E in tutta questa faccenda che cosa getterebbe un'ombra?»

«Ma non lo capisci? Adesso siamo coinvolti in questo delitto. Ci interrogheranno, avremo i giornalisti alle calcagna, ci saranno i nostri nomi sui quotidiani... E secondo me è una storia molto sgradevole. Profondamente sgradevole!» La fissò esausto.

Karen pensò che effettivamente la storia avrebbe potuto essere fonte di qualche problema per lui, e in un certo senso poteva anche capirlo. Lei aveva agito in modo che tutti loro venissero coinvolti, volenti o nolenti, in una storia raccapricciante, e la pubblicità che inevitabilmente avrebbe accompagnato quell'episodio li avrebbe segnati in modo indelebile. L'esperienza dell'orrore non fa piacere a nessuno. Aveva la sensazione che l'omicidio della casa accanto sarebbe rimasto fra loro per sempre, e che lei e Wolf e i bambini, ognuno per sé, se lo sarebbero portati dietro tutta la vita. Lei, Karen, aveva fatto sì che la sua famiglia non potesse mantenere da quella vicenda lo stesso distacco che mantenevano gli altri abitanti del quartiere. Wolf glielo stava rinfacciando e lei gli avrebbe risposto volentieri che capiva benissimo ciò che lui intendeva, se solo avesse minimamente sperato che lui sarebbe stato disponibile ad accettare anche il suo punto di vista. Il suo bisogno di agire, la sua convinzione che in quel caso non ci fosse la possibilità di adottare una via più diretta. Se da parte sua ci fosse stato ancora un atteggiamento, per quanto sbiadito, di amore e disponibilità, allora lei avrebbe almeno fatto il tentativo di affrontare quell'incubo a fianco di suo marito, con grande apertura reciproca, cercando di avere la massima comprensione per i suoi problemi.

Ma di tutto ciò non c'era più traccia. Non c'era la benché minima possibilità. «Il commissario Kronborg pensava di ripassare stasera» aggiunse solamente.

«Pure questa!» replicò Wolf irritato, e neanche a farlo apposta in quello stesso momento suonarono alla porta.

«Se solo non fossi tornato a casa oggi» aggiunse Wolf, e Karen osservò con meraviglia che improvvisamente non le interessava nemmeno più sapere dove avrebbe passato la notte in quella eventualità.

«Abbiamo fatto qualche piccolo passo avanti» esordì Kronborg. Non aveva nemmeno tentato di costringere il suo gigantesco corpo sul divano per infilare le gambe a mo' di cavatappi sotto il tavolino di cristallo. Si era invece seduto su una poltrona, cercando di spostarsi all'indietro di qualche centimetro per raggiungere una posizione più o meno accettabile. Karen aveva portato dei bicchieri e due bottiglie d'acqua. Era una serata pesante, molto afosa. In quell'estate il caldo sembrava non voler dare tregua.

Mi domando perché con queste temperature uno debba andare fino in Turchia, rifletté.

Wolf era seduto sul divano, con l'aria di chi sopporta, ma in realtà la sua espressione pareva del tutto naturale: doveva essere stanco morto.

«Allora, abbiamo potuto ricostruire quando è avvenuta l'ultima telefonata» proseguì Kronborg, «è stata precisamente giovedì scorso, alle due e mezzo di mattina.»

Guardò in faccia Karen e Wolf. «Giovedì scorso, alle due e mezzo» ripeté, «il telefono avrebbe dovuto squillare in casa vostra. E a quanto pare qualcuno ha anche risposto.»

Improvvisamente Karen si sentì impallidire. Subito si domandò come non ci avesse pensato durante il colloquio all'ora di pranzo. Si rivolse a Wolf e capì immediatamente che anche lui aveva afferrato all'istante di quale telefonata si trattasse.

«Oh, merda» esclamò Wolf, e il ricorso a una simile espressione in presenza di un estraneo era cosa assolutamente inconsueta per lui.

«Si ricorda della telefonata?» insistette Kronborg.

«Sì» balbettò Karen. Cercò di schiarirsi la voce. «Sì» ripeté in tono un po' più fermo.

«E...?»

Karen si alzò, perché d'un tratto le sembrò che non sarebbe potuta restare seduta un attimo di più. Al di là della vetrata verso la veranda poteva vedere la casa dei Lenowsky. Il bianco dei muri risaltava fra il verde scuro e fitto dei cespugli e delle piante. Una calda serata estiva, silenziosa e pacifica. Kenzo era fuori, sdraiato sul prato, e cercava di acchiappare una mosca fastidiosa che gli ronzava intorno alla testa. Aveva smesso di abbaiare alla casa dei vicini. Finalmente gli umani avevano capito quello che lui aveva saputo fin dall'inizio. Non c'era più bisogno di darsi da fare per richiamare la loro attenzione.

«C'è stata una telefonata» confermò, «nel cuore della notte. Mi ha... ci ha svegliati di soprassalto. Io... ho avuto subito paura che significasse qualcosa di brutto e sono corsa al telefono...»

Si bloccò. Ho sbagliato proprio tutto, pensò.

Kronborg la fissò ansioso. Wolf si teneva la testa fra le mani.

«Ho risposto, ma dall'altra parte ho sentito solo... un lamento. Nient'altro. Solo un lamento. Era come se qualcuno tentasse di dire qualcosa, ma non riuscisse ad articolare una sola parola. È stato... terribile. Mi sono molto spaventata.»

«Non ha riconosciuto la voce?»

«No. I... lamenti non avevano nulla di umano, credo che non li

avrei riconosciuti nemmeno se fossero stati i miei figli. Ho pensato...»
«Sì?»
«Ho avuto paura che si trattasse di mia madre. È anziana e vive sola, e allora ho temuto che potesse aver avuto un infarto, o qualcosa del genere...»
«Evidentemente lei non ha pensato invece a un maniaco che si diverte a fare scherzi simili» disse Kronborg. «Uno di quelli che provano piacere a chiamare degli sconosciuti per spaventarli con i loro versi?»
«Mio marito l'ha pensato» disse Karen. Di nuovo si voltò verso Wolf, che aveva sollevato il capo e la guardava fisso. «Lui ha pensato che si trattasse di un folle e mi ha detto di lasciar perdere.»
«Quindi lei ha interrotto la comunicazione?»
«Sì. Ho chiesto più volte che mi dicesse il nome, senza risultato, e allora ho riagganciato. Poi però non riuscivo a tranquillizzarmi, così ho chiamato mia madre. La quale stava bene, ma a quel punto si è agitata per la *mia* telefonata, e mi ha detto che le era venuto un gran batticuore che non le avrebbe dato pace per il resto della notte. Come al solito ero riuscita a sbagliare tutto.» Riconobbe un pizzico di compassione negli occhi del commissario e di nuovo provò l'inquietante sensazione che quell'uomo sapesse molte cose di lei e fosse in grado di leggere nel profondo del suo cuore. «Mi sono sentita un'isterica, un'esaltata. Ho cercato di dimenticare la telefonata e di convincermi che si era effettivamente trattato di un maniaco. Solo...»
«Solo che non ne era convinta.»
«No. Non era... quel tipo di versi. Non sono in grado di descriverglieli esattamente, ma mi dava proprio la sensazione di una persona in grave difficoltà. Gravemente ferita o che sta molto male o...» Scosse la testa. «Ed era proprio così. Era la signora Lenowsky.»
«Era in punto di morte» disse Kronborg, «perché l'assassino o gli assassini l'avevano martoriata con un coltello da cucina. Come per miracolo non erano stati danneggiati gli organi vitali. Secondo il medico legale la poveretta ha tirato avanti ancora circa quarantott'ore dopo dopo essere stata seviziata. Naturalmente con un'e-

morragia così importante in corso è probabile che nelle ultime ore abbia perso conoscenza. Non sappiamo quando l'assassino o gli assassini abbiano abbandonato la casa. Evidentemente dopo che questo era successo ha cercato di telefonare: a giudicare dalle impronte si è mossa più o meno carponi, o addirittura si è trascinata sul ventre. Doveva essere ormai allo stremo e quindi non era più in grado di comporre un numero. Perciò ha schiacciato il pulsante della ripetizione, e così ha chiamato il vostro numero. Però...» Sollevò le spalle con aria rassegnata.

Naturalmente Karen interpretò subito il suo disappunto come indirizzato a lei. «Ma io non potevo immaginare cosa stesse succedendo!»

Il commissario le sorrise. «Adesso smetta di rimproverarsi. Quello che è successo in quella casa è fuori dalla portata della nostra immaginazione. È del tutto normale che lei non sia stata in grado di interpretare quella telefonata. No, quello che voglio dire è che la tragedia sta nel fatto che Greta Lenowsky è riuscita a raggiungere l'apparecchio, ma poi non ha avuto nemmeno la forza di dire il suo nome. E questo ha reso inutile il suo sforzo. Del resto temo che a quel punto nemmeno l'intervento immediato di un medico avrebbe potuto salvarla.»

Per la prima volta da quando era arrivato Kronborg, Wolf prese la parola: «C'è qualche indizio riguardo all'assassino?»

Kronborg scosse la testa desolato. «Per ora no. Il primo problema è che i Lenowsky non hanno parenti, o almeno così pare. Nessuno dei vicini ne sa qualcosa, e le nostre indagini non ci hanno ancora portato a individuare qualcuno che possa essere convocato. È altrettanto strano che l'assenza di queste due persone per più di una settimana non abbia preoccupato nessuno. Parenti stretti o amici avrebbero potuto preoccuparsi e rivolgersi alla polizia.»

«Noi non ci immischiamo nelle faccende degli altri» disse Wolf immediatamente, «quindi purtroppo non possiamo aiutarla in questa ricerca.»

«Be', per fortuna sua moglie non si disinteressa totalmente delle faccende degli altri» osservò Kronborg, «altrimenti ci sarebbero magari voluti mesi per scoprire questo delitto. Non so se il giardiniere sarebbe entrato da solo...»

«Quello lo interrogherei per bene io» disse Wolf in tono aggressivo. Era ovvio che ai suoi occhi Pit Becker era colui che aveva messo in testa a Karen quella bella idea, riversando su loro due una pubblicità niente affatto gradita. «Strano, no, che si interessasse in quel modo di una coppia che quasi non conosceva?»

«Allora bisognerebbe *interrogare per bene* anche me» commentò Karen.

Wolf la fissò furioso. «Mi sembra che la situazione sia un po' diversa!» sbottò nervoso.

Kronborg alzò le mani, come per calmarli entrambi. «I crimini di questo tipo ci toccano tutti nel profondo. Si resta sconvolti, quando una violenza così assurda tocca o magari sfiora solamente le nostre vite. Ma quello che sua moglie ha fatto insieme al signor Becker è stata una cosa positiva, signor Steinhoff. Supponiamo che i due poveretti fossero stati scoperti fra un anno... a quel punto tutti i possibili indizi sarebbero spariti.»

«Avete trovato impronte digitali in casa?» domandò Wolf.

«Solo dei Lenowsky, naturalmente, e poi di due altre persone che con ogni probabilità sono sua moglie e il signor Becker. È quasi certo che l'assassino o gli assassini abbiano indossato dei guanti.»

«Allora mi piacerebbe proprio sapere come farà a risalire a qualche sospetto!»

«Contiamo sugli interrogatori di tutte le persone che hanno conosciuto Fred e Greta Lenowsky, fossero anche conoscenze remotissime.»

«Fred Lenowsky era avvocato» si ricordò Karen, «e aveva amici molto influenti in campo politico. Così almeno mi ha raccontato.»

Kronborg annuì. «Questo lo sappiamo. Si era però ritirato dalla professione circa cinque anni fa. Può darsi che qualcuno dei suoi amici influenti ci sia ancora... e magari potrebbe raccontarci qualche dettaglio sul suo ambiente di lavoro. È possibile che in passato si sia fatto dei nemici proprio in quel campo.»

«Mi viene da pensare che la cosa sia più che probabile» osservò Wolf. «È abbastanza normale che un avvocato prima o poi pesti i piedi a qualcuno!»

«Certo» assentì Kronborg, «ma in questo caso Lenowsky dovrebbe essersi attirato vero e proprio odio. La reazione del suo avversario – ammesso che l'ipotesi sia confermata – è stata... vorrei dire piuttosto drastica.»

«Il furto invece è escluso?»

«Pare proprio di sì. Da un lato, infatti, quando l'intenzione è quella di rubare, non si lasciano morire le vittime in maniera così volutamente crudele, facendo in modo che la loro agonia duri anche qualche giorno. Dall'altro lato sembra non mancare nulla in casa. Perlomeno nulla di ciò che i ladri normalmente portano via. C'è il computer di Fred Lenowsky, ci sono i televisori, il videoregistratore, lo stereo, non manca niente. In un cassetto della camera da letto abbiamo trovato parecchi gioielli di valore, e nessuno ha toccato nulla. No, qui siamo di fronte a una vendetta personale, che magari ha radici lontanissime, oppure si tratta di una specie di maniaco che sceglie le sue vittime a caso e trova soddisfazione nel torturarle.» Kronborg assunse un'espressione contratta. «La seconda ipotesi sarebbe per noi naturalmente molto più complicata. Infatti se non esiste un legame personale fra i Lenowsky e il loro assassino, le possibilità di trovarlo si riducono ulteriormente.»

«Mmm» fece Wolf. Si alzò come a significare che a quel punto intendeva concludere la conversazione. «Le auguro che le sue indagini procedano con successo» disse, «purtroppo però saremo ancora per poco a sua disposizione, se le fosse necessario. Forse mia moglie l'ha già informata che venerdì della prossima settimana partiamo per la Turchia, in vacanza.»

Anche Kronborg si alzò. Con la sua stazza da granatiere sovrastava il già imponente Wolf di una trentina di centimetri.

«Spero di non dovervi disturbare ancora troppo» li rassicurò. Karen gli fu grata per aver taciuto le sue intenzioni di cambiare i programmi.

Il commissario si rivolse a lei. «Signora Steinhoff, le faccio un'ultima domanda: a parte i lamenti di quella telefonata, non ricorda altro? Un frammento di parola, anche se magari del tutto incomprensibile? Un suono, che potesse essere l'inizio o la fine di una parola...»

Karen scosse la testa. «No. Mi dispiace molto, ma non posso aiutarla. Ho avuto l'impressione che la persona – la signora Lenowsky – tentasse costantemente di articolare una parola che però non riusciva a pronunciare, nonostante gli sforzi. Nemmeno a iniziarla. Mi dispiace. Non ho sentito altro che gemiti.»

Kronborg parve leggermente contrariato. «Il mio biglietto gliel'ho già lasciato oggi a mezzogiorno» disse, «se le viene in mente qualcosa, qualunque cosa, che riguardi la telefonata o altro, la prego di chiamarmi senza indugio.»

«Certo» disse Karen.

Rimase in sala, in piedi, mentre Wolf accompagnava alla porta il visitatore.

Quando tornò gli disse: «Vorrei poterlo aiutare di più».

«Santo cielo, mi pare che tu abbia già fatto abbastanza» osservò Wolf, «adesso sta a lui fare il suo mestiere.»

Si guardarono: Karen notò una certa insicurezza nello sguardo di lui. Sapeva di essere stato ingiusto nelle ultime settimane, e di aver commesso un errore a darle dell'isterica esaltata.

Se adesso mi chiedesse scusa, pensò Karen, o se almeno mostrasse di voler parlare con me... magari ci sarebbe una possibilità...

Ma l'attimo passò, l'insicurezza sparì dagli occhi di Wolf. Non aveva detto niente, e non avrebbe mai più detto niente su quell'argomento.

«Vado a letto» annunciò. «Cielo, è stata una giornata infernale! E come ciliegina sulla torta anche quel tipo!»

Lasciò che Karen sistemasse i bicchieri e le bottiglie. Lo sentì mentre in bagno si lavava i denti con lo spazzolino elettrico. Erano solo le nove di sera, non certo l'orario a cui normalmente andava a letto. Del resto le era parso molto stanco.

Si sta allontanando da me, pensò, mentre caricava la lavastoviglie, e questo gli crea disagio. È faticoso vivere con una persona che non si ama più.

Forse è per questo che sento un gran peso.

Forse anch'io non lo amo più.

Questa riflessione la sorprese. Non aveva mai dubitato dei suoi sentimenti nei confronti di Wolf. Forse era giunto per lei il momento di non sentirsi sempre vittima delle sue lune. Ma di scoprire invece se anche in lei fosse cambiato qualcosa.

Si domandò quando si sarebbe accorto che non era più vicino a lui nel letto.

6

«Non mi va di partire domani» disse Inga. «Spero di fare la cosa giusta. Tornare indietro senza Marius... Mi sembra ancora impossibile che domani sera salirò su un aereo a Marsiglia... senza di lui!»

Lei e Rebecca erano sedute nella veranda della casa di Rebecca, tutt'intorno era buio, una calda notte estiva piena di stelle.

«Le stelle cadenti» aveva detto Rebecca, «dobbiamo cercare di vederne una. Siamo quasi in agosto. In genere è in queste notti che qui se ne vedono tante.»

Una donna che pensa alle stelle cadenti, aveva pensato Inga fra sé, non è più nell'abisso della depressione.

Era stanca. La giornata era stata lunga e faticosa. La camminata fino a La Madrague, il pranzo, durante il quale Rebecca aveva proposto di darsi al tu. Il ritorno, cento volte più faticoso dell'andata, cosa che poteva dipendere in parte anche dal cibo, ma soprattutto dalla temperatura sempre più elevata. Erano arrivate a casa tutte appiccicate e sudate, e Inga aveva proposto di getto: «Mi farei volentieri un bagno: dal tuo giardino si arriva al mare?»

Rebecca si era immediatamente irrigidita, ma poi aveva risposto controvoglia: «A suo tempo Felix aveva fatto costruire degli scalini di legno fra le rocce. In fondo al giardino».

«Vieni anche tu?»

«Non ci sono più andata da quando...»

«Vivi qui in questa casa. Che differenza c'è se una volta scendi anche giù fino alla caletta?»

«Si allargherebbe troppo il cerchio» aveva tagliato corto Rebecca.

Inga si era domandata come una persona potesse vivere in quel modo. In uno spazio circoscritto che comprendeva le cinque stanze di una casa isolata e il suo bel giardino, ma privo di alcuna presenza umana. Se avesse cercato un corrispettivo occidentale al rogo delle vedove praticato in India, Rebecca ne sarebbe stato un valido esempio. Una donna che cessa di vivere alla morte del compagno. Che respira, si nutre, beve, e tuttavia non è più in vita.

Poi era andata da sola a fare il bagno, e una volta di più aveva notato che paradiso terrestre si erano creati il defunto Felix Brandt e sua moglie. La scala per scendere era ripida, ma attrezzata con un robusto corrimano. Era costituita in gran parte da grosse assi di legno, e in qualche punto erano stati sfruttati dei gradini naturali nella roccia. Mentre scendeva – sotto di lei il mare blu e un piccolo tratto di spiaggia dalla sabbia candida, sopra di lei il cielo immenso, contro il quale si stagliavano i gabbiani che lanciavano le loro caratteristiche grida –, per la prima volta dopo tanto tempo Inga provò di nuovo una sensazione di infinita libertà, si sentì in sintonia con se stessa, viva, e di nuovo ebbe la certezza di avere in mano il suo futuro. La forza di questa sensazione la spaventò, perché aveva appena perso suo marito e razionalmente non le sembrava proprio il caso di essere sopraffatta dalla gioia per la vita che le si apriva di fronte. Poi tuttavia comprese che provava queste sensazioni *proprio perché* Marius non era più al suo fianco. Era ancora convinta che non fosse annegato – non avrebbe saputo spiegare perché ne era così sicura, tuttavia sentiva che era ancora vivo –, ma era evidente che loro due non sarebbero mai più tornati insieme. Era tutto finito e il sollievo che questa constatazione le procurava la induceva a ritenere assolutamente giusta la sua decisione. Non era quindi solo lo scenario spettacolare a regalarle quella sensazione di pace, l'immensità del cielo e del mare, e quella fantastica parete di roccia lungo la quale era scesa, si trattava molto più della consapevolezza di essersi liberata da un vincolo, del quale solo ora riconosceva il peso, che le aveva tolto il respiro e l'aveva mantenuta in uno stato di costante tensione. Si era confidata con Rebecca, le aveva raccontato di alcuni problemi con Marius, le aveva spiegato la situazione che l'aveva costretta a riconoscere le perplessità che il marito suscitava in lei... Per la prima volta si era confidata con qualcuno, e questo era come se avesse rotto gli argini. Le vennero in mente altri episodi, situazioni che aveva rimosso con tanta caparbietà da sembrare ormai dimenticate adesso riemergevano dagli angoli più reconditi della sua memoria e ora erano lì, davanti ai suoi occhi, chiare e nitide.

Come aveva potuto resistere così a lungo con lui? Come aveva potuto trascurare in modo tanto determinato dei segnali così eloquenti?

A passo rapido – si sentiva effettivamente più leggera – arrivò giù. Un piccolo anfiteatro naturale di roccia, del diametro di non più di trenta metri, cingeva la piccola spiaggia. Inga si guardò intorno, ma non vide anima viva. Doveva esserci un'altra proprietà con accesso alla stessa baia, perché all'altra estremità della spiaggetta partiva una seconda scala. Su in alto si intravedeva un breve tratto di muro, che apparteneva a una casa o alla recinzione di un terreno.

Si sfilò i calzoncini che portava sopra il costume da bagno e si tuffò. L'acqua era più fredda del previsto, ma meravigliosamente tonificante, e dopo pochi istanti Inga si sentì perfettamente a suo agio. Nuotando a bracciate vigorose si spinse un po' al largo, poi si girò sulla schiena e osservò le rocce scure dietro di lei, e il cielo stupendo. Indagò nuovamente nel suo intimo, alla ricerca di quella meravigliosa sensazione di libertà che tanto velocemente era apparsa e che altrettanto rapidamente sarebbe potuta sparire. La ritrovò, forte e intensa, a sostenerla con la stessa forza con la quale l'acqua la teneva a galla.

Poi era rimasta un po' distesa sulla sabbia augurandosi che Rebecca scendesse nonostante tutto, ma la sua speranza fu delusa.

Alla fine si era avviata per risalire.

Si erano poi sedute nella veranda illuminata da una flebile fiaccola antivento, davanti a un bicchiere di vino rosso, e Inga avvertiva nelle ossa quella piacevole spossatezza che lascia una giornata piena di movimento, di sole, acqua e vento.

«Cosa farai quando arriverai in Germania?» le chiese Rebecca in risposta all'osservazione che non le sarebbe stato facile ripartire.

«Mi cercherò un appartamento» disse Inga, «sì, penso che questa sarà la prima cosa da fare. Lascerò la nostra casa a Marius.»

«Quindi tu sei assolutamente certa che ricomparirà?»

«Direi proprio di sì. Non saprei spiegarti perché, ma qualcosa mi dice che... Spero solo che ricompaia entro breve. Altrimenti dovrò rinunciare all'alloggio. Non posso pagare un affitto doppio per più di due mesi.»

«Sei già fin troppo generosa» osservò Rebecca, «dopo tutto quello che è successo, potresti disdirlo anche subito, e lasciare che lui si arrangi un po' da solo.»

«Ci ho già pensato. Il rischio però è che se riappare all'improvviso in Germania senza un punto di riferimento, pretenda di sistemarsi almeno temporaneamente da me e a quel punto potrebbe non essere facile poi allontanarlo di nuovo.»

«Dovresti respingerlo.»

«Ma se non ha più una casa...»

«Può andare dai suoi genitori.»

«Credo che per lui sarebbe l'ultima delle possibilità.»

«Ma la cosa non ti deve riguardare.»

«Lo so» disse Inga, «ma...» Non concluse la frase.

Rebecca annuì con il capo. «Non è semplice come dirlo» commentò.

«E tu cosa farai?» domandò Inga. «Ti rimetterai in contatto con Maximilian?»

«E perché dovrei farlo?»

«Be', penso sia un buon amico. Si preoccupa per te. Forse non dovresti respingerlo così duramente.»

Rebecca assunse un'espressione impenetrabile. Intorno alla bocca le erano apparse due rughe che la facevano dura, scostante. «Non ho più bisogno di amici. Me la cavo benissimo da sola.»

Inga fece un respiro profondo. «Del resto non sono cose che mi riguardino.»

«Certo» disse Rebecca, «non ti riguardano.»

Inga cercò di racimolare tutto il suo coraggio. In modo precipitoso le disse: «Tu mi piaci, Rebecca. Sei una donna in gamba. Sei giovane, attraente e hai fatto tante cose nella tua vita. Io non ne so certo molto, ma fondare un'iniziativa del genere, in difesa dei bambini – insomma, mi sembra una cosa bellissima, e mi dispiace molto che tu...»

Rebecca depose il suo bicchiere con un gesto brusco. Prima, quando se l'era portato alla bocca, aveva avvertito un tremito della mano. «Inga, queste sono cose che non ti riguardano. Ti prego veramente di tenertene fuori.»

«Ma tu sei una sepolta viva! Sei sola e abbandonata, lasci che le tue potenzialità inaridiscano, allontani da te le persone che ti vogliono bene e ti tieni stretta solo al ricordo di... un morto che... non potrà mai tornare.» Fece di nuovo un respiro profondo. Rebecca pareva come pietrificata.

Inga ripeté a voce bassa: «Non tornerà, Rebecca. È terribile a dirsi, però... tu devi organizzare la tua vita senza di lui.»

Ancora una volta Rebecca non replicò.

«Rebecca» la pregò Inga quasi sottovoce.

Rebecca si alzò. «Vado a dormire. Per favore, spegni tu la candela e chiudi la porta d'ingresso.»

Sparì all'interno.

«Ho rovinato tutto» borbottò Inga. Anche lei si alzò, prese il suo bicchiere e camminò ancora un momento nel giardino buio. Le stelle erano così luminose che si sarebbe potuto toccarle, fra le chiome degli alberi frusciava un vento leggero. Sentiva l'odore del mare. Un paradiso in terra, e per Rebecca invece un inferno di solitudine e tristi ricordi. Doveva andarsene da quel posto, doveva tornare in mezzo alla gente, a vivere la vita. Non avrebbe mai potuto restare lì per sempre.

E invece domani sono io che me ne vado e la lascio sola con se stessa, pensò, e dal momento che ha rotto anche con Maximilian, è proprio sola come un cane. Si seppellirà qui e un giorno o l'altro cadrà vittima della sua malinconia. E io non posso aiutarla. Non posso costringerla a tornare in Germania con me.

Bevve un sorso di vino e decise di andare a dormire. La giornata l'aveva affaticata, ma benché sentisse il bisogno fisico di stendersi su un letto e chiudere gli occhi, allo stesso tempo provava una strana inquietudine, un formicolio in tutto il corpo, al quale non riusciva a dare una spiegazione. Forse derivava dalle preoccupazioni legate a Rebecca. Dal senso di impotenza che provava. Dall'intuizione che fosse meglio non piantarla in asso, benché non sapesse proprio cosa fare per aiutarla.

Magari domani a colazione provo a parlarle di nuovo, pensò, poi c'è ancora tutta la mattina, il pomeriggio... resta un po' di tempo. A partire da questo momento più o meno diciotto ore.

Spense la fiaccola ed entrò in casa chiudendo la porta finestra con cura. Era felice di non dover dormire in tenda, e di poter utilizzare la piccola stanza degli ospiti, comoda e accogliente. Pensò all'attenzione con cui Rebecca si era occupata di lei quando era rientrata dalla terribile esperienza della barca, spossata, disperata per la tempesta e l'avventura vissuta con Marius. Se solo avesse potuto ricambiare in qualche modo la sua gentilezza.

La sua stanza era nel sottotetto e vi si arrivava utilizzando una scaletta molto ripida. Non si poteva salire stando eretti e bisognava fare molta attenzione per non picchiare di continuo la testa contro le travi di legno.

Come la camera di un domestico in solaio, pensava Inga divertita ogni volta che vi entrava, una volta erano così.

Si svestì, si infilò la camicia da notte, sgattaiolò giù verso il bagno, dove si lavò i denti e si spazzolò i capelli.

Dalla camera di Rebecca non giungeva alcun rumore. Probabilmente dormiva già da un pezzo.

Inga fu tranquillizzata da questa eventualità, perché l'avrebbe preoccupata molto più saperla sveglia a rimuginare infastidita dal fatto che lei avesse osato invadere la sua vita.

Nella sua cameretta lasciò aperto il lucernario, in modo che l'aria fresca della notte potesse entrare. Faceva comunque parecchio caldo. Appoggiò la coperta su una sedia e tenne solo un lenzuolo leggero. Nonostante la sua inquietudine nel giro di pochi minuti si addormentò.

Mercoledì, 28 luglio

1

Quando si svegliò, per un attimo fu convinta di aver dormito al massimo qualche minuto. Non era forse appena tornata dal bagno? Poi accese la luce e guardò l'orologio. La quattro meno un quarto.

Non sapeva cosa l'avesse disturbata, ma di qualunque cosa si trattasse, d'un tratto l'aveva svegliata del tutto. Era un fatto insolito, in genere aveva bisogno di parecchio tempo per riuscire a ragionare chiaramente e sapere chi fosse e dove si trovasse. Quella volta però si ritrovò immediatamente vigile e attenta.

L'inquietudine della sera precedente era aumentata.

Tastò con i piedi in cerca del pavimento, accese la luce, si avvicinò al lucernario aperto e si sporse verso l'esterno. Come spesso in quelle ultime notti che aveva passato sulla costa del Mediterraneo, fu colpita una volta di più dal cielo stellato, chiaro e limpido, da toccare con una mano. Il vento era leggermente aumentato, le chiome degli alberi frusciavano più rumorosamente.

Sarà questo ad avermi svegliato, pensò, il vento nelle piante.

Forse era anche quello il motivo del suo nervosismo. Quel vento costante vicino al mare. A Monaco, nel suo appartamento cittadino, non soffiava mai così forte.

Tornò a letto, spense la luce, appoggiò di nuovo la testa sul cuscino. Chiuse gli occhi e cercò di riaddormentarsi. Avvertì il battito del suo cuore, veloce, duro. Riaprì gli occhi. Non ci sarebbe più riuscita. Era completamente sveglia, riprendere sonno era ormai fuori discussione.

Si alzò di nuovo e ragionò se non fosse il caso di bere un bicchiere d'acqua. Oppure scendere a guardare un po' di televisione. Forse l'avrebbe aiutata a calmarsi un po' – anche se non riusciva a capire perché si sentisse così agitata –, e immaginava che Rebecca non avrebbe avuto niente in contrario.

Indossò una vestaglia che le aveva prestato la sua ospite e si infilò le ciabattine da mare arancione. Le aveva comprate appena prima di partire, per usarle nelle docce dei campeggi, dove non sarebbe mai entrata a piedi nudi. In assoluto i camping non le piacevano affatto.

Ho sempre avuto paura che Marius si sarebbe arrabbiato se solo non avessi trovato eccezionale una delle sue proposte.

Aprì la porta della sua stanza e ascoltò se dalla casa provenivano rumori. Nessuno. In fondo anche Rebecca avrebbe potuto essere in giro per le stanze ed era possibile che fosse stata proprio lei a svegliare Inga, ma regnava il silenzio più assoluto, e neppure una luce era accesa.

In silenzio scese la sua scaletta e poi i gradini che portavano all'ingresso. In cucina prese un bicchiere dalla credenza, lasciò scorrere l'acqua, poi bevve a piccoli sorsi. Si domandò perché il batticuore non volesse placarsi. Cercò di ricordarsi a quali rimedi era solita ricorrere sua nonna, che aveva sempre sofferto d'insonnia e le aveva raccontato di tisane dalle proprietà benefiche, efficaci per risolvere il problema, ma non le veniva in mente niente, come se la sua memoria fosse stata completamente cancellata. Del resto, in casa di Rebecca sarebbe stato ben difficile trovare una qualsiasi qualità di tè.

In questo momento non avrei comunque la tranquillità per mettermi a bere un tè calmante, rifletté e le venne da ridere, nervosamente, a quel pensiero paradossale.

Depose il bicchiere e andò in salotto. Accese la lampada a stelo nell'angolo e poi il televisore. Trovò un talk show, probabilmente una replica di un programma andato in onda durante il giorno. Una moderatrice dallo sguardo beato, che era fra l'altro anche psicologa, cercava di rimettere insieme coppie dissestate e litigiosissime. I due di turno si stavano insultando in maniera deplorevole, e Inga non poté fare a meno di pensare che avevano ben poche probabilità di risolvere il loro contrasto. Poiché il suo francese era abbastanza elementare, doveva concentrarsi parecchio per seguire le fasi del litigio, e questo le parve lì per lì un buon sistema per farsi tornare il sonno. Tuttavia, trascorsi una decina di minuti capì che non riusciva proprio a concentrarsi. Il cuore le batteva all'impazzata. Non avrebbe potuto essere più sveglia e più tesa, nemmeno a volerlo.

Non è affatto normale, pensò fra sé.

Spense il televisore e prese qualche rivista da un cesto di fianco al camino. Si trattava di settimanali tedeschi, tutti di un anno prima. Evidentemente Rebecca li aveva acquistati e letti in tempi più sereni; il suo progressivo ritirarsi nell'isolamento più totale aveva spento anche ogni interesse per le chiacchiere provenienti dal suo paese.

Inga pensò di tornare su in camera e di leggere un po' a letto. A volte l'aiutava. Anche se non ricordava di essere mai stata altrettanto nervosa e confusa in vita sua.

Quando passò vicino alla piccola toilette per gli ospiti al pianoterra, notò che la porta era aperta. In genere veniva tenuta chiusa e a Inga sembrava di ricordare che lo fosse la sera prima quando era salita in camera. Anche se non avrebbe potuto affermarlo con certezza assoluta.

L'inquietudine aumentò. Stava per chiudere la porta quando avvertì chiaramente un passaggio d'aria. Una corrente nel bel mezzo della casa.

Guardò nel bagnetto.

Sulle prime non riuscì a distinguere nulla, solo la luce delle stelle illuminava il piccolo ambiente, ma intuì subito che la finestra doveva essere aperta, perché il vento arrivava chiaramente da lì.

Chi diavolo ha lasciato la finestra aperta proprio qui, si domandò confusa, ma un attimo dopo i suoi occhi si erano già abituati all'oscurità, riconoscendo immediatamente che la finestra non era semplicemente aperta. Qualcuno l'aveva rotta, e il pavimento era pieno di schegge di vetro.

Qualcuno era entrato da lì.

C'era qualcuno in casa.

Quindi era stato il rumore di vetri rotti a svegliarla. E il suo istinto le aveva fatto provare quell'intensa inquietudine per una minaccia incombente – quell'istinto infallibile che hanno gli animali selvatici e che li aiuta a riconoscere inspiegabilmente la vicinanza del pericolo, prima ancora che i segnali si facciano chiari ed evidenti.

Il più silenziosamente possibile si ritirò, trovandosi in mezzo al corridoio, quasi senza fiato, e provò a pensare a come agire. Se c'era qualcuno in casa, dove si era nascosto? E perché? Certamente si era accorto che qualcuno si era alzato. Inga si era preoccupata di non svegliare Rebecca, tuttavia aveva acceso la luce in sala, e si era sentita la voce della TV. Questo non poteva essere sfuggito all'intruso.

Oppure era già sparito? Aveva cercato dei soldi e una volta trovati se l'era svignata?

Tuttavia non c'era nulla in disordine. E la sua agitazione non si era affatto placata. Aveva la pelle d'oca, il cuore che le batteva all'impazzata, gli occhi sbarrati, era tesissima.

Una voce interiore le consigliava di sparire al più presto. Di cercare aiuto! Di farlo finché ce n'era il tempo.

Più tardi non avrebbe saputo spiegare perché non aveva attribuito il giusto significato a quella voce che con tanta insistenza le suggeriva di scappare. Invece le balenò per la testa l'idea di chiedere aiuto per telefono. La polizia. Avrebbe chiamato la polizia.

L'apparecchio era in sala, dove non c'era nessuno. Quindi forse sarebbe riuscita a telefonare senza essere sorpresa. Di nuovo tese l'orecchio. L'intruso doveva trovarsi al primo piano; la casa non aveva cantina, e le stanze del pianoterra – salotto, cucina e bagno degli ospiti – erano vuote. Regnava una quiete assoluta. Avrebbe voluto sentire qualche rumore. Non c'era nulla di più minaccioso di quel terribile silenzio.

Si sfilò le ciabattine e sgattaiolò in sala a piedi nudi, senza produrre il minimo fruscio. Non accese la luce. Ormai conosceva abbastanza bene il locale, e i suoi occhi si erano da un po' abituati all'oscurità.

Il telefono era appoggiato su un ripiano della libreria, sotto c'era la guida, Inga se lo ricordava. La sfilò, si avvicinò alla finestra per sfruttare la luminosità della luna e delle stelle. Il numero della polizia era sulla prima pagina, fra quello dei vigili del fuoco e quello della guardia medica. Ripetendolo fra sé Inga sollevò la cornetta.

La linea era interrotta.

Schiacciò la forcella, poi di nuovo, di nuovo ancora, sempre più agitata. Nessun segnale. Interrotta, senza speranza.

D'accordo. Poteva trattarsi di un caso, un problema tecnico, o forse qualcuno aveva manomesso l'apparecchio, e questo rendeva la loro situazione più pericolosa. Allora non si sarebbe trattato di un semplice furto, per cui il malvivente, racimolato qualcosa, sarebbe poi subito sparito nella notte. Chi si prendeva la briga di isolare il telefono aveva senza dubbio in mente qualcos'altro.

Inga aveva l'impressione che il battito del suo cuore avrebbe potuto far vibrare le pareti della casa, tanto era forte. Doveva scappare. Il più in fretta possibile. Senza nemmeno preoccuparsi di Rebecca. Doveva correre a cercare aiuto.

Le scarpe. Erano in corridoio. Pazienza. Sarebbe stato troppo rischioso tornare a prenderle. Doveva cercare di uscire immediatamente dalla porta della veranda, poi avrebbe tentato di correre verso il paese, così com'era, a piedi nudi, anche se si sarebbe certamente ferita nel farlo.

Si mosse verso la porta.

La luce di una torcia si accese improvvisamente, ferendola come un colpo di pistola sparato senza il minimo avvertimento.

Terrorizzata urlò e si girò di scatto.

Sulla porta della sala c'era Marius.

Aveva un aspetto diverso dal solito. In quel breve periodo era dimagrito in modo sorprendente, aveva i capelli arruffati, le guance e il mento coperti da una barba disordinata. I vestiti sporchi e strappati. I piedi nudi erano scuri e sudici. Avrebbe potuto essere un vagabondo, un barbone. Quando le si avvicinò Inga avvertì il suo odore sgradevole e acre.

«Ciao, Inga» la apostrofò.

Inga si guardò attorno, inquieta. Il cavo del telefono, tagliato e gettato sul tappeto, rendeva l'apparecchio inutilizzabile. La porta della veranda era chiusa. Se avesse tentato di aprirla lui l'avrebbe raggiunta immediatamente. Non sarebbe mai riuscita a scappare.

È Marius, si disse, *rilassati!*

In effetti si sentiva leggermente più tranquilla. Di fronte a lei c'era Marius, l'uomo con il quale era sposata da due anni. Poteva esse-

re uno squinternato, tanto da non avere più alcuna intenzione di vivere ancora con lui, ma non aveva mai alzato un dito su di lei, e...
Solo sulla barca. Quando l'aveva spinta giù, sottocoperta. Quando forse aveva contato sul fatto che si sarebbe rotta l'osso del collo.
Inga deglutì. Lo fissò negli occhi e dal suo sguardo comprese quanto era malato. E finalmente capì che l'unica possibilità di salvezza sarebbe stata la fuga.
«Ciao, Marius» proruppe con una voce che era ormai solo stridula e incerta.
Lui le sorrise.

2

Finalmente la mattina dopo Wolf decise di affrontare il fatto che Karen avesse definitivamente abbandonato la loro stanza da letto. Durante la colazione era stato molto silenzioso, non aveva nemmeno reagito alle domande agitate dei bambini, tutte a proposito delle vicende delittuose degli ultimi giorni. Poiché questo argomento sicuramente lo irritava, Karen si sarebbe aspettata da un momento all'altro una sua esplosione violenta, invece Wolf aveva continuato a masticare la sua fetta di pane in silenzio e aveva bevuto il suo caffè a piccoli sorsi dando l'impressione che non gli importasse nulla di quanto accaduto. Contrariamente alle sue abitudini non si era alzato per primo da tavola per andare a lavorare, ma aveva aspettato, restando seduto in silenzio, che Karen salutasse i bambini e poi rientrasse in cucina.

Karen lo guardò. Wolf ricambiò il suo sguardo. «Bene» disse, «allora d'ora in poi intendi dormire nella camera degli ospiti?»

«Ho portato su la mia roba. Sì.»

«E c'è un motivo particolare che ti ha spinto a farlo?»

«Mi sembra che non sia più il caso che noi due dormiamo insieme» rispose Karen.

Wolf inarcò le sopracciglia. «Ah, sì? E per quale ragione?»

Karen si voltò verso la finestra. Le margherite nei vasi sul terrazzino della cucina ondeggiavano leggermente nella lieve brezza mattutina. Si preannunciava un'altra splendida giornata estiva.

«Lo sai bene» disse sottovoce. Non aveva voglia di discutere con lui. Tante volte si era augurata di potergli parlare del loro matrimonio, della freddezza e della distanza che erano aumentate fra loro, ma non era mai stato possibile. Adesso che era lui a porre le domande, la cosa la infastidiva. Non vedeva più alcuna necessità di un chiarimento.

«Io non so un bel niente» proruppe Wolf, «il mio unico timore è che tu ti sia messa in testa qualche stupidaggine, e cioè che io abbia una relazione con una mia collaboratrice, con cui ultimamente sono stato a pranzo. L'unica cosa che ti posso dire è che...»

«Adesso non ha più alcuna importanza» lo interruppe Karen, «che tu abbia una relazione oppure no. Tu mi hai lasciata. Interiormente. Già da tempo. E a questo punto è assolutamente irrilevante che tu abbia trovato un'altra oppure sia rimasto solo. A me riservi solo freddezza e disprezzo. E io non intendo proseguire in questo modo.»

«Freddezza e disprezzo? Potresti per favore spiegarmi come trai le tue conclusioni?»

Karen sospirò. Tanto non avrebbe mai capito.

«È che... questa impressione nasce da tante piccole cose» provò a spiegare, già scoraggiata in partenza, perché sapeva che lui avrebbe confutato ogni sua parola e quindi reso inutile qualunque tentativo di una discussione alla pari. Non avrebbe mai accettato senza discutere che quelle che lei definiva *piccole cose* potessero essere ricondotte a un quadro più ampio, avrebbe sezionato e ribattuto su ogni singolo punto. Lei si sarebbe trovata disorientata e non sarebbero mai giunti a una conclusione.

«Prendi domenica, per esempio. Hai passato l'intera giornata in piscina con i bambini e...»

«Ah! Adesso sei tu a rimproverarmi? Hai proprio un bel coraggio! Non so se hai presente quante donne pregano i loro mariti perché facciano qualcosa con i figli e non so se ti è noto che la stragrande maggioranza di loro non ne ha nessuna voglia. Io invece sacrifico tutta la mia domenica, dopo una settimana di lavoro maledettamente duro, faccio in modo che i bambini si divertano un po', e tu trovi anche da ridire!»

Non era affatto così, ma non avrebbe avuto alcun senso sottolinearlo.

«Nessuno mi ha chiesto se volessi venire. In fondo anch'io faccio parte della famiglia.»

«Oh, ti chiedo scusa! Allora fino a oggi non ho proprio capito niente di te! Non avrei mai pensato che ti facesse piacere passare una giornata intera sotto il sole cocente in una piscina pubblica sovraffollata! Non siamo nemmeno riusciti a stendere i nostri asciugamani sul prato da quanta gente c'era, e in acqua era praticamente impossibile fare anche una sola bracciata. Ma ti chiedo scusa e ne terrò conto. Dal momento che ti piace passare il tempo così, la prossima volta ti cedo volentieri l'onore, puoi starne certa!»

Avrebbe voluto fargli notare che aveva parlato di *cedere l'onore*, non di condividerlo, ma anche questo le sembrò improvvisamente senza senso, e lasciò perdere.

«Alla sera» proseguì, «hai mollato i bambini e sei scomparso. Senza una parola di spiegazione per me, niente. Nessuna indicazione su quando saresti rientrato, se avessi intenzione di cenare con noi... sei semplicemente scomparso.»

Wolf rovesciò la testa all'indietro. «Ho commesso un sacrilegio, me ne rendo conto. Mi dimentico sempre che devo avvisarti ogni volta che entro e che esco e che ogni mia iniziativa richiede la tua approvazione. Di tanto in tanto però sento l'esigenza di comportarmi come se fossi una persona adulta e libera, questo riesci a capirlo? Per esempio domenica sera. Ero letteralmente a pezzi dopo una giornata come quella! Stanco, svuotato, distrutto. Come tu ben sai, sono uno che ama passare il proprio tempo in mezzo a persone che urlano, meglio ancora ammassate l'una sull'altra, costretto a respirare in una nuvola di sudore, colpito ogni due minuti da una pallonata in testa. Non ne potevo più. Volevo starmene da solo. Non riuscivo più nemmeno a sopportare le chiacchiere dei miei figli. E tanto meno...» Si interruppe.

Karen intuì quello che avrebbe voluto dire. «E tanto meno saresti riuscito a sopportare me» completò la frase.

Wolf mescolò il caffè che a quel punto doveva essere senz'altro gelido. «Sii onesta, Karen. A cosa sarei andato incontro? Ti saresti lamentata di essere rimasta sola tutto il giorno, mi avresti guardato con sguardo critico e, a coronamento del tutto, avresti riattaccato con la solfa dei vicini scomparsi, piagnucolando che si sarebbe dovuto fare qualcosa... E se fossi stato ancora più fortunato avresti tirato fuori di nuovo la storia della mia presunta relazione. Non avrei davvero potuto sopportarlo quella sera.»

Karen aveva avuto uno scatto. Nonostante la rassegnazione che ormai la stava invadendo, il fastidio e la lontananza di Wolf le facevano molto male.

Non sarei proprio stato in grado di sopportarlo quella sera. Che significava: *Non sarei stato in grado di sopportare proprio te quella sera.*

Cercò di sfuggire al suo dolore sfoderando il suo asso nella manica. «Per quanto riguarda i vicini» spiegò in un tono estremamente freddo, del quale non si sarebbe mai ritenuta capace, «devi almeno ammettere che non ero poi così fuori strada. Anche se a quanto pare ti ho terribilmente seccato con i miei brutti presentimenti.»

«Non si tratta di questo, adesso» replicò Wolf. Era chiaro che non le avrebbe dato facilmente la soddisfazione di ammettere di averci visto giusto. «Non si tratta di stabilire se avevi ragione oppure no. Si tratta del modo in cui ti sei comportata. Innanzitutto a noi non doveva importare niente di quel che era successo ai Lenowsky. Erano nostri vicini da poco, li conoscevamo appena. Ed erano soprattutto loro a tenere le distanze, come mi hai spiegato varie volte. Non erano affatto interessati a essere dei buoni vicini.»

«Ma...»

«Niente *ma*. Se uno sta così sulle sue, non si può aspettare che i vicini si preoccupino per lui quando notano delle stranezze. E tu invece hai voluto farlo lo stesso. Bene. Sei una persona libera ed evidentemente in queste cose la pensi diversamente da me. Quello che non riesco a capire è perché hai tentato di coinvolgermi a tutti i costi. *Cosa si potrebbe fare? Non dovremmo fare qualcosa? Wolf, ti prego, facciamo qualcosa.*» L'aveva scimmiottata, anche se in maniera piuttosto blanda. «Non riesci a capire che tutto questo mi manda in bestia? Vuoi fare una certa cosa, ma per un motivo imperscrutabile ti senti troppo insicura o non ti fidi del tutto, e quindi io devo volere quello che vuoi tu, per poi realizzarlo insieme a te. Perché diavolo non hai preso l'iniziativa se eri tanto convinta che fosse necessario per i Lenowsky? Perché non ti sei arrampicata subito su per la scala, non sei entrata dalla finestra, non hai avvertito la polizia o non hai fatto chissà cos'altro? Perché hai solo continuato a sfinirmi e a darmi sui nervi?»

Lo fissò con occhi spalancati. Si era aspettata di tutto, ma non che le rinfacciasse proprio quello.

«Però» gli disse, «tu hai cercato di distogliermi in ogni modo. Continuavi a dirmi che quello che avevo in mente era pura follia. Che ero matta, che davo i numeri. Che trovavo la mia vita noiosa e quindi mi mettevo in testa fantasie distorte. E se avessi preso qualche iniziativa che poi si fosse rivelata inutile, avrei fatto fare brutta figura a tutti. A un certo punto sono giunta alla conclusione che non avrei mai potuto muovere un passo senza essere poi criticata da te per sempre!»

Wolf sorseggiò un goccio di caffè, ma fece una smorfia di disgusto e depose di nuovo la tazza sul tavolo. «Gelato» commentò. Si alzò. Come sempre sembrava estremamente sicuro. Era sempre assolutamente convinto di se stesso e di tutto ciò che diceva e faceva. «Ecco» proseguì, «è proprio questo il punto, Karen. Secondo me quello che avevi in mente di fare era totalmente sbagliato. Mentre secondo te era giusto. E allora? Quale sarebbe stato un comportamento normale?»

Karen si morsicò le labbra. «Dimmelo tu» mormorò.

«Il comportamento normale» rispose Wolf, «sarebbe stato quello di fare ciò che ti sentivi e che ritenevi giusto. Comunque la pensassi io.»

Le sembrò di non aver capito bene. Le orecchie le rimbombavano tremendamente.

Non ci credo. Non posso credere a quel che dice.

«Questo avrebbe significato» proseguì Wolf «che avresti di nuovo provato stima per te. Lo capisci? Io non voglio avere una moglie immatura, che mi guarda con occhi spaventati e che ha sempre bisogno della mia approvazione. Voglio una moglie che si metta in gioco rischiando anche la mia rabbia, un litigio, o che io ritenga pessima una sua idea. Una donna che sia coerente con se stessa e con le cose che ritiene giuste e importanti. Anche se tutto il mondo le fosse contro.»

Karen lo fissò sconcertata. «E come potrei io essere una donna del genere? Quando tu sei solo capace di dimostrarmi il tuo disprezzo?»

«Al contrario» osservò Wolf, «cerca di vedere le cose da un altro punto di vista. Se tu fossi una donna del genere, avrei motivo di dimostrarti il mio disprezzo?»

Si avvicinò alla porta. A quel punto sarebbe uscito. La conversazione era terminata. Aveva vinto.

Karen sperava ancora solo di impressionarlo. Di cercare di scuotere un po' quella sua pacata e inattaccabile superiorità.

«A proposito, non penso di venire con voi in Turchia!» gli disse precipitosamente, come se volesse colpirlo con quelle parole. «E di sicuro non cambio idea!»

«Va bene» disse Wolf in tono indifferente, «allora le cose resteranno come stanno.»

La porta si chiuse dietro di lui. L'annuncio non sembrava averlo scosso particolarmente.

Karen rimase nella cucina silenziosa.

3

L'aveva sconcertata il fatto che Marius l'avesse legata. Al punto che non si era nemmeno opposta. Anche se, come considerò in seguito, con ogni probabilità non le sarebbe servito a niente reagire. Era molto robusto e la sua evidente determinazione lo rendeva ancora più forte. Inga non avrebbe saputo dire quale scopo si prefiggesse con tanta determinazione, ma era come se una forza interiore guidasse i suoi gesti. Niente e nessuno sarebbero stati in grado di fermarlo.

Da qualche parte aveva trovato una corda per il bucato, probabilmente nella stanzetta proprio accanto alla cucina, dove erano sistemate la lavabiancheria e l'asciugatrice. Quando aveva sorpreso

Inga in salotto, aveva già in mano la corda, anche se lei non se ne era accorta.

«Non sei annegato» queste erano state le sue parole dopo i primi attimi di terrore e dopo quel '*Ciao, Marius*' quasi balbettato.

«No» replicò lui, «non sono annegato.»

Il loro incontro in quelle condizioni – nel cuore della notte nella casa di Rebecca, nella quale era evidentemente penetrato ricorrendo alla forza – era tutto fuorché normale, ma l'istinto aveva suggerito a Inga che al fine di salvarsi la vita forse le sarebbe stato più utile fingere di trovare la sua improvvisa apparizione non del tutto sorprendente. Fra l'altro questo l'avrebbe anche aiutata a tenere sotto controllo il suo terrore, ammesso che fosse possibile.

«Perché non ti sei fatto vivo prima? Ho creduto di impazzire per la preoccupazione!» Non esagerare, le diceva una voce interna, può essere svitato, ma stupido no. Sa benissimo che dopo quella scena sulla barca non ti sei certo stracciata le vesti per la preoccupazione circa la sua sorte.

«Voglio dire» aggiunse, «ci sono parecchie cose ancora da chiarire, non ti pare?»

L'aveva fissata con un sorrisetto indecifrabile. «Ah, sì?»

«A te non sembra?»

Diede un'alzata di spalle. «Non lo so. Forse ormai niente ha più importanza.»

«La guardia costiera ti ha cercato. Come sei finito giù dalla barca? Non mi rendevo conto di quello che stesse succedendo.»

«Mi sono beccato il boma in pieno» proseguì lui. «Mi sono sentito strappare via, fuoribordo, come un foglio di carta.»

«Hai perso conoscenza?»

«Non credo. Al massimo per un attimo. Ma non riuscivo più a muovermi per il dolore. Ho pensato di essermi rotto almeno qualche costola. Indossavo il giubbotto, la barca si stava allontanando e io non potevo fare niente...» Di nuovo scrollò le spalle.

«E allora?» domandò Inga, mentre nel frattempo mille interrogativi le si accavallavano nella mente. *Dov'è Rebecca? Perché non è venuto subito da me, direttamente? Perché di notte, attraverso una finestra rotta? Cos'ha in mente?*

«A un certo punto mi sono ripreso» proseguì lui. «Sono riuscito a muovermi un po'. A nuotare. Sono arrivato a terra in una piccola baia e poi sono salito quassù a piedi.»

«Sei stato... sei stato da Rebecca?» chiese Inga. Cercava di mantenere un tono pacato. Era terrorizzata, benché cercasse di convincere se stessa che era solo la sua fantasia sfrenata a farle immaginare scenari spaventosi. Non era successo niente. E non sarebbe successo niente.

Ma è malato!

Improvvisamente nei suoi occhi comparve una nota di tensione. «Ascoltami, Inga» disse, «c'è un problema.»

«Per via di Rebecca?»

Marius annuì. «Non posso partire da qui senza aver prima chiarito alcune cose con lei, poi capirai. Speravo... insomma, intendevo occuparmi di Rebecca solo dopo la tua partenza. Sono due o tre giorni che tengo sott'occhio la casa e aspetto... aspetto..., ma sembra che tu voglia metterci le radici qui, o sbaglio?» Formulò l'ultima frase come una domanda.

Aveva controllato la casa per giorni! A quel punto non poteva più pensare che le sue intenzioni fossero innocue!

«Domani» gli rispose, «domani intendevo...» Si corresse: «Oggi... ormai è oggi. Questa sera avrei il volo da Marsiglia.»

Marius assunse un'espressione quasi preoccupata. «Allora sono arrivato in anticipo, appena in tempo. Ma ormai non ci si può fare più niente. Del resto a questo punto ho il sospetto che fra voi due si sia stabilito... un rapporto d'amicizia?»

Come avrebbe potuto negarlo? Era rimasta diversi giorni con Rebecca, e se Marius le aveva spiate, doveva aver visto quante volte avevano chiacchierato insieme.

«Lei mi piace» disse sottovoce, «ma già sulla barca tu mi hai accennato che c'era qualche problema fra voi.» Alzò le mani supplicandolo. «Marius, perché non mi spieghi cosa significa tutto ciò? Come vedi sono all'oscuro di tutto. Sembra trattarsi di fatti accaduti prima del nostro incontro e dei quali comunque io non ho intuito assolutamente niente. Ne ho parlato anche con lei. Ma non ha idea di cosa tu possa avere in testa. Perché non ci mettiamo tutti e tre tranquilli e ne parliamo? Magari scopriamo che è stato tutto un malinteso che possiamo chiarire, e...»

La interruppe con forza. «Non c'è nessun fraintendimento, è chiaro? Niente, assolutamente niente. E non è nemmeno il caso di parlarne ancora. Ma cosa credi?» la aggredì. «Credi che a questa persona io voglia ancora dare la possibilità di giustificarsi? Di pulirsi la coscienza? Vuoi questo? Vuoi che se ne tiri fuori e finga di essere un agnellino?»

Sembrava letteralmente sconvolto.

«Vorrei solo capire» disse Inga, «e anche Rebecca vorrebbe capire. Dacci almeno questa possibilità!»

Era evidente che la discussione stava per farlo esplodere. Fece qualche passo avanti e indietro, con movimenti aggressivi, incontrollati.

«Vedi» disse, «ti accorgi che stai parlando di *noi*? Come se voi due costituiste un'unità! Tu e quella...» A quel punto sputò letteralmente fuori le parole: «Quella *puttana di assistente sociale*!»

Inga ebbe un sobbalzo. La sua ira era ormai quasi tangibile.

«Marius» disse timidamente.

La fissò cupo in volto. «Non ti posso lasciar andare. Correresti subito alla polizia per tirar fuori dai guai la tua amata Rebecca!»

Non era che un innocuo tentativo, tuttavia Inga ci si buttò. «No, Marius. Se avete qualcosa da chiarire, fatelo. Ti prometto che io me ne torno in Germania e non ficcherò il naso nelle tue faccende.»

A quel punto il suo sguardo era carico di disprezzo. «Inga, Inga» disse, «mi prendi per uno stupido? Adesso hai paura di me e mi asseconderesti in qualsiasi cosa. E hai paura per Rebecca. Addirittura tremi per l'ansia. E naturalmente pensi che il buon Marius si sia completamente bevuto il cervello, o sbaglio?»

Inga cercò di evitare il suo sguardo, mentre lui rideva piano. «È ovvio che lo pensi. Da quando ho tentato di scappare con la barca. Da quando ti ho spinto giù sottocoperta. E poi ecco che ricompaio nel cuore della notte qui a casa. Rompo un vetro ed entro come un ladro. Faresti di tutto, in questo momento, per impedirmi di interrogare Rebecca!»

«No, Marius, te lo giuro, io...»

Con due falcate la raggiunse, la prese per un braccio e la strinse così forte con le sue dita d'acciaio che lei non poté fare a meno di urlare, per il dolore e lo spavento.

«Non cercare mai più di sputtanarmi, è chiaro? Mai più! Non sono uno stupido! Non sono l'ultimo! Non osare mai più trattarmi in questo modo!»

Lo fissò. Lui la scrollò con tale violenza che Inga pensò che le avesse rotto un braccio.

«Dimmi di *sì*! Dimmi, *'non sei l'ultimo, Marius'*! Dillo!»

Inga deglutì, aveva la gola secca. «Non sei l'ultimo, Marius.»

La lasciò. Si sentiva pulsare il braccio.

«Devi sapere una cosa, Inga: la tua cara Rebecca è su in camera sua, sul pavimento. Legata e imbavagliata, così non potrà urlare e chiedere aiuto. Non sarai tu a impedirmi di portare a termine il mio piano. Perciò resterai qui. Fino a quando non avrò concluso con Rebecca!»

Solo in quel momento aveva visto la corda della biancheria nelle sue mani. E aveva capito che avrebbe legato anche lei. E non aveva opposto la minima resistenza quando lui aveva cominciato l'operazione. Anche perché sapeva bene che sarebbe stato molto pericoloso irritarlo.

L'aveva sbattuta su una sedia, tirandole le braccia dietro lo schienale per legargliele.

«Mi dispiace» le disse in tono leggermente più morbido, mentre in ginocchio davanti a lei le legava le caviglie alle gambe della sedia, «ma saresti potuta partire. Nessuno ti ha obbligato a fare amicizia con lei!»

Quando lo vide abbandonare la stanza gli chiese terrorizzata: «E adesso dove vai?»

Ma lui fece finta di niente. Sentì poi i suoi passi sulle scale. Avrebbe voluto chiamarlo, fare in modo che ritornasse da lei, che le parlasse, ma all'ultimo istante decise di tacere. Doveva innanzitutto mantenere la calma. Forse era meglio essere sola. Forse avrebbe trovato la maniera di scappare.

Tuttavia quasi subito si rese conto che l'aveva legata con tanta cura che non sarebbe mai riuscita a liberarsi velocemente. Aveva stretto e annodato la corda a tal punto che non le consentiva alcun movimento, non riusciva a immaginare come avrebbe potuto slegare quei lacci. Sapeva che quel tipo di corde si allentano col tempo, allungandosi. Se Marius non fosse sceso ogni due ore a controllare, forse prima o poi ce l'avrebbe fatta. Sarebbero comunque state necessarie parecchie ore, almeno mezza giornata. Ed era molto improbabile che la lasciasse sola per tutto quel tempo. Avrebbe avuto bisogno di bere e di andare in bagno. O forse sarebbe rimasto del tutto indifferente di fronte al fatto che una delle sue vittime avesse bisogni di quel tipo?

Cercò di controllare come poteva il panico che cominciava a insinuarsi dentro di lei. Non poteva permettersi una crisi di nervi. Nel mezzo di quell'incubo incomprensibile sarebbe stata la cosa peggiore che le potesse capitare.

Aveva passato il resto della nottata con gli occhi spalancati nel buio. La tensione e l'agitazione, ma anche i dolori sempre più acuti alle articolazioni, le impedivano di addormentarsi. Marius aveva fatto in modo di rallentarle la circolazione sanguigna. Sentiva i piedi sempre più freddi, e alle prime ore del mattino cominciò ad avvertire un formicolio alle dita. Dalle braccia, rovesciate all'indietro, le partivano fitte dolorose che raggiungevano il collo e le spalle. Era costretta a fare uno sforzo enorme per tenere sotto controllo il panico che minacciava di sopraffarla da un momento all'altro. Inga si ritrovò a fantasticare di arti in cancrena e di dolori insopportabili, e immediatamente il suo corpo si coprì di una pellicola di sudore e il respiro si fece più debole. Con tutta la sua forza di volontà si costrinse a ritrovare la calma e a fare profondi respiri.

Non ti lascerà qui a morire d'inedia. Ce l'ha con Rebecca, non con te. Contro di te in fondo non ha niente da recriminare. Non ti vuole far soffrire. E questa è la tua unica possibilità. Devi restare calma per non lasciarti sfuggire il momento giusto. Il momento in cui potrai cercare aiuto.

Fuori stava albeggiando, sarebbe stata l'ennesima splendida giornata estiva, calda, senza una nuvola in cielo, accompagnata dal profumo di pino e di lavanda. Per combattere i dolori crescenti che il suo corpo immobilizzato non riusciva quasi più a dominare, Inga cercò di richiamare alla mente immagini e impressioni della settimana appena trascorsa, nel tentativo di distrarsi. Vide se stessa e Rebecca al tavolo della colazione, in veranda, le parve di sentire il profumo del caffè e di poter gustare la fragranza della baguette appena sfornata, spalmata di burro e marmellata. La brezza mattutina le rinfrescava il viso. E scompigliava i lunghi capelli scuri di Rebecca. Il volto triste, l'espressione assente che rivelava come fosse sempre tormentata dai fantasmi del suo passato...

No, non doveva pensare a lei. Inga tornò immediatamente alla realtà. Rebecca era in camera sua, legata e imbavagliata, probabilmente in una situazione peggiore della sua, nelle mani di un pazzo che perseguiva un oscuro piano di vendetta. Una vendetta della quale nessuno, a parte Marius stesso, conosceva la causa scatenante. E alla quale quindi non era possibile controbattere con alcuna argomentazione. Una vendetta del tutto arbitraria e sospinta da un odio spaventosamente radicato.

O forse sapeva qualcosa? Fino a quel momento Inga era partita dal presupposto che stupore e confusione riguardo all'astio manifestato da Marius nei confronti di Rebecca fossero autentici. Le sembrava di aver riflettuto su ogni possibile dettaglio, ma senza arrivare a una spiegazione. Ma poteva esserne sicura al cento per cento? Nella vita di Rebecca potevano esserci delle zone d'ombra che lei nascondeva in modo molto abile e convincente. Magari conosceva benissimo il nocciolo della questione. Magari non aveva affatto lasciato la Germania a causa della morte del marito, magari era scappata da tutt'altro. Brutti ricordi del suo passato che le avevano fatto prendere la decisione di sparire definitivamente. Ma allora non avrebbe dovuto riconoscere subito Marius? Oppure – nel caso in cui non si fossero mai incontrati di persona prima – si sarebbe spaventata sentendo pronunciare il suo nome. E con queste premesse, alle parole di Inga a proposito dei piani di vendetta di Marius nei suoi confronti non sarebbe stata del tutto normale una sua reazione turbata? Il suo essere sorpresa le era invece sembrato sincero. Del resto non aveva fatto nulla per mettersi al sicuro. Non aveva predisposto difese in casa né espresso l'intenzione di cercare un nascondiglio più protetto. Non aveva mai mostrato alcuna paura. Era rimasta malinconica come sempre, immersa nei suoi pensieri. Si era interessata sinceramente al racconto della relazione fra Marius e lei, Inga, e questo era tutto sommato un fatto abbastanza particolare per una donna così depressa, ma nonostante tutto non era mai parsa nervosa o insicura. Fra una conversazione e l'altra era sempre tornata a chiudersi nel suo mondo personale e inaccessibile. Se si fosse trattato di una finzione, allora aveva recitato con sorprendente maestria.

Comunque – e questo le serviva per tornare con i piedi per terra – non aveva alcun senso cercare di addossare qualche responsabilità a Rebecca, solo per vincere la paura che provava nei confronti di Marius. Avrebbe tanto voluto capire quel suo comportamento: era certa che se solo avesse potuto capire cos'era successo, in qualche modo il terrore l'avrebbe abbandonata. Ma qualunque errore Rebecca potesse aver commesso nel suo passato, questo non rendeva certo il comportamento di Marius più tollerabile. Sulla barca, e tanto meno la notte precedente. Era come una bomba a orologeria.

Io non sono l'ultimo!

A un certo momento della sua vita qualcuno doveva aver gravemente minato la sua sicurezza e la sua autostima. In maniera così radicale e indelebile che ne portava ancora le conseguenze. Chiaramente stava attraversando una situazione psicologica molto difficile. Non era detto che la responsabilità fosse riconducibile solo a Rebecca. Era però possibile che in una certa fase, della quale non aveva memoria, lei avesse, senza saperlo e senza volerlo, reso la ferita più profonda. A questo punto Inga si rendeva conto che la situazione in cui si trovava ora poteva scatenare la follia di Marius.

Non c'era nulla su cui indagare. Inga cercò di guardare fuori dalla finestra. Il sole stava salendo. Probabilmente erano le nove passate, forse le nove e mezzo. Dal piano superiore non proveniva alcun rumore. Ormai già da ore.

Cosa stava succedendo lassù?

Faceva molto caldo. Inga si sentiva la bocca completamente secca. I piedi le formicolavano. Aveva un gran dolore alle braccia.

Forse la corda si era leggermente allentata; Inga sperava che questa sensazione fosse reale, e non solo una sua fantasia. Quando riusciva a radunare le sue forze e a tendere i muscoli, nonostante i dolori infernali, avvertiva la resistenza dei lacci. Non era ancora il caso di illudersi che la liberazione fosse vicina. Se però avesse avuto ancora qualche ora di tempo...

Non mollare, cercava di convincersi, non mollare e mantieni la calma!

Se solo le avesse portato un sorso d'acqua!

In un paio d'ore, di questo si rendeva perfettamente conto, il suo problema principale non sarebbe più stato quello di liberarsi dalle manette. A quel punto infatti la sete l'avrebbe preoccupata ben di più. E anche nell'eventualità che fosse riuscita a liberarsi, non era certa che le gambe l'avrebbero retta. Erano come morte. Forse già in quel momento avrebbe fatto fatica a stare in piedi.

Gli occhi le si riempirono di lacrime. Per la disperazione, benché si fosse severamente imposta di non piangere, per nessun motivo.

Maledizione, adesso piantala!, si disse, mentre le lacrime scendevano ancora più copiosamente.

In ogni caso, negli anni a venire – sempre che avesse senso per lei pensare al futuro – avrebbe sempre giustificato la sua debolezza.

In una situazione come quella in cui si trovava un cedimento non poteva non essere tollerato.

4

La vita di Clara era tornata a essere parzialmente normale. Ogni volta che si avvicinava alla cassetta della posta si sentiva molto agitata, ma col passare dei giorni, senza l'arrivo di altre lettere terribili, cominciò a tranquillizzarsi un po'. Non le tremavano più le gambe quando dalla finestra della cucina guardava fuori e vedeva il postino affrettarsi lungo la strada, e per la prima volta dopo parecchio tempo aveva dormito per tutta la notte, senza svegliarsi col batticuore e senza poi fissare per un'ora il buio impenetrabile, immaginando le cose più tremende.

Forse il peggio era ormai alle spalle. Forse il folle aveva trovato una nuova vittima da tormentare. Magari l'aveva scelta per caso e altrettanto per caso l'aveva lasciata perdere. Questa ipotesi, tuttavia, era decisamente debole per il fatto che anche Agneta era stata colpita da analoghe minacce. Erano state colleghe di lavoro. E questo rendeva altamente improbabile che si trattasse di una coincidenza.

Quel mercoledì mattina come di consueto Bert era partito presto per andare a lavorare, non senza aver lanciato uno sguardo dispiaciuto alla sua famigliola dalla quale era costretto a separarsi temporaneamente. Clara teneva in braccio la piccola Marie mentre le dava la pappa, nella luce dell'alba. La porta verso il giardino era aperta, c'era odore di erba bagnata di rugiada, si sentivano cinguettare gli uccellini.

«Vorrei proprio restare qui con voi» aveva detto con un sospiro, «mi spiace non passare più tempo con Marie! Vi auguro una buona giornata. Fai stare in giardino la piccola, Clara! L'aria le fa bene!»

Clara aveva messo Marie nel girello in terrazza, in modo che restasse all'ombra e avesse sempre vicino il suo dado di pezza che quando si muoveva suonava. Lei stessa invece sistemò la casa, pulì il bagno e ritirò la biancheria asciutta che aveva lavato il giorno prima. Quel giorno aveva in programma di stirare in veranda.

Poco dopo le dieci squillò il telefono. Era Agneta, e non appena Clara riconobbe la voce della ex collega notò che le si era già seccata la gola e che sentiva le gambe molli. La paura era ancora lì in agguato, appena placata, mentre il sonno tranquillo della notte precedente le aveva fatto sperare di averla quasi sconfitta.

«Ciao, Agneta» disse in tono forzatamente allegro, «come va?»

«Ieri ho passato la giornata a fare ricerche.» Agneta andò direttamente al nocciolo. «Ho telefonato più o meno a tutte le colleghe di allora. Non è stato facilissimo, perché qualcuna ha cambiato lavoro, qualcuna si è sposata, ha cambiato casa, ha un altro cognome.»

«E...?» domandò Clara. Le era tornato il vecchio e familiare batticuore.

«Nessuna. Nessuna ha ricevuto lettere di quel tipo. E non vedo perché avrebbero dovuto nascondermi qualcosa.»

Per un motivo insondabile Clara si sentì tranquillizzata da quella rivelazione. Non sapeva perché, ma preferiva sapere che fossero colpite solo lei e Agneta, piuttosto che apprendere che tutte le impiegate dei servizi sociali minorili avevano ricevuto lettere di minaccia.

«Tuttavia» proseguì Agneta, «ho trovato una persona a cui è successa la stessa cosa.»

Clara strinse la cornetta talmente forte che pareva volesse schiacciarla. Quindi qualcuno c'era. Il cerchio si allargava.

«Ti ricordi di Sabrina?» domandò Agneta. «Sabrina Baldini? Quella sposata con quell'italiano, quel bel tipo?»

A Clara il nome ricordava vagamente qualcosa. «In questo momento non riesco a inquadrarla» disse.

«Io la conoscevo dall'università. Anche lei ha fatto pedagogia sociale, ma dopo il matrimonio ha interrotto gli studi. Poi ha lavorato saltuariamente per un'associazione privata, che si occupava di prevenire le violenze nelle famiglie. L'associazione si chiamava Kinderruf.»

«Kinderruf» ripeté Clara, «sì. La conoscevo. Ho avuto a che fare con loro un paio di volte.»

«Sabrina rispondeva due o tre volte alla settimana al cosiddetto 'telefono amico'. Bambini e giovani potevano raccontare i loro problemi, restando anonimi se lo desideravano, oppure potevano chiedere un aiuto mirato dichiarando il loro nome.»

«E anche questa Sabrina ha...?»

«Non so nemmeno come mi è venuto in mente di chiamarla. In fondo era stata pochissimo con noi. Ma a un certo punto mi sono capitati sotto gli occhi il suo nome e il suo numero e allora ho pensato, perché non chiedere anche a lei?» Agneta fece una breve pausa.

«E ci ho azzeccato in pieno» disse.

A Clara il cuore batteva così forte che le parve si dovesse sentire anche attraverso il telefono. Marie parlottava in terrazza giocando col suo dado musicale. Non c'era nemmeno una nuvola in cielo, tuttavia a Clara sembrò che la calda giornata si fosse improvvisamente oscurata.

«Ho trovato Sabrina in una condizione terribile, desolata» proseguì Agneta, «l'aver sentito la mia voce è stata la goccia che ha fatto traboccare il vaso, è scoppiata subito a piangere. Mi ha raccontato qualcosa... Il marito ha chiesto la separazione e se n'è anche andato di casa, perché a quanto pare Sabrina ha avuto una lunga relazione con un altro. Il quale però, nel frattempo, l'ha lasciata anche lui. Quindi è completamente sola e a pezzi.»

«Ma...»

«Aspetta. Non sono solo i problemi sentimentali ad averla messa al tappeto. Dall'inizio di maggio Sabrina riceve lettere di minaccia: più o meno come quelle che abbiamo ricevuto noi.»

« Ah » commentò Clara. « Ma è stata alla polizia? »

« Due volte. L'hanno anche presa sul serio, ma in sostanza le hanno detto che non potevano fare niente. Non c'è modo per risalire al mittente di queste lettere. »

« E... secondo la polizia l'autore delle minacce potrebbe essere un soggetto pericoloso? » le chiese Clara angosciata.

Agneta le rispose in un tono decisamente più sollevato. « Questa è invece la vera buona notizia. Non lo si ritiene un soggetto pericoloso. Pensano che possa essere addirittura un ragazzo che si diverte a spaventare la gente e che non si rende conto della portata dei suoi gesti. Perché di tutto quello a cui accenna nelle lettere non è successo effettivamente niente. »

« E lei quando ha ricevuto l'ultima? »

« Poco più di tre settimane fa. Più o meno come noi. »

Clara si sforzò di organizzare e mettere in ordine nella sua testa tutte quelle informazioni. Era così spaventata che faceva fatica a ragionare in modo chiaro e logico.

« Però » disse alla fine, « quando la polizia ha tranquillizzato Sabrina e suo marito – o quanto meno ha espresso questa probabilità – ipotizzando che l'autore potesse essere un personaggio innocuo, naturalmente non si sapeva ancora nulla delle nostre lettere. In quel momento Sabrina poteva anche essere considerata un caso isolato. »

« Certo. Ma questo cosa cambia? »

« Non lo so » rispose Clara, « ma mi pare che dia un'altra dimensione a tutta la faccenda, no? Sabrina Baldini non è una vittima scelta a caso. E tanto meno noi due. Abbiamo tutte e tre un fattore comune: abbiamo lavorato ai servizi sociali minorili. E questo significa che l'autore o gli autori devono provenire da quello stesso ambiente. »

« Ma Sabrina non ha mai lavorato lì » osservò Agneta, « il suo lavoro si svolgeva solo in un ambito simile al nostro. »

« Forse questo è sufficiente. Costituisce comunque un chiaro legame. In fondo anche noi abbiamo avuto a che fare con Kinderruf. »

« Proverò a ricostruire ancora una volta tutto quello che è successo allora » disse Agneta. Aveva perso la sua baldanza iniziale.

«Non sarà certo facile. Sabrina a Kinderruf. Io che lavoravo al dipartimento sociale. Tu al sostegno educativo. Però...»

«C'erano parecchie cose che procedevano parallelamente» la interruppe Clara. Tese l'orecchio. Marie continuava a parlottare serena. Non l'avrebbe mai più lasciata in giardino da sola. L'antica paura era riaffiorata.

«Proverò anch'io a ripensare a quel periodo» disse, «magari mi viene in mente il caso di qualcuno che potrebbe aver scritto lettere di questo tipo. Non pensi che però faremmo meglio a rivolgerci alla polizia anche noi?»

«Aspetta un momento, ci voglio pensare ancora una notte» la pregò Agneta.

Clara immaginò che in realtà volesse discutere la questione con il marito. «Dobbiamo anche considerare, Clara, che tutte e tre non riceviamo lettere ormai da tre settimane. Forse la faccenda è comunque conclusa.»

«Forse» ripeté Clara poco convinta. Si sentiva la pelle d'oca nonostante la giornata decisamente calda. «Forse è tutto finito, Agneta, ma nessuna di noi tre può ritornare come se nulla fosse alle sue abitudini di vita normali. Forse non ci riusciremo mai, se la cosa resta non chiarita. Io non mi sento affatto sicura. E nemmeno tu, sii sincera!»

«No» ammise Agneta, «neanch'io mi sento sicura.»

Entrambe rimasero in silenzio per un attimo, durante il quale Clara continuò a tendere l'orecchio verso l'esterno, per sentire la bambina. Adesso avrebbe subito ritirato Marie. All'istante. Poi avrebbe accuratamente chiuso il cancello.

«Ti chiamo domani» disse Agneta alla fine, «magari nel frattempo ci ricordiamo di che storia si potrebbe trattare. Se non ci viene in mente niente, andiamo alla polizia. Ti prometto, Clara, che faremo qualcosa.»

Si salutarono. Clara corse subito fuori, portò il girello in salotto e vi depose Marie che cominciò a strillare perché avrebbe voluto restare in giardino. Chiuse con cura la portafinestra e controllò che anche tutte le altre porte e finestre fossero chiuse.

Chiuse fuori la bella giornata, il sole e il calore, le api che ronza-

vano e le farfalle che svolazzavano, il profumo dei fiori e dell'erba tiepida.
Chiuse fuori la vita, ma non la sua paura.

5

Il commissario Kronborg era di nuovo in salotto, seduto nella stessa poltrona della sera precedente. Nonostante la calura era vestito in modo assolutamente impeccabile, come sempre. Aveva accettato volentieri un bicchiere d'acqua che aveva immediatamente bevuto. Di fronte a lui Karen, più pallida che mai.

«Questa coppia» disse il commissario, «Fred e Greta Lenowsky, sembra proprio che non abbia parenti. Non ci sono figli, né fratelli e sorelle, nipoti, a quanto pare neanche cugini o cugine. Due persone completamente isolate, che vivevano l'una per l'altra. Dovevano sentirsi anche abbastanza soli, io credo.»

«Però non sembravano gradire i contatti» disse Karen. «Quando sono andata da loro a presentarmi come nuova vicina, non sono stati dichiaratamente antipatici, ma nemmeno cordiali, al contrario. Mi hanno dato la netta impressione di non desiderare affatto approfondire la conoscenza. Ho avuto quasi la sensazione che la mia visita li abbia infastiditi.»

«Abbiamo risentito gli altri vicini» proseguì Kronborg. «Siamo venuti a sapere che ci dovrebbe essere una persona di servizio che viene regolarmente due volte alla settimana. Nell'agenda della signora Lenowsky abbiamo trovato il suo numero e ci siamo messi in contatto con lei. Ci ha spiegato che Fred Lenowsky l'ha chiamata all'inizio della settimana scorsa. Le ha detto che lui e la moglie sarebbero stati via per tre settimane e che quindi non avrebbero avuto bisogno di lei. Si è molto stupita perché era stata da loro tre giorni prima e non le avevano fatto detto nulla di quel viaggio. D'altro canto, quando non c'erano, i Lenowsky la pregavano di andare anche più spesso a casa loro per occuparsi della posta e dei fiori. Al telefono la donna lo ha ricordato al signor Lenowsky, il quale ha tagliato corto, molto bruscamente, dicendole che non erano fatti suoi e che comunque facesse il piacere di non andare da loro in quel periodo. Questa affermazione l'ha molto irritata, al punto da decidere che non avrebbe più mosso un dito per quei due. Perciò praticamente anche lei non si è più curata di loro, né della loro casa.»

«Quindi Fred Lenowsky era stato obbligato a parlare in quel modo» osservò Karen.

Kronborg annuì. «Doveva essere fortemente sotto pressione. Doveva fare in modo che la donna non comparisse per nessun motivo. Con ogni probabilità aveva un coltello puntato alla gola. Non ha nemmeno tentato di farle arrivare un messaggio indiretto.»

«Forse non ha avuto il tempo per pensarci. Io non credo proprio che in una situazione del genere sarei minimamente in grado di ragionare con tranquillità.»

«La domanda che mi assilla adesso» proseguì Kronborg «è come faceva l'assassino a sapere della persona di servizio. Certo può essere un dato del tutto irrilevante; i Lenowsky erano anziani e avevano una casa piuttosto grande. Che avessero bisogno d'aiuto per tenerla in ordine poteva venire in mente anche a una persona che non avesse conosciuto perfettamente le loro abitudini di vita. Spaventati com'erano, probabilmente non hanno nemmeno tentato di negare l'esistenza di un domestico, quando sono stati messi sotto torchio. A ragion veduta temevano per la loro vita. Ma è anche possibile che l'assassino sapesse qualcosa di più su come andavano le cose in casa Lenowsky. E questo porterebbe di nuovo alla teoria del conoscente. In fondo è entrato senza la minima effrazione. L'hanno fatto accomodare senza temere nulla, oppure lui aveva addirittura una chiave.»

Karen aveva notato un altro particolare. «Ha telefonato alla domestica? Ma allora perché non è rimasto quel numero in memoria invece del nostro?»

«Lenowsky ha chiamato la domestica dal cellulare. Così anche la pizzeria a domicilio il giorno dopo. L'assassino probabilmente si è impadronito subito del telefonino. Se partiamo dal presupposto che si sia trattato di una persona sola – cosa della quale non siamo certi, ma è stata ordinata una sola pizza –, ha dovuto tenere sotto controllo tutto il tempo due persone. È un bell'impegno e quindi un telefono cellulare, con il quale poteva muoversi liberamente, gli deve aver fatto comodo, molto più comodo dell'apparecchio fisso in sala.»

Karen non poté fare a meno di pensare al cartone della pizza che Pit, assolutamente sconvolto, aveva preso in mano.

«Quindi hanno davvero ordinato una pizza» osservò, «in modo del tutto naturale, come se niente fosse.»

«Hanno ordinato la pizza al servizio a domicilio, ed è stata portata a casa Lenowsky il martedì della settimana scorsa, a mezzogiorno. Erano clienti nuovi, era il loro primo ordine. Il ragazzo si è ricordato che ad aprirgli era stata una signora anziana, che corrisponde alla descrizione di Greta Lenowsky. Aveva dovuto aspettare parecchio, aveva suonato più volte e stava quasi per lasciar perdere e tornare indietro. Ha detto che la donna gli era sembrata uno spettro. Ha pensato che fosse malata. Aveva addosso una vestaglia, i capelli spettinati, arruffati, il viso pallidissimo. Aveva appena socchiuso la porta. Non aveva detto parola e aveva ritirato la pizza con mani tremanti. Ha dato al ragazzo i soldi contati e poi ha immediatamente richiuso.»

«E lui non si è stupito di questo comportamento?» domandò Karen.

Kronborg alzò le spalle. «Un po' sì, ma ha pensato che spesso gli anziani sono un po' strani, soprattutto quando alla porta c'è uno sconosciuto. Del resto lui aveva fretta, doveva fare altre consegne: si è semplicemente dimenticato di Greta Lenowsky. Adesso dice che è possibilissimo che avesse qualcuno alle sue spalle. La microscopica fessura nella porta non gli ha certo permesso di sbirciare dentro.»

Karen si allontanò un ciuffo di capelli dalla fronte. Si rese conto che stava sudando. «Non hanno avuto la minima possibilità» disse sottovoce, «in casa loro, con tutti i vicini intorno, i Lenowsky non hanno avuto nessuna possibilità di salvarsi.»

«E non sarà nemmeno facile trovare il loro assassino» commentò Kronborg. Pareva stanco, deluso. «Una coppia di persone anziane, da tempo in pensione, senza parenti e amici, che da quattro anni vivono, mantenendo un certo distacco anche dai vicini, nella casa in cui vengono uccisi: è come arrampicarsi su una parete liscia e verticale. Nessun appiglio.»

«Forse il lavoro di Fred Lenowsky sarà l'unico a fornirci qualche piccola traccia» provò a dire Karen. «Un avvocato di successo come lui deve aver conosciuto molte persone.»

«Questo non vuol dire cha abbia dato loro confidenza» osservò Kronborg. «Una persona può svolgere il suo lavoro in modo più che brillante e tuttavia non conoscere nessuno. Ma naturalmente quello che lei dice è giusto. La nostra unica possibilità di trovare una pista è il lavoro di Fred Lenowsky.» Si alzò mostrando tutta la sua possente figura. «Spero veramente di non doverla più disturbare così di frequente» disse. «Deve sapere che vengo così spesso qui perché in fondo spero ancora che le venga in mente qualcosa di straordinariamente importante. Lei è l'unica persona, oltre al giardiniere, ad aver notato qualcosa di strano in quella casa, che ha tenuto sott'occhio per dieci giorni. *In sostanza lei teneva d'occhio la casa mentre l'assassino compiva le sue nefandezze.* Forse questo potrebbe aiutarci nelle nostre indagini.»

Anche Karen si alzò. «Temo però di averle già raccontato ogni cosa. Anche se cercherò di scervellarmi per farmi venire in mente qualche dettaglio, chissà.» In realtà non ci credeva. Chiunque avesse ucciso i Lenowsky si era comportato in modo molto scaltro. Nessuno l'aveva visto in faccia. Non aveva lasciato nessuna traccia, oltre al gesto atroce che aveva compiuto.

Aveva una domanda che le premeva, già da tempo, e che non aveva ancora osato porre perché temeva la risposta. Kronborg, che come sempre la stava fissando molto intensamente, capì subito che qualcosa la turbava.

«Sì?» le chiese.

Karen deglutì. «Io... volevo solo sapere... Lei ha detto che Greta Lenowsky è stata uccisa a coltellate. E come... come è stato ucciso Fred Lenowsky?»

Anche Kronborg esitò un attimo. «Così, come lo ha trovato lei» disse poi. «Il suo assassino ha reso la vita facile a se stesso, e molto difficile alla vittima. L'ha messo lì in bagno e l'ha legato con la testa piegata all'indietro, imbavagliato, e l'ha lasciato lì seduto. Lenowsky è morto di fame e di sete, di sicuro mezzo soffocato, e la testa in quella posizione deve avergli anche procurato dolori tremendi. È stata una morte molto lenta, fra sofferenze indicibili.»

«Ma...» Non riusciva a guardare in faccia Kronborg, fissava la parete della sala di fronte a lei, e in particolare la piccola riproduzione di un campo di girasoli di Van Gogh. Quello che stava sentendo era troppo; in quel momento non era in grado di condividere con nessuno l'orrore che le si leggeva negli occhi. «Ma... perché... così... così terribilmente feroce?»

«Odio» disse Kronborg, «dietro a un gesto simile c'è solo un odio incommensurabile. E quindi questo ci riporta al punto di partenza, secondo me abbastanza certo, che i Lenowsky non siano caduti vittime di un pazzo qualunque. Qualcuno odiava a morte Fred Lenowsky, e noi dobbiamo assolutamente scoprire quando è nato questo odio che ha costituito la premessa per tutto ciò, e Fred Lenowsky deve aver contribuito, coscientemente o meno, ad accrescere questo stesso odio. Se non troveremo il punto di avvio non potremo andare avanti.»

«Mi auguro che lei lo trovi» disse Karen. Aveva la voce rotta.

«Anch'io, le assicuro» replicò Kronborg.

6

Quando Inga sentì dei passi sulla scala, si irrigidì e interruppe all'istante i suoi tentativi disperati di liberarsi dalla sua stretta. La corda del bucato aveva cominciato a cedere, ma non al punto da poter sfilare le mani. Se però Marius si fosse accorto delle sue intenzioni, avrebbe annullato in un attimo il suo paziente lavoro di ore. In più si sarebbe anche infuriato. Le faceva una gran paura. E non voleva provocare una sua esplosione di rabbia.

Per un po' Marius trafficò in cucina. Rumore di piatti e di bicchieri. Poi un profumo di caffè si diffuse in casa. Di nuovo Inga sentì una sete terribile. Aveva anche fame, ma quella era più facile da sopportare. L'arsura la torturava molto di più.

Un quarto d'ora più tardi Marius apparve in sala, con un bicchierone di caffè in mano. Lo stava bevendo lui, però; evidentemente non aveva previsto di portarne a Inga. In silenzio ma molto intensamente pregò che non si accorgesse dei lacci allentati.

«Marius» gli disse, «ho una sete terribile.»

Lui si avvicinò tenendole la tazza del caffè sotto al naso, ma Inga scosse la testa. Sapeva che il caffè disidrata il corpo; quindi non le pareva la cosa più opportuna da bere in quel momento.

«Potrei avere un bicchiere d'acqua?» gli chiese.

Marius rifletté. «Perché no?» concluse poi. «Io non ho niente contro di te, Inga, assolutamente niente. L'unica cosa che non capisco è come hai fatto a diventare pappa e ciccia con quel pezzo di merda di sopra.»

Di nuovo Inga fece un tentativo. «Perché non so niente di lei. Al contrario di te. Tu sai qualcosa, ma se non me ne parli, io non capirò mai perché è... un pezzo di merda.»

Marius rifletté. Alla fine parve riconoscere un senso logico nelle parole di lei. «Hai ragione. In effetti non puoi saperlo.»

«Vedi? E invece mi farebbe molto piacere sapere qualcosa. Forse hai ragione a pensare male di Rebecca e...»

Marius la interruppe con veemenza. «Forse! Forse! Perché ne dubiti? Certo che ho ragione. *Certo!*»

Doveva fare più attenzione. Era completamente fuori di sé. Una sola parola sbagliata l'avrebbe fatto esplodere.

«Certo che hai ragione» gli disse in tono accomodante, «mi dispiace se ti ho dato l'impressione di dubitare delle tue parole.»

Marius bevve il caffè in lunghi sorsi affannati. Sembrava già aver dimenticato l'acqua che aveva promesso a Inga.

«Non ho voglia di litigare con te» disse alla fine. «Vorrei che tu non fossi nemmeno qui. Non hai niente a che fare con questa storia. Perché diavolo non ho aspettato ancora un giorno? Così almeno tu avresti preso il tuo aereo e te ne saresti andata!»

Inga considerò se fosse opportuno tentare di ingraziarselo ulteriormente. Una sorta di alleanza con lui sarebbe potuta risultare estremamente vantaggiosa, ma non poteva permettersi passi falsi. Era evidentemente disturbato, ma per nulla stupido. Le venne subito in mente la facilità con la quale riusciva a ottenere ottimi risultati negli studi.

Non sottovalutarlo, la ammoniva una voce interiore.

«Forse doveva succedere così» osservò, «forse dovevo esserci anch'io.»

La guardò sospettoso. «E perché?»

«Be'... voglio dire... siamo sposati, no? Fino a pochi giorni fa andava tutto liscio fra noi. Non avrei mai potuto pensare che ci saremmo trovati in una situazione del genere: io che torno sola in Germania mentre tu ti... occupi di Rebecca, senza che io ne sappia niente. Finora abbiamo condiviso ogni cosa. Perché non anche questa vicenda?»

«Cosa intendi dire esattamente?» Era ancora molto sospettoso. Inga sapeva che doveva essere estremamente cauta, doveva soppesare ogni parola.

«Voglio dire ciò che ti lega a Rebecca. Intendo le accuse che le rivolgi. Non riesci a capire che mi offende il fatto di non saperne assolutamente niente? Sembra svolgere un ruolo importantissimo nella tua vita, e nonostante ciò vuoi tenermene all'oscuro. Non capisco perché. Non capisco perché tu mi abbia escluso da episodi che sono di fondamentale importanza nella tua vita!»

Trattenne il fiato. Sapeva di essere stata convincente, non aveva dubbi.

Marius non sembrava ancora intenzionato ad abbandonare la sua posizione di difesa. «Sono cose mie. Del resto tu non ti sei mai interessata della mia vita prima che ti conoscessi, o no?»

«Non è affatto vero. È solo che tu non mi hai mai detto che nella tua vita ci fossero stati episodi particolarmente... dolorosi o umilianti dei quali ancora oggi sopporti le conseguenze. Quando ti ho chiesto qualcosa del tuo passato, della tua famiglia, dei tuoi amici di allora, hai sempre cercato di cambiare discorso. Sei sempre stato Marius l'allegrone, che prende la vita alla leggera, che risolve i problemi, che studia con enorme facilità e ha un sacco di tempo da dedicare a imprese divertenti e avventurose. Come avrei potuto immaginare che nella tua vita ci fossero delle... zone d'ombra?»

Te ne sei resa conto perfettamente. Hai capito che c'era qualcosa di strano. Ma hai cercato in tutti i modi di rimuovere tutto ciò che in qualche modo avrebbe potuto turbarti.

Per un attimo gli occhi di Marius furono di nuovo quelli che lei conosceva bene. Trasparenti, amichevoli. Era scomparsa quell'espressione malata. Ma Inga sapeva di non potersi fare illusioni. Da un momento all'altro Marius avrebbe potuto tornare a essere il suo nemico. Era una situazione molto pericolosa, non poteva per nessun motivo abbassare la guardia.

«Hai ragione» le disse dolcemente, «non volevo parlarne con te. Mi sento molto meglio quando non ci penso. Perché dovrei rovinarmi la vita? Ho davanti a me un periodo buono, lo capisci questo? Sto per laurearmi, diventerò un avvocato di grido. Tutti i più grandi studi mi spalancheranno le loro porte. Perché dovrei occuparmi di cose che appartengono al passato?»

Aveva un'aria così normale, così sincera nella sua perplessità, che Inga non poté fare a meno di considerare l'assurdità della situazione: era lì seduta davanti a lui con mani e piedi legati, in un altro punto della casa c'era Rebecca, anche lei legata e imbavagliata e della quale si poteva solo sperare che fosse ancora in vita.

È pericoloso. Non devi dimenticartene, attenta!

«La cosa terribile» riprese «è che non possiamo liberarci del nostro passato. Riusciamo a rimuoverlo, in certi periodi, ma di tanto in tanto eccolo che riaffiora e ci rende la vita difficile. Non riusciamo a sfuggirgli, almeno non in modo definitivo. È meglio...» Lo fissò, cercando di indovinare se le parole che stava per dire lo avrebbero di nuovo allontanato da lei. Pareva rilassato.

«È meglio che prima o poi lo affrontiamo» proseguì, «che lo guardiamo in faccia, cerchiamo di accettarlo per quello che è e di conviverci. Solo così ci è possibile elaborarlo e superarlo.»

Marius cominciò a mordersi il labbro inferiore. «Elaborare» ripeté, «pensi che si possa elaborare tutto? *Tutto?*»

Percepì una leggera vibrazione nella voce di lui. Doveva prestare la massima attenzione.

«Ci sono cose che si elaborano con grande difficoltà» disse.

Un'ombra oscurò il volto di Marius. Non aveva più lo sguardo aperto di prima. Stava per ripiombare in quel mondo nel quale i demoni angoscianti del ricordo lo sopraffacevano e lo torturavano.

«Difficoltà» disse lui, «difficoltà! Cosa ne vuoi sapere tu? Tu non hai mai dovuto affrontare delle difficoltà in vita tua! A te è andato sempre tutto liscio! La vita in campagna! La mammina premurosa, il papà affettuoso, tutti i tuoi fratelli e sorelle, bravi e buoni... come quelle famiglie perfette delle pubblicità! Non saresti nemmeno in grado di immaginare cosa sia la vita per gli altri.»

Lo guardò supplicante, augurandosi di riuscire a trattenerlo, di non farselo sfuggire di nuovo.

«È possibile che per me le cose siano state molto più facili che per te. Forse farò fatica a capire fino in fondo la tua vita e il tuo destino. Però dammi almeno una possibilità. Raccontami di te. Potrebbe anche darsi che io ti comprenda meglio di quanto ti aspetti tu. Io posso aiutarti. E magari può servire anche a te parlarne una volta per tutte e non richiuderti in te stesso!»

Si stava tormentando il labbro inferiore fin quasi a ferirsi. Le parole di Inga lo colpivano, lo turbavano.

Se parla, pensò lei, io guadagno terreno. Se si fida di me, posso sperare di condizionarlo un po'.

Sempre che non fosse ormai troppo tardi per Rebecca. Non poteva chiedere di lei, in quel momento delicato avrebbe significato un disastro, ma era rosa dall'ansia.

Cos'hai fatto a Rebecca?

«Non so» rispose lui alla fine. Aveva un'aria quasi infantile, indecisa, perfino imbarazzata. «Non so se ha senso. Non so se tu puoi capire qualcosa!»

«Dammi almeno una possibilità» lo pregò lei.

Marius cominciò a camminare avanti e indietro. I suoi movimenti tradivano una notevole aggressività, era sul punto di perdere il controllo.

«Magari poi tu non vorrai avere più nulla a che fare con me! Quando saprai da dove arrivo!»

Inga riuscì a intuire nel suo sguardo un misto di indignazione e di offesa. «Ma che idea ti sei fatto di me? Credi che io valuti le persone in base alla loro provenienza? Certo che se mi giudichi così mi conosci davvero poco!»

Per il momento lo teneva all'amo. La guardò contrito. «Ti chiedo scusa. Non volevo ferirti. Tu non mi hai mai fatto niente.»

«Io ti ho amato» lo corresse Inga.

«E adesso non mi ami più?» le domandò Marius.

Inga esitò. «Tu mi hai escluso da te. Forse, se potessi di nuovo capirti...»

«Sì.» Le sue parole lo avevano raggiunto. Lo avevano convinto. Stava riconoscendo di averle tenuto nascosto qualcosa quando invece la sincerità è la base di ogni rapporto. Inga glielo leggeva in faccia, stava riflettendo in questa direzione. Per un attimo sentì rinascere in sé una seppur vaga speranza. Speranza di uscire viva da quell'incubo.

«D'accordo. Ti racconterò tutto» disse Marius con una punta di solennità. Avvicinò una sedia e si sedette di fronte a lei. Sembrò non rendersi assolutamente conto che era ancora legata e che quindi il rapporto fra loro non era affatto equilibrato. Inga non osò farvi cenno. Se solo gli fosse venuto il sospetto che lei volesse in qualche modo ingannarlo sarebbe stato un disastro.

«Allora, da dove comincio?» Marius si passò una mano sul volto. Aveva un'aria stanca, sembrava più vecchio dei suoi anni. Aveva ancora addosso quel terribile odore di sporcizia.

«Dalla mia famiglia» annunciò alla fine. «È giusto che tu sappia da dove vengo. Inga, mio padre è il peggior bastardo che tu ti possa immaginare. Beve come una spugna, dorme tutto il giorno, e se gli capita di tanto in tanto di trovare un lavoro lo perde subito perché nella maggior parte dei giorni è così ubriaco che non riesce nemmeno ad alzarsi dal letto. Ho vissuto nelle zone più orribili di Monaco. Casermoni. Case popolari. Mia madre non è altro che una sciattona. Beve quanto mio padre e quando sono tutti e due pieni di alcol, cominciano a menarsi. Non potresti mai immaginarti due persone più perse, più finite. Quando avevo cinque anni mio padre mi ha rotto un braccio. Non per errore, no. Era furioso perché in casa non trovava soldi per comprarsi il liquore e sospettava che fossi stato io a rubare dalla cassa. La *cassa* era un barattolo vuoto di cetrioli sottaceto, nel quale a volte si trovava un po' di denaro: contributi dell'assistenza che non erano ancora stati bevuti. Il vasetto stava normalmente su uno scaffale in alto, al quale io non potevo nemmeno arrivare, anche se avessi usato la nostra scala sgangherata. Ma di questo mio padre non si curava. Mi acchiappò, appoggiò il mio braccio sinistro sullo schienale di una sedia e mi spezzò l'osso. Semplicemente, come se avesse rotto dei fiammiferi. Lo scopo di questo bel gesto doveva essere quello di insegnarmi a stare lontano dal denaro che non mi apparteneva.»

Marius si interruppe un attimo. Parlava in tono molto pacato, quasi monotono.

Inga deglutì. La bocca era completamente riarsa. «Mio Dio» riuscì appena a mormorare.

«Sì, le cose stavano così» disse Marius. Si alzò, fece di nuovo qualche passo avanti e indietro. Poi si fermò proprio di fronte a lei. «E adesso tu penserai di sicuro: terribile! Che comportamento asociale! Certo Marius deve aver veramente odiato i suoi genitori!»

Inga percepì il tono volutamente dimesso nella sua voce e reagì con cautela. «Erano comunque i tuoi genitori.»

Marius annuì. «Certo. Giusto. Sapevano anche essere completamente diversi, sai? Erano estremamente solidali. Una volta dei ragazzi mi hanno portato via la palla mentre giocavamo. Avevo sei anni e sono tornato a casa in lacrime. Mio padre era a letto con un atroce mal di testa, ma quando gli ho raccontato la storia si è alzato, si è vestito e mi ha accompagnato dai genitori di tutti quei ragazzi, facendo una scena madre. E quando abbiamo trovato quello che si era tenuto la palla, me l'ha dovuta restituire. Siamo tornati a casa insieme, io e mio padre, io avevo di nuovo la mia palla ed ero pieno d'orgoglio. E ho pensato che non mi poteva più succedere niente, perché c'era mio padre a proteggermi. È stata una sensazione bellissima.» Sorrideva. Si sedette nuovamente. Inga, che fino a quel momento aveva trattenuto il fiato, espirò lentamente.

«È stata proprio una sensazione bellissima» ripeté Marius. Sorrise di nuovo. «Ho provato spesso sensazioni belle. E spesso brutte. La cosa peggiore è che non erano prevedibili. Era tutto casuale. Ma in mezzo a questa casualità, in mezzo a queste sensazioni così diverse, ai momenti terribili e a quelli gradevoli, io avevo un mio posto. Che mi era familiare, mi apparteneva. Ero parte della vita di quei due ubriaconi. A volte mi sentivo responsabile per loro. A volte mi facevano paura. A volte li amavo.» Fissò Inga. «Riesci a capirlo?»

«Sì.» Annuì col capo. «Sì, penso proprio di poterlo capire.» Marius fece un respiro profondo.

«E poi è cominciato il disastro» proseguì.

7

Stava seduto in camera di fianco a Rebecca, che era legata, imbavagliata, ridotta al silenzio, e si domandava quando per la prima volta fosse comparsa quell'estranea. Di sicuro prima che suo padre gli spezzasse il braccio. Quindi quando lui aveva meno di cinque anni. Forse quattro, o addirittura tre? No, più probabilmente quattro. Se la ricordava bene e non avrebbe certo conservato una memoria così chiara di un incontro avvenuto all'età di tre anni.

Un giorno se l'era trovata in salotto a chiacchierare con i suoi genitori. Solitamente non veniva nessuno a trovarli – in effetti mai nessuno, tranne la vicina di casa, della quale però la mamma sosteneva che avesse preso di mira il padre, e c'era da domandarsi in che senso –, tanto che la cosa aveva colpito anche lui. Prima di allora non aveva mai visto quella donna in casa. Era piccola e sottile, e indossava un maglione bellissimo. Di lana rossa, con un'aria molto morbida. Gli sarebbe piaciuto toccarlo per verificare se fosse veramente morbido come sembrava, ma di certo non avrebbe mai osato.

Non riusciva a capire di cosa parlassero gli adulti. A dire il vero il padre non parlava affatto, guardava fuori dalla finestra con il suo sguardo vago. La madre parlava a ruota libera, in un tono agitato, acuto. Non gli piaceva quando faceva quella voce. Di solito finiva che si metteva a strillare, e spesso lanciava oggetti di ogni tipo addosso al marito. Una volta aveva scagliato un posacenere dalla finestra.

L'estranea parlava in modo garbato. Tranquillo e a voce bassa. Di sicuro non si agitava continuamente come sua madre. Si ricordò che aveva provato a immaginare come sarebbe stato avere una madre che parlava con una voce del genere. Era stata una bella fantasia.

Quando la donna era andata via sua madre aveva cominciato a urlare e a fumare una sigaretta dopo l'altra. Aveva maltrattato il padre perché non aveva condiviso la sua rabbia. Tuttavia, il padre forse non aveva nemmeno del tutto capito che quell'estranea era stata lì. Non l'aveva mai guardata in faccia e non le aveva rivolto la parola. Non era corretto che la madre lo assalisse in quel modo quando lui nemmeno sapeva di cosa si stesse discutendo.

La donna era poi ricomparsa abbastanza frequentemente. Si

chiamava Wiegand, ed era una persona veramente gradevole. Spesso parlava anche con lui, aveva voluto vedere la sua collezione di foglie secche e aveva mostrato un grande interesse per le sue figurine dei calciatori. In effetti gli piaceva molto, ma avrebbe preferito che non fosse mai venuta perché dopo ogni sua visita la mamma aveva sempre la luna terribilmente storta. Che sfogava regolarmente sul marito. A un certo punto si era reso conto che la loro vita familiare era stata decisamente più pacifica prima dell'arrivo della signora Wiegand.

Quello era stato il punto di svolta, aveva completamente cambiato atteggiamento nei confronti della donna. Da quel momento si era sentito solidale con la madre. La quale diceva spesso, riferendosi alla signora Wiegand: «Che vada un po' al diavolo quella vecchia!»

Cominciò a pensarlo anche lui.

Cominciò a odiarla. Di notte, quando era a letto, pensava alle mille torture alle quali avrebbe potuto sottoporla. Per castigarla e renderla inoffensiva. Aveva visto cose notevoli in tal senso alla televisione. Una in particolare gli era piaciuta: gli indigeni di un'isola dei mari del Sud avevano giustiziato un pirata che aveva fatto distruggere il loro villaggio. A questo scopo avevano legato saldamente fra loro i fusti di due palme che crescevano a una certa distanza l'una dall'altra, piegandole e unendole con robuste corde. Poi avevano legato braccia e gambe del pirata alle due piante. Quindi avevano tagliato di netto, con una spada, i legacci, e gli alberi, come molle, erano tornati nella loro posizione naturale. Il pirata era stato letteralmente strappato a metà.

Era divertente pensare alla signora Wiegand legata fra le due palme. Cominciò ad aspettare con gioia l'ora di andare a letto per abbandonarsi liberamente alle sue fantasie.

Una volta aveva chiesto alla madre chi fosse la signora Wiegand e perché continuasse a venire.

La madre gli aveva risposto: «Un'assistente sociale!» Aveva pronunciato la parola con grande disprezzo. «Sai cosa vuol dire?»

Non lo sapeva.

«Sono persone che ficcano il naso negli affari degli altri. È il loro lavoro. Controllano gli altri e si impicciano dei fatti loro. La signora Wiegand è convinta che non siamo capaci di cavarcela senza di lei. Che ci deve tenere d'occhio. È convinta che tuo padre e tua madre non siano in grado di mantenerti e di tirarti grande! Tu cosa ne pensi?»

Si era sentito montare la furia.

Però quando suo padre gli aveva rotto il braccio, la vecchia non si era fatta vedere! Una volta che avrebbe veramente avuto bisogno di lei. Aveva urlato come se l'avessero spennato, in vita sua di sicuro non avrebbe mai dimenticato quei dolori atroci. Sua madre l'aveva portato in ospedale. Pallidissima in volto lo aveva costretto a dire che era caduto giocando a pallone.

«Se non dici così, la signora Wiegand viene e ti porta via. Sfrutterebbe questo episodio per sostenere che non siamo in grado di educarti. Invece tu lo sai che il papà ti vuole bene, no? Lo hai solo fatto arrabbiare, perché gli hai rubato i soldi!»

Lui aveva pianto, era rimasto lì tremante, sofferente, troppo sofferente anche per dire una sola parola, altrimenti l'avrebbe contraddetta, lui i soldi non li aveva neanche visti.

«E se quella ti prende» aveva detto sua madre, «non ti riporta più indietro. Sai cosa ti succederebbe? Finiresti in un istituto. Con un sacco di altri ragazzini e degli educatori severissimi. Un posto dove non si può dire una parola, e di notte ti legano al letto per non farti scappare via. C'è poco da mangiare, a volte per giorni e giorni assolutamente niente, e se combini qualcosa ti chiudono in una cantina buia e piena di topi. Alcuni bambini sono stati addirittura dimenticati nei sotterranei, e mangiati vivi dai ratti!»

Aveva vomitato e al medico aveva raccontato di essere caduto giocando a calcio. La stessa cosa aveva raccontato alla signora Wiegand, che aveva insistito molto e gli aveva fatto un sacco di domande sull'incidente. Non aveva creduto alla storia del pallone, si capiva benissimo. Ma più aveva insistito e più lui si era intestardito su quella versione. Ormai sapeva quello che lei andava cercando. Sperava di allontanarlo da casa sua. Per fortuna sua madre lo aveva messo in guardia.

La signora Wiegand era in assoluto la persona con la quale si comportava con più prudenza. Da lui non avrebbe saputo niente di ciò che accadeva in famiglia. Del resto cosa succedeva di particolare? A parte il braccio rotto, mai niente di terribile. A volte faceva un po' la fame, perché i suoi genitori erano troppo ubriachi anche per andare a fare la spesa o per cucinare qualcosa, tuttavia in genere gli riusciva di arraffare qualcosa dagli altri ragazzi, un pezzo di cioccolata o qualche caramella frizzante. E quando la mamma era in forma non c'era proprio nulla di cui lamentarsi, perché allora gli preparava i bastoncini di pesce fritti con una montagna di purè di patate, bello cremoso, come piaceva a lui. Gli veniva ancora l'acquolina in bocca quando pensava al purè di sua madre. Non gli era mai più capitato di trovarlo così gustoso.

«Lo capisci?» ripeté. «Era tutto a posto. *Era tutto a posto!*» Sferrò un calcio al piede del letto. Avrebbe voluto distruggere qualcosa, ma sapeva di doversi dominare. Non poteva dar fuori di matto. Doveva mantenere il più assoluto sangue freddo.

Guardò in faccia Rebecca. Era seduta sulla poltrona nell'angolo, silenziosa e rigida, legata talmente stretta da non potersi permettere nemmeno il minimo movimento. Le aveva ficcato in bocca un fazzoletto appallottolato, poi le aveva incerottato tutta la parte inferiore della faccia. Il rumore che faceva con il naso lasciava intuire quanto le fosse faticoso respirare. Teneva gli occhi scuri spalancati. Vi si poteva leggere la paura. Aveva il terrore di morire.

Meglio così.

Inoltre la cosa che gli faceva più piacere era che dovesse per forza stare a sentire. Per la prima volta dopo tanti anni c'era qualcuno obbligato ad ascoltarlo. Non avrebbe mai potuto allontanarlo come un insetto fastidioso, non poteva ignorarlo o fare come se dalla sua bocca uscissero solo fesserie. Doveva per forza prenderlo sul serio, che le piacesse oppure no. Nella sua situazione qualunque tentativo di prendere in mano il gioco era destinato a fallire fin dall'inizio. Era lui a decidere cosa doveva succedere. E sperava che lei l'avesse capito.

«I miei genitori mi amavano» disse. Gli faceva bene pronunciare quella frase, cancellava un po' del suo dolore. Lanciò uno sguardo tagliente a Rebecca, voleva capire se aveva ancora qualche dubbio residuo sul suo racconto. In quel caso le avrebbe allungato un bel pugno in pieno volto. Senza battere ciglio.

Tuttavia nello sguardo della donna non lesse il minimo dubbio. Solo paura. Solo pura e semplice paura. In lui stava germogliando il terribile sospetto che Rebecca non lo ascoltasse con la dovuta attenzione. Che fosse troppo occupata con la sua angoscia, che le sue parole le scivolassero addosso. In effetti poteva proprio essere così, il suo sguardo tradiva panico puro.

Forse non era una buona idea quella di renderle così difficile respirare. Di sicuro avrebbe potuto avere conseguenze negative sulla sua capacità di concentrazione. Non doveva perdere di vista che il suo interesse principale era di costringerla ad ascoltare. Non aveva senso danneggiare se stesso. Doveva muoversi con grande cautela. Rebecca gli serviva con la mente lucida.

«Ti toglierò il fazzoletto» le disse, «ma se solo oserai dire una parola o gridare, ti tappo di nuovo la bocca. Chiaro?»

Rebecca fece cenno di sì.

Con un gesto violento le strappò il cerotto. Rebecca non emise un suono, ma per il dolore le si riempirono gli occhi di lacrime. Le tolse il fazzoletto. Iniziò immediatamente ad annaspare, a tossire e ansimare. Era come se fosse sul punto di soffocare. Se pensava di suscitare pena in lui si stava sbagliando in pieno. Sapeva essere gelido come un pezzo di ghiaccio. Proprio come lei.

«Bene» le disse. Appoggiò il fazzoletto sulla toilette e gettò il cerotto usato nel cestino della carta straccia. «Adesso sai quanto fa male? Se non righi dritta la prossima volta sarà peggio ancora. Hai capito?»

Di nuovo annuì. Aveva immaginato che gli avrebbe chiesto dell'acqua. Dopo quasi otto ore trascorse con un fazzoletto in bocca avrebbe dovuto essere pazza per la sete. Ma Rebecca non osò parlare. Non osò perché lui glielo aveva vietato.

Certo non poteva lasciare che si disidratasse. In quel caso avrebbe perso del tutto la concentrazione. Le avrebbe portato da bere. Ma non subito. Doveva soffrire ancora un po'.

«Mi domando» disse «come si fa a diventare come te. Intendo dire che ognuno di noi dipende da ciò che abbiamo ereditato. L'eredità genetica, ma anche l'educazione e l'ambiente. E nelle persone come te mi piacerebbe sapere cosa è andato storto. Come si eredita la boria di credersi sempre autorizzati a immischiarsi nelle faccende altrui? A giudicare il modo di vivere degli altri? A intervenire quando si ritiene che questo modo di vivere non sia quello giusto?

E invece a *non* intervenire anche quando ci sono situazioni chiaramente insostenibili?»

Rebecca non rispose. Gli venne in mente che aveva appena minacciato di tapparle la bocca se solo avesse emesso un suono.

«Puoi parlare» disse, «ma non urlare o altro. E non cambiare discorso, chiaro? Non tentare di sviarmi, di trascinarmi in argomenti dei quali non voglio discutere.»

Lei annuì.

«Io...» Aveva un tono di voce diverso. Forse perché aveva la gola secchissima. «Non capisco bene di cosa stia parlando.»

Sorrise. Se l'era aspettato. Le persone come lei erano maestre a fingersi sciocche. Non avevano mai idea delle situazioni e in quel modo pensavano di cavarsela. Chi non capisce non è responsabile di niente. E così fin troppo spesso riuscivano ad andare avanti.

«Va bene» le disse, «va bene. Ti vengo un po' in aiuto, va bene? Il telefono amico. Ti dice qualcosa?»

Aveva cambiato argomento. Stava scegliendo una tattica diversa. Avrebbe voluto iniziare dalla sua gioventù, per analizzare in lunghe chiacchierate – *interrogatori!* – cosa nella sua infanzia avesse potuto trasformarla nella persona disgustosa che era.

Si passò una mano sulla fronte. Non era ancora il momento di parlare del telefono amico. Ma aveva fretta, era un argomento che lo lacerava.

Bene. Allora si sarebbe occupato in seguito dell'infanzia di lei, rifletté. Della sua maledetta infanzia di merda!

Rebecca aveva lo sguardo vigile. Non voleva commettere errori.

«Certo. Mi dice qualcosa. Ma continuo a non capire dove lei voglia arrivare.»

Sorrise di nuovo. Forse non capiva veramente. La gente come lei era anche molto abile a rimuovere. A mettere da parte circostanze e avvenimenti sgradevoli della loro vita, così lontano da perderli di vista definitivamente, per autoconvincersi che quei fatti non erano mai accaduti.

«Ah, quindi non capisci dove voglio arrivare. Allora adesso ti mostrerò una cosa.»

Aveva sempre conservato quel biglietto. Erano tredici anni che lo portava con sé. Rintanato in un angolo del suo portafogli, nascosto dietro alla patente. Inga non se n'era mai accorta. Ma Inga non aveva nemmeno mai curiosato nelle sue cose. Era senz'altro una delle sue qualità migliori. Non ficcava il naso nelle cose che non la riguardavano. L'altro lato della medaglia era naturalmente che non si interessava. Di lui. Del peso enorme che Marius si portava dentro...

Una voce flebile cominciò a farsi avanti nella sua testa e a suggerirgli che in quella valutazione non era corretto. Inga gli aveva chiesto della sua vita. Spesso e volentieri. C'era stata addirittura una scenata la mattina del loro matrimonio, prima di andare in comune. Inga con il suo vestito bianco, estivo, un cappello di paglia sui capelli biondi, in mano un mazzo di rose color salmone legato con un nastro bianco. Inga con le lacrime agli occhi.

«Ho paura. Io non so niente di te. Fra un'ora sarò tua moglie e non so niente di te e della tua vita. Non lo capisco. Non capisco il tuo silenzio!»

Lei te lo ha chiesto. Ma tu non hai saputo risponderle. Perché non riesci a parlarne. Perché fa troppo male!

Cercò di scacciare quella voce, quelle immagini. Non era il momento di pensarci, lo distraevano, lo facevano sentire insicuro, lo innervosivano. Avrebbe parlato. Avrebbe raccontato tutto a Inga. Ma con i suoi tempi. Con il suo ritmo.

Prese il foglietto. Era ormai quasi cancellato, dopo tutti quegli anni. Quasi illeggibile. Tuttavia con un piccolo sforzo si potevano decifrare dei numeri. Una scrittura infantile, un po' incerta. Una carta a quadretti. Un foglio strappato da un quaderno.

«Eccoci!» Le sventolò il foglio sotto al naso. «Non ti dice niente?»

Rebecca strizzò gli occhi, si sforzò di interpretare la calligrafia quasi cancellata. Un'espressione di sincero stupore in volto. Che lui rilevò con una certa soddisfazione.

«Questo è il nostro numero. Quello vecchio. Il numero del telefono amico!» Lo fissò con gli occhi spalancati.

Si era chinato verso di lei, a quel punto si risollevò.

«Certo» disse, «il telefono amico!» Pronunciò la frase in tono estremamente cinico e amaro. «*E magari adesso ti ricordi anche di un ragazzino che ha chiamato questo numero chiedendo aiuto? E al quale questo aiuto è stato rifiutato? Mi senti? Al quale questo aiuto è stato rifiutato da te, maledetto pezzo di merda!*»

Le ultime parole le gridò.

Finalmente intuì dal suo sguardo che cominciava a capire. E a inorridire.

8

La voce di Agneta era diversa dal solito. Agitata, nervosa. Clara aveva capito immediatamente, rispondendo al telefono, che doveva essere successo qualcosa.

«Hai letto il giornale?» le chiese Agneta andando subito al nocciolo. «La storia di quei due anziani coniugi uccisi in casa loro in maniera bestiale?»

Clara aveva letto. Ma di sfuggita. A differenza di molte altre persone non le faceva alcun piacere leggere storie di quel tipo, non provava alcuna curiosità morbosa. Solo orrore. Non le piaceva nemmeno guardare i gialli in TV, non sopportava la violenza e il crimine.

D'improvviso si sentì mancare. Quella mattina aveva visto sulla prima pagina del giornale il titolo a caratteri cubitali rossi. *Atroce delitto, vittime due anziani pensionati indifesi!* Clara non aveva voluto leggere i dettagli, qualche frammento del testo però l'aveva colto per forza. Si trattava di un'azione criminale di particolare brutalità, che avrebbe suscitato orrore e sgomento in chiunque ne avesse letto il resoconto.

Il fatto che Agneta la chiamasse riferendosi a quell'episodio non significava nulla di buono.

«Non dirmi che anche loro avevano ricevuto lettere come le nostre» le disse mentre non riusciva a domare il tremito della voce. Forse avrebbe dovuto leggere il giornale con maggiore attenzione.

«No. Per meglio dire, non lo so, ma non lo escluderei del tutto» rispose Agneta. «Mi ha appena chiamato Sabrina Baldini.»

«E...?»

«Lei li conosceva. Non molto, però... Ti dice qualcosa il nome? Lenowsky?»

Le sembrò come se un campanello le suonasse in testa. *Lenowsky.*

Non voglio saperlo. È passato troppo tempo. Non voglio più avere niente a che fare con quella faccenda!

«Il nome lo conosco» rispose. Le era venuto il fiatone.

«Ascoltami bene» le disse Agneta. «A Sabrina è venuto subito in mente di chi si trattasse. Il nome lo ricordava bene, ha fatto qualche ricerca e adesso è sicura al cento per cento: ai due, Greta e Fred Lenowsky, era stato assegnato un bambino diciotto anni fa. Dai servizi minorili. Da noi, diciamo così.»

Ti prego, no!

«Un affido» ripeté Clara, tanto per dire qualcosa.

«Avevano fatto domanda» proseguì Agneta, «gente molto benestante, lui era un avvocato piuttosto conosciuto che aveva a che fare con gruppi politici ed economici influenti. Non potevano avere figli e per motivi che non conosciamo non si sentivano pronti per un'adozione. Be', tu sai meglio di me quanto cercavamo famiglie disponibili per l'affido. I due sembravano molto adatti.»

«Il giornale parla anche... di questo?» domandò Clara. «Voglio dire, c'è un qualche rapporto fra l'omicidio e quel... quell'uomo?»

Con la coda dell'occhio guardò verso il cesto di vimini nel quale teneva i giornali vecchi, prima di portarli al contenitore per la raccolta. Il quotidiano di quel giorno era naturalmente sopra a tutti gli altri. L'avrebbe ripreso. Aveva una paura folle di quello che vi avrebbe letto.

«Ormai dovrebbe avere più di vent'anni, può tranquillamente aver perso ogni contatto con i genitori affidatari» le spiegò Agneta. «Il quotidiano comunque dice che i Lenowsky non avevano figli, e la polizia sta cercando disperatamente di stabilire un contatto con qualche parente. Non viene mai nominato un figlio in affido; comunque sia, la sua esistenza non è nemmeno deducibile dallo stato di famiglia o da altri documenti della coppia. Sabrina intende rivolgersi alla polizia.»

«Certo. È giusto che lo faccia. Ma Sabrina pensa forse che...?»

«Cosa?»

«Che possa essere stato il ragazzo... voglio dire, il ragazzo o la ragazza...?»

«Ragazzo» rispose Agneta, «avevano avuto un maschietto. Intendi dire che possa avere qualche legame con l'omicidio?»

«Ma perché dovrebbe?» chiese Clara.

Non poteva continuare a svicolare.

«Sabrina ricorda che c'erano stati problemi con il ragazzino. Si era infatti rivolto ai servizi sociali dopo essere stato quattro anni dai Lenowsky. Per chiedere aiuto. Lo maltrattavano e voleva venire via da quella famiglia.»

Improvvisamente Clara lo ebbe chiaro davanti agli occhi. Il caso, chiaro e limpido, come se non fosse trascorso neppure un giorno da quando avevano discusso di quel bambino ai servizi.

«Marius» disse, «si chiamava Marius.»

Agneta aggiunse molto cautamente: «A quel tempo era di tua...»

«Certo, di mia competenza. Ma io...»

«Tu hai ricevuto indicazioni dall'alto di lasciar perdere. Il caso sarebbe stato trasferito ad altre competenze.»

«Appunto. Io... mi sono trovata con le mani legate...» Si sentiva girare la testa. Si accorse che le mancava il fiato.

«A quel tempo Sabrina lavorava al Kinderruf. Si occupava del telefono amico. Il piccolo Marius chiamò anche lei. Ma solo un anno più tardi. Quando ne aveva undici.»

Clara non rispose. Avvicinò una sedia e si sedette. Sentiva le gambe molli, non stava in piedi.

«A quel punto è stata Sabrina a rivolgersi ai servizi minorili. Lì le avevano spiegato che il caso era stato riesaminato, ma era risultato che le accuse che il piccolo rivolgeva ai genitori affidatari erano del tutto infondate. Sabrina si era sentita meglio. Voglio dire, sappiamo bene che queste cose succedono. Ci sono bambini che sostengono di essere maltrattati, ma in realtà sono tutte storie.»

«Però io non ho controllato un bel niente» disse Clara.

«E la cosa non ti è parsa strana? Che all'improvviso fosse l'entourage del sindaco a volersi occupare di una faccenda di tua esclusiva competenza?»

Clara tentò di fare un respiro profondo. Il cuore le batteva molto forte.

Rivide la Clara di quei giorni. Giovane, impegnata. Aveva capito subito che c'era qualcosa di strano in tutta quella storia. Conosceva Lenowsky. Non le piaceva. Non gli avrebbe mai dato un bambino in affido. Ma anche quella decisione era stata presa ad alti livelli.

«Non sono stata io ad assegnare Marius ai Lenowsky» disse, «ho ricevuto precise indicazioni in proposito. Lui era grande amico del sindaco. Per suo tramite aveva inoltrato la domanda per ottenere un bambino in affido. Cosa avrei potuto fare io?»

«Avresti...» Agneta si interruppe. Era troppo semplice dopo tanti anni dare un giudizio su una persona allora così giovane.

«Ho avuto paura» disse Clara sommessamente, «non volevo fastidi. Lo ammetto... ho cercato di convincermene. Ho pensato che il sindaco doveva essere di casa dai Lenowsky. E che quindi aveva avuto tutte le occasioni possibili per verificare se le affermazioni del ragazzo fossero sincere o meno. Chi mai farebbe finta di non vedere un bambino maltrattato?»

Per un attimo Agneta tacque.

«Noi» disse poi, «forse siamo state proprio noi a non voler vedere il piccolo Marius.»

«Ma come fai a dire una cosa del genere? Agneta, *noi non ne sappiamo niente!*»

«In seguito lui ha chiamato ancora Sabrina. Disperato. Le ha chiesto aiuto. Sabrina dice di non aver avuto l'impressione che il ragazzino lavorasse di fantasia o volesse attirare su di sé l'attenzione. Era tornata ai servizi minorili per controllare ogni cosa. Era venuta a sapere che il caso era stato esaminato coscienziosamente, e che non sussisteva la minima prova a sostegno delle affermazioni del piccolo.»

«E se fosse stato proprio così?»

«E se *non* fosse stato proprio così?»

Rimasero entrambe in silenzio. Clara si domandò se fosse lei o Agneta ad avere un respiro così affannoso. Alla fine si rese conto di essere lei.

«Sia io sia Sabrina troviamo strano che Marius non si sia presentato alla polizia» disse Agneta alla fine. «Voglio dire, tutti i giornali parlano dell'omicidio. La polizia prega di fornire tutte le indicazioni che possano essere utili ed è in cerca di conoscenti o parenti. Non sarebbe normale che un figlio in affido che ha vissuto con quella coppia dai sei ai diciotto anni si presentasse volontariamente?»

«È luglio» disse Clara, «magari Marius è via. La maggior parte della gente è in ferie. Forse è da qualche parte all'estero e potrebbe essergli totalmente sfuggita l'intera vicenda.»

«Possibile» commentò Agneta, ma il tono non era affatto convinto.

Clara fece un lungo respiro. «Agneta, cosa vuoi dirmi in realtà?»

«Ma non lo capisci?» domandò l'altra.

«Io...» iniziò Clara, ma Agneta la interruppe subito: «C'è questa storia di diversi anni fa. Una storia fin da allora piena di punti oscuri, questo bisogna riconoscerlo. Un bambino dato in affido, e in più ricorrendo a sistemi molto discutibili, passando sopra tutti i responsabili dei servizi sociali. Poi il ragazzino si fa vivo, sia presso i servizi sia presso gli uffici di un'organizzazione privata che si occupa di maltrattamenti all'infanzia. Chiede aiuto, spiega che lo torturano e che vuole assolutamente venir via da quel posto. Di nuovo strani movimenti e la questione viene risolta personalmente tra personaggi potenti che si incontrano sui campi di golf o alle regate. Anni dopo i genitori affidatari vengono trucidati in maniera brutale e le assistenti sociali che avevano avuto a che fare con quel caso ricevono delle lettere anonime grondanti odio. Il ragazzino dato in affido è apparentemente scomparso dalla circolazione. Devo ancora spiegarti altro?»

Clara si premette una mano sul cuore, come se quel gesto potesse bastare a calmarne il battito forsennato.

«Potresti comunque sbagliarti.»

«Sì» rispose Agneta, «è fuor di dubbio. E puoi star certa che mai come in questo caso sarei felice di essermi sbagliata.»

«Quello che ancora non riesco tanto a capire è cosa c'entri *tu* con questa storia» osservò Clara. «Hai mai avuto a che fare con questo caso?»

«Molto marginalmente» rispose Agneta. «L'assistente sociale che all'epoca si occupava del piccolo Marius era Stella Wiegand. Te la ricordi? È stata assente per nove mesi per via di un tumore. In quel periodo l'ho sostituita io. Poi però Stella è rientrata ed è stata lei ad autorizzare l'allontanamento dalla famiglia. In questo senso io non ho avuto nulla a che fare con il dramma vero e proprio. Dal momento però che poi la povera Stella è morta di cancro e quindi non può rendere conto a nessuno delle sue azioni, evidentemente vengo chiamata in causa io, che ho preso il suo posto per un po'.»

«Adesso capisco» mormorò Clara. Avrebbe voluto parlare in un tono del tutto normale, ma non poteva controllare la voce. Aveva sperato intensamente che non ci fosse alcun legame fra Agneta e la storia di allora, perché questo avrebbe invalidato la teoria secondo la quale un ex ragazzo in affido, completamente impazzito, stava cercando di soddisfare la sua sete di vendetta riscattando un'infanzia infelice. Invece purtroppo anche Agneta pareva avere un seppur labile collegamento con la vicenda, e questo non faceva che aumentare la probabilità che la teoria sua e di Sabrina fosse corretta.

«E adesso cosa facciamo?» domandò. Aveva ancora una voce strana. Non avrebbe certo letto il giornale! Non avrebbe letto come quell'individuo aveva ridotto quei due poveri vecchi. Non lo voleva sapere!

«Sabrina intende chiamare la polizia oggi stesso» disse Agneta. «Racconterà quello che sa. E racconterà anche delle lettere minatorie.»

«Anche di quelle che abbiamo ricevuto noi?»

«Chiaro. Clara, qui c'è stato un duplice omicidio! Non possiamo più tacere. Credimi, è una situazione terribile, e sono sicura che mi procurerà un sacco di fastidi con mio marito. Perché la polizia vorrà sentire anche noi, e se siamo sfortunate la stampa spiattellerà ogni dettaglio per settimane e settimane!»

«Il nostro errore di allora.» Di nuovo Clara riusciva solo a mormorare. «Lo sottolineeranno di sicuro.»

«Sì» rispose Agneta, «andrà così.»

Lei non aveva commesso errori. Dal tono di voce Clara poté facilmente capire che Agneta si sentiva alquanto sollevata. L'assassino poteva attribuire anche a lei una parte di colpa, la polizia, la stampa, la società invece non avrebbero mai potuto.

Lei invece, Clara, non avrebbe trovato il modo di tirarsi fuori da quella situazione rischiosissima. Sarebbe stata giudicata senza pietà. Una persona corruttibile, che pianta in asso un bambino perché non vuole opporsi ai suoi superiori. Chi si sarebbe mai preoccupato di come si era sentita lei in quel momento? Insicura e impotente? Di come avesse faticato a farsi un quadro chiaro della vicenda e a valutarla in maniera corretta?

È facile sapere anni dopo cosa è giusto e cosa sbagliato, rifletté, ma può essere molto difficile trovandocisi in mezzo.

«Mi distruggeranno» disse. «Mi rovesceranno addosso ogni possibile infamia. Magari non potremo nemmeno restare a vivere qui! Tutta la colpa sarà addossata a me e...»

Stava per scoppiare a piangere.

Agneta assunse un tono distaccato. «Clara, cerca di restare calma. Cerca di capire che a questo punto non ci rimane che giocare a carte scoperte. Anche tu non hai altra scelta. Anzi, proprio tu. Clara, c'è in giro un pazzo scatenato, che ha già massacrato due persone. E ha preso di mira anche noi, c'è poco da illudersi. Non ci ha scritto quelle lettere per divertimento. Sono l'annuncio dei suoi piani deliranti. Scommettiamo che anche i Lenowsky hanno ricevuto letterine di quel genere? Clara» si fece più insistente, «non c'è altra scelta. Bisogna raccontare tutto alla polizia. Solo così potremo avere un po' di protezione. E dobbiamo farlo al più presto.»

«Vuoi dire che...»

«Ti consiglio di non uscire di casa senza Marie oggi. Non aprire la porta a nessuno. Cerca di fare molta attenzione.»

La mia vita sta precipitando. Se questa storia viene fuori sui giornali, niente sarà più come prima. Tutto quello che ho costruito crollerà. La mia piccola famiglia. La casa. Il giardino. La nostra esistenza tranquilla.

Non voleva piangere. Almeno finché c'era Agneta al telefono. Agneta che poteva permettersi di essere tanto calma. Perché lei non si era sporcata le mani. Perché lei, bella e ricca com'era, sarebbe uscita da questa tragedia senza alcuna conseguenza. A meno che non venisse uccisa, nel caso in cui la polizia non fosse riuscita a catturare il killer in tempo.

Forse ci ucciderà tutti.

Non era proprio quello il momento di preoccuparsi del suo buon nome. Aveva problemi ben più impellenti, Agneta aveva perfettamente ragione.

«Farò attenzione» promise, ma poi riagganciò, all'improvviso e senza nemmeno salutarla.

Non era più in grado di trattenere le lacrime.

9

Verso mezzogiorno Marius fece la sua comparsa in sala e portò a Inga un bicchiere d'acqua. Glielo appoggiò alle labbra, senza dire una parola, e lei bevve a sorsate lunghe e avide. Aveva fame, anche se la meravigliava poter provare appetito in una situazione simile: essere legata a una sedia e costretta ad assistere impotente al delirio del proprio uomo avrebbe tolto l'appetito a chiunque. Invece avvertiva addirittura dei crampi furiosi.

«Potrei avere qualcosa da mangiare?» chiese, quando ebbe bevuto tutta l'acqua.

L'estraneo con il quale era sposata e che non riconosceva più corrugò la fronte. «Dovrei vedere» disse. «Non posso certo andare a fare la spesa, lo capisci, vero?»

«Certo» assentì lei, «ma anche tu prima o poi dovrai mangiare qualcosa.»

Aveva un'aria sfinita.

«Che ore sono?» si informò.

Inga guardò l'orologio appoggiato sulla mensola del camino. «È quasi l'una. Marius, io dovrei anche andare in bagno.»

«Così tardi? L'una?» Pareva stupito. «Non mi rendo nemmeno conto di come passi in fretta il tempo. Ho parlato a lungo con Rebecca. Parecchie ore, credo.»

«Marius, io...»

«No. Adesso in bagno non ci vai.»

Rassegnata osò porre un'altra domanda. «Come... come sta Rebecca? Tutto a posto?»

«Certo» la rassicurò Marius, «sta bene. Direi che sta molto bene. Le persone come lei stanno sempre bene. Nella sua vita tutto è andato come doveva andare!»

Avrebbe avuto senso parlargli della depressione di Rebecca?

Della catastrofe che la morte del marito aveva significato per lei? Del fatto che Rebecca avrebbe potuto dire qualunque cosa della propria vita, ma certo non che le cose erano andate come dovevano andare?

Decise di lasciar perdere. Non credeva che una riflessione come quella potesse fare breccia in lui. Al contrario, avrebbe potuto scatenare la sua aggressività. Invece doveva convincersi che lei stava dalla sua parte. Non da quella di Rebecca.

«Le hai raccontato la tua vita?» gli domandò invece. Lei brancolava ancora nel buio per quanto concerneva il suo passato. Aveva appreso che Marius era cresciuto in un ambiente difficile, che aveva avuto entrambi i genitori alcolisti, che non si erano certo dimostrati all'altezza del compito di crescere un ragazzino. Allo stesso tempo però la sua preparazione, il suo linguaggio, il suo comportamento dimostravano che da un certo punto in avanti aveva subito influenze diverse. Nell'ambiente che le aveva descritto Marius non poteva essere diventato la persona che era.

«Forse dovresti preparare qualcosa da mangiare per tutti» propose, «anche per Rebecca. Qualunque cosa tu abbia da dirle, di sicuro riuscirà a concentrarsi meglio se non è completamente priva di forze. Non lo credi anche tu?»

«Non ho nessuna voglia di cucinare» rispose Marius, «ho già abbastanza da fare...» Si passò una mano sulle tempie, come se fosse tormentato dal mal di testa. «Ci sono tante cose che devo dire...»

«Hai un aspetto molto stanco. Come se non dormissi e non mangiassi da giorni. Hai bisogno di riposo, Marius. Sei allo stremo delle forze, anche nervose, e penso che...»

Marius sorrise. «Ti piacerebbe, vero? Che mi mettessi a dormire. Così potresti sfruttare l'opportunità per scappare!»

«E come potrei scappare?» Nel frattempo i lacci ai suoi polsi si erano decisamente allentati. Trattenne il fiato, temendo che a Marius venisse in mente di controllarli. Aveva calcolato che nel giro di un'ora sarebbe riuscita a liberarsi.

«Certo» disse Marius pensieroso, «come potresti scappare?»

Non osava guardarlo in faccia. Aveva un sorriso così strano.

D'un tratto fu dietro di lei in un balzo e tirò le corde di nylon con una tale violenza che Inga dovette urlare. Le corde le penetravano la carne come una lama tagliente.

«Mi fai male, Marius! Mi fai male!»

«Hai già lavorato per bene, mentre eri qui seduta sulla tua sedia, debole, assetata e affamata» constatò. «Tanto di cappello, devo proprio farti i miei complimenti! Ma in fondo sei sempre stata così. Silenziosa, tenace e costante! A guardare il mondo con grande sicurezza, con i tuoi occhioni blu!»

Si mosse da dietro alle sue spalle e le si parò davanti in tutta la sua imponenza. Poi le allungò due ceffoni, facendole volare la testa a destra e a sinistra. Vide le stelle e per un attimo fu certa che avrebbe perso i sensi. Era un dolore che le toglieva il fiato.

«No!» urlò.

La fissò con uno sguardo carico d'odio. «È da un pezzo che lo sospetto» disse lui, «me lo sentivo. L'ho immaginato fin dal primo momento. Ti sei messa in combutta con lei. Sei diventata sua amica. Sei dalla sua parte! Ammettilo!»

Inga mugolava sottovoce. La testa le rimbombava, aveva le guance in fiamme. Si accorse che stava piangendo.

«Devi ammetterlo!» urlò Marius.

Inga cominciò a piangere. Non riusciva a parlare.

Di nuovo le si piazzò dietro, tirò i lacci e le strinse i polsi al punto che pareva volesse spezzarglieli. La legò di nuovo, annodò, controllò infinite volte che le corde fossero strette il più possibile. Inga sentì che ansimava. Avvertiva chiaramente la sua rabbia, il suo odio infinito.

A un certo punto finalmente sembrò soddisfatto del suo lavoro. «Così non riuscirai a liberarti» disse, «e comunque verrò a controllarti ogni ora. Stai certa che non ti darò più l'occasione di crearmi dei problemi sotto il naso.»

Era di nuovo davanti a lei e senza volere Inga girò la testa. Ma lo schiaffo temuto non arrivò.

«Non avrei mai pensato che fra di noi le cose sarebbero arrivate a questo punto» disse lui e le parve che le sue parole esprimessero un dispiacere sincero. «Inga, tu sei mia moglie. Abbiamo promesso che saremmo stati fedeli l'uno all'altra, che avremmo attraversato insieme le difficoltà della vita. Uno vicino all'altra. E invece, cos'è successo?»

Inga faceva fatica a parlare. Si sentiva la bocca gonfia. Le pareva di essere sorda. Eppure si sforzò di articolare qualche frase.

«Tu mi hai allontanato da te» disse. Aveva una voce strana, almeno così le parve. Ma forse non ci sentiva più nemmeno bene. Aveva la sensazione che l'orecchio destro in particolare fosse stato lesionato. «Ancora non mi hai spiegato cosa sta succedendo. Non mi hai mai detto una parola sulla tua vita. Non so niente. Non so cosa ti ha fatto Rebecca. Vedo solo quello che tu fai a me. Mi hai legata. Mi hai fatto patire la sete per ore. Mi fai soffrire la fame. Mi picchi. Mi impedisci di andare in bagno. Ti stupisce che io cerchi di scappare?» Lo guardò e intuì che le sue parole avevano fatto centro. Aveva assunto un'aria pensosa. Purtroppo, tuttavia, aveva capito a sue spese che la follia di Marius poteva cancellare ogni ragionevolezza, ogni disponibilità nel giro di pochi secondi. I momenti in cui era possibile parlargli sensatamente si facevano sempre più brevi.

«Non mi lasci altra scelta» le spiegò. «Vi ho osservate negli ultimi giorni, te l'ho già detto. Siete diventate amiche. Tu e quello... quello schifoso pezzo di merda.»

«Ma cosa ti ha fatto?»

Il suo volto assunse un'espressione sofferta. «È così difficile, Inga. È così difficile parlarne. Io per te sono l'ultimo. L'ultimo degli ultimi.»

«Non è vero.»

«E invece sì. Lo sono sempre stato. Mi hai sempre disprezzato. Per le mie origini, e perché non sono stato capace di avere successo.»

«Ma se non ho mai saputo niente delle tue origini! E anche se avessi saputo qualcosa, non ti avrei certo disprezzato! Come fai ad avere un'idea così distorta di me?» Se solo non avesse fatto tanta fatica a parlare! Per giunta aveva la sensazione che l'orecchio si fosse gonfiato internamente. Doveva averla ferita alla testa. Avvertiva un dolore lancinante alla fronte. «Non ho mai pensato che tu fossi l'ultimo. Mai, mai, mai!»

Marius annuì pensoso. «Sì, e io mi sono fidato di te. Sapevo che le tue intenzioni erano buone.»

Cominciava ad abituarsi all'assenza di un filo logico nei suoi discorsi. Dapprima le sbatteva in faccia l'accusa di disprezzarlo, di averlo sempre disprezzato, un attimo dopo le assicurava di essersi sempre fidato di lei, di aver intuito la sua sincerità.

È molto pericoloso, le diceva la sua voce interiore, perché è del tutto imprevedibile. Non puoi fidarti nemmeno per un momento. Puoi dire una cosa, magari la più giusta, e un attimo dopo questa stessa cosa è in grado di scatenare la sua furia più cieca.

Avrebbe voluto pregarlo di allentarle un po' i legacci. Erano talmente stretti che non sentiva più le mani. Ma non osava fare una richiesta simile. Se solo avesse avuto il sospetto che intendeva ingannarlo, la sua violenza sarebbe esplosa nuovamente.

«Puoi fidarti di me» gli disse, «non è cambiato proprio niente.»

Di nuovo sul suo viso un'ombra ostile. «L'ho notato. Hai cercato di scappare.»

«Le corde mi bloccano la circolazione. Ho solo cercato di avere un po' di movimento.»

«Non venirmela a raccontare» disse lui sprezzante, «tu pensi di essere molto furba e credi che io sia uno sciocco. Se solo ti si presentasse anche una minima possibilità cercheresti di tagliare la corda. Non sai niente di me. Scommetto che sei convinta che io sia completamente fuori di testa e che l'unica cosa da fare sia cercare di starmi il più lontano possibile. E non ti passa nemmeno per la testa che è la società ad avere qualcosa di sbagliato. È lì che succedono le cose più atroci!»

«Ma tu non mi dai nemmeno il modo di capire cosa ti turba così tanto.»

Marius annuì pensoso. «Faccio una gran fatica a parlarne. Una fatica enorme. A volte mi pare che non ce la farei proprio a tirare fuori tutte le crudeltà che la vita mi ha riservato.»

Inga doveva fare uno sforzo di concentrazione enorme per capire le sue parole. Il dolore nell'orecchio era aumentato, mentre le mani legate strettissime erano ormai gelate e insensibili. L'unica cosa che desiderava era scoppiare a piangere, pregandolo di aiutarla, di liberarla, di lasciarla sdraiare per avere un attimo di sollievo. Tuttavia era sicura che lui non si sarebbe mai intenerito, anzi che questo l'avrebbe portato a fidarsi ancor meno di lei.

Tentò un nuovo approccio. «Mi hai raccontato di esserti sentito a tuo agio con i tuoi e nella vita che facevi con loro. Che ti andava bene così. Che però poi c'è stato il *disastro*, come l'hai definito tu. Ti riferisci al fatto che... ti hanno allontanato dai tuoi genitori?»

Marius annuì. In quel momento sembrava quasi recitasse una parte, anche se probabilmente i sentimenti che lo opprimevano erano sinceri e sconvolgenti. «Mi hanno separato da loro. Quando avevo sei anni. Si chiama allontanamento dalla famiglia d'origine. Nessuno ha pensato di chiedermi se ero d'accordo o meno. O come mi sentissi in quel momento.»

Non era vero; si ricordava perfettamente di una signora che aveva parlato a lungo con lui. Si era mostrata molto interessata e gli aveva chiesto se avesse mai immaginato una situazione diversa, o se avesse voglia di vivere per un po' con altre persone che dimostrassero una maggiore attenzione nei suoi confronti. Non era riuscito a capire del tutto, ma a posteriori gli sembrava che già allora, benché ragazzino, avesse avuto la netta sensazione che quelle domande fossero assolutamente retoriche e che lui non avrebbe potuto ribattere un bel niente. I giochi erano già stati fatti, si trattava solo di un inutile pro forma: coinvolgiamo il bambino, così poi nessuno ci potrà rinfacciare di aver ignorato i suoi desideri e le sue esigenze.

«Cosa... cosa l'ha provocato?» gli domandò Inga. «Intendo dire l'allontanamento.»

Marius la guardò teso in volto. «Faccio fatica a ricordare... Non è stata la questione del braccio... certo, la solerte assistente che si occupava di noi ha lanciato l'allarme, di questo sono più che convinto. E la mia maestra anche. Non ero andato a scuola per qualche giorno e nessuno mi aveva firmato la giustificazione.»

«Eri in prima allora?»

«Sì, e verso la fine dell'anno sono stato assente, e non riuscivano a trovare nessuno nemmeno a casa.»

«Perché sei stato assente?»

Scosse la testa. «Sai, è come se nella mia testa mancassero delle immagini. Proprio non ricordo. So solo quello che mi hanno raccontato dopo. E posso immaginare senza difficoltà che mi abbiano ingannato.»

«Ma *chi*?»

«I miei genitori affidatari. Fin dall'inizio hanno avuto l'intenzione precisa di mettermi contro ai miei genitori naturali. Mi hanno raccontato un sacco di storie spaventose.»

«Cosa ti raccontavano?»

«Che ero solo in casa. Che i miei genitori stavano via anche per giorni. In un certo senso... a quanto pareva era scappata prima mia madre. E mio padre si era messo in testa che avesse tagliato la corda con un amante. Allora si era convinto a cercare i due per ridurli alla ragione. E siccome in tutto ciò io non potevo essergli d'aiuto...»

«... cos'ha fatto?» gli chiese Inga con un filo di voce.

Gli occhi di Marius tradivano una sofferenza profonda. Aveva il respiro pesante. Inga si domandò fino a che punto sarebbe potuta arrivare. Era come una bomba a orologeria. Non doveva farsi ingannare dalla familiarità dei suoi tratti e della sua voce. Era suo marito. Avevano vissuto momenti bellissimi insieme. Non doveva però dimenticare che si era trasformato in un'altra persona.

«Allora? Cos'ha fatto tuo padre?» gli chiese di nuovo.

Il suo respiro si fece più rumoroso. D'un tratto la sua bocca si contrasse. Il viso si trasformò in una maschera grottesca. «Mi ha incatenato!» urlò. «Riesci a immaginartelo? Mi ha incatenato in bagno! Il bagno non aveva finestre, e lui mi ha lasciato al buio! Buio pesto. Avevo le mani legate ed ero incatenato al gabinetto. Mio padre mi ha detto che lo faceva per il mio bene e che sarebbe tornato il giorno dopo. Poi se l'è svignata e non l'ho più visto. Capisci? *Non è tornato per giorni e giorni, e io ho pensato che sarei morto. Non avevo niente né da bere né da mangiare, e avevo una paura folle. Mia madre non c'era, io urlavo e nessuno mi sentiva. Nessuno. Ero completamente solo!*»

Era madido di sudore. Gli occhi spalancati, scuri come le tenebre. Vi si poteva leggere tutta la folle paura che aveva avuto da bambino, e istintivamente Inga cominciò a tirare la corda che la teneva legata; non per cercare di scappare, ma perché avvertiva il bisogno fisico di abbracciarlo, di accarezzarlo, di consolarlo. Di fargli sentire un po' di calore e di sicurezza e di scacciare la sofferenza dai suoi occhi.

«Perché non me l'hai mai raccontato?» gli chiese sconsolata. «Perché non ne hai mai parlato?»

Non ottenne alcuna risposta.

10

«Allora?» domandò Wolf. «Cosa succede? Pensi di potere un giorno o l'altro ritornare a occupare la nostra camera da letto, oppure il trasferimento in mansarda è definitivo?»

Era rientrato tardi – erano le nove passate –, e si notava chiaramente che era molto irritato dal fatto che Karen non gli corresse incontro come di consueto e non si affrettasse ad apparecchiare un altro posto per lui, magari versandogli anche un bicchiere di vino. Non gli era andata incontro, era rimasta seduta in veranda a leggere un libro alla luce di un lampioncino del giardino.

Wolf era salito e si era cambiato; era poi apparso in jeans e maglietta, con un'aria un po' insicura.

Karen alzò lo sguardo dal libro. «Non ho certo portato tutto su per riportarlo subito giù. Mi trovo bene così, sola soletta.»

«Ah.» Wolf si lasciò andare su una sedia. «Quindi pensi che d'ora in poi vivremo separati. Sotto lo stesso tetto, ma separati.»

«Direi che è un pezzo che viviamo in questo modo.»

«Ah, sì? Non mi sembrava, ma se tu la pensi così...» Allacciò le mani dietro alla testa. «Quindi d'ora in poi potrò anche cucinarmi la cena da solo?»

«C'è qualcosa in cucina. È solo da scaldare.»

«Benone. È bello tornare a casa e sentire che qualcuno si occupa di te.»

Karen non reagì. Era evidente che riteneva il comportamento di lei una strategia, e con ogni probabilità stava già pensando a una controffensiva. Era stato colto di sorpresa, si sentiva in svantaggio, ma Wolf non era certo il tipo che subisce una situazione simile senza battere ciglio.

Karen si sentiva invece piuttosto rilassata, perché in realtà non seguiva alcuna strategia. Wolf non aveva ancora capito che quella domenica sera aveva esagerato quando aveva scaricato i bambini e proseguito senza dire nemmeno una parola. Non perché fosse stato un gesto particolarmente grave o disdicevole. Ma era stata la famosa goccia che fa traboccare il vaso. Da quella sera niente era stato più come prima. Karen l'aveva lasciato andare per la sua strada. E questo aveva scatenato in lei una sensazione estremamente seducente di leggerezza, molto più seducente di quella che avrebbe provato ricorrendo ancora a lui.

Wolf fece un movimento con la testa indicando la casa dei vicini. «E allora? Ci sono novità... dal *teatro dell'omicidio*?»

Dal momento che in genere evitava quell'argomento, la sua domanda significava che stava cercando di superare il notevole imbarazzo che provava.

Karen annuì. «Stamattina è stato qui Kronborg. Poi è ritornato nel tardo pomeriggio.»

«Oh, ma guarda! Kronborg è stato qui addirittura due volte oggi! E chissà perché la cosa non mi stupisce quasi più? Ormai è un ospite fisso in casa nostra. Una volta invitalo a cena, dai! Mi farebbe molto piacere conoscere più da vicino un nuovo membro della famiglia!»

«Mi hai fatto una domanda. E io ti ho risposto. Non capisco la tua ironia!»

Wolf rimase in silenzio. Dopo un attimo chiese: «Cosa voleva?»

«Ha fatto una scoperta molto importante: per un periodo i Lenowsky hanno avuto un figlio in affido. Ormai è adulto e sposato, ma dai sei anni in avanti ha vissuto con loro.»

«Un figlio in affido? Un bambino adottivo, quindi?»

Karen scosse la testa. «No. Un figlio adottato diventa membro a tutti gli effetti della famiglia che lo adotta, ha lo stesso status di un figlio naturale. Un figlio in affido è un'altra cosa. Me lo ha spiegato Kronborg. Quando i servizi sociali minorili decidono di togliere un bambino a una famiglia in seguito alla decisione del tribunale, in quanto i genitori non sono in grado di svolgere il loro compito, oppure hanno trascurato o maltrattato il bambino, allora gli si cerca una sistemazione in affido presso una famiglia, una soluzione preferibile all'istituto. Penso non sia facile trovare famiglie disponibili, perché chi si offre sa che accoglierà un bambino che un giorno o l'altro potrà anche essergli tolto. Se per esempio ci sono dei cambiamenti nella famiglia d'origine, i genitori si sottopongono con successo a una cura per risolvere il problema dell'alcol oppure a una psicoterapia, allora possono rivendicare a pieno titolo il diritto a educare loro i figli. Quindi possono riottenere il bambino e la famiglia affidataria non può opporsi in alcun modo. Perché, diversamente dall'adozione, non c'è alcun vincolo legale fra la famiglia affidataria e il bambino in affido. Immagino che possano crearsi situazioni davvero drammatiche. Sono convinta che ci voglia una grande forza d'animo per affrontare un'esperienza di questo tipo.»

«Mmm» fece Wolf, «e i Lenowsky quindi l'hanno fatto? Strano. Per come me li hai descritti tu, non avrei mai pensato che fossero adatti a un impegno sociale simile!»

Karen scrollò le spalle. «Non è detto che chi tratta gli altri con distacco non debba impegnarsi nel sociale. O che non l'abbia mai fatto. I Lenowsky erano anziani. Magari anni fa erano diversi. Più aperti e spontanei. Chi può saperlo?»

«Certo» commentò Wolf.

«A ogni modo» proseguì Karen, «devono aver avuto fortuna con il bambino che è stato dato loro in affido. È rimasto con loro per tutta l'infanzia e l'adolescenza. I suoi genitori naturali erano andati completamente alla deriva per via dell'alcol. Secondo Kronborg, la madre è morta alcuni anni fa, alcolizzata senza speranza, e del padre si sono perse da tempo le tracce. Probabilmente vive sulla strada. Comunque per il figlio non è stato mai possibile tornare con lui.»

«E come mai Kronborg viene a raccontarti tutte queste cose?» chiese Wolf. «Voglio dire, potrebbero anche cominciare a lasciarti in pace con questa faccenda! Mi pare che la tua parte tu l'abbia già fatta, sei stata tu a scoprire il massacro! È proprio necessario che Kronborg faccia la sua comparsa qui quotidianamente, per aggiornarti sui minimi dettagli?»

«Il problema è che non è stato possibile rintracciare il figlio in affido» spiegò Karen. «Nel frattempo si è sposato, e si conosce anche il suo indirizzo, ma a casa non c'è nessuno. Kronborg voleva sapere se avessi mai visto un giovanotto entrare o uscire dai Lenowsky. Magari anche nel periodo in cui i Lenowsky erano... insomma, erano tenuti prigionieri.»

Wolf aggrottò la fronte. «E cosa vorrebbe insinuare? Che forse il figlio in affido...?»

«Non lo so. Kronborg è stato molto cauto. Fra le righe però ho intuito che... c'è forse il sospetto che i rapporti fra i Lenowsky e questo ragazzo non fossero dei migliori. Che avesse creato problemi fin da bambino, e che a posteriori la soluzione dell'affido ai Lenowsky fosse risultata complessivamente negativa.»

«Sospetta del figlio?»

«Non me l'ha detto direttamente. La cosa che gli pare strana è che sia scomparso.»

«Sarà in viaggio. In estate non è un fatto straordinario.»

«Infatti. Credo che però il ragazzo sia l'unico possibile appiglio nell'indagine.»

«E dal momento che Kronborg è a un punto morto e deve invece dimostrare che qualche passo avanti lo fa, si aggrappa a questa nuova teoria.»

«Non so se in realtà si tratti di una teoria» disse Karen, «in fondo mi ha solo chiesto se...»

«E tu l'hai mai visto questo pericolosissimo giovanotto?»

Karen scosse la testa. «No. Mai. Non ho mai visto nessuno da loro. Anche se non vuol dire molto, dal momento che viviamo qui da poco. Ma neanche gli altri vicini hanno visto niente. Me l'ha detto la vecchia.» Fece un movimento con la testa in direzione della casa della vicina scorbutica. «Del resto i Lenowsky stessi non ne hanno mai fatto cenno con nessuno. Tutti quanti ignoravano l'esistenza di questo ragazzo.»

«E questo giocherebbe a favore dell'ipotesi che i Lenowsky abbiano rotto con lui, magari interrompendo i rapporti. Il che non significa però che debba per forza trattarsi di un assassino!»

«No. Ma non ci autorizza nemmeno a escluderlo.»

Wolf si alzò. La sua figura imponente si stagliava contro la luce del lampioncino. «Per fortuna non sta a noi risolvere questo enigma» osservò. «Alla fine ne abbiamo già abbastanza di problemi. Cosa vuoi fare? Sei decisa a non venire in vacanza con noi?»

«Certo. Non vengo di sicuro.»
«E vuoi continuare a stare lassù in mansarda?»
«Sì.»
Wolf annuì con il capo, lentamente. «Non credo che alla lunga riuscirò ad accettare un matrimonio come questo.»

Era una minaccia. Quindi non aveva ancora capito che le sue parole non la toccavano più.

«Dopo le vacanze» rispose Karen «decideremo insieme sul da farsi.»

«In Turchia avrò un sacco di tempo per pensarci» disse lui.

Wolf rientrò di nuovo in casa, piuttosto rigido e offeso – secondo lui Karen si stava comportando in modo ingiusto nei suoi confronti –, e lei si allungò sulla sua sdraio, facendo un lungo respiro. La notte era calda, morbida, piena di voci lievi, il cielo stellato. Il fresco autunnale sembrava ben lontano. Aveva ancora davanti a sé l'intero mese di agosto. Il suo mese preferito. Il mese della piena maturazione, dell'abbondanza, dei colori decisi, del calore e della malinconia nascosta, l'annuncio del vicino distacco. Lo avrebbe trascorso nel suo giardino, insieme a Kenzo. Senza Wolf, senza i bambini.

Già da un po' stava cercando di dare un nome alla sensazione che lentamente, ogni giorno di più, sentiva crescere dentro. Una sensazione piacevole, gioiosa, ma anche piuttosto angosciante. Nuova, sconosciuta. Era carica di promesse, ma allo stesso tempo accompagnata dal timore di qualcosa di negativo.

Quella sera, per la prima volta, in quel preciso momento, riuscì a capire di che cosa si trattasse.

Era la sensazione della libertà.

Giovedì, 29 luglio

1

Ricordava perfettamente di aver ascoltato di nascosto una conversazione fra i suoi *genitori*. Avevano stabilito da subito che si sarebbe rivolto a loro chiamandoli genitori, anzi, avevano addirittura affermato che si aspettavano da lui che li sentisse come genitori. Almeno non era stato obbligato a chiamarli *mamma* e *papà*, bensì Greta e Fred. Più naturale gli sarebbe stato apostrofarli con *faccia di...* e *vecchia oca*. Oppure *smidollata*. Questo perché non osava mai contraddire il marito.

Quella sera era sgattaiolato giù dalle scale. Quanti anni aveva? Più o meno dodici. Era piuttosto alto per la sua età. Sottile e sempre affamato. Soprattutto quella sera, in cui, come accadeva di frequente, non gli avevano dato niente da mangiare. Perché aveva fatto qualcosa di male. Non ricordava più di cosa si trattasse: in casa c'erano talmente tante possibilità di infrangere le regole che i dettagli li aveva dimenticati. Poteva essersi scordato di ritirare la posta o di innaffiare gli stupidissimi gerani di Greta, oppure aveva bevuto troppo latte. Greta segnava con un tratto di pennarello il livello del latte sul cartone. E si agitava terribilmente se lui osava berne più di quanto fosse previsto.

Quella sera Greta e Fred avevano ospiti. Una coppia, non sapeva chi fossero. Non gli era nemmeno stato imposto di salutare i due, perché una volta di più gli era stato ordinato di restare chiuso in camera. Lui, però, affacciandosi al pianerottolo aveva avuto l'impressione di non conoscere il signore anziano con l'abito scuro e la signora con i riccioli grigi freschi di parrucchiere e un vestito di seta verde abbastanza stretto. Ma cosa gliene importava? Gli amici dei Lenowsky non gli erano mai piaciuti. In un certo senso erano tutti uguali. In ordine, gente benestante, la maggior parte di loro giocava a golf o andava in barca. Parlavano sempre del loro handicap o dell'ultima regata alla quale avevano preso parte. Le persone del quartiere dove aveva abitato con i suoi genitori – quelli *veri* – non avevano mai nemmeno sfiorato argomenti simili.

Greta aveva preparato il pranzo, c'era un profumino fantastico in casa. Lui aveva i crampi per la fame, sarebbe potuto impazzire se non fosse riuscito a mangiare qualcosa. Greta cucinava abbastanza bene, sebbene senza troppa fantasia.

Decise di correre un discreto rischio. Se l'avessero sorpreso in cucina a rubare il cibo – parlavano sempre di *furto* quando mangiava al di fuori degli orari prestabiliti –, l'avrebbero di nuovo picchiato. E nel weekend l'avrebbero rinchiuso e tenuto a stecchetto. Adottavano i provvedimenti più drastici solo durante il fine settimana, quando non doveva andare a scuola, altrimenti il rischio che qualcuno potesse notare qualcosa sarebbe stato troppo alto. Sei mesi prima si era sentito male in classe per la fame, era svenuto ed era rimasto privo di sensi per un po'. La sua insegnante aveva parlato con Greta e Fred, il quale però era come sempre riuscito a dare una versione del tutto innocente dell'accaduto. Mostrando grande preoccupazione aveva sostenuto che il figlio avesse pochissimo appetito e che rifiutasse praticamente qualunque cosa gli venisse offerta.

«Se fosse per lui mangerebbe solo pizza e patatine fritte» aveva spiegato con la fronte corrucciata. «Ma non è così che si cresce un ragazzo, giusto? Mia moglie fa del suo meglio per preparargli carne e verdure nei modi più appetitosi. Ma spesso e volentieri è costretta a ritirare il suo piatto senza che lui abbia toccato cibo!»

L'insegnante si era bevuta tutte le chiacchiere di Fred.

«È un problema di molte famiglie» aveva detto, «i ragazzi sono un po' viziati dai fast food, e diventa difficile proporre loro cibi alternativi molto più sani. Tuttavia, Marius è molto magro. Potrebbe anche...» aveva abbassato la voce, anche se lui, che era nella stessa stanza, aveva sentito tutto, «...insomma, potrebbero essere le avvisaglie di qualche disturbo alimentare. In fin dei conti... con quello che ha dovuto passare...»

Fred aveva finto di considerarla una grande esperta in pedagogia, che gli aveva fornito ottimi spunti di riflessione. «Prenderò in considerazione l'eventualità di farlo seguire da uno specialista» aveva assicurato. «Lei ha perfettamente ragione, non ci si può permettere di trascurare un problema come questo.»

Queste chiacchiere gli avevano fatto venire la nausea. A quel punto aveva già rinunciato a sperare o a chiedere un aiuto. Era stato imbrogliato per l'ennesima volta, accentuando in lui la convinzione che Fred Lenowsky fosse alleato con il diavolo e protetto da poteri che nessuno mai avrebbe potuto attaccare. Inoltre, a posteriori, si era sempre dovuto pentire ogni volta che aveva tentato di affrancarsi dalla sua prigionia. Fred considerava questi tentativi come alto tradimento.

Quel giorno, nonostante tutto, aveva rischiato di nuovo. Per quanto ricordava era stato il suo ultimo tentativo. L'insegnante si era già alzata per congedarsi e lui l'aveva vista uscire dalla porta, un'ultima disperata possibilità, forse.

«Spesso non mi danno da mangiare» aveva detto affannato senza osare guardare in faccia Fred, «molto spesso. Io ho sempre fame.»

Apparentemente l'insegnante si era mostrata più seccata che scioccata. Marius aveva capito subito che stentava a credere alle sue affermazioni. In fondo chi era lui ai suoi occhi? Un ragazzo alto e magro, con una storia familiare difficile alle spalle, figlio di due alcolisti persi, due derelitti. Lo avevano trovato denutrito e assetato, incatenato in un bagno schifoso, cosparso dei suoi stessi escrementi, perché la catena non gli consentiva di utilizzare il gabinetto, e quasi impazzito per la paura e la disperazione. Non c'era da stupirsi che fosse un tipo strano! Che avesse disturbi alimentari, che svenisse in pubblico all'improvviso e che perseguitasse con accuse infondate le persone che lo accudivano con le migliori intenzioni. Con quel passato non poteva certo essere normale! E di fronte a lui Fred Lenowsky, un noto avvocato, di bell'aspetto, vestito in maniera impeccabile, le basette grigie, il dopobarba di qualità e quell'aura di successo, rilassatezza ed eleganza. Di certo era lui ad avere le carte migliori. E le avrebbe sempre avute.

«Insomma» aveva detto Fred, «vuoi dire che non ti diamo sempre le cose che vorresti mangiare tu. Ne abbiamo già parlato più di una volta. E ne parleremo ancora.»

Marius aveva alzato lo sguardo incrociando gli occhi del patrigno. Il quale sorrideva. Un sorriso freddo, a labbra strette. Chi lo conosceva avrebbe intravisto un'ira incontenibile dietro a quel sorriso. Gliel'avrebbe fatta pagare. Quando l'insegnante se ne fosse andata, si sarebbe vendicato.

Lei naturalmente non aveva capito niente.

In tono gentile aveva osservato: «Non hai avuto una vita facile, Marius, lo so bene. Però devi lo stesso darti da fare. Qui vogliamo tutti aiutarti. Mi prometti che in futuro sarai ragionevole?»

Marius aveva annuito in silenzio.

Era rimasto indietro mentre Fred accompagnava la professoressa alla porta. Li aveva sentiti parlare dal corridoio.

«Purtroppo succede abbastanza spesso che Marius parli male di noi» aveva detto Fred. Era veramente sorprendente come riusciva a sembrare preoccupato. «Ho la sensazione che non riesca a superare il fatto che i suoi genitori lo abbiano trattato con tanta crudeltà. Cerca ancora adesso di mantenersi corretto nei loro confronti, di giustificare il loro comportamento. Spesso e volentieri accusa me e mia moglie di essere cattivi, per contrapporci ai suoi genitori naturali. Naturalmente noi cerchiamo di capire lui e la sua situazione, ma soprattutto mia moglie soffre molto per questo suo comportamento.»

«Posso immaginare perfettamente» disse la professoressa, «e vi ammiro per il vostro impegno. I ragazzi come lui hanno bisogno d'aiuto, ma di sicuro non sono molte le persone pronte a fornire questo aiuto, magari trascurando i propri interessi. Spero per voi che la situazione migliori con il tempo.»

«Certo, sono sicuro che andrà così» rispose Fred molto convinto. «In fondo credo che l'amore possa produrre miracoli inaspettati. E noi vogliamo veramente bene di cuore a questo ragazzo.»

In quel momento, da solo in sala, avrebbe voluto urlare per la rabbia, poi aveva sentito i passi di Fred Lenowsky che si avvicinava, e si era sentito male per la paura.

Si era allontanato dall'argomento principale. Le sue riflessioni erano altre, altre erano le cose che avrebbe voluto raccontare a Rebecca. Di cosa si trattava?
Stava sudando. Quando si passò una mano sulla fronte notò che aveva i capelli umidi e appiccicati.
Aveva raccontato la storia della professoressa. Ma aveva cominciato con... con il resoconto di quella sera, quando si era infilato di nascosto in cucina, affamato. Giusto. Continuava a cambiare discorso. Non riusciva a raccontare la sua vita in modo logico e lineare. Proprio lui! Che studiava legge. Che prendeva ottimi voti! Non faceva alcuna fatica a svolgere i suoi lavori in modo coerente e logico. In quella situazione, però, di fronte al compito più impegnativo che si fosse mai posto, stava fallendo. Avrebbe voluto piangere.
Rebecca aveva ancora mani e piedi legati, ma non aveva più fornito a Marius alcun motivo per tapparle di nuovo la bocca con il fazzoletto. Probabilmente era quella la cosa che la terrorizzava maggiormente. Non aveva comunque tentato di urlare né di ingannarlo in qualche modo per cercare di scappare. In effetti sembrava addirittura più tranquilla. All'inizio aveva dato la sensazione di un animale finito in una trappola mortale, ma lentamente il terrore nel suo sguardo si era attenuato. Il respiro si era regolarizzato; per un bel po' era andata avanti ad ansimare, a rantolare. Da un lato gli aveva fatto piacere vederla nel panico, era giusto che soffrisse, che imparasse a conoscere l'angoscia e la disperazione, anche se la cosa più importante era che stesse a sentirlo. Doveva assolutamente capire le sue parole, doveva interiorizzarle, comprendere il danno che gli aveva procurato. Doveva avere ben chiara la sua colpa in tutta la sua enormità.
Fu quasi spaventato nel sentirla parlare. Per tutto il tempo era stata ad ascoltarlo in silenzio.
«È stato terribile» iniziò, «mi creda, Marius, posso capire perfettamente che la sua situazione di bambino e adolescente sia stata disperata.»
Era stato quasi sul punto di saltar su e aggredirla, perché aveva

osato aprire bocca. Invece riuscì a dominarsi. Aveva parlato sottovoce. E questo glielo aveva concesso. Si era attenuta alle sue regole. E alla fine era riuscito a costringerla nella situazione alla quale avrebbe voluto portarla. A parlare con lui. Era molto importante. Doveva passare dalla sua parte.

Si distese un po'.

«Ah, sì?» le domandò in tono aggressivo. «Puoi capirlo?»

«Certo. Dev'essere stato un incubo!»

La fissò con sguardo penetrante. Erano sincere le sue parole? O forse stava solo farfugliando qualcosa che pensava potesse fargli piacere sentire? Forse di lui non le importava assolutamente niente e aveva solo in mente di portare a casa la pelle. Anche Inga era così. Aveva creduto che fosse veramente interessata alla sua vicenda, che fosse desiderosa di capirlo e forse alla fine anche disposta a prendere le sue parti, in contrasto con la sua amata Rebecca, invece poi aveva sfruttato il tempo in cui l'aveva lasciata da sola in salotto per cercare di liberarsi e scappare.

Già! Non doveva dimenticarsi di andare a controllare i lacci.

Non me ne posso assolutamente scordare!

Di nuovo si allontanò i capelli dalla fronte. Era una situazione molto difficile. Notevolmente complicata per la presenza di Inga. In più bisognava aggiungere lo scarso riposo e la fame. Era l'una di notte. Quando aveva dormito l'ultima volta? Quando aveva mangiato?

Pazienza. Non era quello il punto. Avrebbe tenuto duro, doveva tenere duro.

«Un incubo» riprese le sue ultime parole, «hai ragione, un incubo. Un incubo costante. Che è durato anni senza la minima prospettiva di aiuto.»

«Prima stava per raccontarmi una cosa» disse lei. «Di una sera in cui i suoi genitori affidatari avevano ospiti. Lei è sgattaiolato in cucina per mangiare qualcosa. Aveva molta fame.»

Lo sorprese. L'aveva ascoltato, allora. Mostrava interesse. Se stava recitando, era un'ottima attrice.

Si alzò. Faceva sempre una gran fatica a stare seduto più a lungo di qualche minuto.

«Sì, certo. Quella sera. I ricordi tornano tutti insieme, si accavallano. Faccio fatica a dare un ordine alle immagini.»

«Ma non siamo obbligati a restare vincolati a una sequenza precisa» osservò Rebecca.

Marius annuì. «Hai ragione. Questo sforzo mi affatica. Devo smetterla. Tanto abbiamo tutto il tempo del mondo, vero?»

«Cos'è successo quella sera?»

Chi fossero gli ospiti gli era del tutto indifferente; anche in seguito fra l'altro non aveva mai saputo i loro nomi. Gli erano altrettanto indifferenti gli argomenti di conversazione con Fred e Greta. L'unica cosa che gli importava era mangiare. Greta aveva fatto le bistecche, che doveva ormai aver servito, ma lui sperava nei contorni, dei quali forse era rimasto qualche avanzo nelle pentole. Magari aveva offerto le noccioline con l'aperitivo e ne aveva riportata in cucina qualcuna avanzata, e di sicuro nessuno si sarebbe accorto se lui le avesse mangiate. Poi gli sembrava di aver sentito profumo di zuppa di pomodoro. Se non l'aveva servita tutta, avrebbe trovato gli avanzi anche di quella. Se avesse preso qualcosa qui e là, nessuno ci avrebbe fatto caso.

L'impresa presentava rischi notevoli, e il cuore gli batteva in gola, ma alla fine la fame aveva avuto la meglio sulla paura. Raggiunto il gradino più basso – il passaggio più rischioso, lì era a pochi passi dalla porta che dava sulla sala da pranzo –, improvvisamente sentì pronunciare il suo nome. Istintivamente si fermò. Stavano parlando di lui? Che gli ospiti volessero vederlo? E allora significava che di lì a poco Fred o Greta sarebbero venuti a chiamarlo?

Il primo impulso fu quello di fare dietrofront e correre su al più presto. Ma qualcosa lo trattenne. O forse era solo la paura a paralizzarlo.

«Ma perché proprio un *affido*?» domandò una voce femminile. Non riconobbe Greta, quindi doveva trattarsi della signora in verde. «Intendo dire che in questo modo siete esposti alla più grande incertezza! Possono togliervi Marius in qualunque momento!»

«Be', effettivamente io avrei preferito...» cominciò a dire Greta, ma Fred la interruppe immediatamente.

«Mia moglie voleva assolutamente avere un bambino. E questa opportunità ci è sembrata la più sensata.»

«Ma avreste potuto adottarlo» insistette la signora in verde, «sarebbe stato un sistema più sicuro. Un figlio adottato è come un figlio naturale. Avrebbe preso il vostro cognome e apparterrebbe in tutto e per tutto alla famiglia. Nessuno ve lo potrebbe togliere.»

«Ma non si sa mai chi viene assegnato» osservò Fred.

A quel punto intervenne l'altra voce maschile.

«In fondo questo capita anche con i figli naturali. Nostro figlio se n'è andato a diciotto anni. A sentire lui siamo dei borghesi dalla mentalità ristretta con i quali è impossibile convivere. Ormai ha venticinque anni e dalle ultime notizie che abbiamo di lui sappiamo che si trova in una specie di comunità hippy in Spagna, non ha un lavoro fisso e si crede un grande poeta, le cui poesie probabilmente nessuno leggerà mai. Potete immaginare quanto siamo delusi noi!»

«Richard, ti prego» disse la moglie sottovoce, «adesso questo cosa c'entra?»

«Vostro figlio vi ha lasciati e non si interessa più di voi. Quando però voi un giorno... passerete a miglior vita, a lui andrà tutto ciò che voi con il vostro lavoro avete costruito» disse Fred. «E questo non vi sembra ingiusto?»

«La legittima» corresse Richard. «Non siamo tenuti a lasciargli niente di più.»

«Nel vostro caso anche la legittima è un patrimonio considerevole.»

«Ma non è giusto valutare i figli solo in base al problema dell'eredità» osservò Greta. Considerando le sue normali abitudini osa contraddire il marito fin troppo, rifletté Marius da fuori.

«In ogni modo» disse Fred, «è proprio questo il problema che ho cercato di aggirare. Se una persona mi delude non voglio lasciarle neanche un centesimo. Un figlio adottato entra nella successione come i figli naturali. Quindi prende almeno la legittima. Ma secondo me sarebbe troppo. Se solo penso» a quel punto alzò la voce, «se solo penso che un tipo come Marius avremmo potuto *adottarlo*, allora immagino che sarebbe stato difficile sfuggire all'imbroglio! Non avremmo avuto scelta! Dovremmo pagargli gli studi e avrebbe addirittura diritto a una seconda possibilità di formazione se dovesse all'improvviso rendersi conto che i suoi interessi sono cambiati!

E diventerebbe automaticamente il nostro erede! Sono sicuro che questa prospettiva mi farebbe rivoltare nella tomba!»

Aveva parlato con grande veemenza, e le sue parole furono seguite da attimi di silenzio turbato.

«Allora» domandò alla fine la signora sconosciuta con una certa timidezza, «questo vuol dire che il ragazzo non le piace? Voglio dire, in fondo è un ragazzino di dodici anni. È ancora un bambino. E lei ne parla... mi scusi se mi permetto di dirlo... ne parla quasi con odio. È possibile *odiare* un ragazzino di dodici anni?»

«Nellie!» questa volta fu il marito a riprenderla, risentito. «Non sono certo fatti nostri!»

Fuori Marius stava stringendo i pugni con tale intensità da ferirsi i palmi delle mani. Cosa avrebbe risposto Fred?

Perché diavolo mi interessa poi la sua risposta?

«Odio?» chiese Fred. «In fondo, l'odio non è molto diverso dall'amore, no? A entrambi non si comanda, non si può guidarli. Non ci si può inventare uno di questi sentimenti quando non c'è, né è possibile liberarsene quando è radicato in noi. Tuttavia non è vero che io odio Marius. No.»

Nessuno osò ribattere. Fred proseguì: «Io lo disprezzo, questo sì. Non posso negarlo. Ogni volta che vedo il suo viso sottile e pallido, quel suo corpo rachitico, mi pare che rispecchino in pieno la sua maledetta origine. La sua famiglia d'origine è una famiglia *asociale*. I genitori alcolisti, nessuno dei due in grado di mantenere un posto di lavoro per più di una settimana. Gente senza speranza. Sono scappati lasciando solo in casa il figlio, che aveva allora sei anni, solo in casa. Legato in bagno. Senz'acqua, senza cibo. La polizia l'ha trovato mezzo morto. Per fortuna la famiglia era seguita dai servizi sociali, e la persona incaricata ha lanciato l'allarme. L'insegnante di scuola anche. Se non ci fossero state queste due persone forse non si sarebbe salvato. Il padre è riapparso quattro settimane dopo, la madre ancora più tardi».

«Povero ragazzo» disse Nellie, «così giovane ha già fatto esperienze così terribili!»

«Ma questo è solo un lato della medaglia» proseguì Fred, «l'altro è che questo ragazzo dall'aria innocente, almeno così sembrerà senz'altro a voi, porta in sé i geni dei genitori. Tutta l'instabilità, tutta la depravazione di quella gente è passata a lui. E io ce l'ho sempre davanti agli occhi! »

«Ma questo è proprio uno degli argomenti attualmente più discussi nell'ambiente scientifico» intervenne Richard, «e finora apparentemente senza grandi risultati. Non è per nulla chiaro fino a che punto l'eredità genetica condizioni il nostro carattere. Alcuni sostengono che il contributo genetico allo sviluppo mentale e psichico è modestissimo. Sarebbe molto più rilevante in questo senso la cosiddetta socializzazione, cioè il modo in cui cresciamo e quindi veniamo plasmati dall'ambiente che ci circonda.»

«Sia come sia» commentò Fred. Sembrava impaziente. Per garantirsi la sua incolumità Marius aveva imparato, cosa per lui assolutamente vitale, a prevenire gli umori di Fred, come un sismografo, e a regolare il suo comportamento in base a quelli; quindi conosceva bene quel tono vagamente dimesso che tradiva un'ira crescente, che in breve sarebbe stata incontenibile. Con ogni probabilità gli estranei non se ne rendevano nemmeno conto. Forse solo Greta percepiva qualcosa.

«Non voglio mettermi a discutere delle varie teorie scientifiche» proseguì Fred, «sarebbe comunque un campo troppo vasto per noi. In ogni caso il ragazzo aveva sei anni quando è arrivato. Quindi ha vissuto i primi sei importantissimi anni della sua vita in un ambiente che si fa fatica a immaginare più depravato. E ne è quindi stato forgiato.»

«A sei anni un bambino è ancora molto piccolo» ribatté Nellie. «Penso che con molto amore e dedizione si possano ancora ottenere grandi risultati.»

«Io sono dell'idea che è meglio prenderlo di petto» sostenne Fred, «anche in questo modo si ottengono grandi risultati. Non gliene lascio passare una. Mai! E devo dire che, tranne in rari casi, ottengo quello che voglio!»

«Lei sicuramente sa come comportarsi» osservò Richard dopo una breve pausa. «Farà sicuramente la cosa più giusta.»

«Secondo me, tuttavia...» ricominciò Nellie, ma il marito la interruppe immediatamente: «Nellie, noi dobbiamo solo stare zitti. Le persone che si sono addossate la responsabilità dell'educazione di un ragazzo come questo devono decidere da sole quale sia la strada migliore per lui. Alla fine le conseguenze di queste decisioni ricadranno su di loro».

Fuori Marius continuava a tormentarsi i palmi delle mani con le unghie, senza avvertire il minimo dolore. Dovevano fare qualcosa, per forza! Fred si era tradito. Avevano intuito il suo odio. Aveva detto che disprezzava quel suo figlio in affido. Aveva detto che lo prendeva di petto. A quel punto Nellie e Richard, chiunque essi fossero, avrebbero dovuto fare qualcosa!

«Fred, i nostri ospiti sono rimasti senza vino» ricordò Greta al marito.

Evidentemente il vino era stato versato, perché sentì Richard che commentava: «Grazie mille. Ottimo, questo vino».

E Nellie aggiunse: «E anche il pranzo è squisito! Ammiro molto chi sa cucinare bene!»

A quel punto cambiarono argomento.

Marius fissò Rebecca. Durante il racconto non aveva smesso di andare avanti e indietro. Era sudato fradicio, il volto madido. Forse aveva addirittura pianto, non avrebbe saputo dirlo nemmeno lui.

«Capisci? Di nuovo una speranza infranta. Fred aveva recitato sempre e ovunque, ai servizi sociali come in ogni altro luogo, la parte del perfetto vicepadre. Comprensivo, amorevole, impegnato. Le sue esibizioni erano un vero e proprio delirio. Era veramente eccezionale come attore. Riusciva anche a parlare con una voce che esprimeva di volta in volta calore oppure partecipazione e preoccupazione, e chissà cos'altro ancora! Dimostrava un'ambivalenza degna del dottor Jekyll e di Mr. Hyde. Un uomo con due facce. Che non perdeva mai il controllo sulla parte che recitava in quel momento. Tranne quella sera. In tanti anni fu l'unica volta – per meglio dire l'unica volta che io possa testimoniare, anche se sono abbastanza convinto che non ce ne siano state molte altre –, in cui si tolse la maschera per dieci, quindici minuti. Rivelò il suo odio e il suo disprezzo, così come la strategia che aveva adottato nei miei confronti. I suoi ospiti non potevano più avere alcun dubbio sul fatto che c'era qualcosa di strano in casa nostra!» Di nuovo si passò nervosamente la mano fra i capelli, che erano ormai completamente bagnati, come se avesse appena fatto una doccia. «Capisci?»

Continuava a domandare *Capisci?* Attribuiva una grande importanza al fatto che lei capisse.

«Quella sera nessuno mi ha visto! Gli ospiti arrivarono alle sette e io, dodicenne, ero già stato spedito su in camera. Nessuno mi ha visto né sentito. Non è una cosa un po' strana?»

Aspettò. Quando si rese conto che non gli rispondeva si mise a urlare: «A te non sarebbe sembrata una cosa un po' strana?»

Rebecca fece un respiro profondo. «Certo» rispose, «ma noi non conosciamo la spiegazione che Fred Lenowsky ha dato di questa circostanza. In fondo lei non ha potuto seguire tutti i loro discorsi. Magari ha detto che era malato. Che aveva una brutta influenza o la varicella, o la parotite. In quel caso nessuno si sarebbe stupito che lei non si facesse vedere, né avrebbe avuto desiderio di vederla. A Fred sarebbe bastato accennare a qualcosa di vagamente contagioso per ottenere il suo scopo.»

Non aveva mai pensato a questa eventualità. Certo, sarebbe stato da lui comportarsi così. Maledetto bugiardo che non era altro!

«Va bene» commentò, «va bene, ma dopo... si sono accorti di qualcosa. Li ho sentiti. Nellie e Richard si sono resi perfettamente conto che c'era qualcosa di strano. Sono rimasti colpiti. Hanno trovato terribili le cose che diceva Fred. L'ho capito dai loro commenti. Capisci? Non mi sono sbagliato. *Li ho sentiti con le mie orecchie!*»

Rebecca annuì con il capo. I suoi occhi scuri rivelavano compassione per lui. Marius si augurò che non stesse solo recitando.

«E questo ha fatto nascere in lei la speranza. Lo capisco bene. Lei non è il primo a cadere vittima dell'indifferenza, o per meglio dire, della mancanza di senso civico della gente. Non ci si vuole immischiare. Si sa che questo porterebbe solo fastidi. Ci si richiama al principio che la vita degli altri non ci riguarda, e che ognuno deve farsi i fatti suoi. Lei ha detto che non sapeva chi fossero gli ospiti quella sera. Forse c'erano rapporti d'affari o addirittura rapporti di dipendenza fra questo Richard e Fred Lenowsky. Una carriera che forse sarebbe stata compromessa. Denaro che non sarebbe entrato in cassa. Questi sono motivi purtroppo più che sufficienti per indurre qualcuno a guardare dall'altra parte. Lei non può nemmeno immaginarsi quante volte l'ho sperimentato nel mio lavoro.»

Marius si sedette di nuovo. Le gambe gli tremavano come foglie. Che fosse l'agitazione? Si augurò che non fosse la mancanza di sonno e cibo a provocargli quello stato di deperimento corporeo sempre più evidente. Certo, il problema del mangiare avrebbe potuto risolverlo. Ma dormire... Non si fidava delle due donne. Rebecca pareva interessata alla sua storia, gli parlava, lo ascoltava con attenzione. Ma ancora non riusciva a capire se il suo atteggiamento fosse sincero. Oppure se invece avesse solo paura e perciò tentasse di tenerlo a bada. Se si fosse addormentato, lei avrebbe probabilmente cercato di liberarsi dai lacci e di scappare, proprio come Inga.

Inga! Non doveva dimenticarsi di controllare che fosse ancora legata saldamente!

«Non ho più rivisto Nellie e Richard a cena» riprese Marius, «probabilmente tutta quella faccenda li imbarazzava. Non volevano essere coinvolti. Di certo non si erano rivolti a nessuno. Infatti non si è visto nessuno, nessuno è venuto a controllare. Fred Lenowsky aveva potuto dichiarare in presenza di terzi che mi disprezzava, che aveva paura della mia eredità genetica e che mi *prendeva di petto*, come diceva lui. Ma ciò nonostante non successe nulla. Nessuno se ne preoccupò. Nessuno volle vedere l'inferno nel quale vivevo.»

«Terribile» disse Rebecca sottovoce, «veramente, Marius, è semplicemente agghiacciante quello che le è successo.»

Marius tamburellava con i polpastrelli sul comò vicino a lui. «Purtroppo te ne accorgi tardi. Maledettamente tardi.»

Rebecca sospirò.

«Per il mio decimo compleanno mi regalarono un cane» disse lui di punto in bianco. «È stato l'unico momento lieto in tutta la mia infanzia di merda. Un golden retriever, un cucciolo biondo e stupendo. Per i Lenowsky si trattava solo di uno status symbol, come sempre.»

«Lo aveva desiderato questo cane?»

«Sì. Credo che ogni bambino desideri un cane, no? Naturalmente non avevo mai pensato che un giorno avrei potuto possederlo veramente. In genere i miei desideri non venivano esauditi. Per i compleanni mi regalavano sempre e solo cose pratiche che avrebbero dovuto comprare comunque. Calzettoni, biancheria e guanti. Roba del genere. Ma per il mio decimo compleanno... ho trovato davanti alla mia porta una piccola gabbia. Dentro c'era Clarence. Una gioia immensa!»

«Secondo lei, perché Fred Lenowsky ha soddisfatto così all'improvviso un suo desiderio tanto importante?»

Marius sorrise. Era un sorriso carico di amarezza e di delusione. «Stai pensando che potrebbe aver cambiato atteggiamento nei miei confronti? Sì, all'inizio l'ho pensato anch'io. Ero strafelice. Ho pensato che il cane rappresentasse l'inizio di una nuova vita.»

Rebecca ovviamente intuì che le cose erano andate diversamente. «E invece si era sbagliato.»

«Appunto. E di grosso. Perché aveva comprato il cane? Non certo per farmi un piacere. Credo che l'abbia fatto per mettersi in mostra. Soprattutto nei confronti dei servizi sociali. *Abbiamo regalato un cane a Marius. Un animale è molto importante per un bambino. Lo aiuterà a sviluppare il suo senso di responsabilità. E poi sarà un nuovo amico tutto per lui!*» Marius si alzò di nuovo, ricominciò ad andare avanti e indietro. «Tutte quelle parole» disse, «erano la specialità di Lenowsky. Sapeva sempre esattamente cosa dire nel momento giusto e alla persona giusta. Aveva un suo modo di fare ogni volta diverso, che si trattasse della tizia dei servizi sociali, dell'amministratore delegato di una banca o di una hostess in aereo. Ogni volta era diverso. E sempre adeguato. Con modi che gli permettevano di ottenere il meglio per sé.» Si fermò, si passò di nuovo una mano sul viso e fra i capelli. Tremava come una foglia. Diavolo, non sarebbe più riuscito a tirare avanti, doveva riposare almeno qualche ora.

«Povero cane. Anche lui finì per patire i sistemi di Fred Lenowsky. Si vantava molto all'idea di creare all'interno della famiglia una specie di branco, con una distribuzione di ruoli ben determinata. Lui naturalmente era il capo. Io sono in cima alla piramide, diceva sempre. C'erano giorni in cui lo ripeteva un centinaio di volte.»

Rebecca lo fissò negli occhi. «Lei ha assolutamente ragione» disse, «era matto. Era malato.»

«Poi veniva Greta, poi io, poi il cane. Prova a immaginarti, ha insegnato al cane a passare sempre per ultimo da una porta. Altrimenti non imparerà mai a essere sottomesso, diceva Fred. E la sottomissione era sempre la cosa più importante per lui. Io invece avevo sognato un cane che trotterellasse fuori di casa davanti a noi, pieno di allegria e di vivacità. Fred trasformò Clarence in una bestia sottomessa e spaventata, attenta a non dimenticare mai il suo ruolo di ultimo anello della catena. Non poteva vivere liberamente, come me del resto. Sai un'altra cosa sulla quale si impuntava sempre Fred? Clarence doveva mangiare sempre per ultimo. E quando Fred di sera usciva per i suoi numerosi impegni di lavoro, Clarence doveva aspettarlo fino a mezzanotte. Affamato e inquieto. A Fred piaceva un sacco tornare a casa, mangiare ancora un pezzo di pane e osservare compiaciuto il povero Clarence che non capiva più niente tanto era famelico. Si può dire che provasse un piacere intimo a esercitare il suo potere. Poi gli allungava magnanimamente la ciotola con il suo cibo. E Clarence allora quasi gli leccava i piedi per la gratitudine.»

Rebecca deglutì. «Marius, lei è finito fra le grinfie di uno psicopatico» gli disse, «e non può immaginare quanto questo mi faccia dispiacere. Per lei e per Clarence. Lenowsky era uno psicopatico della peggior specie. Uno di quelli che non si manifestano nella quotidianità e che quindi non vengono mai neutralizzati. Uno che anzi impone pubblicamente nella società la sua maschera indiscussa di persona in vista e di successo. Alla quale vengono tributati rispetto e riconoscimento. Sulla sua tomba verranno incise iscrizioni in suo onore da parte delle autorità cittadine e si sprecheranno parole commosse per sottolineare le sue opere eccezionali. È tutto così ingiusto. Così terribile. Ma purtroppo succede di continuo, ovunque.»

Lo capiva. Era presa al cento per cento dalla sua vicenda. La sua compassione era sincera, di questo si sentiva piuttosto sicuro. Con le sue parole l'aveva colpita.

«Ma perché?» domandò. «Perché mi ha voluto in casa sua? Con tutto il suo odio e il suo disprezzo... perché l'ha fatto?»

Rebecca accennò un sorriso, ma non un sorriso sprezzante, come riconobbe dopo il primo attimo di disorientamento. Era un sorriso triste. «La risposta gliela fornisce Clarence, no?» disse. «Si trattava del potere. Per le persone come Lenowsky il potere è sempre la cosa più importante. È questo l'aspetto malato della loro natura. È molto facile sottomettere un cane. È molto facile ridurre un bambino all'ubbidienza. Lenowsky ne aveva bisogno. Immagino che per lui si trattasse di una vera e propria malattia. Doveva essere certo che qualcuno avesse paura di lui. Che qualcuno mendicasse la sua benevolenza. Che qualcuno dipendesse in pieno dai suoi umori. Per lui era come una piccola droga quotidiana. Quindi un bambino in affido è stato come il cacio sui maccheroni. Lei ha origliato la sua conversazione con gli amici, no? Lenowsky aveva bisogno di tormentare qualcuno, ma non aveva alcuna intenzione di essere vincolato da un legame. Non gliene importava niente di un bambino. Della sua vita e del suo futuro. Anzi, in fondo l'idea che un bambino potesse un giorno diventare suo erede lo faceva impazzire. Perché in quel caso il bambino avrebbe ottenuto una vittoria al momento della sua morte, e lui non lo avrebbe sopportato. Per questo stesso motivo non aveva preso in considerazione un'adozione. Invece un bambino in affido... era proprio la cosa migliore per lui. Anche perché la sua generosità sarebbe stata riconosciuta socialmente. Devono essere stati anni di grandi soddisfazioni per lui.»

Il dolore era così forte da sembrare insopportabile. E anche il desiderio di piangere. Di farsi abbracciare da Rebecca e farsi consolare da lei.

Non posso dimenticare che è la mia nemica. Lei mi ha tradito. Lei era dalla parte degli altri. Anche se adesso tenta di apparire ragionevole.

In tono volutamente indifferente – mentre dentro di sé era lacerato dalla disperazione, come se non fosse passato nemmeno un giorno da quegli episodi –, le disse: «Comunque alla fine Fred modificò la gerarchia interna alla famiglia. Clarence perse l'ultimo posto, che andò a me».

«Oh, Marius...»

Respirava faticosamente. «*Tu sei l'ultimo!* Cominciò a ripetere anche questa frase, come l'altra: *Io sono in cima alla piramide!* A quel punto ero io che dovevo mangiare dopo il cane. Stavo a letto contorcendomi dai crampi. Nel cuore della notte veniva a prendermi e mi portava in cucina. E io e Clarence eravamo costretti ad assistere allo spettacolo di lui che si preparava due uova al tegamino e se le mangiava di gusto. E noi morivamo di fame. Poi metteva la ciotola a Clarence. E solo quando lui aveva mangiato fino all'ultima briciola, dava a me il mio pane. Senza uova, naturalmente. Al massimo con un po' di burro. Ero l'ultimo. Io ero l'ultimo. *Io ero l'ultimo!*»

Urlò queste ultime parole. Poi, senza più riuscire a frenarsi, scoppiò in lacrime.

Si piegò in avanti per il dolore.

«Avrei potuto amarli! Rebecca, se solo fossero stati un po' diversi, li avrei amati. Li avrei amati come i miei genitori. Ero un bambino. Avevo solo bisogno di essere amato. E di amare io stesso. Avrei dato tutto me stesso a Fred e Greta. Tutto! Il mio amore, la mia fiducia, la mia tenerezza. Avrei voluto farlo! Avrei proprio voluto!»

Era scosso così violentemente dai singhiozzi che cominciò a tremare come una foglia.

Avrebbe voluto abbracciare Rebecca.

Ma lei non poteva. Aveva mani e piedi legati e non poteva fare altro che osservare impotente il suo dolore.

2

La slavina aveva cominciato la sua corsa rovinosa. Più niente e nessuno avrebbe potuto fermarla. L'unica questione ancora aperta riguardava i danni che avrebbe provocato.

Probabilmente distruggerà la mia vita, pensò Clara, succederà questo. La mia esistenza sarà fatta a pezzi.

Dopo il colloquio con Agneta aveva atteso come paralizzata lo scoppio della furia, lo scatenarsi della catastrofe. Poi c'era stata la telefonata di un commissario della polizia criminale, Kronborg, che le aveva fissato un appuntamento per il giorno successivo. E così tutto si era innescato.

Per un'assurda quanto insensata convinzione aveva sperato che sarebbe riuscita a venirne fuori senza che Bert nemmeno se ne accorgesse. Proprio quel giorno, però, era rientrato eccezionalmente presto dal lavoro e aveva sentito la chiamata di Kronborg.

«Ma chi era?» aveva domandato senza malizia, e lei aveva risposto con un'alzata di spalle: «Un commissario della polizia criminale. Verrà qui domattina per farmi qualche domanda».

«E perché mai? Cosa diavolo hai a che fare tu con la polizia criminale?»

Non lo aveva guardato negli occhi e intanto aveva cominciato a raccontargli in maniera confusa e agitata dei sospetti di Agneta e di Sabrina Baldini, del piccolo Marius, della vicenda poco chiara legata al suo caso di affido. E del ruolo che lei stessa aveva avuto in quella vicenda.

Bert aveva ascoltato ogni cosa, sempre più perplesso.

«Bambini maltrattati? Ma ho capito proprio bene? Quindi tu avresti contribuito a tenere nascosto un caso di maltrattamenti a un minore?»

Aveva cercato di spiegargli che dopo tanti anni era facile giudicare la vicenda, ma all'epoca per lei era stato molto difficile valutare le circostanze in maniera obiettiva. Bert si era sforzato di capirla, ma la sua reazione istintiva le aveva fatto percepire quale sarebbe stato l'atteggiamento più probabile anche da parte di altre persone. *Ha contribuito a tenere nascosto un caso di maltrattamenti a un minore.* E chi non era vicino a lei non avrebbe avuto alcun interesse ad approfondire la vicenda ascoltando la sua versione dei fatti. Sarebbe stata condannata, dipinta come un mostro, colpevole di un crimine innominabile.

«Allora dobbiamo stare veramente attenti» aveva detto Bert alla fine. «La polizia dovrà proteggerti! Dietro a queste lettere stravaganti c'è quindi un pazzo furioso, che può rivelarsi pericolosissimo!»

L'aveva sempre presa in giro, quando si era lamentata delle lettere anonime. A quel punto dovette ammettere che la sua paura non era stata ingiustificata. Ma questo non fece provare a Clara alcun senso di trionfo.

La mattina successiva Kronborg arrivò puntuale alle nove. Clara non aveva mai visto un uomo tanto alto. Per fortuna si rivelò una persona gentile. Aveva temuto che anche lui avesse già pronta una condanna nei suoi confronti e che lei non avrebbe avuto la benché minima possibilità di convincerlo del fatto che a quei tempi si era trovata invischiata in un intrigo del quale non aveva saputo stimare la reale portata.

Kronborg, al contrario, era il tipo di persona che induceva il suo interlocutore a confidarsi.

Quasi più confessore che poliziotto, pensò Clara. Doveva fare molta attenzione. Non doveva lasciarsi ingannare dai suoi sorrisi gentili.

Aveva avuto un lungo colloquio con Sabrina Baldini.

«È stato di fondamentale importanza che ci abbia chiamato» osservò, «altrimenti chissà quanto tempo ci avremmo messo per scoprire l'esistenza di questo figlio in affido. Marius Hagenau. Studente di giurisprudenza, secondo anno.»

«Hagenau...» ripeté Clara. Il nome non le diceva assolutamente niente. Per un attimo sentì di nuovo la speranza germogliare in lei. Che fosse stato solo un enorme sbaglio?

Tuttavia Kronborg distrusse immediatamente la sua illusione.

«È sposato da quasi due anni e ha preso il nome della moglie. Prima si chiamava Peters. Marius Peters.»

Si sentì crollare. «Sì. Sì, si chiamava proprio così...»

«Ha sentito dell'omicidio dei coniugi Lenowsky? I genitori affidatari di Marius? Marius non sarebbe certo finito nell'elenco dei sospettati senza un buon motivo, ma ora che abbiamo saputo dei problemi che ci sono stati al momento dell'affido... Inoltre siamo a conoscenza di lettere minatorie inviate a lei, a Sabrina Baldini e a un'altra signora. E tutte e tre in qualche misura avete avuto a che fare con Marius Peters. A questo punto non la stupirà sapere che Marius Hagenau è il primo fra i sospettati.»

«Il primo?» domandò Clara. «Perché, ce ne sono anche altri?»

Kronborg si vide costretto ad ammettere che aveva usato una frase di circostanza, che in effetti non rispecchiava la realtà della situazione. Non c'era nessun altro sospettato.

«Tuttavia, a questo punto delle indagini, non possiamo fossilizzarci su un unico indizio» proseguì, «tutto è ancora possibile.»

Ma non probabile, pensò Clara avvilita.

«È stata lei ad assegnare il bambino Marius Peters alla coppia Lenowsky?» le chiese Kronborg in tono professionale.

Clara annuì. «Sì. Ma anche no. In un certo senso è stato un caso un po' diverso dagli altri.»

«Lei lavorava come assistente sociale ai servizi minorili, vero?»

«Settore sostegno educativo, per la precisione. Un giorno venne da me la dirigente a riferirmi di un caso di allontanamento di minore. Marius Peters allora aveva sei anni. Era stato incatenato e abbandonato, l'avevano trovato quasi morto di fame nella casa dei genitori. La famiglia era da tempo seguita dai servizi sociali. Naturalmente i genitori erano spariti. Era chiaro che avrebbero tolto loro il bambino per un certo periodo. Nessun tribunale si sarebbe mai opposto a una scelta del genere. Nella perizia effettuata i due venivano definiti alcolisti cronici. Se non si fossero sottoposti a un trattamento intensivo di disintossicazione e non avessero accettato un intervento terapeutico a lungo termine, il bambino non l'avrebbero più rivisto.»

«Fino a questo punto, quindi, un caso del tutto normale.»

«Sì.» Clara deglutì. «Che tuttavia ben presto si rivelò essere tutt'altro. Alla perizia sarebbe dovuta seguire la formulazione di un parere professionale da parte di tutto il dipartimento. Sarebbero state interpellate anche le colleghe dei servizi sociali, che meglio conoscevano il bambino e la famiglia.»

«E questo è mai accaduto?» Kronborg si mise a sfogliare i suoi documenti. Si era informato sui nomi delle persone coinvolte. «La signora Stella Wiegand, se non sbaglio?»

«Lei non partecipò. In quel momento Stella Wiegand era già gravemente malata. Cancro. Aveva addirittura interrotto il lavoro per un certo periodo, durante il quale la famiglia Peters era stata seguita dalla mia collega Agneta. Che è l'altra persona ad aver ricevuto...»

«Certo. Le lettere minatorie.»

«In ogni caso era stata ancora Stella ad autorizzare l'allontanamento del bambino. Ma proprio il giorno successivo venne di nuovo ricoverata, le sue condizioni erano ulteriormente peggiorate. È morta nove mesi più tardi.»

«Le colleghe dei servizi sociali espressero quindi un loro parere oppure no?»

Clara scosse la testa. «No. La dirigente del dipartimento dichiarò di aver già trovato una famiglia a cui dare in affido Marius. Mi fornì nome e indirizzo chiedendomi di occuparmene.»

«La cosa la stupì?»

«Sì. Certo. Ma l'assenza di Stella, la cui testimonianza sarebbe stata fondamentale nella discussione, in un certo senso giustificava la procedura.» Cercò di pensare a quello che aveva provato allora. Si era veramente stupita di come erano andate le cose? Non avrebbe forse dovuto preoccuparsi di più?

«L'assenza di Stella aveva comunque modificato la normale procedura» osservò.

Kronborg annuì con il capo. «Capisco. Qual è stato il passo successivo?»

«Convocai i Lenowsky presso i servizi sociali. Erano le persone che la dirigente mi aveva indicato.»

«E...?»

Clara esitò. Bert, come del resto Agneta, le aveva caldamente consigliato di parlare apertamente con la polizia. *Sei in una situazione pericolosa. Ormai non è più in gioco il tuo buon nome. Forse è in gioco la tua vita. Se hai qualcosa sulla coscienza, qualcosa che possa spingere un malato di mente a scatenare la sua furia omicida nei tuoi confronti, devi tirarlo fuori. La polizia deve avere tutti gli elementi per valutare la situazione.*

«I Lenowsky non mi piacquero» disse alla fine.

«Come mai?»

«Intanto erano troppo anziani. E non soltanto anagraficamente. Erano vecchi... nel loro modo di pensare. Mi capisce? Fred Lenowsky era sulla cinquantina. La moglie non ancora. Ma il loro modo di fare... era da persone... di almeno dieci anni più anziane.»

«Cosa glielo fece supporre?»

«Erano estremamente conservatori. Lui era il patriarca, lei in stato di eterna sottomissione, doveva tenere la bocca chiusa quando parlava lui. Erano entrambi vestiti in maniera molto classica e sicuramente costosa. Non riuscivo proprio a immaginarmeli a giocare con un bambino di sei anni o, per esempio, a organizzargli una festicciola di compleanno.»

«E cos'altro? Lei ha detto che, tanto per cominciare, erano troppo anziani. Cos'altro non le piaceva?»

«È difficile...» In effetti faceva veramente fatica a ricordare, anche se dopo la telefonata di Agneta del giorno precedente non aveva potuto pensare ad altro che ai fatti di allora. Forse aveva rimosso più di quanto avesse coscientemente ritenuto di fare. Dipendeva anche dall'effettiva complessità del caso. Nei confronti di Lenowsky aveva provato una repulsione istintiva, ma senza saperla motivare razionalmente.

«Fred Lenowsky non mi piaceva. Fin dal primo sguardo lo trovai piuttosto antipatico. Non so però per quale motivo. Era gentile, educato... sorrideva molto. Ero stata abituata a valutare obiettivamente le persone in base alle loro qualità come genitori affidatari, nel farlo sapevo di dover prescindere dalle mie sensazioni personali. Non era rilevante che una persona piacesse o meno a me. Si trattava solo della sua idoneità. Io dovevo restare il più possibile neutrale.»

«E secondo lei i Lenowsky erano idonei o no?»

«A me sembrava di no.»

«Perché?» Insisteva su questo punto. Voleva che Clara arrivasse al nocciolo del problema.

«Alla dirigente riferii che li ritenevo troppo anziani. In realtà... Mi era già capitato di trovare alcuni candidati poco simpatici. Ciò nonostante avevo affidato loro un bambino con animo sereno, perché avevo capito che lo avrebbero trattato bene. Ed ero sempre riuscita a decidere indipendentemente dalle mie impressioni. Quella volta... non so...» Guardò Kronborg con occhi disperati. «Lenowsky non mi era solo poco simpatico. Non riuscivo a fare a meno di provare una sensazione sgradevole. Era più forte di me.»

«Capisco. Posso forse riassumere dicendo che era il suo istinto a dirle *no*?»

«Ecco!» Aveva azzeccato in pieno. «Il mio istinto mi diceva *no* con grande determinazione.»

«Ma...»

«In genere la dirigente attribuiva una grande importanza anche alle mie impressioni. Quella volta invece cominciò a sbraitare. Che non avevo alcun argomento concreto, che mi stavo comportando in modo poco professionale... infine arrivai io stessa a domandarmi se non mi stessi sbagliando.»

«Quanti anni aveva all'epoca?»
«Ventitré.»
«Era molto giovane.»
«Sì. In realtà ero abbastanza matura e riflessiva, ma in quel caso i dubbi non mi abbandonarono. E alla fine la mia dirigente dovette tirare fuori la verità: i Lenowsky erano candidati di assoluto riguardo. Lei aveva ricevuto pressioni dal coordinatore dei servizi affinché il primo bambino disponibile – quindi il piccolo Marius – venisse dato in affido a Fred e Greta Lenowsky. Il coordinatore stesso le aveva fatto intendere di avere a sua volta ricevuto pressioni direttamente dagli uffici del sindaco.»

Kronborg emise un leggero fischio a denti stretti. «Insomma, aveva tutta l'aria di una cosa combinata fra amici potenti, vero?»

«Certo. Questo l'ho capito subito. D'altro canto... non significava necessariamente che i Lenowsky fossero i candidati sbagliati. Inoltre...»

«Cosa?» domandò Kronborg, avvertendo la sua difficoltà.

«Non sono poi così tante le famiglie disponibili per un affido» gli spiegò Clara. «Non sono molte le persone pronte ad affrontare le complicazioni che può portare con sé un ragazzo che viene da un ambiente difficile. E in più con la minaccia incombente che il bambino possa essere tolto loro in ogni momento, magari perché la famiglia d'origine ha voltato definitivamente pagina. Voglio solo dire questo: rifiutare l'affido ai Lenowsky avrebbe significato innanzitutto che Marius sarebbe rimasto senza una famiglia. Sarebbe rimasto in istituto a tempo indeterminato.»

Kronborg si sporse in avanti. Fissò Clara con occhi amichevoli. Clara si accorse che quello sguardo la aiutava a tranquillizzarsi un po'.

«Clara, lei non deve sentirsi obbligata a difendersi in maniera così decisa e nervosa.» La chiamò per nome, semplicemente, e anche questo le fu d'aiuto. «Non faccio fatica a immaginarmi la difficoltà della sua situazione di allora. Capisco perfettamente la sua titubanza nel dover fare una scelta. Posso anche comprendere la sua decisione finale di affidare, nonostante tutto, il bambino ai Lenowsky. Glielo assicuro. Fino qui mi sento di affermare che al suo posto e nella sua situazione mi sarei comportato nella stessa identica maniera.»

Fin qui...

«Al termine dell'indagine sull'idoneità dovetti redigere una valutazione, un profilo obbligatoriamente positivo» disse Clara sottovoce, «ben consapevole che in un certo senso mi era stato detto cosa avrei dovuto scrivere.»

«Marius fu poi accolto dalla famiglia. Ma il suo coinvolgimento finì lì?»

«No, a quel punto dovevo seguire io l'inserimento. Mantenni i contatti con i Lenowsky, andai a trovarli diverse volte. E la sensazione strana che provavo... non so come spiegargliela: senza che venisse mai detto apertamente, fin dall'inizio fu tacitamente implicito che io avrei fatto loro il piacere di non trovare mai nulla fuori posto. Lenowsky era un ottimo amico del sindaco. Era protetto. Evidentemente.»

«In realtà lei avrebbe trovato qualcosa che non andava?» le chiese Kronborg.

Di nuovo Clara esitò. Tutta la vicenda le era parsa confusa e incerta.

«A essere sincera no. Era tutto apparentemente in ordine. I Lenowsky avevano una bella casa in un quartiere perbene. Marius aveva una sua stanza. Era vestito bene. In estate Lenowsky lo portava con sé in barca a vela, e sembrava che questo sport gli piacesse abbastanza. Spesso trovavo anche degli amici da lui. Era molto bravo a scuola... queste erano le cose alle quali mi aggrappavo per pensare bene.» D'improvviso le venne in mente che a quel tempo aveva attribuito grande importanza a quegli aspetti. «I bambini che non stanno bene, infelici e disturbati, a scuola in genere vanno male. Marius invece era un bravo scolaro, costante. Gli insegnanti confermavano che seguiva le lezioni senza alcuna difficoltà. Non sembrava nemmeno che subisse pressioni per quanto riguardava i risultati scolastici.»

«Ma lei non era tranquilla.»

«Avevo sempre quella sensazione sgradevole. Cercavo di convincermi che era perché avevo preso male la vicenda fin dall'inizio...

perché mi ero sentita costretta. La mia serenità di giudizio, mi dicevo, ne era stata intaccata.»

«Marius però le sembrava un bambino felice?»

A questo punto Clara si mise a ridere, ma era una risata cinica, non certo allegra. «Ma la prego! No. Non mi pareva affatto felice. Ma anche in questo non c'era nulla di nuovo o sorprendente. I bambini con storie come la sua alle spalle – trascurati per anni dalla famiglia, spesso maltrattati, poi allontanati, fatto che viene comunque vissuto in maniera traumatica, per quanto possano aver vissuto male con i genitori naturali – non sono mai felici. Per anni non lo sono. Possono avere disturbi depressivi, o di tipo alimentare, possono essere violenti, a rischio di suicidio o tutto quanto insieme. Qualcuno ruba, qualcuno si adatta a tal punto al nuovo ambiente da annullare completamente la propria personalità. Qualcuno soffre di enuresi notturna fino alla tarda pubertà. Alcuni soffrono di autolesionismo, altri...»

Non proseguì. Kronborg annuì invitandola a proseguire. «Altri?»

«Altri si inventano le storie più inverosimili. Di maltrattamenti subiti nelle nuove famiglie. Di abusi sessuali. Di istigazione a delinquere da parte dei genitori affidatari. Lei non può nemmeno immaginare tutto quello che ho dovuto sentire.»

«Immagino. Anche Marius le raccontava storie... di quel tipo?»

«No. Almeno all'inizio.»

«In quale categoria lo avrebbe inserito?»

«Era depresso. Cosa che peraltro non mi meravigliava affatto, visti i maltrattamenti atroci che aveva già subito.» Glielo aveva già raccontato, perciò si interruppe.

«Lo so» disse Kronborg.

«Mi sembrava fin troppo adattato alla nuova situazione, e spaventato. Desiderava fare ogni cosa nel modo corretto. Ma, come le ho già detto, anche questo comportamento non era del tutto inconsueto.»

«Tuttavia questo caso non la lasciava tranquilla.»

«Sì, ma attribuivo questa inquietudine solo a me stessa. Lenowsky continuava a non piacermi, ma quando parlava di Marius sembrava una persona intelligente, che si preoccupa e... in un certo senso sincero. Per esempio, si faceva un sacco di problemi per i disturbi alimentari di Marius. Il ragazzo era davvero magro in maniera impressionante. Posso immaginare che rifiutasse il cibo, che dovessero lottare per fargli inghiottire ogni singolo boccone. Fred Lenowsky raccontava spesso con quanta attenzione e cura la moglie preparasse da mangiare, senza però ottenere il minimo miglioramento con Marius.»

«E lei tentava di convincersi che tutto fosse a posto? Prendendo spunto da questi fatti, voglio dire.»

«Me lo ripetevo centinaia di volte ogni giorno» confermò Clara.

«Centinaia di volte» ripeté Kronborg meditabondo. «Era un po' come se un campanello d'allarme suonasse dentro di lei, ma lei cercasse di non sentirlo. Le pare calzante questo paragone?»

«Sì» rispose Clara quasi in un sussurro.

Per un attimo regnò un silenzio imbarazzato.

Poi Kronborg disse senza alcun preambolo: «Marius non raccontava di maltrattamenti. Perlomeno inizialmente, come ha appena detto. Questo vuol dire che poi le cose sono cambiate. Quando ha cominciato a parlarne?»

Clara lo fissò. D'improvviso si voltò dall'altra parte, ma a Kronborg non era sfuggito che le erano salite le lacrime agli occhi.

«Commissario, Marius mi chiese aiuto» rispose con voce rotta dal pianto, «mi chiese aiuto e io sapevo benissimo *che non mi raccontava storie*. Lo sentivo. Ma non l'ho aiutato. E adesso sarò punita per questo. La mia vita sarà distrutta. Ho piantato in asso un bambino indifeso, e sa cosa di cosa mi sono resa conto all'improvviso un attimo fa?» A quel punto lo fissò. Aveva gli occhi arrossati.

«D'un tratto ho capito di aver sempre saputo che un giorno o l'altro sarei stata chiamata a renderne conto» disse.

3

Una calda giornata, infinita, o che tale le era parsa, stava volgendo al termine. Inga era ancora legata in salotto, aveva osservato ora dopo ora le lancette dell'orologio che avanzavano lente e inesorabili, fastidiose. Mai prima di allora in vita sua, così le pareva, aveva desiderato con altrettanta fermezza l'arrivo della sera. Marius aveva lasciato aperte le persiane, ma le finestre erano chiuse.

Stava male per la sete e la fame, si sentiva bruciare le articolazioni e aveva un terribile formicolio in ogni muscolo. Le gambe le dolevano tremendamente, aveva i piedi gonfi, lo percepiva e poteva anche vederli. La sua mente era attraversata da pensieri angoscianti: correva il rischio di una trombosi, di un collasso circolatorio. Se non avesse potuto bere, entro breve si sarebbe disidratata.

«Marius» lo aveva pregato quella mattina quando era apparso in sala, «devo muovermi un po'. Guarda come mi si sono ridotti i piedi... hai stretto troppo i lacci. Mi si sono intorpidite le estremità. E poi ho bisogno assoluto di acqua. Ti prego.»

Marius le era parso assente, immerso nei suoi pensieri, con l'aspetto di un fantasma. Guance scavate, pallido in maniera del tutto innaturale. La parte inferiore del viso ormai ricoperta da una barba disordinata, stopposa. Sotto alle ascelle la maglietta era segnata da immensi aloni di sudore. Puzzava in modo disgustoso. Ma la cosa peggiore erano gli occhi: scuri e vuoti.

Le venne addirittura il dubbio che non avesse neppure sentito le sue parole.

Borbottando frasi incomprensibili era andato da una finestra all'altra, guardando fuori, costretto a strizzare gli occhi per la luminosità all'esterno. Inga cominciò a pensare che un po' alla volta la stanza si sarebbe trasformata in una specie di micidiale incubatrice.

«Marius, perché non socchiudi le persiane? Oppure non apri le finestre? Almeno un pochino? Altrimenti non riesco più a respirare qui dentro!»

Le restituì uno sguardo malizioso. «Non lascio certo le finestre aperte. Grideresti per cercare aiuto!»

Solo un pazzo poteva pensare a una simile ipotesi. Chi mai avrebbe potuto sentirla?

«Come potrei gridare? Ma se temi che lo faccia, chiudi almeno le persiane. Ti prego!»

«Torno giù fra un paio d'ore» le promise.

Avrebbe scommesso che se ne sarebbe dimenticato.

Aveva controllato i lacci. Dal momento che l'aveva immaginato, durante la notte non aveva fatto più alcun tentativo di allentarli. La sua unica possibilità era costituita dal giorno. Il giorno prima non si era fatto vedere per diverse ore, lo aveva sentito borbottare al piano di sopra andando avanti e indietro, a volte aveva urlato, una volta addirittura pianto. Era apparso solo un momento da lei, per portarla finalmente in bagno. Aveva sperato che aspettasse davanti alla porta, ma naturalmente lui non aveva voluto correre il rischio che lei scappasse dalla finestra che lui stesso aveva rotto.

«Non riesco se stai qui» gli aveva detto.

«Piantala. Alla fin fine siamo marito e moglie.»

Cosa c'entra questo?, avrebbe voluto chiedergli, ma lasciò perdere per non turbare il suo umore più o meno tranquillo. Alla fine era riuscita comunque. Aveva dovuto aspettare talmente a lungo che una volta in bagno nessun pudore avrebbe potuto frenarla.

Quando si lavò le mani si guardò allo specchio. Aveva un aspetto orribile. L'occhio destro mezzo chiuso e viola scuro, tutto il lato destro del viso tumefatto e deformato, il labbro inferiore spaccato e molto più gonfio di quello superiore.

Ho la faccia di chi ha subito un intervento di chirurgia estetica finito male, aveva pensato.

Tornati in sala l'aveva di nuovo legata, compiacendosi del fatto che lei non avesse tentato di liberarsi.

«Brava ragazza» le aveva detto. Inga aveva sperato che cominciasse a fidarsi di lei.

Durante la notte era andato avanti e indietro, continuando a parlare. Non sembrava intenzionato a concedersi neanche un minuto di sonno. E questo poteva offrirle una possibilità: a un certo punto sarebbe crollato, era inevitabile.

Non le restava che sperare che quel giorno si sarebbe dimenticato di controllare i lacci. Evidentemente parlava a lungo a Rebecca, a volte discuteva con lei, e per questo motivo non scendeva a intervalli regolari per controllare. Se fosse riuscita a liberarsi prima di sera, forse avrebbe potuto tentare la fuga con il buio.

Alla mattina le aveva poi portato un bicchiere d'acqua, che lei aveva bevuto avidamente.

A questo scopo le aveva liberato le mani, poi anche i piedi, dal momento che doveva andare in bagno.

«Santo cielo» aveva commentato, «e dire che non sei certo una gran bevitrice.»

Dovette appoggiarsi a lui per attraversare il corridoio. Le gambe le facevano così male che avrebbe voluto piangere. Cosa le stava succedendo? Se mai fosse riuscita a liberarsi sarebbe stata ancora in grado di camminare?

La cosa peggiore era la sensazione di essere in presenza di uno sconosciuto. Era come se non conoscesse affatto quell'uomo. Cercava nei suoi tratti un segno di familiarità. Vedeva il suo naso, la sua bocca, la forma della sua testa. Tutti aspetti conosciuti, eppure era così radicalmente cambiato. Forse dipendeva tutto dagli occhi. Così tragicamente vuoti. Privi di sguardo. Forse bastavano quegli occhi a farlo sembrare una persona completamente diversa.

La legò con l'impietosa determinazione di sempre, nonostante le sue flebili proteste. D'improvviso le tornò alla mente quando, un anno dopo le loro nozze, lei aveva avuto una tremenda influenza. Era stata a letto per più di due settimane, febbricitante e sentendosi così male da temere perfino di dover morire. Marius l'aveva assistita con molta costanza. Aveva saltato le lezioni per dedicarsi a lei senza interruzioni. Le aveva preparato impacchi freschi da applicare alle gambe, le aveva misurato la febbre, le aveva appoggiato la mano fresca alla tempia e le aveva cambiato di continuo la biancheria del letto, intrisa di sudore, e questo senza mostrare il minimo fastidio. Le aveva preparato spremute d'arancia e brodo di carne, l'aveva imboccata, un cucchiaio dopo l'altro, perché lei si sentiva troppo debole anche per mangiare. L'aveva accudita per tutto il periodo con tanta premura e amore, e aveva pensato a ogni piccola distrazione che potesse renderle la malattia meno pesante.

A volte, quando la febbre era molto alta, aveva avuto la sensazione di vedere il suo viso come attraverso un velo. Nei momenti in cui stava meglio aveva pensato: con Marius vicino a me non mi può accadere niente. Mai!

E adesso quello stesso uomo le legava polsi e caviglie con una corda del bucato, così stretti da farla urlare.

«Mi fai male, Marius!»

La osservò. Che i suoi occhi fossero stati attraversati da un barlume di compassione? Era possibile, ma si era trattato di un attimo.

«Tu non stai dalla mia parte» disse, «purtroppo. Non mi resta altro che comportarmi così con te.»

Poi era uscito dalla stanza. Aveva sentito i suoi passi lungo le scale.

Per alcune ore non aveva osato prendere alcuna iniziativa. Alla fine Marius aveva mantenuto la sua promessa e, ridisceso in sala, aveva chiuso le persiane. Ma il sole era talmente caldo che la stanza era ormai surriscaldata come un forno, e intanto non succedeva niente. Sentiva solo il rumore dei suoi passi al piano di sopra.

Lo chiamò. Aveva l'impressione di scoppiare.

Non ottenne risposta.

Cominciò a bestemmiare perché aveva perso ore preziose, e a piangere perché ormai dubitava di riuscire ad arrivare al termine di quella giornata. Si può morire di caldo. Si può morire di sete. Poi di nuovo le vennero in mente la trombosi e il collasso circolatorio. Si rendeva conto che stava per perdere il controllo della situazione.

Calma, ordinò a se stessa, devi stare molto calma. Altrimenti non fai altro che peggiorare le cose.

Nel frattempo era diventata completamente sorda dall'orecchio destro. L'occhio gonfio le pulsava terribilmente.

Devo assolutamente uscire di qui! Mi lascerà morire!

Cercò di nuovo di tendere i muscoli, nel tentativo di allentare la corda. A quel punto l'impresa era molto più faticosa che al primo tentativo. Dovette interrompersi varie volte per fare una pausa, essendo completamente priva di forze. Il labbro spaccato le tirava. La sete la tormentava. Le pareva d'impazzire per il caldo. Ma ormai non poteva più chiedere aiuto a Marius. Al contrario, doveva solo sperare che non si facesse più vedere.

In quelle lunghe e infinite ore, i suoi pensieri presero a vagare. Elaborando piani assurdi per poi respingerli. Se non fosse riuscita a fuggire, come sarebbe stata la sua fine? Marius si sarebbe accontentato di tenere a lei e a Rebecca discorsi interminabili sulla sua vita e di esprimere ciò che lo opprimeva? O era piuttosto mosso dalla volontà di vendetta? A quale pena avrebbe condannato Rebecca? E lei, Inga? Le riteneva complici. E le pareva di non riuscire affatto a convincerlo del contrario.

E io non so nemmeno di cosa mi devo considerare complice! È una situazione assolutamente assurda.

Di continuo le veniva in mente Maximilian. In effetti costituiva la sua unica, ultima speranza, anche se evidentemente modesta. Anche un cieco avrebbe capito il suo interesse per Rebecca e il fatto che andava ben al di là dell'attenzione di un amico premuroso che non vuole disinteressarsi della vedova di un amico stimato e apprezzato. Inga non sapeva bene che tipo di rapporto avesse con Rebecca, la quale si era lasciata andare solo a dei vaghi accenni. In qualche modo però lo aveva letteralmente scacciato e offeso al punto che all'improvviso se n'era andato. Negli ultimi giorni Rebecca si era un po' ammorbidita. Ma all'inizio... Inga ricordava bene il suo comportamento. Distaccato, brusco, con l'unico obiettivo di tenere a distanza chi avesse voluto tentare di rompere l'isolamento in cui cercava di ritirarsi dal mondo. Non si meravigliava affatto che alla fine Maximilian avesse preso il largo. Si domandava se si sarebbe rifatto vivo. Avrebbe per esempio potuto telefonare e stupirsi che nessuno rispondesse, e a quel punto correre a vedere cosa fosse successo. Oppure si trattava solo di uno splendido sogno, del tutto irreale? Rebecca era riuscita a isolarsi dal mondo con una tale determinazione che nemmeno un anno dopo la sua morte qualcuno si sarebbe potuto accorgere di qualcosa.

Tranne Maximilian.

Il quale però probabilmente era talmente offeso che avrebbe lasciato passare almeno qualche settimana prima di muoversi. Sempre che avesse intenzione di farlo.

Maximilian! Se tu sapessi! Abbiamo bisogno di te. Rebecca ha bisogno di te! Telefona! Ti prego, telefona!

Ma forse anche una sua chiamata non avrebbe portato a nulla. In fondo avrebbe potuto anche non meravigliarsi affatto che una donna come Rebecca non rispondesse al telefono. L'avrebbe immaginata seduta sulla sua terrazza, a fissare il mare, depressa al punto da non reagire più a nulla. Non era affatto detto che Maximilian pensasse subito a una situazione difficile e affrontasse all'istante un viaggio di centinaia e centinaia di chilometri!

Di nuovo le si riempirono gli occhi di lacrime, perché si rese conto che la speranza che Maximilian arrivasse a salvarle era più che remota. E questo significava altresì che non c'era praticamente nessuna via di scampo concreta.

Ci sono solo io. Io sono la mia unica speranza. Se riesco a liberarmi e scappare allora sì che abbiamo una possibilità!

Continuò a cercare di allentare i lacci. Benché il sudore le colasse a fiotti sulle guance e i suoi vestiti fossero zuppi, non abbandonò i suoi tentativi. Aveva trovato un ritmo al quale tendere i polsi. Si sforzava di concentrarsi solo su quel ritmo. E questo le serviva a tenere lontani per pochi istanti i pensieri ossessivi sul finale di quel dramma.

Poi venne la sera, dalla finestra entravano i raggi del sole ormai basso all'orizzonte. Faceva un caldo terribile. Ormai non poteva più durare a lungo. Nel frattempo Inga aveva imparato anche quel ritmo. Ancora una ventina di minuti, poi il sole avrebbe superato lo spazio della finestra. E questo avrebbe portato un po' di sollievo. Desiderava follemente la brezza fresca e salmastra che di sera si alzava dal mare. Le finestre erano chiuse ermeticamente, e l'unica cosa che le restava da fare era pregare che a Marius non venisse in mente di scendere a controllarla.

I lacci erano chiaramente allentati, sia alle caviglie sia ai polsi. Era ragionevole pensare che nel giro di due ore avrebbe potuto liberarsi.

Il cuore le batteva in maniera forsennata. Sapeva di giocarsi tutto con quella mossa. Se Marius avesse scoperto quello che aveva tramato per tutta la giornata sarebbe andato su tutte le furie. Già la considerava una traditrice; non le avrebbe certo perdonato un secondo tentativo di ingannarlo. Al primo l'aveva quasi ammazzata di botte.

Questa volta l'avrebbe uccisa, ne era sicura.

Signore, aiutami, fa' che ci riesca. Ti prego!

Il sole aveva appena raggiunto l'albero che gettava ombra sulla casa, e Inga trasse un sospiro di sollievo, perché almeno i raggi non la colpivano più direttamente, anche se la stanza restava un forno. In quel momento il telefono squillò. Uno squillo leggero, attutito.

Inga si irrigidì, fissò l'apparecchio in preda all'angoscia e all'orrore, ma nello stesso momento si rese conto che non era *quello* a suonare. Stupida che non era altro! Per tutto il giorno si era augurata che Maximilian chiamasse, quando non avrebbe mai potuto farlo. Il filo del telefono era tagliato. Nessuno avrebbe potuto raggiungerli in quel modo.

Doveva essere un cellulare quello che suonava, e doveva trovarsi fuori, in corridoio.

Inga si passò la lingua sulle labbra spaccate, che d'un tratto le si erano seccate ancor di più. Per quanto ne sapeva Rebecca non possedeva un cellulare. Il suo era su in camera. Quindi doveva essere quello di Marius. Riconosceva anche la suoneria.

Il cellulare di Marius.

Se lo ricordava sulla barca, sulla *Libelle*. Giù sottocoperta, nel gavone. L'aveva lasciato lì in quella terribile giornata, quando aveva dato in escandescenze e alla fine era scomparso fuori bordo. Quindi doveva essere tornato a prenderselo per poi portarlo con sé. Magari aveva pure dormito una notte o due sulla barca. E aveva trovato l'acqua. Così aveva almeno potuto rifocillarsi, anche senza mangiare.

Chi mai poteva chiamare Marius in quel momento?

In fondo era del tutto irrilevante. L'unica vera preoccupazione era che il suono lo attirasse giù, in sala.

Angosciata tese l'orecchio verso l'alto. Per tutto quel tempo aveva sentito i suoi passi. Poi all'improvviso sembrava essersi fermato.

Anche il cellulare era ammutolito. Però, dopo pochi attimi, riprese a suonare.

Sentì Marius che scendeva le scale. Trattenne il fiato.

«Pronto?» rispose Marius. Poi ripeté due volte: «Pronto? Pronto?» Non disse altro, evidentemente lo sconosciuto aveva appeso senza dire chi fosse.

Ti prego, non entrare adesso. Torna di sopra, per favore!

Marius borbottò qualcosa fra sé e sé. Doveva essere in corridoio, incerto sul da farsi. Ma poi Inga sentì i suoi passi sulle scale. Scomparve di nuovo al piano di sopra.

Per tutto il tempo era stata in apnea. Se ne rese conto solo allora e prese un lungo respiro.

E in quell'attimo sentì che Marius stava tornando indietro.

Stava correndo lungo la scala. Doveva essergli venuto in mente qualcosa.

È la fine, pensò Inga.

4

«E quelli non si preoccupano di prendere alcuna misura di protezione nei tuoi confronti?» domandò Bert incredulo.

Era appena tornato dal lavoro, si era cambiato d'abito e si era seduto in veranda, in bermuda e maglietta. Erano le sette e mezzo e faceva ancora un gran caldo. Il termometro appeso di fianco alla porta d'ingresso segnava quasi trenta gradi.

«E che misure dovrebbero prendere?» domandò Clara di rimando. Aveva portato a letto Marie e stava uscendo anche lei, con due bottiglie di birra e due bicchieri.

Bert fece un sospiro soddisfatto. «Quel che ci voleva. Cielo, è veramente un'estate torrida questa!»

«Se piovesse tutto il tempo ti lamenteresti lo stesso» osservò Clara.

«Non mi sono lamentato. Ma ascolta, a questo Kronberger...»

«Kronborg.»

«Kronborg. Non gli hai detto che vuoi essere protetta dalla polizia?»

«Ma Bert, credi che abbiano così tanto personale? Me lo ricordo com'era, quando lavoravo. Spesso ho avuto a che fare con persone che avevano bisogno di protezione, ma non c'erano i mezzi per garantirla.»

«E allora per cosa paghiamo le tasse noi?»

La guardò con aria truce. Era una persona onesta, rifletté Clara, ma a volte i suoi ragionamenti la irritavano. Di tanto in tanto faceva affermazioni che erano il trionfo del qualunquismo. Prima del matrimonio sua madre l'aveva messa in guardia, perché riteneva Bert un tipo troppo semplice rispetto a lei. Ma certo per lei era facile parlare. Clara non era più una ragazzina, magari un altro non l'avrebbe nemmeno trovato...

«È un po' di tempo comunque che non arrivano lettere» disse come a tentare una debole difesa.

«Ma secondo Kronborg sei in pericolo o no?»

«Secondo lui sì.»

«Vorrei proprio capire che errore avresti commesso all'epoca!»

si infervorò Bert. «Tu hai agito seguendo le indicazioni dei tuoi superiori. Cosa avresti dovuto fare di diverso? Se ci sono dei responsabili, quelli sono loro!»

«Vallo a raccontare al killer» replicò Clara. Cominciava a farle male la testa. Come in altre occasioni Bert avrebbe voluto regolare e ordinare il mondo secondo il suo punto di vista. E come in altre occasioni il mondo non si lasciava affatto accomodare.

Kronborg aveva mostrato grande comprensione fino alla fine. Non l'aveva mai attaccata. Ma in certi momenti Clara aveva avuto l'impressione che più delle parole fossero i silenzi del commissario a esprimere la sua condanna.

«Cosa le aveva raccontato Marius?» le aveva chiesto.

Ci aveva messo un attimo a rispondere, perché di nuovo aveva sentito la sua voce rotta dal pianto. Non avrebbe mai dimenticato quella mattinata fredda di inizio primavera, quando si era recata di nuovo in visita alla famiglia Lenowsky. Qua e là qualche bucaneve, per il resto il paesaggio era ancora decisamente invernale. Lenowsky era stato gentile e premuroso, aveva parlato molto e con belle parole, ma Clara aveva avuto la netta sensazione che fosse solo fumo. Marius era ancora a scuola. Per la lezione pomeridiana di educazione fisica. Lenowsky le aveva mostrato la pagella del primo quadrimestre del ragazzo. Come sempre ottima. Come sempre Clara aveva cercato di considerarla un'informazione tranquillizzante.

Aveva incontrato Marius mentre usciva dalla casa dei Lenowsky. Al suo arrivo non aveva trovato posto per parcheggiare e quindi aveva lasciato la sua auto a una certa distanza. Marius le veniva incontro dalla fermata dell'autobus. Aveva notato subito la sua andatura stanca, trascinata, e la postura ripiegata in avanti. Teneva le spalle alzate come chi ha molto freddo. Del resto era magrissimo, troppo magro anche per un bambino di dieci anni. E tremendamente pallido.

Però in questa stagione lo siamo un po' tutti, aveva pensato.

«Ciao, Marius» gli si era rivolta in tono forzatamente festoso, «ho sentito che avevi ancora ginnastica. Faticosa, immagino? Ti fanno male i muscoli? Mi sembra quasi che zoppichi.»

L'aveva guardata. Aveva dei bellissimi occhi verdi. Molto tristi.

«Mi sono fatto male a un piede» aveva risposto.

«Mi dispiace. Spero niente di grave!»

Marius aveva alzato le spalle.

«Ho visto la tua pagella» aveva proseguito Clara. Capiva di dover scambiare qualche parola con lui, benché istintivamente avrebbe preferito proseguire sulla sua strada. In effetti si era sentita sollevata quando non l'aveva trovato in casa. La sua presenza le creava sempre un certo imbarazzo. «Hai dei voti bellissimi! Congratulazioni!»

«Grazie» aveva borbottato lui. Si era guardato intorno con aria agitata. La casa dei Lenowsky era dietro l'angolo. Da lì non si vedeva. Clara aveva avuto la sensazione che Marius volesse essere sicuro che i genitori non li potessero vedere.

«Lei mi deve aiutare» le aveva poi detto, «io non posso più restare in quella casa.»

Clara si era spaventata moltissimo. Non tanto per le sue parole, che in fondo non la sorprendevano affatto. Si era spaventata *perché* lui gliele aveva dette. Stava superando il confine. Ancora un passo e Clara non avrebbe più potuto ignorare la situazione.

«Ma Marius» aveva risposto, meravigliandosi lei stessa di come sapeva fingersi allegramente distaccata. «Cosa stai dicendo? Tu stai bene dai Lenowsky. Loro ti vogliono bene e fanno qualunque cosa per te.»

«Io ho sempre fame» aveva replicato lui.

«Perché mangi in maniera disordinata. Fred Lenowsky si preoccupa molto per questo problema. La maggior parte delle cose che ti offrono non le tocchi nemmeno!»

«Non mi danno niente. A volte dal venerdì a mezzogiorno fino al lunedì mattina.»

Aveva sentito spesso affermazioni di quel tipo. *Non mi danno niente da mangiare. Mi picchiano. Il mio patrigno mi tocca in modo strano. Mi chiudono in cantina.*

Esternazioni non nuove per lei.

Allora però si era quasi sentita mancare il fiato.

«Ma Marius! Non è forse più probabile che sia tu a non avere fame dal venerdì a mezzogiorno al lunedì mattina? Che sia tu a dire *no* a qualunque cosa?»

Il ragazzo aveva scosso la testa.

Clara aveva insistito. «Ti dirò che ho l'impressione che di tanto in tanto tu crei qualche problema alla tua famiglia. Certo, hai avuto un sacco di guai. Di sicuro senti la mancanza dei tuoi genitori naturali, non è così?»

Marius aveva annuito. Aveva stretto le labbra con grande vigore, quasi volesse impedirsi di piangere.

«Può essere che tu cerchi volontariamente di procurare qualche grana alla tua nuova famiglia? Perché ritieni che altrimenti tradiresti i tuoi veri genitori? Digiuni per dimostrare che non li accetti. In questo modo vuoi far capire a te stesso e a loro da che parte stai: cioè dalla parte di mamma e papà.»

Di nuovo aveva scosso la testa, ancor più vigorosamente di prima.

«La mia mamma e il mio papà mi hanno fatto del male!» si era messo a urlare all'improvviso. «Ma anche Fred e Greta mi fanno del male! Mi ha dato un calcio al piede, perché non volevo mangiare la pappa del cane. E poi mi ha preso la testa e me l'ha ficcata dentro alla sua ciotola!»

Si era sentita stringere la gola, sempre più.

«Ma Marius...» aveva balbettato.

Lo sguardo che le aveva lanciato a quel punto era carico di disprezzo. «Mi avete tolto ai miei genitori. Ma dai Lenowsky devo restarci. Solo perché Fred è avvocato e tutti hanno paura di lui!»

«Ma non è affatto vero. Ma...»

«Io la odio! Lei si comporta come se si prendesse cura di me. Invece non gliene importa un fico secco. Di me non importa un fico secco a nessuno!» Si era messo a correre, zoppicando in modo ancor più vistoso.

«Marius!» l'aveva chiamato. «Fermati! Non scappare!»

Ma era già scomparso dietro la curva. Era rimasta sola sulla strada battuta dal vento gelido di una giornata di fine febbraio.

«E poi?» le chiese Kronborg con il suo tono tranquillo. «Cos'ha fatto?»

Si soffiò il naso. Durante il racconto era riuscita a trattenere il pianto, ma a quel punto si accorse che stava quasi singhiozzando. «Ho fatto quello che dovevo fare. Ho segnalato il caso alla dirigente del dipartimento.»

« E poi? »

Ricordava ancora l'aria nervosa e scocciata della dirigente. I suoi occhi che sembrava dicessero: proprio a me doveva capitare questa rogna?

« Lei ha cercato di minimizzare » proseguì rivolta a Kronborg. « Facendo leva sul solito principio: certe affermazioni da parte dei bambini in affido le conosciamo bene! Pareva irritata per l'inquietudine che mostravo dopo le dichiarazioni di Marius. Accennò pure al fatto che era un comportamento tutto sommato poco professionale. »

« E le sue accuse la ferirono? »

L'aveva fissato stupita. « Lei non ci resterebbe male se qualcuno la definisse poco professionale? »

« Certo, di sicuro » ammise Kronborg. Rifletté un attimo. « Fra l'altro è già successo anche a me. Mi è capitato di avere opinioni completamente diverse dal mio capo su alcuni casi. Tuttavia è molto difficile farmi cambiare idea, quando sono convinto che sia quella giusta. In quelle situazioni sfodero una certa caparbietà, piuttosto che insicurezza. »

Clara aveva fissato un punto alla parete, oltre Kronborg. « Io invece, almeno allora, ho purtroppo messo in mostra una notevole insicurezza. La dirigente mi rispose che se ne sarebbe occupata lei. Le chiesi allora cosa intendesse fare. Mi rispose che avrebbe parlato con il responsabile dei servizi sociali. »

« E poi l'ha fatto? »

« Penso di sì. Io... ho lasciato passare un po' di tempo prima di tornare su questo argomento. Mi spiegò che era tutto sistemato. Avevano controllato la famiglia, e non era emerso alcun punto critico che giustificasse le affermazioni di Marius. »

« *Chi* aveva controllato? »

« Come dice? »

« Mi ha detto che avevano controllato la famiglia. *Chi* se n'era occupato? »

« Questo non lo chiesi » ammise Clara.

« Come mai? »

« Avevo... mi avevano fatto capire che dovevo stare tranquilla. Il mio interessamento non era richiesto. Il tutto si sarebbe risolto a livelli ben più alti.»

«Le hanno proprio detto così?»

«No. Lo si poteva intuire, fra le righe, però. Fra l'altro il caso mi fu tolto.»

Kronborg aveva inarcato le sopracciglia. «Con quale motivazione?»

«Fu la dirigente stessa a farsene carico. Riteneva che io avessi un atteggiamento non neutrale nei confronti della famiglia, che alla lunga avrebbe compromesso una collaborazione costruttiva. C'erano comunque molte altre cose di cui mi sarei potuta occupare. Mi sentii sollevata...» Si interruppe.

Gli occhi garbati di Kronborg parevano toccarle il fondo dell'anima. «Si è sentita sollevata dal fatto di essere esonerata da una questione così rischiosa, per dirla in breve. Si è sentita sollevata perché finalmente poteva rimuovere tutte quelle sensazioni sgradevoli. Perché avrebbe evitato altri contrasti. Perché se l'era cavata senza troppi danni.»

Le sue parole erano come frecce avvelenate; e il suo sguardo, che invece era rimasto inalterato, comprensivo come in precedenza, non faceva che renderle ancor più dolorose.

«Sì» rispose Clara sottovoce, «ha perfettamente ragione. Ero sollevata perché potevo lavarmene le mani. Potevo lasciare la responsabilità ad altri. Ma...»

La fissò con occhi attenti.

«I suoi occhi» riprese lei, «lo sguardo che aveva quel giorno... mi ha perseguitato per tanto tempo. Poi, un po' alla volta, sono riuscita a togliermi dalla testa questa storia, ma credo che... sia stata proprio questa vicenda a spingermi a lasciare il mio lavoro. Perlomeno adesso ne sono convinta. Ho fallito. Mi sono resa responsabile di una grave colpa. Così, a un certo punto non sono più riuscita ad andare avanti.»

«Ho sempre pensato che avessi smesso di lavorare perché ci eravamo sposati» disse Bert. Aveva la voce dispiaciuta. «Per dedicarti al cento per cento a me e alla bambina.»

«Avrei potuto continuare con un part-time. Dopo la maternità.

Cerca di capire, ho fatto ricorso a te e a Marie come scusa per smettere per sempre.» Fece un lungo respiro. «In un modo o nell'altro... da allora le cose non sono state più come prima. Voglio dire... non che abbia continuato a pensarci. Anzi, direi che ho cercato di rimuovere il problema. Sono riuscita a seppellire questa storia nelle zone più nascoste della memoria. Ma non ero più serena nel mio lavoro. Mi sentivo stanca, sfinita. E ho provato... un gran sollievo quando ho potuto interrompere il tutto.»

«Santo cielo» commentò Bert, «e non mi hai mai raccontato niente. Tuttavia, secondo me non è il caso che tu esageri. Voglio dire, cos'altro avresti potuto fare? Ti sei comportata in maniera assolutamente corretta. Hai riferito la cosa alla tua superiore, che in seguito si è occupata direttamente del caso. A quel punto tu ne eri fuori. Da quel momento non era più un problema tuo, né tu avevi più alcuna possibilità di intervenire. Nessuno può rinfacciarti niente.»

«Può essere che mi sia comportata in maniera corretta. Ma non si tratta di quello. Bert, il problema era che c'era un bambino disperato che aveva bisogno d'aiuto. E che aveva chiesto aiuto a me. In una situazione del genere non è sufficiente essere corretti. Avrei dovuto muovere tutte le pedine possibili per mettere fine a quel gioco sporco. La stampa si sarebbe gettata con entusiasmo su un boccone così succulento. Avrei potuto sollevare uno scandalo. E alla fine avrebbero tolto Marius ai Lenowsky. Sicuramente.»

Bert guardò la moglie. «Ma tu non sei questo genere di persona. Non sei una che provoca scandali. È... è una cosa troppo grande per te.»

Aveva ragione, lo sapeva bene anche lei. Ma sapeva anche che la responsabilità rimaneva sua.

Tacquero entrambi. Bevvero le birre, mentre l'oscurità calava sul giardino.

Il nostro idillio, pensò Clara, il nostro idillio assolutamente fasullo.

«Secondo me dovrebbe essere la tua responsabile di allora l'oggetto dell'ira di questo pazzo» riprese Bert interrompendo il silenzio. «È lei che ha occultato la cosa. Ha messo te sotto pressione. Perché non minaccia *lei*?»

Si chiese come mai con tanta sicurezza la ritenesse in grado di rispondere a simili domande.

«Evidentemente si sentiva tradito da me. Nei miei confronti aveva sviluppato una certa fiducia. Per un bambino maltrattato è un rischio notevole confidarsi con una persona esterna. Perché nel caso in cui non riceva l'aiuto desiderato, ne subirà solo le conseguenze negative. Cosa ne so io di quello che si è inventato Lenowsky, quando ha scoperto che il povero Marius l'aveva 'denunciato'? Non mi stupisce affatto che il ragazzo mi possa odiare.»

«Ma la tua collega Agneta...»

«Agneta sostituiva una collega, e quindi secondo Kronborg di tutte noi è quella meno esposta al rischio. L'odio di Marius è rivolto probabilmente alla povera Stella, che è morta, e che a suo tempo lo aveva tolto ai genitori. Dal momento che Stella non è più attaccabile, Marius scarica le sue colpe su Agneta.»

«E la terza...»

«Sabrina Baldini. A quell'epoca lavorava al Kinderruf. Un'associazione privata che si occupava di bambini maltrattati e vittime di violenze. Conoscevo piuttosto bene la loro dirigente. Rebecca Brandt. Una persona molto competente. Noi dei servizi sociali collaboravamo molto volentieri con loro.»

«E Marius si era rivolto anche a questa organizzazione?»

«Sabrina si occupava del cosiddetto 'telefono amico' del Kinderruf. I bambini potevano chiedere consiglio o aiuto restando anche anonimi. Dal momento che il numero di telefono veniva continuamente esposto nei luoghi di ritrovo dei giovani e nelle scuole, posso immaginare che Marius ne sia venuto a conoscenza in questo modo. È successo poco dopo il nostro colloquio. Quindi quello fu il suo secondo tentativo di ottenere soccorso. Ha telefonato. Ha dichiarato il suo nome e chiesto aiuto. Riferendo cose inenarrabili. Sottolineando ancora la sua condizione di fame. E raccontando pure che, quando chiedeva qualcosa, veniva obbligato a mangiare il cibo per cani. In certi casi di notte veniva legato al letto, perché si mangiava le unghie. Gli facevano trascorrere interi weekend chiuso nel locale caldaia, perché aveva 'rubato' un pezzo di pane. Ogni più piccola trasgressione veniva punita con la privazione del cibo o dell'acqua, oppure lo obbligavano a stare per ore nudo nella vasca da bagno piena di acqua gelata. Lenowsky non disdegnava nemmeno di picchiarlo, ma in genere preferiva torture più raffinate, umiliazioni più subdole. Che naturalmente non dovevano lasciare traccia. In questo senso il piede zoppicante di quell'epidosio è stato un'eccezione. Lenowsky si era lasciato prendere la mano. Del resto, se capita *una* volta che un ragazzo zoppichi... non lo si nota nemmeno.»

«E allora? Sabrina cos'ha fatto?»

«Si è rivolta ai servizi sociali. Quindi di nuovo a noi.»

Bert si mise a fischiettare a denti stretti. «Te l'ha raccontato Kronborg?»

«Sì, però me lo ricordavo benissimo anch'io. Naturalmente se n'era parlato anche da noi. Ma non ero più io a occuparmi del caso. Della vicenda si occupò la dirigente.»

«E...?»

«Kronborg ha avuto un colloquio esauriente con Sabrina Baldini. La quale ha dichiarato che allora era stata tranquillizzata, le era stato riferito che erano stati effettuati dei controlli, i quali avevano solo stabilito che il ragazzino elaborava fantasie orripilanti. Inoltre sarebbero state condotte altre indagini scrupolose. Sabrina ne aveva tratto una buona impressione, dal momento che era la dirigente stessa del dipartimento a occuparsene. Inoltre lei non conosceva Lenowsky. Quindi non poteva certo sviluppare l'avversione che provavo io.»

«Anche lei quindi ha abbandonato Marius.»

«Aveva richiamato un po' di tempo dopo. Ma non cambiò nulla. Segnalazione ai servizi sociali. Le acque si erano calmate.» Clara evitava di guardare in faccia il marito. «Sabrina non ha nemmeno la metà della colpa che ho io. In fondo lei di sua iniziativa non avrebbe potuto fare un bel niente. Lei non poteva che rivolgersi ai servizi, dove tutto però veniva messo a tacere... E lei non conosceva nessuna delle persone coinvolte. A differenza di me non avrebbe mai potuto intuire che qualcosa non funzionava dai Lenowsky, né avrebbe potuto rendersi conto che la vita di un bambino veniva sacrificata sull'altare di certe amicizie e di certi ancor più complessi intrighi politici e finanziari.»

«Adesso però piantala di considerarti l'unica colpevole possibile» sbottò Bert, «anche tu eri sottoposta a una pressione eccessiva.

Voglio dire che se un colpevole c'è, allora questo è il burattinaio che ha agito dietro le quinte. E poi naturalmente i Lenowsky stessi. Ma loro il conto l'hanno già pagato.»

«Ma forse loro erano solo il primo anello di una catena.»

«Quel tipo è veramente fuori di testa» disse Bert, «è difficile inquadrare tanto lui quanto i suoi problemi.»

«Hai ragione» concordò Clara con enfasi, ma le parve che Bert non notasse l'ironia nella sua voce.

«E cosa pensa di fare ora la polizia?»

«Lo stanno cercando. Naturalmente è il sospettato numero uno. A casa sua non c'è nessuno. I vicini hanno visto lui e la moglie per l'ultima volta più di una settimana fa. Secondo loro è semplicemente partito. Li hanno visti martedì sera che se ne andavano con lo zaino in spalla.»

«Mmm. E chissà dove? A volte ci si confida con i vicini.»

«Credo che avessero ben pochi contatti con i vicini. Nessuno sa niente. La polizia sta cercando di scoprire qualcosa sulla situazione familiare della moglie di Marius. Hanno l'indirizzo dei genitori, ma sono assenti anche loro.»

«Certo che la gente ne ha di soldi» osservò Bert piccato. «Noi non ci possiamo certo permettere tutti questi viaggi!»

«Direi che adesso i nostri problemi sono di tutt'altra natura.»

«Hai ragione. Come per Sabrina e Agneta.»

«E Rebecca Brandt. Kronborg mi ha raccontato che nelle lettere ricevute da Sabrina Baldini viene duramente attaccata anche lei. L'autore delle lettere la minaccia delle cose più terribili. Era a capo del Kinderruf. Nei suoi dépliant si rivolgeva direttamente ai bambini promettendo aiuto e impegno nella soluzione dei loro problemi. È possibile quindi che Marius si senta particolarmente tradito. E probabilmente lei non sa assolutamente niente di tutta questa storia. Lei era a capo dell'organizzazione e certo non era al corrente di ogni singolo caso. Sabrina si era mossa autonomamente, soprattutto dal momento che la vicenda l'aveva evidentemente ricondotta ai servizi sociali. Rebecca Brandt non era assolutamente coinvolta.»

«Cosa che naturalmente il pazzo non sa.»

«A quanto pare. Comunque stiano le cose, non si è potuto rivolgere direttamente a lei. Da un anno Rebecca non lavora più all'associazione, a essere precisi non sono nemmeno sicura che Kinderruf esista ancora. Rebecca non vive nemmeno più in Germania. Kronborg dice che Sabrina non ha più contatti con lei da almeno un anno e mezzo. Aveva però saputo che suo marito era morto in un incidente, l'anno scorso, ed è anche andata al funerale. Dopodiché Rebecca è praticamente sparita dalla circolazione. È letteralmente scomparsa.»

«Probabilmente il pazzo la sta cercando.»

«È possibile.» Clara lo disse in tono molto calmo, ma dentro di sé si sentiva rigida, raggelata dalla paura. «Ma se le cose stanno così significa che veramente persegue il piano diabolico di far fare la fine dei Lenowsky a chiunque sia stato coinvolto nel suo caso. Il che vorrebbe dire che è in preda a una furia omicida.»

«Merda» esclamò Bert dal profondo del cuore.

«Fra poco verrà il mio turno» disse Clara.

5

Inga si ritrovò coperta di sudore, per un'improvvisa vampata di caldo. Stava ancora tremando, benché fosse passata quasi un'ora da quando aveva sentito i suoi passi sulle scale. Da quando aveva temuto che facesse la sua comparsa in sala e scoprisse i lacci decisamente allentati. Le pareva già di sentire la violenza del suo pugno in faccia. Era stata una paura terribile, quasi si sentiva impazzire.

Mi ucciderà. È pazzo. Se si rende conto che non sto dalla sua parte mi ucciderà senz'altro!

Quasi non aveva creduto alle sue orecchie, quando lo aveva sentito di nuovo salire le scale. Qualunque cosa gli fosse venuto in mente di fare, non aveva pensato a entrare in sala e controllarla. Forse aveva preso il suo cellulare, forse si era limitato a spegnerlo. Forse la discussione con Rebecca lo coinvolgeva al punto da fargli dimenticare Inga per qualche ora.

C'era voluto parecchio tempo perché il suo corpo si riprendesse dallo choc che l'aveva improvvisamente colpita. Quando Inga fu di nuovo in grado di ragionare, constatò con grande stupore che nonostante l'attacco di panico non aveva abbandonato nemmeno per un attimo il suo tentativo di allentare i lacci. Forse si trattava ormai di un riflesso condizionato. Forse nei mesi a venire si sarebbe ritrovata nel cuore della notte impegnata ad allentare dei lacci immaginari. Sempre che le fosse ancora concesso di sopravvivere.

Aveva ben chiaro di trovarsi in una trappola mortale, nella quale la fuga rappresentava l'unica possibile via d'uscita.

Tutti quegli aspetti di Marius che le erano sempre sembrati così particolari e inquietanti non avevano fatto che aumentare. I suoi lati positivi, gentili, che aveva sempre cercato di tenere ben in mente nel tentativo di nascondere ciò che di strano vi era in lui erano improvvisamente scomparsi. Quel che restava era un uomo a lei sconosciuto. E che temeva enormemente.

L'uomo con il quale era sposata.

L'uomo che era diventato un estraneo.

Si rese conto che stava di nuovo per perdersi in quei pensieri e si impose con decisione di smettere immediatamente. In un altro momento avrebbe avuto tempo di riflettere su di lui, sulla loro unione, sulla tragedia che si era abbattuta sulla loro vita matrimoniale. In quella situazione non poteva permettersi di sprecare energie. Doveva concentrarsi solo sulla sua sopravvivenza.

Insistette con i suoi sforzi, mentre fuori si spegnevano le ultime luci e il giardino era ormai buio. Anche nella stanza ormai regnava l'oscurità, benché facesse ancora molto caldo. Dalle finestre chiuse non entrava l'aria che avrebbe potuto mitigare quella terribile cappa opprimente.

Quando finalmente Inga riuscì a liberare i polsi dai lacci, sulle prime non volle credere ai suoi occhi.

Alla luce pallida, leggermente argentata che la luna gettava nella stanza si osservò con un certo stupore le mani gonfie. Braccia e spalle le facevano male, i muscoli si erano completamente irrigiditi per la tensione. Cercò di sgranchirsi un po', ma aveva un gran male e d'altra parte in quel momento le sue priorità erano altre.

Si piegò in avanti, movimento che le provocò altre fitte, questa volta alla schiena, e tirò i lacci delle caviglie. Aveva le dita molto anchilosate, e questo la portò a imprecare disperatamente sottovoce. D'un tratto le venne in mente che Marius sarebbe potuto comparire da un momento all'altro. Per un lasso di tempo abbastanza lungo non aveva più sentito i suoi passi, e questo la inquietava. Finché lo sentiva camminare avanti e indietro sulla sua testa, la situazione era più o meno sotto controllo, in quanto sapeva almeno in che punto della casa si trovasse. Diversamente avrebbe potuto essere ovunque. Magari addirittura dietro la porta.

Le parve di impiegare un secolo a liberare i piedi. Aveva anche le caviglie decisamente gonfie, e quando una volta in piedi tentò di muovere qualche passo, riuscì solo per miracolo a soffocare l'urlo di dolore che questo le provocò. Aveva male dappertutto. Era stata rannicchiata sulla sedia per circa dodici ore, legata come un pacco. I lacci stretti le avevano in parte bloccato la circolazione. Non c'era punto del suo corpo in cui non provasse dolore.

Non riusciva quasi a stare in piedi, tuttavia cercò di fare qualche movimento zoppicante in cerchio. Non era proprio il momento di lamentarsi. A costo di procedere carponi, doveva cercare di abbandonare la casa il più velocemente possibile.

Di nuovo tese l'orecchio nel silenzio. Dal primo piano nessun rumore. Poi all'improvviso un suono metallico, di oggetti sbattuti, che la fece trasalire. Nel silenzio che seguì sentì il suo cuore che martellava. Il rumore di un cassetto chiuso, poi una porta che veniva aperta e richiusa, e che finalmente riuscì a distinguere con chiarezza: era la porta del frigo.

Quindi Marius era in cucina.

Per un attimo le parve che il suo cuore addirittura si fermasse, prima di riprendere a battere all'impazzata. Era vicino a lei. Era al pianoterra. Non aveva sentito i suoi passi sulle scale, evidentemente troppo presa dal tentativo di liberarsi.

A separarli c'era solo lo stretto corridoio oltre la porta della sala.

Probabilmente stava preparando da mangiare. Forse spinto dalla fame, oppure convinto di non lasciar morire di stenti le sue due vittime, alla fine era sceso in cucina, proprio in quel momento, per preparare qualcosa. Questo significava che di lì a poco sarebbe apparso in sala, magari a portare qualcosa anche a lei. O peggio ancora, a parlare mentre aspettava che fosse pronto. Aveva continuato a discutere con Rebecca, ma le aveva anche annunciato che avrebbe raccontato tutto anche a lei, Inga. Ben presto le avrebbe imposto di ascoltare i frammenti confusi della sua storia.

Doveva assolutamente sparire prima che questo accadesse.

Zoppicò fino alla porta della veranda, girò la chiave senza fare rumore e aprì con grande cautela, lentamente. Non ricordava se la cerniera cigolasse, ma andò tutto per il meglio: la porta si aprì senza emettere il minimo rumore.

Sgusciò fuori, respirò profondamente l'aria calda della notte che le sembrò addirittura frizzante e fresca. Un venticello leggero muoveva delicatamente le foglie delle piante. Inga era ancora in balia della paura, ma già avvertiva i benefici dell'essersi mossa un po'.

In effetti avrebbe voluto girare intorno alla casa per raggiungere la strada, ma dal momento che Marius si trovava nella cucina, le cui finestre si affacciavano sul fronte, si vide costretta a escludere questa via. Nonostante i cespugli e le piante, infatti, sul davanti restavano parecchie zone aperte, dove non avrebbe avuto alcuna copertura e dove non si sarebbe potuta fermare... il tutto sotto la luce della luna. Se Marius l'avesse scoperta non le sarebbe rimasta la minima chance di sfuggirgli. Aveva le gambe debolissime e doloranti. Sarebbe stato già un gran risultato riuscire ad allontanarsi un po'.

Non le restava altro che attraversare il giardino sul retro e prendere le scale che scendevano. Una volta giù avrebbe tentato di risalire l'altra scala, quella che conduceva alla proprietà dei vicini. Se avesse avuto molta fortuna, lì avrebbe trovato qualcuno e avrebbe potuto avvisare la polizia. Tuttavia non ci sperava affatto. Durante i giorni trascorsi insieme a Rebecca non aveva mai visto nessuno, neppure il pomeriggio in cui aveva fatto il bagno. Temeva che la casa fosse disabitata. Questo avrebbe reso la sua situazione sicuramente più complessa, ma non ancora disperata. Attraverso il loro giardino avrebbe potuto raggiungere la strada e quindi dirigersi verso Le Brusc. Questo l'avrebbe costretta a passare davanti alla casa di Rebecca, e c'era il rischio che Marius, intuendo il suo piano, la sorprendesse da qualche parte nell'oscurità. Non si faceva alcuna illusione, era più che probabile che nel giro di un quarto d'ora avrebbe scoperto la sua fuga. Forse sarebbe riuscita a passare oltre sfruttando i giardini abbandonati sull'altro lato della strada.

Non stare a rimuginare, si impose, vedi di toglierti di qui il più in fretta possibile!

Cercò di ignorare il dolore stringendo i denti, e cominciò a muoversi impacciata nel giardino buio, come un animale ferito. Che ora poteva essere? Non importava, non importava un bel niente. Due o tre volte si girò a guardare la casa, temendo di vedere accendersi le luci della sala e sentire le urla furibonde di Marius. Sarebbe bastato il lume della terrazza a rischiarare buona parte del giardino. Tuttavia riteneva di aver ormai oltrepassato la zona più pericolosa. Il fascio di luce probabilmente non l'avrebbe colpita. Se solo la luna non fosse stata così luminosa! Si sforzò di restare sul limitare dei prati, dove c'erano molti alberi, pur avendo la sensazione di muoversi come un'enorme ombra ben visibile su quel terreno. Poteva solo sperare di riuscire a nascondersi fra le rocce, prima che Marius si accorgesse della sua fuga, e che lui poi ipotizzasse che fosse scappata girando intorno alla casa sul lato anteriore. Si augurava che mai e poi mai l'avrebbe creduta capace di un piano così folle come quello di affrontare il percorso lungo e impegnativo fra gli scogli.

Non era ancora successo niente, e sotto i piedi sentiva già la roccia. Ancora qualche passo... si muoveva molto meglio, i dolori erano diminuiti. Il sangue aveva ripreso a circolare, i muscoli si stavano scaldando.

Ce la faccio, pensò, forse ce la faccio davvero.

Raggiunse la scala. Scese i primi gradini. Da sotto sentiva il mare scuro che brontolava.

A quel punto dalla casa non l'avrebbero più potuta vedere.

6

Kronborg non aveva messo in conto di riuscire a contattare i genitori di Inga Hagenau. Un suo collaboratore aveva tentato tutto il giorno, trovando però sempre una segreteria telefonica inserita.

«Sono via» aveva riferito a Kronborg. «È luglio! Cosa ti aspettavi, del resto?»

Erano le nove e mezzo di sera, e finalmente Kronborg aveva deciso di andare a casa. Dal momento che era separato da tre anni – sua moglie era sparita con un altro, con il quale, come poi era venuto a sapere, lo aveva tradito per parecchio tempo –, alla fine della giornata non aveva mai veramente voglia di tornarsene nel suo appartamento vuoto. E poi il lavoro non finiva mai! Gli restava sempre qualcosa da sbrigare. Non riusciva mai a portare a termine una cosa completamente.

Il suo stomaco tuttavia cominciò a ricordargli con una fortissima sensazione di appetito che a mezzogiorno non aveva mandato giù altro che un panino al formaggio e che quindi era forse ora di andare a casa per mangiare almeno della carne in scatola. Oppure per infilare nel forno a microonde una pizza surgelata. Kronborg si nutriva in un modo di cui spesso si spaventava lui stesso: evitava praticamente tutti i cibi che i dietologi suggeriscono e mangiava solo ciò che generalmente sconsigliano. Se non altro non era un fumatore, ed era anche un moderato consumatore di alcol. E almeno di questo andava veramente orgoglioso.

Il collega gli aveva rimesso sul tavolo il foglietto con il numero di telefono dei genitori di Inga Hagenau, e Kronborg, dopo essersi già alzato per prendere la giacca – che naturalmente in quella serata afosa non si sarebbe infilato –, improvvisamente cambiò idea, sollevò la cornetta del telefono e compose il numero, un numero del Nord della Germania.

Nelle ultime ventiquattr'ore, da quando era venuto a conoscenza dell'esistenza di Marius Peters, non era più riuscito a liberarsi della sensazione di una minaccia incombente. Ogni elemento sembrava indicarlo come l'assassino. Era pratico della casa dei Lenowsky, e anche se i suoi genitori affidatari con ogni probabilità non gli avevano lasciato una chiave, gli avrebbero tuttavia aperto senza esitazioni nel momento in cui avesse suonato alla loro porta. Anche i tempi sembravano coincidere: l'assassino aveva sequestrato la coppia due weekend prima. Il martedì successivo, a mezzogiorno, era stata ordinata la pizza. Le indagini della scientifica avevano stabilito che i tagli che avevano provocato la morte di Greta Lenowsky circa due giorni dopo le erano stati inferti nel pomeriggio dello stesso martedì. Sempre in quel martedì, verso sera, secondo quanto riferito dai vicini, Marius e Inga Hagenau avevano lasciato il loro appartamento ed erano partiti per le vacanze. Quindi Marius Hagenau avrebbe avuto tranquillamente la possibilità di ferire a morte la matrigna, poi tornare a casa, mettersi in spalla l'attrezzatura da campeggio, probabilmente già pronta dal giorno precedente, e partire con la moglie.

Greta Lenowsky aveva perso inesorabilmente sangue per quasi sessanta ore. Nessuno dei colpi era stato tale da ucciderla all'istante. E questo rientrava nel quadro: tanto lei che il marito avevano dovuto subire una morte atrocemente lenta. In effetti c'era da rilevare che Marius aveva anche avuto fortuna in questo suo progetto criminale, perché solo per caso aveva colpito la poveretta in modo da non provocarle una morte immediata.

Oppure era successo il contrario? Aveva previsto che morisse subito, e qualcosa poi era andato storto? Infatti Greta avrebbe pur sempre potuto avvertire qualcuno telefonicamente e di conseguenza denunciarlo. Quindi forse era solo stato fortunato, visto che Greta non era più riuscita a proferire parola?

Domande su domande. Chissà cosa diavolo succede nella testa di un tipo del genere, pensò Kronborg.

Quasi si spaventò quando sentì una voce femminile, un po' affannata e senza fiato. «Sì?»

Era rimasto così sorpreso che ci vollero alcuni secondi prima che si riprendesse.

«Chi parla?» disse la voce un po' seccata.

Era furioso contro se stesso. Adesso avrebbe dovuto porre una domanda delicata, che avrebbe suscitato grande angoscia nella famiglia di Inga e il fatto che stesse telefonando a un'ora assolutamente inconsueta non faceva che rendere la circostanza ancor più drammatica e inquietante.

«Qui è Kronborg. Parlo con la signora Hagenau?»

«Sì.»

«Le chiedo scusa per l'ora tarda in cui la chiamo. Sono il commissario Kronborg. Dovrei farle alcune domande a proposito di sua figlia Inga.»

Naturalmente a quel punto la sua interlocutrice si allarmò.

«Oh, cielo! È successo qualcosa?»

«Stia tranquilla, signora. Stiamo cercando il marito di sua figlia.

C'è stata una disgrazia nella sua famiglia e dobbiamo avvisarlo al più presto.»

«Ma a mia figlia non è successo niente?»

«No. Glielo assicuro, non le è successo niente.»

«Ma perché è la polizia criminale che cerca mio genero? Non capisco!»

«Signora Hagenau, le garantisco che non c'è motivo che lei si inquieti. C'è stato un episodio criminale che ha avuto purtroppo come vittime dei parenti di suo genero. Dobbiamo informarlo, inoltre speriamo che possa darci una mano nelle indagini.»

«Ma lui ha qualcosa a che fare con questo episodio?»

Kronborg non si lasciò sfuggire l'occasione per approfondire. «Come mai me lo domanda?»

«Perché... non so neanch'io. La prego, mi dica se mia figlia può trovarsi in pericolo!»

«No, stia tranquilla.» Non aveva alcun senso cercare di spiegare in quel momento a una madre agitata che forse sua figlia aveva sposato uno squilibrato omicida. «Le assicuro, stia tranquilla. La faccenda è che al momento suo genero è l'unico parente delle vittime di cui siamo a conoscenza, quindi abbiamo assoluta necessità di parlargli.»

«Lei non mi chiamerebbe certo a quest'ora se non fosse successo qualcosa di drammatico!»

Decise di essere molto franco su quel punto. «Un mio collega ha già provato a chiamarla oggi, ma non ha trovato nessuno. Io sto facendo come al solito qualche ora di straordinario, stavo per andare a casa e ho deciso di provare ancora un'ultima volta. A dirle il vero ero convinto che non avrei trovato nessuno, altrimenti non avrei osato a quest'ora.»

Sembrò tranquillizzarsi un po'. «Siamo stati in Danimarca, per otto giorni. Io e mio marito. Siamo rientrati proprio stasera.»

«Abbiamo immaginato anche noi che foste in ferie. Mi dica, prima di partire ha parlato con sua figlia? Le ha per caso detto dove era diretta con il marito?»

«Sì, ci siamo parlate per telefono.» La mamma di Inga si era ripresa, tanto da riuscire a parlare normalmente, ma Kronborg sentiva che era agitatissima.

«Come al solito la destinazione del loro viaggio era alquanto incerta. Marius, mio genero, si era messo in testa di andare in autostop verso sud, portandosi dietro la tenda. Inga non mi sembrava entusiasta. Si immaginava già ai margini di un'autostrada a mendicare disperatamente un passaggio, né mostrava un entusiasmo sfrenato all'idea di stare in un camping sovraffollato al mare. Comunque... nel loro matrimonio si fa quello che decide Marius.»

A Kronborg non sfuggì tutta l'amarezza che quest'ultima frase conteneva. Gli fu immediatamente chiaro che Marius Peters non era certo un genero ben accetto nella famiglia Hagenau.

«E questa idea di *sud* non l'ha specificata meglio?» domandò. Nella sua testa già stava suonando un campanello d'allarme. Sabrina Baldini aveva detto che dopo la morte del marito Rebecca Brandt si era ritirata nel Sud della Francia.

Avevano una casa, non so dove di preciso. Comunque direttamente sul mare. Qualcuno mi ha raccontato che adesso vive lì. Ma che comunque ha rotto i ponti con chiunque, perciò in realtà nessuno sa con esattezza se ci sia rimasta oppure no.

«No» rispose la madre di Inga, «non ha specificato ulteriormente il luogo. Sono sicura che l'avrebbe fatto volentieri. Inga non è certo il tipo da amare queste uscite avventurose e per nulla organizzate. Le piace programmare tutto e vuole anche sapere ciò che l'aspetta. Ma secondo Marius non c'è niente di più emozionante di un viaggio al buio. Oggi qui, domani là, senza sapere cosa succede.» Le sue parole tradivano una certa ironia. «I tipi come lui pensano di essere particolarmente anticonformisti comportandosi così.»

Kronborg decise di sfruttare fino in fondo la disponibilità della signora Hagenau per mettere a fuoco l'immagine che aveva di Marius e che era ancora alquanto approssimativa.

«Non la entusiasma suo genero, o sbaglio?» le domandò.

La donna sospirò. «No. Per niente. Ancora oggi non riesco a capire perché...»

«Cosa?»

«Perché mia figlia abbia voluto sposarlo. Aveva appena ventiquattro anni, lui ne aveva ventidue. Le ho domandato se fosse il caso di avere un legame così importante a quell'età. Ma era lui che premeva. E Inga si è sentita un po' lusingata. Le ha fatto una corte così insistente... a volte veramente esagerata. Ma naturalmente la faceva sentire una donna particolarmente affascinante. Inga è una ragazza carina e intelligente, ma niente di più. Non le era mai capitato che un uomo la corteggiasse in quel modo. E questo ha contribuito a farle dire sì. Anche se...»

Di nuovo si interruppe, quasi si domandasse se con quei discorsi così sinceri con un poliziotto del tutto sconosciuto non stesse tradendo la figlia. Kronborg trattenne il respiro. In fondo non le aveva dato alcuna prova, era solo una voce al telefono. Se la mamma di Inga non fosse stata così agitata e confusa si sarebbe certo rifiutata di fornire tutte quelle informazioni. Non appena si rese conto di ciò che stava facendo la sua loquacità si arrestò.

«Anche se faceva molta fatica a rifiutargli qualcosa» proseguì alla fine, «e questo succede tuttora. Che si trattasse allora del matrimonio o adesso delle vacanze... sa sempre come affermare i suoi desideri.»

«Cosa intende?» chiese Kronborg.

«Lui... sa, ogni volta che Inga vuole fare le cose in modo diverso da lui, inizia ad accusarla di odiarlo, di sentirsi superiore a lui, di volerlo far sentire l'ultimo. Sì, questa è la sua espressione preferita. *L'ultimo*. Fa una scenata sul fatto che lo si vuole denigrare e sminuire, e alla fine impone la sua volontà perché l'altro non sopporta più queste accuse e non si può fare diversamente per sbloccare la situazione.»

«In un rapporto di coppia questo comportamento mi sembra assolutamente dannoso.»

«E lo è. Ma ogni volta riesce a ridurre Inga nell'angolo, tanto che... Due anni fa gli aveva proposto di cominciare a convivere per un periodo, poi si sarebbero sposati. Marius reagì con una crisi depressiva. Smise di mangiare, stava giorni interi a letto e continuava a ripetere che non poteva sopravvivere all'abbandono da parte di Inga. La quale in quel modo avrebbe voluto dimostrargli che lui non andava bene per lei. *Ai tuoi occhi io sono l'ultimo*, continuava a ripetere, *l'ultimo degli ultimi*. La cosa è degenerata a tal punto che, quasi senza volerlo, un giorno Inga si è ritrovata in comune a contrarre un matrimonio per il quale non si sentiva affatto pronta.»

Kronborg fece un sospiro impercettibile. Quello che stava sentendo a proposito di Marius Hagenau non faceva che accrescere la sensazione sgradevole che il giovane suscitava in lui, da quando ne aveva sentito parlare la prima volta. Era del tutto probabile che si trovassero di fronte a uno psicopatico. Si augurava che Inga non fosse in pericolo. Non rientrava nel novero delle persone che Marius riteneva responsabili per la sua infanzia disastrosa, ma finché restava vicina a lui avrebbe potuto trovarsi senza volerlo in situazioni molto rischiose. Doveva assolutamente mettersi in contatto con la polizia francese della costa meridionale. Anche se Marius non aveva rivelato alla moglie la meta del loro viaggio, questo non escludeva che avesse ben in mente dove recarsi. Con l'aiuto della polizia doveva rintracciare il più in fretta possibile l'indirizzo di Rebecca Brandt. Era assolutamente necessario mettere in guardia la ex responsabile di Kinderruf. Forse in quel modo sarebbero anche riusciti a stanare Marius e Inga Hagenau.

Gli venne in mente un altro particolare. «Ma lei cosa sa di suo genero? Della sua famiglia, della sua giovinezza? Della sua vita?»

Era come se la madre di Inga avesse scosso la testa, gli sembrava quasi di vederla. «In pratica non so proprio niente. Ma neppure Inga. Tutto ciò che riguarda mio genero è così contorto... insomma, vorrei tanto che mia figlia non l'avesse mai incontrato. Nessuno di noi conosce i suoi genitori! Qualche volta ha raccontato che suo padre gli aveva reso la vita infernale durante la sua infanzia. Non ho naturalmente idea di cosa intendesse dire in realtà. Non so nemmeno cosa faccia suo padre. Dove viva. Una volta sono andata a trovare Inga e ho provato a cercare nella rubrica telefonica sotto *Peters*... ma ce n'erano tanti... Poi non ho fatto vere e proprie ricerche, credo che in fondo preferissi non sapere. E così Inga. Marius comunque ha insistito per prendere il cognome di Inga al momento del matrimonio. Un taglio netto col suo passato, così diceva.»

«Mmm» fece Kronborg, poi tentò nuovamente di andare a fondo alla faccenda. I genitori di Inga erano stati in Danimarca, quindi con ogni probabilità non avevano letto i giornali tedeschi. Dell'omicidio dei due poveri Lenowsky non sapevano quindi nulla. Adesso però c'era da aspettarsi che la stampa avrebbe ben presto avuto sentore dell'esistenza di un figlio in affido, e a quel punto il nome di

Marius Hagenau sarebbe rimbalzato sulle pagine di tutti i giornali. Meglio avvisare prima la famiglia di Inga.

«Lei non sapeva che Marius Peters a sei anni è stato allontanato dai suoi genitori naturali?» le domandò. «Per gravi negligenze nei suoi confronti...»

All'altro capo un breve silenzio iniziale, imbarazzato, poi qualche sospiro.

«No» disse la mamma di Inga, «no. Non lo sapevo. E scommetto che nemmeno mia figlia lo sapeva.»

«Marius Peters è stato dato in affido. I suoi genitori affidatari si chiamavano Fred e Greta Lenowsky. Un avvocato e la moglie.»

Evidentemente non aveva sentito nessuna notizia dalla Germania. Non reagì nemmeno sentendo il nome delle due vittime.

«Ah!» commentò solamente. Poi parve intuire il peggio. Forse iniziava a capire che le domande del commissario su suo genero erano troppo significative e precise, che nascondevano più di quanto Kronborg fosse disposto ad ammettere.

Cominciò a respirare affannosamente. «Cosa... cos'è successo a mio genero, commissario? Cos'ha a che fare con l'episodio del quale mi ha detto? Cos'è successo ai suoi genitori adottivi?»

«Sono stati uccisi» rispose Kronborg, «ma non abbiamo nessuna prova certa per sostenere che Marius Hagenau abbia qualcosa a che fare con questo delitto. È solo l'unico parente, o quasi, della coppia. Forse sa qualcosa di più della loro vita e ci potrebbe fornire qualche indicazione per rintracciare il colpevole.»

Non gli credette.

Chiamò il marito e mentre lo chiamava scoppiò in lacrime, singhiozzando disperatamente.

7

Agli ultimi gradini Inga cominciò ad ansimare. La salita alla casa dei vicini era più ripida di quella nel terreno di Rebecca, in più lei era debole, affamata e assetata. Ma il terrore le infondeva forze che non avrebbe mai pensato di possedere.

Non si era mai fermata neppure un istante lungo l'intero percorso. Era sgattaiolata giù come una capra, quasi senza guardare verso il basso. La luna brillava nel cielo, ma certo sarebbe bastato un attimo per inciampare o mettere male un piede, e una storta alla caviglia avrebbe significato la fine. Evidentemente il suo angelo custode aveva deciso di aiutarla. Era arrivata giù senza problemi, inciampando nella sabbia, una sola volta si era girata terrorizzata, certa di vedere Marius lassù in alto sulle rocce come un'ombra gigantesca e cupa. Per fortuna non c'era nessuno, evidentemente non aveva ancora scoperto la sua fuga, oppure non l'aveva nemmeno sfiorato l'idea che Inga avesse potuto scegliere quella complicata via lungo la spiaggia.

La salita era impegnativa, e affrontandola per la prima volta non conosceva il terreno. Procedeva piuttosto lentamente, e a tratti i gradini erano così alti che era costretta a superarli carponi.

Che il Signore mi aiuti ad arrivare fino al paese, pensò.

Se però Marius avesse intuito cosa le era passato per la testa, sarebbe stato da lui aspettarla lì in alto sfoderando un sorriso gelido. Il cuore cominciò a batterle all'impazzata quando, passate le ultime rocce, si trovò sul tratto pianeggiante. Trovarlo lì avrebbe significato la fine. Anche perché nessuno avrebbe sentito le sue grida. La probabilità che la casa fosse abitata era più che remota.

Ma nessuno l'aspettava, nessuno apparve dal buio, nessuno le agguantò con violenza il braccio. Non sentì nessuno camminare nella notte. Sotto di lei il borbottio del mare, da qualche parte l'urlo di un gabbiano. Per il resto, solo silenzio.

Procedeva tenendosi bassa, perché in quel punto qualcuno avrebbe potuto vederla dalle rocce sull'altro versante. Maledisse quella luna luminosa, anche se senza la sua luce la discesa e la risalita lungo gli scogli sarebbero state ancora più complicate. Da quel momento tuttavia diventava la sua nemica. Se Marius avesse tentato di intercettarla lungo la strada del paese, sarebbe stato molto difficile per lei nascondersi con quel chiarore.

Percorso un primo tratto diede un'occhiata indietro e si rese conto che dalla casa di Rebecca non la si sarebbe più potuta vedere, perciò corse il rischio di camminare di nuovo diritta. La milza e i polmoni le facevano male. Il suo corpo pativa le conseguenze della posizione in cui era stata costretta per così tante ore, rannicchiata e legata.

Se solo potessi avere un goccio d'acqua, pensò, mi sentirei di nuovo in forze.

Benché piegare verso la casa significasse allungare parecchio il percorso, si decise a farlo nella remotissima speranza di trovarvi qualcuno. Rimase comunque all'erta; non attraversò direttamente il prato, ma preferì restarne ai margini, cercando l'ombra delle piante isolate. *Lui* avrebbe potuto essere dappertutto. Avrebbe potuto comparire all'improvviso, da qualunque parte.

La casa era più ampia di quella di Rebecca e aveva un aspetto abbastanza pacchiano, con torrette, *bow windows* e lunghi terrazzini contornati da muretti bianchi ornati di pinnacoli. Lo stile era evidentemente ispano-moresco, come si usa spesso in Camargue, ma lì in Provenza era abbastanza fuori luogo. L'unica cosa certa era che la casa era disabitata. Le persiane marroni erano rigorosamente chiuse, i cardini coperti di ragnatele. Neppure una finestra lasciava filtrare una luce dall'interno. Sul piazzale di ghiaia non c'erano auto parcheggiate. I numerosi vasi sui gradini che conducevano all'ingresso erano vuoti. Quell'estate la casa non era stata utilizzata, forse i proprietari sarebbero venuti in settembre.

Ma per me è troppo tardi.

Trattenne il fiato per un istante, cercando di riprendere fiato. Ora doveva affrontare il tratto più pericoloso, per raggiungere il paese avrebbe dovuto oltrepassare la casa di Rebecca. Non poteva passare fra i cespugli ansimando in quel modo; ogni minimo rumore avrebbe potuto tradirla. Per un attimo fu tentata di sconvolgere i suoi piani e di imboccare la stradina che andava nell'altra direzione. La zona era già abbastanza isolata e Inga non la conosceva affatto, anche se riteneva più che probabile che ci fossero altre case sparse nei dintorni. Forse erano abitate, ma senza averne la certezza avrebbe anche potuto camminare per ore senza incontrare anima viva. Così avrebbe esaurito le forze residue e magari si sarebbe smarrita nei boschi di Cap Sicié, dove la strada terminava.

Quindi meglio prendere la direzione di Le Brusc.

Correndo il rischio.

Non poteva credere che Marius non si fosse ancora accorto di nulla. D'altra parte si domandava angosciata cosa avrebbe potuto significare per Rebecca questa eventualità. Che in quel momento fosse vittima della sua furia incontenibile? Che dovesse pagare lei per la fuga di Inga, e in tal caso che prezzo avrebbe pagato? Anche per aiutare Rebecca era importantissimo che trovasse soccorso al più presto. La scelta di Le Brusc diventava quindi inevitabile.

I prati incolti di fronte alla casa si rivelarono a quel punto l'alleato migliore per Inga. L'erba era alta, cespugli, siepi e piante crescevano in un caos selvaggio. Inga cercava di restare più nascosta che poteva nel verde. Avanzava con fatica, spesso la via era sbarrata da rami pieni di spine che la costringevano a lunghe e faticose deviazioni. Prati e boschi si estendevano per chilometri e chilometri. Se si fosse allontanata troppo dalla strada avrebbe anche potuto perdere l'orientamento e cominciare a girare in tondo, e così non sarebbe mai arrivata in paese. Non doveva mai perdere di vista la carreggiata asfaltata illuminata dalla luna, ma senza avvicinarsi troppo. Magari *lui* si era piazzato proprio al limitare della boscaglia. Forse Marius immaginava che lei si fosse nascosta fra le piante.

Respira con calma. Non ansimare. Respira con calma.

Passò oltre un cespuglio di more, senza prestare la dovuta attenzione, e un ramo lungo e carico di spine le strisciò dolorosamente lungo tutta la gamba destra. Era ancora in camicia da notte, e in quel momento avrebbe pagato oro per un paio di jeans che le avrebbero protetto la pelle.

Non pensarci. Adesso è irrilevante. Adesso è in gioco la tua vita. E quella di Rebecca.

Riuscì a non urlare, nonostante il dolore lancinante. Ma gli occhi le si riempirono di lacrime e dovette una volta di più stringere i denti. Sentiva il sangue colarle dalle caviglie. Con fermezza cercò di non lasciarsi prendere dal panico che stava per avere il sopravvento. Non ce l'avrebbe mai fatta. Sarebbe rimasta prigioniera di quella maledetta selva. Non avrebbe mai trovato il paese. Marius avrebbe fatto qualcosa di terribile a Rebecca e lei non avrebbe mai trovato aiuto...

Basta! Avevi deciso di non pensare. Lo farai più tardi. Adesso si tratta solo di andare avanti!

Di nuovo intravide la strada e per un attimo chiuse gli occhi sollevata. Era convinta di aver perso la traccia, invece si muoveva ancora nella direzione giusta.

Esausta cercò di guardare. In base ai suoi calcoli doveva aver appena passato la casa di Rebecca. Se non si sbagliava del tutto, doveva trovarsi proprio di fronte al giardino abbandonato dove lei e Marius avevano piantato la tenda. Questo episodio le sembrava appartenesse a un'altra vita, a un altro tempo.

Non poteva ancora abbassare la guardia, anche se si domandava se quel suo modo di agire potesse essere considerato *prudente*. Aveva la sensazione di muoversi producendo un gran rumore. Lì sulla strada non si sentiva più il rumore del mare, quindi lo spostamento dei rami così come il suo respiro affannato e spaventato erano più chiaramente percepibili.

Avanti, avanti. Istintivamente si ritrasse un po', dove i cespugli erano più fitti. Era importante sapere dove fosse la strada, ma non poteva permettersi di avvicinarsi troppo. E doveva fare attenzione affinché i suoi movimenti non diventassero troppo rumorosi. Un osservatore – Marius – avrebbe dovuto attribuire il movimento delle fronde al passaggio di un uccello o di una lepre, e null'altro.

Strisciava, si spingeva avanti con fatica. Sopra la sua testa i rami si richiudevano, al di là il cielo notturno. A un certo punto un uccello si sollevò nell'aria alzandosi da un ramo ed emettendo un urlo acuto. Inga trattenne il respiro e lasciò passare qualche minuto prima di rimettersi in movimento. Quanto tempo era passato? Poteva ormai rischiare di procedere allo scoperto?

Se avesse proseguito a quel ritmo non sarebbe arrivata a Le Brusc prima di due o tre ore, il che poteva essere irrilevante per lei, ma poteva significare la tragedia per Rebecca. In base ai suoi ragionamenti doveva essere a circa un chilometro dalla casa della sua ospite. Forse poteva bastare. Se fino a quel momento Marius non era ancora comparso, probabilmente lei era al sicuro. Marius era troppo interessato a Rebecca, non avrebbe mai rischiato lasciandola sola in casa.

Forse non si è davvero accorto della mia fuga. È talmente preso dai suoi discorsi con Rebecca da essersi dimenticato di me. E questo nella sua follia è più che possibile.

Si mosse in direzione della strada. Era un tratto impegnativo: lì cominciava il bosco e quindi procedeva con lentezza, ostacolata dal sottobosco e dai rovi. Più di una volta sentì che la stoffa della camicia da notte si strappava e lei stessa era ferita in più punti. Vedendola in quelle condizioni i poliziotti avrebbero subito pensato a un caso di violenza sessuale.

E in un certo senso non era del tutto sbagliato.

Ecco di nuovo la strada, più cupa di prima, perché la luce della luna era oscurata dalle chiome degli alberi. In effetti era riuscita a percorrere un lungo tratto. Fece un lungo respiro e decise di giocare il tutto per tutto: abbandonò il riparo della boscaglia e cominciò a camminare sulla strada; sempre ai margini, ma comunque visibile per chiunque l'avesse percorsa.

Non accadde nulla. Nessuna traccia di Marius. Non sentì la sua voce aspra gridare il suo nome. Non sentì le sue mani agguantarla e tenerla stretta. Non sentì il suo pugno colpirla in pieno volto.

Non vide la sua figura emergere dall'oscurità.

Inga cercò di non lasciarsi prendere troppo in fretta dalla speranza. Doveva arrivare alla polizia, solo allora avrebbe potuto pensare di avercela fatta. Doveva agire con la massima prudenza. Cercò di accelerare il passo, benché le gambe le facessero terribilmente male dopo tutto quel procedere carponi. I granelli di asfalto le si conficcavano dolorosamente nei piedi. Come mai era senza scarpe? Quando era uscita dalla sua stanza la notte precedente si era infilata le sue ciabattine da mare, ma se le era tolte da qualche parte in casa.

Non importava. Perché poi si metteva a pensare a cose così futili? Forse per non uscire di senno. Le era più sopportabile ragionare delle scarpe piuttosto che pensare a quel che Marius magari stava infliggendo a Rebecca.

Devi correre, correre, correre. Non sentire il dolore. Non guardarti indietro. Non rallentare. Poi avrai tutto il tempo per riposarti. Ma non adesso. Non adesso.

Trovò un suo ritmo. Correva e respirava. Passo dopo passo, respiro dopo respiro. Le rimaneva ancora un pezzo piuttosto lungo da percorrere, ma si era già lasciata alle spalle un certo tratto di strada. Doveva pensare a questo per non perdere il coraggio. Doveva essere ottimista, pensare al bicchiere mezzo pieno, riconoscere ciò che aveva già fatto. Non ciò che *non* aveva ancora fatto.

Sentì il rumore di un'auto, prima ancora di vederne i fari.

Si fermò all'improvviso, pensando di essersi sbagliata. Poi si rese conto che era il rombo del motore di un'auto che si stava avvicinando lentamente. Poi vide anche il fascio di luce dei fanali tremolare fra le piante.

Nel cuore della notte, su una strada di campagna solitaria, un'auto le veniva incontro! Forse era il proprietario di una delle case della zona che rientrava tardi. Qualcuno che comunque avrebbe potuto aiutarla. Che l'avrebbe accompagnata alla polizia. Le si riempirono gli occhi di lacrime per la gioia. E per la stanchezza di cui allora si rese conto e che ormai minacciava di sopraffarla. Era mezza morta di sete. Indebolita dalla fame. Le gambe avrebbero potuto cedere a ogni passo. Era tutta dolorante. E sanguinante. Era allo stremo.

Con le forze che le rimanevano si spostò verso il centro della carreggiata. Sollevò le mani e cominciò a sbracciarsi.

A quel punto i fari parvero dirigersi verso di lei, talmente forti che non riusciva a distinguere di che auto si trattasse.

Il guidatore doveva averla vista, per forza.

La macchina rallentò ancora. Forse era incerto sul da farsi.

Forse non si fida di me, pensò, ma anche prima andava molto adagio. Come mai qualcuno procede così lentamente in un punto come questo?

E nello stesso istante trovò una risposta ai suoi dubbi e alle sue domande, e l'orrore la travolse.

Come aveva potuto essere così stupida? Così superficiale, idiota? Chi poteva girare in macchina su quella strada a quell'ora della notte? Solo qualcuno che era a caccia, perlustrando la boscaglia in ogni direzione e con la massima attenzione, in cerca di qualcosa che doveva assolutamente trovare. Qualcuno che stava inseguendo un fuggiasco e che non era stato così stupido da intraprendere la sua caccia a piedi.

Aveva preso la macchina di Rebecca. Era andato fino in fondo alla strada, e adesso la stava ripercorrendo in senso contrario, sapendo perfettamente che la sua vittima gli si sarebbe gettata fra le braccia. Era solo una questione di tempo. Si trattava di individuarla, con molta pazienza e con l'aiuto della luce dei fari.

Ma lei gli aveva decisamente facilitato il lavoro. Si era messa in mezzo alla carreggiata per farsi vedere.

Era tutto finito. Perso. Tutto finito.

Fu quasi sopraffatta dai conati di vomito. In un ultimo tentativo di fuga, istintivo e altrettanto inutile, si spostò barcollando di lato, cercando di rintanarsi nuovamente nei cespugli come una preda che all'improvviso si trovi di fronte al suo nemico più temibile. Le spine dei rovi la colpirono ancora alle braccia e alle gambe, facendola piangere per il dolore e la paura. Nonostante gli sforzi, non riusciva a trovare un pertugio per infilarsi nella boscaglia. Gli alberi sarebbero stati la sua ultima remotissima possibilità, ma in quella zona il bosco era come un muro, e lei era troppo debole ed esausta. Le gambe le si piegarono, cadde a terra, il viso su un morbido letto di muschio, e pensò che fra pochi istanti qualcuno l'avrebbe catturata e trascinata via. Poi l'avrebbe uccisa.

Sentì il rumore di una portiera che sbatteva. Era la fine.

Mani inaspettatamente gentili la presero per le spalle e la voltarono con delicatezza. Inga tenne gli occhi chiusi, cercando di proteggersi il viso con un braccio.

«Inga!» esclamò una voce maschile piena di stupore. Non era la voce di suo marito.

Inga aprì gli occhi e riconobbe il volto di Maximilian illuminato dai fari dell'auto.

L'uomo la fissò pieno di sorpresa e di preoccupazione.

«Inga» ripeté, «santo cielo!»

Inga avrebbe voluto dire qualcosa. Ma non ce la fece, e tutto quello che le uscì di bocca fu un verso strozzato.

8

Era seduto di fronte a lei sul pavimento della stanza da letto, un uomo a pezzi. Aveva i capelli tutti sudati e scomposti. Fissava davanti a sé nel vuoto.

«Lei mi ha lasciato. Non mi ha mai amato. Mi considera l'ultimo dei derelitti. Io sono un niente ai suoi occhi.»

Rebecca sapeva che a quel punto doveva soppesare ogni parola che avrebbe detto. In quel momento Marius si sentiva debole come un animale ferito, ma da un istante all'altro la sua debolezza avrebbe potuto trasformarsi in aggressività.

La situazione di Rebecca era diventata più critica. E questo era avvenuto proprio quando era riuscita a farlo rilassare un po'.

Le aveva raccontato cose tremende. Umiliazioni e mortificazioni inflittegli da Fred Lenowsky. Aveva parlato della fame patita, delle sue paure. Di come Fred Lenowsky provasse piacere per il terrore del bambino. Di come Greta avesse assistito muta alle torture. E poi del suo colloquio con Sabrina Baldini.

«Anche a lei ho raccontato tutto. *Tutto*, mi senti?, *tutto* quello che ho raccontato anche a te. Kinderruf... ma non farmi ridere! I vostri dépliant accattivanti, che invitano a rivolgersi a voi in caso di problemi, dove proclamate che darete ascolto a tutti, che cercate di aiutare chiunque abbia bisogno... era solo una messa in scena! Solo una lurida messa in scena! Quando la situazione diventava realmente difficile, lasciavate i ragazzini a se stessi. Fred Lenowsky era potente, era un cittadino in vista. Non ci si mette contro uno così. Si preferisce tenere la bocca chiusa. Non si sta certo a sentire quel che racconta un marmocchio, che perdipiù ha già un passato da disadattato!»

Rebecca aveva cominciato a comprenderlo. A capire il suo odio, la sua amarezza. E la cosa strana era che credeva a ogni singola parola che le aveva raccontato. Tutto quello che gli aveva detto del suo patrigno suscitava in lei una gran compassione, rabbia e spavento, ma non le faceva sorgere alcun dubbio. Qualcosa nel suo viso, nella sua voce rivelava che non stava affatto fingendo. Marius poteva essere uno psicopatico, e questo, tenendo conto delle sue esperienze passate, non stupiva affatto. Poteva essere malato, ma non era un bugiardo. Non in quella circostanza. Il dolore che quelle rievocazioni provocavano in lui era ben evidente.

Non mentiva, ma questo non lo rendeva meno pericoloso. Al contrario.

Il vantaggio di Rebecca era che credeva alle parole di Marius. Ma anche se non fosse stato così, in quella situazione avrebbe comunque cercato di mostrarsi fiduciosa nei suoi confronti. Marius era ossessionato, ed estremamente sensibile. Si sarebbe accorto se lei non gli avesse davvero creduto. D'altra parte era perfettamente in grado di capire che Rebecca non lo stava ingannando. Glielo leggeva in faccia. Il suo atteggiamento era diventato meno ostile.

In ogni caso non si faceva illusioni. Tutto si sarebbe potuto capovolgere da un momento all'altro.

Rebecca gli aveva spiegato che lei personalmente non aveva saputo della chiamata di Marius al telefono amico, e questo l'aveva reso per alcuni minuti estremamente rabbioso.

«Cerchi di salvarti la pelle» le aveva detto con voce sprezzante, «sai di essere in trappola, e a questo punto l'unica cosa che ti interessa è cavartela. Sei uno schifoso pezzo di merda, non te l'ha ancora detto nessuno?»

«Non avrei difficoltà ad ammetterlo se l'avessi saputo. Ma non avevo contatti con il telefono amico. A me non arrivava quasi nulla dei problemi discussi in quella sede. Cerchi di capire, io ero l'amministratrice dell'associazione. Mi occupavo delle questioni finanziarie, degli stipendi delle collaboratrici, cose del genere. Se non ricordo male, nel periodo in cui lei chiese aiuto lavoravo all'organizzazione dei gruppi di studio sulle mamme sole. Cercavamo di offrire loro la possibilità di contatti e scambi con altre donne nella stessa situazione, così come di occasioni di svago, gite e incontri. Capisce, ero impegnata in questo tipo di attività...» Si rendeva conto che tutte quelle parole non lo sfioravano nemmeno, anche se aveva notato che le sue spiegazioni stavano cominciando a produrre qualche minimo effetto su Marius. «Voglio solo dire» concluse «che non avrei nemmeno avuto il tempo di occuparmi di ogni singolo caso segnalato al telefono amico.»

Aveva tentato con cautela di difendere anche la posizione di Sabrina Baldini. «Il suo caso era di competenza dei servizi sociali minorili. Sabrina Baldini non poteva far altro che riferire ai suoi responsabili. Immagino che a quel punto l'abbiano rassicurata che il caso sarebbe stato opportunamente indagato. Ma le sue competenze finivano lì.»

«Io ho chiamato di nuovo.»

«E le cose saranno andate nello stesso modo. Marius, noi non eravamo autorizzate a prendere iniziative autonome, senza tener conto dei servizi minorili. Questo è un punto fondamentale che lei deve capire.»

«Se tu e quella puttana del telefono amico vi foste date da fare un po' di più, avreste scoperto subito che il mio patrigno aveva conoscenze molto in alto. E che mi trattava in modo orribile. E allora sì che sareste potute intervenire. Avreste dato il caso in pasto alla stampa, scatenando uno scandalo enorme.»

L'aveva fissato sperando che potesse avvertire la serietà e la sincerità delle sue parole. «Marius, per me è molto difficile giudicare i fatti di allora. Le assicuro che non mi sono resa conto di niente in quel momento. Ma se me ne darà la possibilità, cercherò di porre rimedio a questa mancanza, mia e della mia associazione. Posso ristabilire vecchi contatti e avviare ricerche più ampie. Affronterò di nuovo la vicenda e forse riuscirò a fare in modo che i responsabili di allora paghino per le loro colpe. Primo fra tutti Fred Lenowksy. Così come gli altri. So che questo non cancellerà i lunghi anni di sofferenza che lei ha dovuto sopportare, ma se questa volta i colpevoli saranno incastrati, lei potrebbe almeno smettere di sentirsi eternamente una vittima.»

Rebecca capì che le sue parole l'avevano colpito, e da quel momento la situazione cambiò decisamente. L'idea di vedere tutti i suoi torturatori alla sbarra lo sollevava. Cominciò a camminare avanti e indietro, come improvvisamente liberato dalla stanchezza accumulata nelle ultime ore, iniziò a parlare, a gesticolare, a fare nomi e a lanciare accuse, a citare prove che avrebbe potuto fornire, e strategie da adottare per raggiungere i colpevoli a uno a uno. Passava così velocemente da una persona all'altra che Rebecca faceva fatica a seguirlo, anche se cercava in ogni caso di capirlo, per quanto le fosse possibile. Entrare in sintonia con Marius era stata un'impresa molto impegnativa. Fino a quando avesse visto in lei una complice e non una nemica, la sua vita non sarebbe stata appesa a un filo. Certo, mantenere quella situazione avrebbe richiesto un difficile gioco di equilibri. Era malato e molto disturbato. In altre parole, imprevedibile.

D'un tratto aveva annunciato che avrebbe preparato qualcosa da mangiare. Rebecca lo aveva interpretato come un segno molto positivo. Come un piccolo passo verso la normalità.

Lo aveva sentito rumoreggiare in cucina con padelle e posate, aveva aperto e chiuso armadietti e cassetti, si era perfino messo a fischiettare. Rebecca era riuscita a prospettare uno scenario che aveva ridato vita a Marius.

Signore, aiutami, pregava intanto fra sé, fa' che non gli vengano dei dubbi.

La minima perplessità avrebbe fatto precipitare tutto. Era sicuramente uno studente molto dotato e perspicace, ma riusciva a essere altrettanto irrazionale a proposito di se stesso. Sarebbe bastata un'inezia per sconvolgere la sua fiducia nei confronti di Rebecca, ed era più che probabile che in quel caso anche un appello alla sua ragionevolezza non avrebbe sortito alcun effetto. Rebecca sperava anche che Marius non si rendesse conto di aver commesso un reato nei suoi confronti e di Inga. Era penetrato in casa sua, e ormai da due giorni e quasi due notti le teneva in ostaggio. La situazione sarebbe diventata estremamente rischiosa qualora avesse capito che anche lui sarebbe finito sul banco degli imputati.

Poi era successa la catastrofe.

D'improvviso Rebecca l'aveva sentito urlare dal pianoterra: «Non può essere! Non è possibile! Maledetta puttana! Maledettissima puttana!»

Sentì sbattere le porte, i vetri delle finestre tremare. Poi dei passi frettolosi sulle scale. Marius comparve sulla soglia. Era pallidissimo. «Se n'è andata. Inga è sparita! Quella maledetta traditrice se l'è data a gambe!»

Non attese una risposta e corse di nuovo giù per le scale. Rebecca lo sentì in giardino chiamare la moglie. «Inga! Inga, maledizione, dove sei? Inga, torna subito indietro! Se non ti fai vedere subito sarà peggio per te!»

Ora esplode, pensò Rebecca. Le sue possibilità di calmarlo e di condurre la vicenda verso un esito positivo stavano precipitando. Se non erano già del tutto vanificate. Inga era riuscita a svignarsela nel momento sbagliato, o per meglio dire Marius si era accorto della sua fuga nel momento peggiore. Forse Inga era riuscita a scappare già durante la mattinata.

No, pensò Rebecca, non può essere. In quel caso la polizia sarebbe arrivata già da un pezzo.

Quindi Inga non poteva essere fuggita da molto tempo. C'era da augurarsi che non si trovasse più in giardino. Che fosse riuscita davvero ad allontanarsi. Marius era ormai convinto di essere stato tradito, e la polizia restava l'unica speranza concreta per Rebecca.

Poi Marius era risalito. Il viso coperto di sudore, pallido, le labbra livide e le mani tremanti.

«Non capisco. Non riesco a capire!»

Sfortunatamente prima di scoprire la fuga di Inga doveva aver messo a cuocere qualcosa sul fornello. Si avvertiva un forte odore di bruciato, ma Marius non sembrava essersene accorto.

«Ma quante me ne ha raccontate quella? Che mi ama, che vuole stare con me tutta la vita. Che sono il suo grande amore, parole, parole... Avresti dovuto sentirla! E adesso questa! Maledetta, ignobile sgualdrina!»

«Marius, non è affatto vero che non la ama più! Ma ha avuto paura. Provi per una volta a mettersi nei suoi panni. L'ha legata a una sedia. L'ha minacciata. E lei non sapeva per quale motivo. Deve aver pensato di essere finita in un incubo tremendo. Così ha cercato di mettersi in salvo. Non le sembra ragionevole?»

Marius si passò nervosamente l'avambraccio sul viso umido. «Tu però non l'hai fatto! Tu hai cercato di capirmi!»

«Perché ne ho avuto la possibilità. Siamo seduti qui da ore. Sono venuta a conoscenza di ogni minimo dettaglio della sua vicenda. È logico che possa capirla. Ma Inga? A lei ha mai raccontato qualcosa?»

Per un attimo sembrò riuscire a mettere da parte dolore e rabbia e a riflettere con calma. «Le ho accennato qualcosa...»

«Cosa, Marius? Cosa sa Inga?»

Era chiaro come il solo concentrarsi sull'argomento lo spossasse. Non chiudeva occhio ormai da troppo tempo. Non mangiava. Non beveva. E a tutto ciò si aggiungeva la tensione che il racconto della sua vita inevitabilmente liberava in lui.

Non ce la fa più, pensò Rebecca, fra poco crolla.

«Le ho raccontato dei miei genitori. Dei miei genitori veri. Del fatto che... c'erano dei problemi. Sa di quella befana dei servizi sociali che ha distrutto la nostra vita. Credo...» Di tanto in tanto lo sforzo di ricordare gli faceva assumere uno sguardo strabico. «Credo» proseguì con tono incerto «che non sappia altro.»

Subito Rebecca si attaccò a questo punto. «Vede! Se non sa nulla dei Lenowsky, come può capirla? Come? È logico che il suo comportamento le sarà sembrato privo di senso, ed è altrettanto logico che si sarà spaventata. Per questo è scappata.»

«Ai suoi occhi io sono un niente.» L'attimo di lucidità che gli avrebbe permesso di ritrovare la ragione era già svanito. Era ripiombato in una spirale perversa, fatta di paura, senso di inferiorità, vulnerabilità estrema. «È sempre stato così. Te l'ho raccontato che all'inizio non mi voleva nemmeno sposare? Continuava a trovare scuse. *Siamo troppo giovani, non ci conosciamo ancora, aspettiamo un po'...* In realtà non le andavo bene. Sperava di trovare di meglio!»

«Questo non lo credo affatto» replicò Rebecca, «infatti poi l'ha sposato. Marius, lei tende troppo a riferire ogni cosa a se stesso e a sentirsi la vittima di ogni situazione. Non riesce a immaginare che esistano persone che la amano sinceramente e per quello che è? Per esempio Inga mi ha sempre parlato con grande ammirazione e rispetto dei suoi eccezionali risultati universitari. Cerchi di capire, una donna può essere profondamente affascinata da lei, ma può aver bisogno di più tempo rispetto a lei per decidersi a un passo importante come il matrimonio. E questa maggiore cautela dipende da Inga, dal suo carattere, non necessariamente da lei.»

La fissò con occhi cattivi, ormai inaccessibili.

«Ma piantala con le tue stronzate da psicanalista» replicò, «sono tutte stupidaggini!»

«Marius, io...»

«Ti ho detto di piantarla!» sbottò.

Si alzò di scatto. Era talmente pallido che Rebecca credette che potesse svenire da un momento all'altro. Invece si mise di nuovo a camminare avanti e indietro, con movimenti aggressivi e incontrollati.

«E adesso cosa farà, quella puttana? Cosa credi che farà?»

«Inga?»

«No, la Vergine Maria» le rispose ironicamente. «Certo che sto parlando di Inga, Signora Proteggi-I-Bambini, e di chi starei parlando?»

«Non lo so. Non so cosa farà.»

Si fermò di fronte a lei. Puzzava talmente di sudore che Rebecca si sentì quasi svenire. Cercò di respirare solo con la bocca.

«E invece lo sai benissimo, stronza. Ma cosa credi tu, di farmi fesso? A tuoi occhi non sono niente, vero? Uno che viene dalla feccia. Con cui ci si può permettere qualunque cosa!»

Adesso basta, pensò, e prima che la ragione intervenisse a ordinarle prudenza e controllo, sbottò: «Adesso la pianti una volta per tutte con queste idiozie!»

La guardò stralunato. E Rebecca pensò terrorizzata: ma allora sono proprio scema! Lo provoco pure! Santo cielo, come ho potuto dire una cosa del genere?

«Va bene» disse lui, «d'accordo. Devo riflettere.»

Di nuovo qualche passo avanti e indietro. Di nuovo quello sguardo strabico. In casa l'odore di bruciato era sempre più intenso. Rebecca aveva la sensazione che la stanza cominciasse a riempirsi di fumo.

«Andrà alla polizia» proseguì Marius, «fidati, conosco Inga. È cattiva dentro. Ha avuto una gran fortuna ad avermi sposato, sai? Nessun altro se la sarebbe presa. Era famosa per esserseli passati tutti nel Nord della Germania. Una come lei non si fa problemi neppure a denunciare suo marito alla polizia.»

Rebecca non commentò. Cosa avrebbe potuto dire? Era più che probabile che avesse ragione. Inga sarebbe andata alla polizia.

Muoviti, Inga, pregava fra sé e sé, ti prego, muoviti!

«Questo significa» proseguì Marius «che dobbiamo sparire prima che arrivino gli sbirri.»

Rebecca trasalì. Una fuga nella notte con Marius, disturbato e malato com'era, avrebbe reso tutto ancora più rischioso, e lei non ce l'avrebbe fatta. Si vedeva già a inciampare su rocce a picco sul mare, trascinata da un uomo per il quale la vita aveva perso ogni valore, mentre sopra le loro teste volteggiavano gli elicotteri della polizia...

«Non servirebbe a niente, Marius. Dove dovremmo scappare? Ci troverebbero comunque e...»

«Stai zitta» la aggredì, «ho un piano, io. Prenderemo la barca.»
«La barca?»
«Con quella arriveremo in Africa.»
Era completamente fuori di sé.
«Sai in quanti perdono la vita su quella rotta? Non ci riusciremo mai. Inoltre non ho la patente nautica, non potrei aiutarti!»
Era la prima volta che gli dava del tu. Era successo involontariamente, forse si trattava di un tentativo inconscio di ritrovare quella fiducia che prima si era instaurata fra loro. Marius non si ribellò a questo tentativo. Forse non se ne accorse neanche, oppure aveva accettato la cosa di buon grado.
Tuttavia la fissò con un certo disprezzo. «Non mi serve il tuo aiuto. Sono un buon velista. Mi ha insegnato Fred Lenowsky.»
Quel nome spinse Rebecca a un ultimo estremo tentativo. «Marius, avevamo deciso che avremmo cercato di ottenere giustizia per tutto quello che ti hanno fatto Fred Lenowsky e gli altri. Ho promesso che ti avrei aiutato, e intendo farlo molto seriamente. Credo anche che ci siano buone possibilità di riuscita. Ma certo non possiamo scappare in Africa. Non gioverebbe a nessuno. Anche se ce la facessimo, cosa che ritengo del tutto improbabile, non ti daresti mai pace. In più... commetteresti un rapimento. E nel momento in cui passassi tu dalla parte del torto, nessuno ti crederebbe più, non convinceresti più nessun giudice! E invece tu vuoi giustizia, vero? Vuoi dimostrare a quella gente che hai ragione. Allora Marius, ti prego, non compiere gesti che ti renderebbero attaccabile!»
Per un attimo le parve di scorgere un briciolo di lucidità nel suo sguardo. Pensò di aver colpito nel segno con le sue parole, di aver scosso la sua coscienza. Ma fu solo per un breve istante, o forse Rebecca si era solo illusa. Gli occhi di Marius tornarono a essere scuri e vuoti.
«Adesso ce ne andiamo» le ordinò.
«Marius, ho tanta paura. Ti prego, credimi!»
«Non ho più niente da perdere.»
Si domandò cosa intendesse dire, e scoppiò in lacrime mentre lui le liberava le mani e le caviglie.

9

Maximilian aiutò Inga ad alzarsi, facendo molta attenzione. La ragazza tremava come una foglia, forse già da diverso tempo, ma solo allora se ne rese conto.

«Adagio» le disse Maximilian per tranquillizzarla, «adagio. Va tutto bene, Inga. Si calmi.»

Non aveva proprio idea di cosa fosse successo. In realtà non c'era proprio nulla che andasse bene. Inga cercò di pronunciare qualche parola, ma non riusciva a emettere neanche un suono.

«Adesso mi racconterà ogni cosa» le disse. Evidentemente aveva notato i suoi tentativi disperati quanto vani di comunicare. «Prima però faccia un bel respiro profondo. Venga, si sieda nella mia macchina.»

Appoggiandosi al suo braccio zoppicò fino alla vettura. Aveva le gambe debolissime. Come era riuscita a camminare così a lungo? Si lasciò andare sul morbido sedile del passeggero, e provò una sensazione già nota: come allora – sembrava un episodio lontanissimo nel tempo, ma in realtà erano trascorsi solo otto giorni –, quando si era seduta sul ciglio della strada in quel paese abbandonato da Dio e dagli uomini, in una giornata torrida; sfinita, esausta, incapace di muovere solo un altro passo per via dei suoi piedi martoriati. Maximilian era apparso dal nulla, e anche allora si era seduta nella sua auto, sollevata e grata dell'aiuto. Quell'uomo sembrava avere il dono di comparire nelle situazioni più difficili.

Adesso però non lasciarti andare. Rebecca è in grave pericolo!

Maximilian si sedette al suo fianco, spense il motore e accese la piccola luce dello specchietto retrovisore. Inga capì che guardandola meglio e più da vicino si era veramente spaventato.

«Mio Dio» disse, «la sua faccia... ma cosa le è successo?»

Si ricordò del suo occhio gonfio. Sentiva la pelle che tirava e bruciava, e se anche l'aspetto non fosse stato terribile quanto il dolore... In più la camicia da notte era strappata e le gambe erano graffiate e sanguinanti. Sembrava sfuggita a un'aggressione.

In effetti avrebbe voluto raccontare subito a Maximilian di Marius e del fatto che Rebecca aveva disperato bisogno di aiuto, ma quando finalmente riuscì a parlare, quella che tradusse in parole fu solo l'esigenza impellente del momento.

«Acqua...»

«Mi scusi, avrei dovuto pensarci subito» disse Maximilian. Sul sedile posteriore trasse dalla borsa frigo una bottiglia di acqua minerale piena a metà.

«Non è freschissima, ma è meglio di niente.»

Inga si portò la bottiglia alle labbra e iniziò a bere. Furono lunghi sorsi da assetata, bevve e sembrava che non avrebbe mai smesso. Depose la bottiglia solo quando si accorse che era vuota. Non che a quel punto si sentisse in gran forma, ma di sicuro molto meglio di prima.

«Marius» provò a dire, «dobbiamo... è... pericoloso...»

Lo sguardo di Maximilian si fece teso. «È Marius che l'ha ridotta in questo stato?»

Inga fece cenno di sì. «È... è pazzo, Maximilian. Completamente pazzo.»

«Dov'è adesso?»

«Da Rebecca. Io... sono riuscita a scappare, ma lei è ancora in casa con lui.»

«In casa sua?»

Inga annuì. Maximilian spense la luce e accese il motore. I fari illuminavano il bordo della strada e le piante, trasformando il bosco in un luogo spettrale e spaventoso.

«Dobbiamo andare alla polizia» disse Inga.

Maximilian scosse il capo. «Perderemmo troppo tempo. Oppure lei sa dove si trova la polizia a Le Brusc? Ammesso che ci sia, in un paese così piccolo. No, è meglio andare subito da Rebecca.»

«Se chiamiamo...»

Maximilian non si voltò verso di lei, continuando a fissare la strada. «Il mio cellulare è scarico. Immagino che lei non abbia portato il suo con sé.»

«Maximilian, guardi che è veramente pericoloso! Non lo sottovaluti! Forse non riusciremo a fare niente per fermarlo. È completamente fuori di sé.»

«Lo so» rispose Maximilian. Guidava veloce, concentrato, i tratti del viso molto tesi.

«Come fa a saperlo?»

«Secondo lei, perché mi sono materializzato all'improvviso, nel cuore della notte?» Le lanciò uno sguardo fugace, poi si concentrò di nuovo sulla strada. «Immagino che lei non abbia letto i giornali tedeschi qui in Francia, vero? In Germania tutti i quotidiani riportano la notizia di un terribile duplice omicidio. Due anziani coniugi sono stati uccisi, o meglio, sono stati tenuti prigionieri nella loro casa per tre giorni e torturati a morte. In seguito la polizia ha scoperto che la coppia aveva avuto un figlio in affido. Marius.»

Inga cercò di capire ciò che stava udendo. Ma nella sua testa tutto cominciò a girare.

«Marius?» ripeté.

«Io so solo quello che riferiscono i giornali» disse Maximilian, «e molte conclusioni mi sembrano un po' forzate. Di fatto la polizia tedesca sta dando la caccia a Marius. L'argomento non viene trattato apertamente, tuttavia si allude a un pessimo rapporto fra lui e i genitori affidatari. In sostanza, lui è il principale sospettato. Ufficialmente la polizia sta solo cercando di mettersi in contatto con lui, dato che la coppia non aveva altri parenti.»

Inga non riusciva più a liberarsi della sensazione di vertigine. «Mi ha raccontato che è stato allontanato dai suoi genitori naturali» disse con voce quasi inespressiva. «È stato maltrattato. Me l'ha raccontato solo ieri. Prima non ne avevo mai saputo nulla.»

«Ieri sera ho visto la sua foto su un giornale. E allora non ho più potuto aspettare. Sono partito stamattina all'alba. C'è un traffico terribile. Non sono riuscito ad arrivare prima...» Si interruppe e sferrò un pugno vigoroso sul volante. Inga lo guardò di sbieco. Le sue labbra si erano fatte esangui, strette com'erano in un'espressione rabbiosa.

Maximilian ama Rebecca, pensò Inga, e si preoccupa per lei.

Quasi le avesse letto nel pensiero disse: «Avevo tutte le intenzioni di non vederla più. Ho lasciato la Costa Azzurra perché Rebecca mi ha fatto capire senza ombra di dubbio che non vuole che io entri nella sua vita. E io ho pensato... che non volevo assistere al suo crollo. Alla sua autodistruzione. Volevo solo andarmene e togliermela dalla testa. Poi però ho visto la foto di Marius e ho pensato che in fin dei conti sono stato proprio io, diciamo così, a portarglielo in casa. All'improvviso ho avuto un pessimo presentimento, e purtroppo ho avuto ragione». Lanciò uno sguardo carico di significato alla povera Inga e al suo viso coperto di lividi.

«Lei crede che sia stato lui ad ammazzare i due?» domandò lei. Conosceva già la risposta.

«Sì» le rispose secco Maximilian. Frenò e spense le luci della macchina. Inga riusciva a vedere solo la sua sagoma.

«Cos'ha appena detto, Inga? Che è pazzo. Completamente pazzo.» Aprì la portiera della macchina. «Gli ultimi metri li faccio a piedi. Non devono sentirmi arrivare.»

«La accompagno» disse Inga mentre tentava di scendere. Senza essere sgarbato ma in modo deciso lui la spinse indietro sul sedile. «Lei è distrutta. In questo momento non mi può essere di alcun aiuto. Aspetti qui, piuttosto.»

«Maximilian, io...»

«È meglio così, mi creda. Mi dica solo in che punto della casa sono Marius e Rebecca.»

«Rebecca è al primo piano, in camera da letto. Legata. Quando sono scappata Marius andava su e giù dalla cucina. Ma nel frattempo... o è su da lei, oppure mi sta cercando.» Non riuscì a reprimere un singhiozzo, la paura parve per un attimo avere il sopravvento. «Maximilian, se me lo trovo di fronte all'improvviso...»

«Stia calma. Appena scendo si chiuda dentro. Non è così facile entrare in un'auto chiusa. E se veramente Marius la trovasse si metta a suonare il clacson. Io la sentirò e interverrò all'istante. D'accordo?»

Le sorrise, poi scese dalla macchina. Al chiaro di luna Inga poté vederlo ancora per un attimo, prima che sparisse nel buio.

Inga si nascose il viso fra le mani. Aveva paura, e le pareva insopportabile dover aspettare senza sapere cosa stesse succedendo.

Ovviamente Maximilian aveva fatto benissimo a non portarla con sé. Lo stato fisico di Inga era peggiorato di minuto in minuto. Durante la fuga, quando non le era rimasto altro da fare che tenere duro, aveva esaurito tutte le forze di cui non aveva nemmeno saputo di disporre, e ormai era esausta. I dolori al volto erano fortissimi, soprattutto alla mandibola, l'occhio gonfio le bruciava, e aveva come la sensazione che un ago le trafiggesse l'orecchio. Non mangiava da moltissime ore, e questo la rendeva ancora più debole. Quando aveva detto a Maximilian che lo avrebbe accompagnato si era decisamente sopravvalutata: sapeva che non sarebbe riuscita a muovere neppure un passo. Maximilian invece era stato decisamente più realistico.

Tuttavia era una tortura dover restare seduta lì ad aspettare. Quanto tempo era passato? Venti minuti? Mezz'ora? L'orologio dell'auto segnava quasi le undici e mezzo, ma questo non la aiutava affatto, dato che non sapeva quando Maximilian si era allontanato. Per quanto la riguardava, poteva essere trascorsa anche un'eternità. Ma forse si sbagliava.

Era seduta in un'auto ermeticamente chiusa. Continuava a guardare fuori nel tentativo di scorgere qualcosa, temendo che da un momento all'altro quel pazzo di suo marito emergesse dal folto degli alberi. Nel frattempo pensava a quali orribili scene si stavano probabilmente verificando in casa. Forse si stava svolgendo un vero e proprio combattimento uomo a uomo, forse Maximilian aveva atterrato Marius e l'aveva colpito ripetutamente. Era partito con la determinazione di chi si sente invulnerabile, pronto a salvare dal pericolo la donna che ama.

Perché Rebecca non vuole accettare il suo amore e l'occasione di ritrovare la felicità, pensò Inga, preferendo rintanarsi qui nei ricordi più dolorosi?

Se mai si fosse presentata l'occasione gliel'avrebbe chiesto. Correndo anche il rischio di una risposta offensiva. Era convinta che qualcuno avrebbe dovuto dire a Rebecca che stava sprecando una possibilità unica.

Se si fosse presentata l'occasione...

Davanti agli occhi di Inga scorrevano anche altre immagini. Nel caso Maximilian non fosse riuscito a cogliere di sorpresa Marius, la situazione nella casa sarebbe stata ben differente. Chi poteva garantirle che Maximilian fosse il più forte fra i due? Marius era di vent'anni più giovane, ma soprattutto la sua furia era nutrita dalla pazzia e dalla sofferenza repressa per troppi anni. Forse lui avrebbe avuto il sopravvento, e questo avrebbe significato la fine. Per Rebecca. E forse anche per lei, Inga.

Maximilian non le aveva lasciato le chiavi della macchina. Perché? Magari non ci aveva fatto caso. A ogni modo da lì non poteva muoversi. L'unica possibilità era a piedi, ma era troppo stanca per farlo.

Marius sarà esausto. È un secolo che non dorme. Non mangia e non beve da tantissimo. Nonostante il lungo viaggio Maximilian è sicuramente più riposato. Quindi più forte. E avrà la meglio.

Cercava di ripetersi queste riflessioni, ma senza riuscire a placare le sue paure. E se Maximilian era davvero riuscito a liberare Rebecca, perché non era ancora tornato?

Ormai mancavano venti minuti a mezzanotte. Tutta la faccenda stava durando troppo.

D'altra parte Inga non era assolutamente in grado di valutare quello che stava accadendo. Quanto tempo era necessario per rendere inoffensivo uno psicopatico privo di ogni controllo e liberare una donna tenuta prigioniera?

Non molto tempo. Forse anche pochi secondi.

Ma cosa sarebbe successo se Maximilian non avesse affatto trovato Marius? Se lui fosse uscito alla disperata ricerca della moglie?

In quel caso avrebbe potuto liberare Rebecca senza difficoltà e correre con lei fino alla macchina. Così sarebbero andati alla polizia e l'incubo sarebbe finalmente terminato...

Perché non arrivavano? Era quasi mezzanotte. Qualcosa non la convinceva.

Se solo potessi accendere il motore, pensò Inga, almeno potrei andare in cerca d'aiuto.

Non le restava che scendere dall'auto e dirigersi verso la casa. A controllare che Maximilian non fosse in difficoltà. Certo riteneva del tutto inefficace un suo aiuto, non solo per il suo stato, ma anche per l'orrore di trovarsi di nuovo di fronte al suo torturatore. D'altra parte l'unica alternativa era rimanere lì ad aspettare, ma la tensione che stava accumulando l'avrebbe portata in breve tempo a un crollo nervoso.

Devo assolutamente sapere cosa sta accadendo.

Sarebbe riuscita a raggiungere la casa di Rebecca? La sete non si era ancora placata, così prese la bottiglia d'acqua da cui aveva bevuto poco prima, ma era irrimediabilmente vuota. Nel buio cercò a tentoni sul sedile posteriore. Avrebbe potuto trovare qualcos'altro da bere. O da mangiare. Sentì un oggetto piccolo e duro. Un cellulare.

Lo prese e toccò la tastiera. Guardò esterrefatta il display illuminarsi: il cellulare era carico, e prendeva perfettamente. Perché Maximilian le aveva detto che era scarico? Forse si era sbagliato. Oppure...

Oppure semplicemente non vuole che arrivi la polizia, rifletté Inga, vuole essere lui, lui da solo, a liberare Rebecca. Forse così pensa di conquistare finalmente il suo cuore. Portandolo tuttavia a sottovalutare il rischio. A volte gli uomini si comportano in maniera così assurda e sciocca!

Il cellulare di Maximilian non le era molto utile, dal momento che non conosceva il numero del pronto intervento francese. Per un attimo pensò se potesse avere senso chiamare la polizia tedesca. Avrebbe spiegato che si trovava in un bosco non lontano da Cap Sicié, nella Francia meridionale, e che il ricercato Marius Hagenau si trovava in una casa a un centinaio di metri da lei, con una donna in ostaggio. Un medico tedesco sbucato dal nulla proprio al momento giusto aveva forse reso inoffensivo il folle, ma anche di lui aveva perso le tracce, cosa che la portava a temere...

In questo modo ci sarebbe voluto troppo tempo perché la polizia intervenisse. Aprì con decisione la portiera e scese. Infilò il cellulare nell'elastico delle mutande, sotto la camicia da notte. Forse le sarebbe stato utile in seguito.

Quando mosse i primi passi le parve che le gambe dovessero cedere da un momento all'altro. Per un attimo le sembrò addirittura di perdere i sensi. Si fermò e respirò profondamente. Si sentì subito meglio. La vista le si schiarì, e anche le gambe diventarono progressivamente più stabili.

L'auto aveva rappresentato una specie di rifugio, una zona sicura in mezzo al caos, alla violenza e agli eventi incomprensibili delle ultime quarantott'ore. A quel punto fu sopraffatta dalla paura, dovette nuovamente fermarsi e fare alcuni respiri profondi. Era ricoperta da una pellicola di sudore. Era tentata di tornare alla macchina e chiudervisi dentro per aspettare il mattino, quando magari qualcu-

no sarebbe passato di lì... Ma sarebbe stato troppo tardi. Per Rebecca. Forse anche per Maximilian.
 Strinse i denti e proseguì.

Venerdì, 30 luglio

1

La casa era scura e silenziosa, come abbandonata. Le finestre chiuse, dall'interno nessuna luce. Nessun movimento. Solo le piante lungo la staccionata del giardino ondeggiavano e frusciavano leggermente nel vento della notte.

Inga si avvicinò dalla parte anteriore. Passare dagli scogli e dalla spiaggia non avrebbe avuto senso, oltre a sottrarle il poco tempo e le forze che le rimanevano.

Non fa più alcuna differenza da che parte vado incontro alla catastrofe, pensò. Avrebbe voluto gridare i nomi di Rebecca e Maximilian, ma non osò farlo prima di aver capito cosa fosse realmente successo. Raggiunse l'edificio sfruttando la protezione delle piante. Quando finalmente toccò con le mani lo spesso muro esterno in pietra si accorse di aver attraversato tutto il giardino quasi senza respirare.

Aveva davanti a sé la finestra del bagnetto, con il vetro rotto. Marius l'aveva richiusa, ma non sarebbe stato difficile allungare una mano e aprire con la maniglia dall'interno. Tuttavia decise di tentare prima dalla porta d'ingresso, che si trovava a pochi passi di distanza; se l'avesse trovata aperta, sarebbe potuta entrare senza fare troppo rumore.

Abbassò la maniglia senza incontrare resistenza, ma la porta non si aprì. Doveva quindi supporre che Marius non si fosse ancora accorto della sua fuga? In caso contrario immaginava che si sarebbe precipitato fuori di lì senza poi avere cura di richiudere a chiave rientrando. Era possibile, ma le cose potevano essersi svolte anche in maniera diversa. Forse era uscito dalla terrazza, l'aveva cercata e poi era rientrato dalla stessa parte.

Faceva fatica a immaginare tutte le possibilità. D'altra parte pensare a ogni possibile scenario non la aiutava a orientarsi e a decidere cosa fare. Tutto era estremamente nebuloso e ogni situazione possibile veniva subito inevitabilmente considerata come irrealistica.

Poiché l'istinto le suggeriva di non entrare in salotto – non poteva immaginare chi vi avrebbe potuto incontrare –, infine decise di passare dalla finestra del bagno. La aprì senza il minimo sforzo, e per fortuna era abbastanza alta. Molto più impegnativo si rivelò invece, date le sue condizioni fisiche, il tentativo di sollevarsi fino al davanzale facendo leva sulle braccia. Si guardò intorno alla ricerca di un punto d'appoggio più alto, ma non trovò niente, e perdere tanto tempo le pareva comunque pericoloso. Doveva farcela. Se solo non avesse avuto la sensazione che i suoi muscoli si stessero per sciogliere come burro al sole!

Dopo alcuni tentativi riuscì a issarsi e a scavalcare il davanzale con la gamba destra. Il cuore le batteva forte per la fatica, era di nuovo sudata fradicia e le gambe le tremavano al punto che dovette aspettare alcuni minuti prima di affrontare la discesa. In effetti aveva perso la nozione del tempo: aveva la sensazione di compiere ogni suo gesto a un ritmo esasperatamente lento. Alla fine riuscì a scavalcare il davanzale, raggiunse con entrambi i piedi l'asse del water e da lì saltò sul pavimento. Si ricordò troppo tardi delle schegge di vetro, quando un dolore acuto le trafisse il piede destro. Bestemmiò sottovoce mentre sentiva il sangue caldo che le bagnava le dita dei piedi.

Si sedette sul gabinetto e cercò di bendarsi con la carta igienica, utilizzandone quasi un rotolo intero. Era più che probabile che quella medicazione non avrebbe retto a lungo, ma non aveva altre possibilità.

Zoppicò fuori verso il corridoio. Anche lì nemmeno una luce. Dalla cucina filtrava il riflesso della luna, che le permetteva di intravedere i contorni dei mobili e la scala che conduceva al primo piano. Silenzio assoluto.

«Maximilian?» sussurrò, e poi: «Rebecca?»

Naturalmente non ottenne risposta. Del resto aveva solo mormorato i due nomi, e nemmeno qualcuno nelle immediate vicinanze avrebbe potuto udirla.

Senza fare alcun rumore salì la scala, cercando allo stesso tempo di ignorare il dolore lancinante al piede. E di non dare peso al fatto che la fasciatura provvisoria fosse già completamente bagnata e appiccicosa, e si stesse già disfacendo. Magari sarebbe morta dissanguata, in quella notte e in quella casa, pensò, ma poi rifletté che anche quella eventualità non aveva ormai più alcuna importanza.

Anche al primo piano buio totale, e Inga si domandò chi potesse aver spento tutte le luci della casa. Forse Marius? O Maximilian? E perché?

Cercò di gettare un'occhiata al bagno, poi al piccolo studio. Il computer si stagliava bianco contro il cielo rischiarato dalla luna.

«Maximilian?» sussurrò di nuovo.

Al termine del corridoio si trovava la stanza di Rebecca, proprio vicino alla scala che conduceva alla camera degli ospiti in mansarda. Due notti prima Rebecca era stata sorpresa lì da Marius. Lì si erano svolte le scene principali del dramma. Quindi temeva di trovarsi di fronte a un quadro terrificante.

Lentamente e quasi paralizzata dalla paura Inga spinse la porta.

Sul pavimento in mezzo alla stanza era distesa una figura umana. Sentì un respiro flebile e ansimante, faticoso.

«Rebecca?»

Nessuna risposta. Si udiva solo il respiro.

Entrò nella stanza e si accucciò vicino alla figura. Alla luce della luna riconobbe il viso cadaverico di Marius, grondante di sudore. La sua maglietta, già sporca e puzzolente, era bagnata e odorava intensamente di sangue. Marius giaceva ferito nella camera di Rebecca, e stava perdendo moltissimo sangue. Rantolava.

«Marius» gli mormorò. Gli sollevò leggermente la testa, per cercare una traccia di vita in quel volto. Probabilmente aveva perso conoscenza, dato che non reagiva affatto. Con molta prudenza gli appoggiò di nuovo la testa sul pavimento, gli prese il braccio per sentirgli il polso. Era lento, appena percettibile.

Nonostante tutto quello che aveva fatto era pur sempre suo marito, lei lo aveva amato, aveva vissuto con lui. Non poteva lasciarlo lì a terra, a morire.

Ma dove diavolo erano Maximilian e Rebecca? Il piano di Maximilian, cioè di mettere Marius fuori combattimento, sembrava riuscito perfettamente. Come aveva fatto? Aveva usato un coltello? Una ferita con un'emorragia così importante doveva essere stata per forza provocata da un'arma. Forse una pistola? Ma in quel caso avrebbe udito lo sparo. Inoltre Maximilian le avrebbe sicuramente detto se fosse stato armato. O forse no. Forse vedendola così a pezzi, sfinita, non le aveva rivelato nulla, per non peggiorare la situazione.

Accese la luce in corridoio. Subito ogni cosa assunse un aspetto più tranquillizzante. L'armadio di legno bianco, la passatoia intrecciata, il quadro con un campo di lavanda... ogni cosa aveva un'aria familiare e pacifica. E tuttavia nella stanza in fondo al corridoio c'era sua marito in gravissime condizioni, che probabilmente aveva ucciso brutalmente due persone anziane, i suoi genitori affidatari. Era veramente inimmaginabile. Inga era scioccata dagli eventi degli ultimi giorni, e questo non le permetteva di coglierne in pieno la portata mostruosa. Un giorno o l'altro sarebbe crollata sotto il peso di tutto ciò che era accaduto. Allora l'incubo sarebbe forse finito.

O forse tutto era già finito? Marius non rappresentava più alcun pericolo. Rebecca era salva. Perché mai lei, Inga, non riusciva a liberarsi da quella sensazione negativa?

Zoppicò giù dalle scale. La fasciatura era ormai intrisa di sangue. Con ogni probabilità aveva lasciato delle impronte molto nette sui gradini. Al primo piano Marius era in una pozza di sangue. La casa stava assumendo sempre più l'aspetto di un mattatoio.

Accese la luce anche nel corridoio del pianoterra. Solo allora avvertì un penetrante odore di bruciato. Gettò uno sguardo alla cucina. Sul fornello, che qualcuno nel frattempo aveva spento, una pentola conteneva qualcosa di carbonizzato. Si ricordò che Marius aveva appena iniziato a cuocere qualcosa quando lei era riuscita a scappare.

«Rebecca!» gridò. «Sono io, Inga! Maximilian! Dove siete?»

Ormai era vicina alla sala. Aprì la porta.

I suoi occhi dovettero dapprima abituarsi all'oscurità. Le persiane erano chiuse e non lasciavano entrare il riflesso della luna, ma erano state accese due candele. Sulla sedia dove Inga era stata penosamente legata per tante ore, adesso sedeva Rebecca. Non era legata, ma il suo aspetto orribile era visibile alla fioca luce delle candele. I capelli scomposti, arruffati, il volto pallidissimo, occhiaie profonde le contornavano gli occhi. Di fronte a lei sedeva Maximilian.

Inga impiegò qualche istante per mettere a fuoco la scena, e pensò: che strano, perché sono seduti qui a lume di candela?

Nello stesso istante in cui si poneva questa domanda, Rebecca si mise a urlare così all'improvviso che Inga fece un salto per lo spavento: «Sparisci, Inga! Scappa via! Scappa finché puoi! È pazzo! Scappa!»

Inga non riusciva a capire. Marius non avrebbe più potuto far male neanche a una mosca. Forse Rebecca non lo sapeva ancora?

Stava per risponderle e spiegarle che non c'era più nulla da temere. Poi il suo sguardo cadde su Maximilian. Impugnava una pistola e le sorrideva in modo strano. Folle e malvagio.

2

«Come si chiama il posto?» domandò Kronborg. «Mi può fare lo spelling?»

In effetti non era ancora perfettamente sveglio. Erano da poco passate le sette, e si trovava come sempre nel suo ufficio, assolutamente deserto a parte la sua presenza. C'era ancora l'odore di disinfettante lasciato la sera precedente dagli addetti alle pulizie, e naturalmente nessuno aveva messo in funzione la macchina del caffè. Kronborg, che non aveva ancora fatto colazione – al mattino la solitudine gli pesava ancor più che a cena – aveva urgente bisogno di un caffè per poter cominciare a ragionare.

Ma questo non era importante. Stava parlando al telefono con un'agitatissima Sabrina Baldini e in qualche modo doveva far funzionare la sua testa.

«Le Brusc» ripeté, «comune di Six Fours. È sicura?»

Sabrina aveva la voce strozzata. «Sicurissima. So per certo di avere da qualche parte una lettera che Rebecca mi aveva mandato durante una vacanza. C'era scritto il mittente. L'ho cercata dappertutto... le minacce nei confronti di Rebecca contenute nelle lettere sono così forti, e poi lei aveva anche chiesto... Voglio dire, bisogna metterla in guardia, non le pare? Adesso mi sento proprio sollevata, perché ho ritrovato l'indirizzo. E poi perché sono riuscita a parlare con lei a quest'ora del mattino! Non ci speravo davvero!»

«Mi alzo sempre presto» spiegò Kronborg. In un certo senso era la verità, anche se in passato le cose erano andate diversamente, e il motivo del cambiamento nelle sue abitudini di vita era tutt'altro che piacevole. «Quindi in questo posto, Le Brusc, ha una casa per la villeggiatura?»

«Sì. Penso sia più che probabile che si sia ritirata in quel luogo, che suo marito amava tanto. Certo non si può esserne sicuri al cento per cento, ma...»

«Possiamo fare qualche indagine» concluse Kronborg. «È stata un'informazione molto utile, signora Baldini.»

«Mi fa solo piacere poterla aiutare in qualche modo» disse Sabrina, «perché adesso sono piena di rimorsi. In fin dei conti sono io ad aver agito male quando il piccolo Marius chiamò la nostra associazione. Rebecca non ne sapeva assolutamente niente, e adesso magari è nei guai per colpa mia.»

«Ma forse siamo ancora in tempo. Grazie del suo aiuto.»

«Me lo auguro» rispose Sabrina incerta. Kronborg aveva antenne sensibilissime, percepiva le sfumature che altri non avrebbero nemmeno notato. Era una dote indispensabile nel suo lavoro. Intuiva che Sabrina Baldini aveva ancora un peso sul cuore del quale desiderava liberarsi, anche se non sapeva come affrontare l'argomento.

«Ha forse altro da raccontarmi?» le domandò. «Qualcosa che secondo lei potrebbe essere importante?»

«Non voglio farle perdere altro tempo» rispose Sabrina.

«Sono appena passate le sette, sono in ufficio da solo, nessuno ha bisogno di me in questo momento. Ho tutto il tempo che desidera» le disse Kronborg. Doveva telefonare ai suoi colleghi a Six Fours, ma era possibile che Sabrina avesse qualcosa di fondamentale da raccontargli. Se avesse aspettato, forse avrebbe perso il coraggio di farlo.

«Io... magari non ha niente a che fare con tutta questa storia, però... penso sempre a una cosa.»

«Me la racconti. A volte i fatti sono legati fra loro, anche se noi non riusciamo a vedere alcun nesso logico» le disse Kronborg paziente.

«Dunque, lei forse sa che vivo separata da mio marito.»

«Sì, me l'ha accennato lei stessa.»

«Il motivo della nostra separazione... voglio dire, la ragione per la quale mio marito mi ha abbandonata è stata...» Era chiaramente molto imbarazzata. «Un anno fa ho avuto una storia. Per essere precisi, dal dicembre dell'anno precedente fino al novembre dell'anno scorso.»

Anche Kronborg cominciò a chiedersi quale potesse essere la relazione fra i fatti. Forse aveva assunto un atteggiamento troppo paterno nei confronti di Sabrina. Quella donna aveva bisogno di sfogarsi con qualcuno e liberarsi la coscienza, dopo che per undici mesi aveva tradito il marito, il quale probabilmente era all'oscuro di tutto.

Le donne a volte non si fanno il minimo scrupolo, pensò, pur sapendo benissimo che gli uomini si comportano nel medesimo modo.

«Signora Baldini» riprese il discorso, lasciando trapelare nella voce una leggera inquietudine. Non pensava certo che il suo ruolo fosse quello del confessore. Men che meno nel caso di una moglie infedele, una situazione che gli era fin troppo nota.

«Mi preoccupa il fatto di... aver raccontato questa storia a quell'uomo» rivelò Sabrina agitata. «La storia di Marius Peters, intendo. Questo tuttavia non deve per forza significare qualcosa...»

L'attenzione di Kronborg fu subito desta. «Intende dire che lei ha raccontato... al suo amante di Marius Peters? E perché? Voglio dire, mi pare che lei si sia resa conto dell'importanza di questo caso solo negli ultimi tempi, o sbaglio?»

Oppure ci rimuginavi sopra da un pezzo, pensò, e sei stata zitta perché ti faceva comodo? Questo significherebbe che quel povero bambino è stato tradito veramente da tutti.

«In effetti non me n'ero resa conto del tutto. Ma lui... insomma, il mio amante, ci teneva molto a parlare di Rebecca Brandt. Non tanto all'inizio, poi è diventato sempre più insistente. E questo è stato il motivo che mi ha spinto a troncare la relazione. Avevo la sensazione che non gli importasse poi così tanto di me, ma molto più di Rebecca.»

«Ma la conosceva? Rebecca Brandt, voglio dire?»

«Sì» rispose Sabrina, «del resto io l'ho conosciuto in casa sua. Durante una festa di Natale che avevano organizzato lei e suo marito. C'ero andata da sola, il mio matrimonio era già abbastanza in crisi... Insomma la nostra storia è cominciata lì. Mi sono illusa che per noi potesse esserci un futuro, ma... come le ho raccontato, a un certo punto ha smesso del tutto di interessarsi a me.»

«Adesso vorrei che mi raccontasse tutto per bene» disse Kronborg. Stanchezza e insoddisfazione erano sparite in un istante. L'istinto gli diceva che la cosa si stava facendo interessante. «Come si chiama questa persona?»

«Maximilian. Maximilian Kemper.»

3

Come aveva fatto a non accorgersi subito che c'era qualcosa di strano? Perché non le erano saltate agli occhi tutte quelle incongruenze? Oppure semplicemente non ci si accorge di nulla quando si attraversa un bosco di corsa, nel cuore della notte, esausta e disidratata, cercando di sfuggire a un nemico imprevedibile quanto pericoloso?

Inga capiva solo di aver commesso un errore madornale. Maximilian l'aveva salvata nel momento del pericolo estremo e le sue parole non l'avevano insospettita. Aveva trovato la foto di Marius sul giornale, aveva letto l'articolo nel quale si diceva che la polizia tedesca lo stava cercando ovunque. A quel punto non sarebbe stato logico per lui telefonare alla polizia e raccontare quello che sapeva? Invece si era messo in macchina e aveva deciso di affrontare un viaggio nel Sud della Francia, ritardando così le ricerche di almeno dodici ore. Dodici ore nelle quali poteva succedere di tutto.

In realtà sarebbe stato il comportamento più logico se Maximilian non avesse avuto la minima intenzione di rivolgersi alle forze dell'ordine.

E poi il suo cellulare. Una volta ritrovato, Inga avrebbe dovuto allarmarsi subito. Perché Maximilian aveva detto che era scarico, quando invece era esattamente il contrario? Non c'erano dubbi. D'altro canto com'era possibile che la batteria del telefono fosse completamente carica dopo dodici ore di viaggio? A quanto pareva, il telefono non era stato tenuto sotto carica in auto né era stato spento. In questo caso, si poteva supporre che Maximilian non avesse per nulla affrontato un viaggio tanto lungo. Forse non si era mai allontanato. Forse era rimasto da quelle parti per tutto il tempo.

In quel momento il cellulare costituiva l'unica labile speranza per Inga. Lo teneva ancora nascosto sotto la camicia da notte. A contatto con la sua pelle nuda il metallo nel frattempo era diventato tiepido. Se Maximilian non si fosse accorto dello strano rigonfiamento e l'apparecchio non fosse scivolato a terra – per non pensare alla peggiore delle ipotesi, cioè che si mettesse a squillare –, non avrebbe immaginato che lei lo avesse con sé. E che quindi poteva stabilire un contatto col mondo esterno. Era una possibilità remota, ma Inga vi si attaccò caparbiamente, pur di non cadere vittima del panico.

A ogni modo non c'era la minima possibilità di usarlo. Da ore lei e Rebecca erano chiuse in quella stanza buia. Solo la luce tremula di un paio di candele spezzava l'oscurità. Maximilian le teneva sotto tiro, giocando con la pistola con indifferenza e in modo irritante. Rebecca era ancora rannicchiata sulla stessa sedia. Inga invece era stata costretta da Maximilian a sedersi in una poltrona nell'angolo della stanza. Stava seduta sforzandosi di non muoversi per non far scivolare il cellulare sotto la camicia da notte. Maximilian andava avanti e indietro, di tanto in tanto si sedeva, poi si rialzava. Era concentrato soprattutto su Rebecca; forse Inga non lo interessava per niente. Ma questo non significava che potesse abbassare la guardia. Spesso si voltava verso di lei, rivolgendole improvvisamente la parola. Inga non avrebbe potuto fare nulla senza essere notata.

Quasi incidentalmente le aveva spiegato di aver sparato a Marius, usando un cuscino come silenziatore. Verosimilmente doveva essere già morto.

«Oppure è sulla buona strada.» Guardò in faccia Inga. «Mi dispiace. Non ho potuto fare diversamente.»

Aveva cercato di capire cosa si nascondesse dietro a tutta quella faccenda. «Ma Marius... è poi così pericoloso?»

Maximilian aveva riso. Era stata una risata fredda, cattiva.

«Marius? È solo un innocuo pezzo di merda. Nevrotico, certo, con un passato piuttosto pesante alle spalle. Ma per il resto... non farebbe male a una mosca!» Poi aveva riso di nuovo. «Anche se devo dire che quel tuo occhio blu mi fa riflettere. Non lo avrei mai creduto capace di tanto!»

Inga pensò a Marius sulla barca. Quando l'aveva spinta giù in malo modo sottocoperta. E poi dopo, quando l'aveva schiaffeggiata in salotto. Era stato veramente terribile. Ma probabilmente era tutta la violenza che sapeva esprimere in una situazione di estrema tensione. Non era un killer. Non avrebbe mai fatto del male né a lei né a Rebecca. Le avrebbe anzi protette dalla furia di Maximilian. Adesso era di sopra, disteso sul pavimento della camera di Rebecca, in un lago di sangue, e se i soccorsi non fossero intervenuti al più presto sarebbe morto prima dell'alba.

E noi anche, pensò con molta lucidità, prima di sera saremo morte anche noi.

4

Kronborg riuscì a farsi più o meno un quadro dei fatti. Molti elementi erano ancora incerti, alcuni contorni troppo sfumati. Tuttavia i pezzi del puzzle cominciavano lentamente a combaciare. Questo avrebbe potuto modificare la situazione, ma anche lasciarla del tutto inalterata. Non era ancora in grado di dirlo. L'unica cosa certa era che si sentiva elettrizzato, e questo, lo sapeva per esperienza, non gli succedeva quasi mai senza un valido motivo.

Maximilian Kemper era stato uno dei migliori amici del defunto Felix Brandt, forse il suo vero grande amico, perlomeno tale si era dichiarato parlando con Sabrina Baldini. Aveva frequentato la casa dei Brandt come uno di famiglia, soprattutto dopo la sua separazione, che risaliva ormai a sette anni prima.

«Mi ha sempre raccontato che era stata un'esperienza tremenda» gli aveva riferito Sabrina Baldini, «devastante e senza possibilità di recupero. A quanto pare la moglie l'ha ridotto quasi sul lastrico.»

Alla famosa festa di Natale Maximilian era venuto da solo, così come Sabrina Baldini, ed essendo gli unici due single a un certo punto della serata si erano ritrovati inevitabilmente a parlare insieme. Lui le aveva subito fatto una corte serrata, l'aveva fatta sentire attraente e speciale, e Sabrina, già da tempo insoddisfatta e frustrata dalla sua vita matrimoniale, si era lasciata incantare.

«Io mi sarei separata immediatamente da mio marito. Non mi sono mai piaciuti i sotterfugi. D'altra parte la situazione era molto pesante dal punto di vista psicologico. Dimagrii tantissimo e soffrivo sempre di stomaco. Tuttavia Maximilian non voleva che la nostra relazione diventasse di pubblico dominio. E aveva sempre mille motivi e spiegazioni per giustificare la sua scelta. Io ero totalmente soggiogata da lui e lasciavo che mi dicesse qualunque cosa. Oggi, a posteriori, penso che non gliene importasse niente di me. Se fossi stata improvvisamente libera da altri legami, mi avrebbe subito trovato troppo impegnativa.»

Così iniziarono gli appuntamenti negli alberghi, nei ristoranti poco affollati, nei parcheggi isolati. All'inizio Maximilian era stato un amante attento, premuroso e sensibile. Aveva mostrato grande interesse per la vita di Sabrina, le aveva fatto mille domande su quel che faceva e provava. In un primo tempo Sabrina non aveva affatto capito che il suo vero interesse era la sua amicizia con Rebecca.

«Parlare di amicizia è comunque esagerato. Avevo collaborato per alcuni anni alla sua associazione che si occupava di problemi dell'infanzia. Eravamo colleghe, ci intendevamo molto bene, ma di sicuro non ci confidavamo su questioni personali. Nel frattempo io avevo lasciato già da un po' Kinderruf. Mi invitava ancora alle feste, come in quell'occasione a Natale, ma in ogni caso ci vedevamo una o due volte all'anno, non di più. Sapevo e so abbastanza poco di lei.»

Innamorata persa, si era sempre sforzata di soddisfare la curiosità di Maximilian su Rebecca. A un certo punto lui aveva scoperto le sue carte, facendole domande sempre più dirette. Naturalmente Sabrina si era stupita e gli aveva chiesto il motivo di tanto interesse per Rebecca.

«Pensavo che la conoscesse molto meglio di me. In fondo era così amico del marito, e da loro era di casa. Mi aveva spiegato che ammirava molto il lavoro di Rebecca, ma che purtroppo proprio su quell'argomento lei era estremamente riservata. Questa osservazione mi meravigliò molto: Rebecca si identificava molto con il suo lavoro e di conseguenza ne parlava volentieri. Senza citare i nomi delle persone coinvolte nei casi trattati, questo è ovvio. È sempre stata molto corretta.» Sabrina aveva taciuto per un attimo. Il loro colloquio telefonico si era interrotto poco prima. Kronborg aveva preferito andare direttamente a casa di Sabrina, non lontano dal commissariato. Sabrina abitava in una via secondaria molto tranquilla, al pianoterra di un grande condominio. Il suo appartamento aveva anche una bella terrazza spaziosa e un giardino soleggiato.

«Da quando ho cominciato a ricevere le lettere minatorie, non mi sono mai più seduta fuori in giardino dopo le cinque del pomeriggio» gli aveva raccontato Sabrina. Aveva fatto accomodare anche lui in salotto. Sabrina aveva preparato un caffè forte e gli aveva offerto del pane imburrato. Erano le sette e mezzo.

Finalmente un buon caffè e la colazione, aveva pensato Kronborg con gratitudine.

Sapeva che sarebbe stato meglio parlare di persona con Sabrina. Per molti è più difficile parlare al telefono che non direttamente. Era certo che sarebbe venuto a sapere di più guardandola negli occhi.

«Non volevo assolutamente perderlo. A quel tempo ero convinta che non avrei potuto vivere senza di lui.» Al telefono difficilmente avrebbe fatto ammissioni di quel genere. «Così cercavo di spremermi la memoria per trovare qualche particolare dei tempi di Kinderruf. Su Rebecca, naturalmente. Su qualche progetto che avesse avviato, su qualche sua iniziativa, successi oppure fallimenti. Ho... gli ho raccontato molto più di quel che avrei dovuto.» Lo aveva fissato con occhi disperati. «E adesso me ne vergogno terribilmente.»

Kronborg si domandò che tipo di uomo potesse essere questo Maximilian. Doveva essere uno di quelli che piacciono alle donne.

Sabrina non era certo la classica vittima che si vende per un minimo di attenzione e di calore. Era una donna carina e sicura di sé, anche se molto scossa dalla piega che gli avvenimenti avevano preso. Tanto la casa che il suo modo di presentarsi rivelavano che era benestante. A prima vista non la si sarebbe certo definita il tipo di donna che si fa sfruttare e soggiogare da un uomo. Ma Kronborg sapeva per esperienza che in questo campo l'apparenza a volte inganna.

«Volevo che fosse contento di me. Ma lui pretendeva sempre di più...»

«Lei ne ha mai parlato con Rebecca Brandt?»

«No! Con nessuno. Ero... sono ancora sposata. Non ho raccontato a nessuno... della mia relazione.»

Kronborg fu molto cauto nel formulare la domanda successiva. «Non le è mai venuto il dubbio che l'interesse di Maximilian Kemper per Rebecca andasse al di là del normale fascino che poteva subire come amico intimo del marito e ospite abituale nella loro casa? Che non fosse solo l'impegno di questa donna a favore dell'infanzia a interessarlo tanto? E che magari fosse semplicemente attratto da Rebecca come... *donna*?»

Naturalmente aveva colpito nel segno. Sabrina si rabbuiò.

«Più di una volta» gli rispose decisa, «le posso assicurare che più di una volta ho fatto questa riflessione. Non parlavamo d'altro che di lei! Non parlavamo più di noi due, né del nostro futuro insieme e tanto meno del momento in cui finalmente avremmo dichiarato apertamente i nostri sentimenti. Ma se appena accennavo al fatto che potesse essere... innamorato di Rebecca, Maximilian si arrabbiava tantissimo. Mi faceva quasi paura. E arrivava a minacciarmi che mi avrebbe abbandonata da un momento all'altro. E allora per me era la prospettiva peggiore.»

Kronborg annuì. Poteva capire quello che aveva passato la poveretta. Lo sguardo di Sabrina Baldini era pieno di tristezza, e tradiva un forte senso di insoddisfazione. E il commissario sapeva che la donna non sarebbe mai riuscita a liberarsene.

«Quando gli ha raccontato di Marius Peters?» le domandò.

Sabrina si morsicò le labbra e d'un tratto apparve molto vulnerabile.

«Lui... pretendeva sempre nuove informazioni. Il suo punto di partenza era che una persona come Rebecca, per anni occupata in un'attività socialmente utile, doveva per forza aver vissuto qualche episodio un po' particolare. Naturalmente gli disse che non c'erano mai stati scandali, di cui avrebbe saputo anche lui, del resto: come amico di famiglia innanzitutto, ma anche come semplice cittadino. Episodi del genere sarebbero senz'altro finiti sui giornali. Anche in quella circostanza fu molto aggressivo. Durante gli anni del suo matrimonio, mi disse, aveva avuto pochissimi contatti con i Brandt, perché Rebecca non nutriva una gran simpatia per la sua ex moglie. E i giornali... non tutti gli scandali finiscono sui giornali. Alcuni vengono nascosti alla stampa. Un'associazione come Kinderruf avrebbe fatto di tutto per tenere nascosto, per esempio, un caso di appropriazione indebita, per non compromettere la propria immagine di servizio socialmente utile.» Fece un respiro profondo. Aveva gli occhi un po' arrossati. «Io però non sapevo cosa dirgli. Rebecca Brandt si era sempre comportata in maniera impeccabile. Almeno così mi sembrava. Non era il tipo da fare giochetti sporchi. È una persona corretta e onesta.»

Kronborg annuì cauto. Non gli era difficile immaginare quel che era successo dopo.

«Quindi Maximilian Kemper non la lasciava in pace, vero?»

Sabrina scosse la testa. Era impallidita; ricordare quella fase così cupa della sua vita risultava più impegnativo di quanto avesse potuto supporre.

D'altro canto, rifletté Kronborg, un giorno o l'altro dovrà pur liberarsene. Sembra quasi non possa più sopportare quel peso.

«Era come... un segugio, non mollava. Mai e poi mai. Cattivo, astioso e aggressivo se non otteneva quel che voleva. Cominciai a temere le sue esplosioni d'ira. E tuttavia non sopportavo di non vederlo. Mi torturava. Per giorni e giorni non si faceva vivo. Quando lo chiamavo in clinica si faceva negare. A casa non mi rispondeva. Quanti messaggi in lacrime gli ho lasciato in segreteria... non lo so più nemmeno io. A volte non lo vedevo per due settimane e mi convincevo che era tutto finito. Con mio marito non c'era più un rapporto vero da tempo. Ero disperata. Malata di solitudine e nostalgia. Poi all'improvviso riappariva e mi dava un appuntamento. Mi abbracciava, mi mormorava le parole dolci che ben conoscevo. E di cui avevo bisogno. Ma immancabilmente...»

«...tornava al suo tema preferito» completò la frase Kronborg quando Sabrina si interruppe, «l'indagine sul passato di Rebecca Brandt, alla ricerca di un punto oscuro.»

«Sì. E io avevo ormai imparato a cosa sarei andata incontro se l'avessi deluso: settimane e settimane senza di lui, senza il suo amore. Avevo paura. Cominciai a indagare nella memoria come una pazza. Sapevo che non c'era assolutamente nulla di cui si sarebbe potuta accusare Rebecca, ma cominciai a considerare se non ci fosse qualcosa da aggiustare ad arte... So perfettamente che era scorretto da parte mia, ma in quel momento ero disposta a sacrificare il suo buon nome, la sua reputazione sull'altare della mia relazione malata con Maximilian Kemper... non potevo fare diversamente. Mi odiavo per questo, tuttavia...» Non proseguì, limitandosi ad alzare le spalle rassegnata.

Poi si era ricordata di Marius Peters. Non rappresentava affatto un passo falso nella carriera immacolata di Rebecca Brandt, ma nella storia di Kinderruf si era trattato di un *episodio spiacevole*, come lo definiva Sabrina.

Un episodio spiacevole.

Quell'espressione rimase sospesa nell'aria come un odore cattivo che non voglia lasciare la stanza.

Un episodio spiacevole.

Sabrina fissò negli occhi Kronborg. Il suo sguardo si era fatto ancora più cupo. Le mani non le tremavano solo perché le teneva saldamente strette a pugno, con le nocche bianche in rilievo.

Kronborg sapeva bene di aver toccato il nocciolo della sua disperazione. L'origine della sua fatica di vivere. E forse anche la causa della storia intricata con Kemper, così come del fallimento del suo matrimonio.

Il caso di Marius Peters.

Doveva interrogarla, non poteva fare altro. Kronborg aveva intuito un punto fondamentale. Sabrina sapeva che *lui* era al corrente di tutto.

«Sabrina» riprese cauto, «se in seguito alle insistenze di Kemper si è ricordata del caso di Marius Peters come di un *episodio spia-*

cevole, questo significa che all'epoca delle telefonate del bambino lei non era del tutto tranquilla e con la coscienza a posto. Lei sapeva di non aver fatto tutto il possibile. Sapeva che era necessario agire, ma che per motivi apparentemente insondabili questo avrebbe procurato delle difficoltà. Ciò significa che anche lei ha volutamente girato la testa dall'altra parte.»

Sabrina non replicò, si alzò di scatto, si fece ancora più pallida, e prima che Kronborg potesse reagire cadde svenuta sul tappeto, senza emettere neppure un suono. Sabrina rimase immobile a terra, rattrappita in posizione fetale. Prima ancora di intervenire per rianimarla, Kronborg si trovò a pensare che quella donna, bella e stremata, aveva un che di elegante anche nell'attimo dell'incoscienza.

5

L'aveva amata. Disperatamente. Se ora avesse sostenuto di non essersene mai accorta, di non averlo capito o neppure notato, avrebbe detto il falso. In realtà non negava fino in fondo di aver inteso qualcosa dei suoi sentimenti. Era solo l'intensità di quel che aveva provato, quell'*averla a costo di morire*, che lei si rifiutava di accettare. Ma certo, ora l'unica cosa importante era salvarsi. Avrebbe fatto attenzione a ogni parola che avesse detto.

In quel periodo erano entrambi molto giovani, due studenti spensierati, la vita aperta a ogni possibilità. In aula era sempre seduta davanti a lui, come avvolta nei lunghi capelli neri che la coprivano come un mantello. Ma non era solo il suo aspetto ad averlo affascinato. Era una bella ragazza, ma ne conosceva anche di più carine e più allegre. Rebecca non era certo un orso, ma era molto più seria delle altre, a volte un po' introversa. Con lei si poteva discutere anche della fame nel mondo, e a volte se ne usciva con l'idea di raccogliere delle firme contro qualche crudeltà in un remoto angolo del pianeta, oppure in favore di un progetto umanitario. Era un aspetto di lei che apprezzava molto. Per parte sua, lui era più che convinto che fosse impossibile cambiare il mondo; anzi trovava abbastanza sciocchi e irragionevoli quelli che pensavano il contrario e si impegnavano in tal senso sprecando le loro risorse. Stranamente con Rebecca era andata diversamente. C'era qualcosa in lei che lo portava a sentire e pensare le cose come non aveva mai fatto. Aveva una forza che suscitava in lui un'ammirazione sconfinata. A volte pensava che fosse proprio quella forza a fargli desiderare di essere parte di Rebecca. In lei vedeva la donna dei suoi sogni, la moglie, la madre. Forse troppo.

Forse questo gli aveva perfino tolto la parola. Perché fino a quel momento aveva sempre avuto la risposta pronta in ogni situazione. Era un bel tipo, intelligente, e non aveva mai avuto problemi con il gentil sesso. Non si metteva a balbettare quando parlava con una ragazza. Non gli era mai capitato, tranne che con Rebecca. La sua presenza lo paralizzava, lo rendeva insicuro. Quando lei gli rivolgeva la parola si agitava e finiva per rispondere in modo del tutto cretino. Di fronte a lei diceva un sacco di scemenze, poi ripensava a come si era comportato e si dava dello stupido. Non lo avrebbe mai trovato interessante. Un ragazzotto impacciato e con le mani sudate. Che cosa mai avrebbe potuto affascinarla?

In effetti nulla di lui l'aveva mai affascinata. Aveva finito per innamorarsi del suo amico Felix, e se all'inizio sperava che quel legame non durasse, poco tempo dopo divenne chiaro che si trattava invece del grande amore. Felix parlava di loro come di due anime gemelle. Santo cielo, non si sarebbe mai aspettato un Felix così teatrale. Due anime che vagano per il mondo e che alla fine si ritrovano in un'oscura aula dell'università di Monaco. Follia pura. Certo, frasi di quel tipo fanno effetto sulle donne. Ovviamente Rebecca ne era colpita. Di sicuro più che dalle parole farfugliate da quel ragazzo nervoso seduto dietro di lei, che diventava di tutti i colori quando lei si girava.

Io non mi ero accorta dei tuoi sentimenti. Allora.

Era armato e le teneva sotto controllo, lei e quell'inutile Inga, della quale avrebbe dovuto liberarsi allo stesso modo. Inga, e la cosa lo divertiva parecchio, non aveva capito nulla della sua strategia. Il che dimostrava che Marius aveva tenuto la bocca chiusa anche con sua moglie. Quelli erano i patti fra loro. Bravo ragazzo.

In seguito Rebecca si era accorta di qualcosa. L'aveva ammesso lei stessa, qualche giorno prima in cucina, quando si erano parlati. Dopo la separazione, quando era diventato un ospite fisso in casa Brandt, lei aveva cominciato a rendersi conto che per lui era qualcosa di più della moglie del suo migliore amico. Immaginò che ne avesse parlato con Felix e a volte lo mandava su tutte le furie il fatto che i due continuassero a comportarsi con lui come se nulla fosse. Perché questo significava solo che non l'avevano affatto preso sul serio. Lui si stava consumando d'amore per la moglie del suo amico, e quello se ne faceva un baffo, ritenendolo del tutto innocuo. Magari lui e Rebecca avevano perfino riso alle sue spalle. Questo pensiero scatenava in lui un'ira tale che avrebbe voluto sparerle subito alla tempia. Maledetta puttana. Se ne stava lì e lo fissava terrorizzata, la poverina! Anche lui avrebbe avuto paura al posto suo. Doveva morire, questo era chiaro, ma prima doveva spiegarle perché. Doveva sapere che gli aveva rovinato la vita e doveva conoscere il suo geniale piano di vendetta. Purtroppo non aveva ancora completamente abbandonato il suo desiderio di piacerle. Prima di morire Rebecca avrebbe dovuto rendersi conto di quanto lui fosse furbo e intelligente.

Certo, aveva poco tempo. Perché fuori era chiaro, era ormai giorno, e lui era rimasto lì a parlare, senza nemmeno accorgersi delle ore che passavano. Tutto il suo piano si basava sul fatto che alla fine Marius sarebbe stato accusato del loro omicidio, ma il ragazzo ora era di sopra in camera di Rebecca, moribondo o magari già morto, e se Inga e Rebecca avessero tirato le cuoia molto più tardi, il medico legale avrebbe certamente scoperto che non era lui il loro assassino.

Aveva aspettato a lungo quel momento. Stare in piedi davanti a lei, costretta ad ascoltarlo, in suo potere. Obbligata a mettersi in discussione, a riconoscere tutto il male che gli aveva fatto. Innanzitutto c'era quel dolore che quasi gli aveva spezzato il cuore, quando aveva dovuto fare da testimone al loro matrimonio. Poi le sue nozze, celebrate frettolosamente nel tentativo di tenere lontani i suoi veri sentimenti, e il cui fallimento gli era stato chiaro fin dall'inizio. Poi la moglie, quella maledetta, lo aveva letteralmente distrutto, la separazione gli era costata un'enormità, e aveva dovuto vendere la splendida casa sul lago di Starnberger, a sud di Monaco.

E poi i suoi weekend con i Brandt, una vera tortura per lui, costretto ad assistere alle loro effusioni da eterni innamorati. E le notti nella stanza degli ospiti, dove restava sveglio per ore, roso dalla gelosia, immaginando quello che i due facevano in camera loro, perché nella sua follia riusciva a pensarli solo stretti nell'abbraccio della passione.

Merda, gli si imperlava ancora di sudore la fronte, quando ci pensava. Con ogni probabilità quei due non l'avevano fatto nemmeno la metà delle volte che lui aveva immaginato, ma in fondo era del tutto irrilevante, anche una sola volta sarebbe stata troppo, perché Rebecca avrebbe dovuto essere sua moglie, sua e basta. Naturalmente gli era capitato di pensare che sarebbe stato meglio non frequentarli più, per non peggiorare volontariamente una situazione già così dolorosa. Ma non c'era mai riuscito. Rinunciare alla vicinanza di Rebecca sarebbe stato ancora peggio. Per lui era una vera e propria dipendenza, che lo rendeva incapace di lavorare, di concentrarsi, malato di desiderio e di passione. Aveva subito continue ricadute, le era corso dietro come un cagnolino anche solo per strapparle un sorriso, una parola, uno sguardo. Rebecca avrebbe mai potuto capire quanto si era sentito umiliato?

Sì, forse avrebbe potuto. Glielo diceva la paura che leggeva nei suoi occhi. Capiva quello che aveva dovuto superare e intuiva la carica d'odio che aveva accumulato nei suoi confronti.

Solo per la necessità di mantenere intatta l'apparenza dell'amicizia con Felix! A nessun altro al mondo avrebbe augurato tanto male quanto a lui, ma rompere i rapporti con Felix avrebbe significato uscire completamente dal giro di Rebecca, quindi aveva dovuto fingere la *vecchia, consolidata e cameratesca amicizia fra uomini*. Spesso aveva provato il desiderio di sputare su questa amicizia.

Rebecca parlava poco, ma quando le aveva rivelato che avrebbe volentieri fatto fuori Felix, era rimasta a bocca aperta.

«Ma allora hai qualcosa a che fare con il suo incidente?»

Giocherellò con noncuranza con la pistola infilata nel dito indice. Gli sarebbe piaciuto molto assumersi la paternità dell'incidente, per dimostrarle che era stato capace di tanto nella lotta per conquistarla. Ma per quanto riguardava Felix... in realtà lui non aveva ordito proprio niente. In quella nebbiosa mattina d'ottobre di quasi un anno prima, Felix aveva avuto da solo la brillante idea di rimanere coinvolto in uno scontro frontale con un'auto guidata da uno squilibrato, a velocità folle e con il chiaro intento di suicidarsi.

Il funerale. Erano venuti in tantissimi a rendergli l'estremo saluto. Pazienti, colleghi, amici. Felix era un medico molto amato, la sua morte prematura e improvvisa aveva suscitato grande commozione e cordoglio. In prima fila, davanti alla tomba, la vedova, la *sua* Rebecca, naturalmente tutta in nero, sostenuta da un'amica, una collaboratrice della sua stupidissima associazione per la tutela dell'infanzia. *Lui* si era offerto di starle accanto in quella giornata, e sarebbe stato giusto così. Lui era stato il miglior amico del marito, e mantenere per anni quel ruolo gli era costato uno sforzo non indifferente. Ma lei aveva rifiutato.

In molti gli avevano detto quanto fosse pallido e sofferente, naturalmente per la morte dell'amico. In realtà tutto era stato ben più faticoso: in un primo momento aveva salutato la notizia della morte di Felix come una risposta a tutte le sue preghiere, ma aveva subito capito che la sua situazione era solo peggiorata. Rebecca si sarebbe persa nel suo dolore senza fine e l'idea di una relazione con un altro uomo non l'avrebbe nemmeno sfiorata, men che meno con lui. Maximilian non avrebbe più potuto frequentare liberamente la sua casa, perché questo l'avrebbe infastidita e messa in imbarazzo. I contatti si sarebbero ridotti al minimo, una cartolina a Natale o per il compleanno, o magari un giorno o l'altro sarebbe riuscito a invitarla fuori anche solo per un caffè. Ma tutto sembrava così improbabile, visto lo stato di prostrazione di Rebecca.

L'avrebbe persa. Per lei aveva messo in gioco tutto: la sua vita, la sua casa. Il suo posto di primario. Per niente. Per un pugno di mosche.

Il posto di primario. C'era andato vicinissimo. Era bravo, carismatico, aveva tante conoscenze. Aveva tutte le carte in regola per essere un buon primario. Purtroppo aveva anche qualche piccolo problema con l'alcol. Perché a volte la solitudine gli pesava, come gli pesava vedere Rebecca e Felix insieme. Come se non bastasse, non gli pareva giusto aver dovuto vendere la sua stupenda casa per pagare gli alimenti a quella puttana che aveva sposato... Che stupido. Non che fosse sempre ubriaco, e certo non lo dava a vedere in alcun modo. Tranne per l'episodio della patente, quando una sera era stato fermato dalla polizia. Non ce l'aveva fatta più a sopportare il vuoto e il silenzio del suo appartamento, così era uscito, lacerato dal desiderio di Rebecca. Gli avevano trovato nel sangue una percentuale di alcol piuttosto elevata: la cosa gli parve strana, ma evidentemente doveva aver bevuto più di quanto avesse pensato. In ogni caso si vide ritirare la patente per nove mesi. Si era sempre ritenuto abile a nascondere il suo vizio, ma probabilmente si era sparsa la voce, e la storia era stata gonfiata, di sicuro... Poi, dopo che il posto di primario era stato assegnato a un altro, aveva scoperto che era stato definito come *non del tutto insensibile all'alcol*. Chiunque avesse ambito al posto di primario non avrebbe potuto pensare a una frase più adatta per stroncare una carriera sul nascere. Fantastico. Così Rebecca avrebbe potuto avere sulla coscienza anche il fallimento della sua carriera professionale.

Pensandoci bene, proprio durante il funerale Maximilian aveva finalmente capito: solo con la morte di Rebecca sarebbe forse riuscito a tornare a vivere.

Forse anche per questo motivo l'avevano visto così pallido. Era giunto a quella conclusione dopo un lungo travaglio interiore. Arrivare a riconoscere la necessità di uccidere la donna che si ama è un passo ben grave. In fondo lui non era un criminale. Al contrario. Come medico si era posto il compito impegnativo di salvare vite umane, di combattere le malattie. Ma col passare del tempo, ora dopo ora, minuto dopo minuto, in lui si era fatta strada la certezza che a questo mondo c'era spazio per lui *oppure* per Rebecca. E dal momento che Rebecca lo aveva disprezzato e trattato senza il minimo scrupolo, Maximilian aveva già stabilito chi dei due dovesse uscire di scena. Avrebbe agito con abilità, perfino con eleganza. Si sarebbe preso tutto il tempo necessario. Non era uno stupido ubriacone malato d'amore! Alla fine Rebecca sarebbe stata costretta a capire chi era colui che aveva tanto denigrato. E la cui vita aveva quasi distrutto.

Quasi. Perché una volta morta lei, di questo si sentiva più che certo, la sua vita sarebbe rifiorita con nuovo vigore. Sarebbe stato libero. Si sarebbe scrollato di dosso quella solitudine insopportabile e avrebbe finalmente avviato una relazione con un'altra donna. Non avrebbe più toccato neanche una goccia d'alcol. Avrebbe partecipato a un nuovo concorso per diventare primario. Si sarebbe comperato una bella casa con un grande giardino, e in fondo non era nemmeno troppo vecchio per pensare a un figlio. Già immaginava i suoi bambini correre felici in giardino con un cane giocherellone, mentre una donna lo avrebbe abbracciato al suo ritorno a casa la sera.

Avrebbe ritrovato la vita. Semplicemente.

Le immagini che gli scorrevano davanti agli occhi erano così belle, così calde, che avrebbe voluto piangere.

Improvvisamente nella calca aveva intravisto Sabrina Baldini. Era venuta con suo marito e faceva di tutto per evitare di incontrare il suo amante. Per lei era evidentemente una situazione spiacevole. Aveva un pessimo aspetto. Del resto erano almeno due settimane che *lui* non si faceva vivo. E in presenza del marito non poteva certo fargli una di quelle scenate strappalacrime che era così brava a interpretare. Povera creatura frustrata. Se solo avesse potuto immaginare come era stufo della loro relazione. Tuttavia gli era stata preziosissima. Era riuscito a carpirle tutto ciò che di interessante si poteva sapere su Rebecca. All'inizio nell'intento inconsapevole di avere qualcosa in mano contro di lei che avrebbe potuto rivelarsi utile per realizzare il suo sogno segreto. Ma a quel punto aveva concepito un progetto, un'intuizione grandiosa e subito ebbe chiaro come avrebbe dovuto procedere. I pensieri lo travolgevano: partoriva sempre nuove idee e abili mosse, e doveva fare attenzione a che i tratti del suo volto non lo tradissero. I suoi occhi luccicavano palesemente, e gli si poteva leggere in faccia con quanta energia e soddisfazione lavorasse al suo progetto.

Rapido e felice, rapido e felice, rapido e felice...

Aveva forse appena ripetuto quelle parole? Oppure le aveva solo pensate? Si passò una mano sulla fronte. Quelle strisce di luce che entravano dalle persiane chiuse... ormai era giorno.

Doveva sbrigarsi. Guardò Rebecca, i capelli in disordine, pallidissima, stralunata. Aveva un labbro spaccato, ma era bella anche così, immensamente bella. Prima di ucciderla avrebbe dovuto raccontarle di Marius. Doveva raccontarle ciò che aveva fatto ai genitori affidatari di Marius. Era importante che le raccontasse tutto. Ma non gli restava più molto tempo, e desiderava passarlo solo con lei. Dovevano essere loro due, soli.

Come avrebbe dovuto essere fin dall'inizio.

Fissò Inga. Lo disturbava. Moltissimo. Perché quella sciocca non era rimasta in macchina?

« Noiosa » le disse, « sei proprio una gran noiosa. »

Si alzò. Inga lo guardò con gli occhi dilatati dal terrore.

6

Inga sapeva che alla fine di quel dramma lei e Rebecca sarebbero morte. Maximilian l'aveva ripetuto innumerevoli volte. I suoi discorsi sconclusionati ruotavano intorno al suo amore infelice e ai fallimenti della sua vita, dei quali Rebecca era l'unica responsabile. Il tempo che ancora restava gli sarebbe servito per raccontarle tutta la sua sofferenza interiore. Poi sarebbe venuta la fine. E quando d'un tratto la fissò con quegli occhi freddi e immobili le fu chiaro che il momento era giunto.

« Voglio restare solo con Rebecca » disse rivolgendosi a Inga, « tu non c'entri affatto in questa storia. »

Inga non capì perché non le avesse già sparato. Perché si prendesse la briga di legare Rebecca con la stessa corda del bucato dalla quale lei si era liberata qualche ora prima, per poi afferrare Inga per un braccio, farla alzare bruscamente e spingerla fuori dalla stanza. Per lei era incomprensibile. Sulle prime pensò che l'avrebbe trascinata in giardino per finirla lì, invece Maximilian la spinse su per le scale, strattonandola lungo il corridoio verso la camera di Rebecca, dove Marius giaceva a terra in gravissime condizioni. Per tutto il tempo Inga pensò solamente: Signore, fa' che non scopra il cellulare! Fa' che non mi scivoli giù. Se non mi uccide adesso, è la nostra unica speranza.

Sulla porta le diede uno spintone più violento, che la fece andare a sbattere con la coscia contro la toilette di Rebecca. Urlò per il dolore. Per fortuna il cellulare era sull'altro fianco. Riuscì per miracolo a bloccarlo con una mano prima che cadesse a terra.

«Di voi due» disse Maximilian, «mi occuperò più tardi.»

Sbatté la porta con forza e la chiuse a chiave.

Inga non riuscì subito a muoversi. Era ancora viva, e già questo le sembrava un miracolo. Aveva ancora il cellulare, un miracolo ancor più grande. Le richiese un certo sforzo mentale guardarsi il piede ferito. Lungo le scale aveva perso la sua precaria fasciatura, ma la ferita sembrava aver smesso finalmente di sanguinare. Almeno non sarebbe morta dissanguata.

Estrasse il telefonino da sotto la camicia da notte e lo spinse sotto a un comò. Se Maximilian fosse entrato all'improvviso non lo avrebbe visto. Poi si rivolse a Marius.

Respirava ancora, anzi sembrava perfino in condizioni lievemente migliori rispetto a prima. Polso e battito erano più regolari, così come il respiro.

Potrebbe farcela, pensò Inga sollevata, se riesco a chiamare subito i soccorsi.

Ritornò al comò, recuperò il cellulare e procedendo carponi ritornò dal marito ferito. «Marius» gli sussurrò, «adesso chiamo aiuto.»

Marius aprì gli occhi. Gli tremavano le palpebre, lo sguardo era perso, poi un po' alla volta si fece più presente.

«Inga» le sussurrò pieno di stupore.

L'aveva riconosciuta. Le vennero le lacrime agli occhi, per il sollievo e la commozione.

«Marius» gli domandò con una certa insistenza, «qual è il numero della polizia in Francia?»

Marius parve riflettere. «Temo... di non saperlo» borbottò alla fine. Cercò di raddrizzarsi, ma la testa gli ricadde subito a terra. «Cos'è successo? Dov'è... Maximilian?»

«Ti ha sparato, Marius. Adesso è di sotto con Rebecca. Marius, ci ucciderà tutti. Dobbiamo cercare di chiamare aiuto. Io ho il suo cellulare. Il cellulare di Maximilian!»

Di nuovo nei suoi occhi comparve quello sguardo spaventato. «Io... non lo so il numero. Io non so più niente. Io... io volevo scappare via con Rebecca. Lui è arrivato all'improvviso. Maximilian. Io... ha sparato. Sì, mi ha sparato, prima che potessi... dire... o fare qualcosa.»

«Lo so. È pazzo. Ucciderà Rebecca perché è convinto che lei gli abbia rovinato la vita, e ucciderà noi perché siamo testimoni.»

E ci resta così poco tempo, pensò disperata.

Non aveva idea di quale commissariato di polizia le avrebbe risposto digitando il numero dall'estero. E i poliziotti avrebbero creduto al suo racconto confuso? Avrebbero allertato i colleghi di Le Brusc?

«Chiamo mia madre» disse decisa, «chiamerà lei la polizia.»

Perché non ci aveva pensato prima? Quando era nell'auto? Digitò rapidissima il numero dei suoi genitori. Dovette ripeterlo, le mani le tremavano tanto da farle schiacciare i tasti sbagliati. Vi supplico, cercate di essere in casa, pregò in silenzio.

La madre sollevò la cornetta al primo squillo, quasi fosse seduta vicino all'apparecchio. «Sì?» rispose. Aveva la voce roca, di chi ha appena pianto.

«Mamma?»

«Inga? Inga, per l'amor del cielo, sei tu? Come stai? Dove sei? Inga, ascoltami, devi...»

Inga la interruppe bruscamente. «Mamma, ho bisogno d'aiuto. Devi avvertire la polizia. Io e Marius siamo...»

«Devi stare attenta a Marius! Inga, la polizia tedesca lo sta cercando. Mi ha telefonato un commissario. Marius ha ucciso due persone. È pericoloso. È...»

«Mamma, non è vero, ma in questo momento non ha importanza. Abbiamo poco tempo. Ci tengono in ostaggio e siamo in pericolo di vita. Ti prego, richiama quel commissario con il quale hai parlato. Deve mettersi subito in contatto con la polizia francese. Saprà lui cosa deve fare. Ma deve fare in fretta.»

«Dove siete?»

Le diede l'indirizzo di Rebecca. Inga sentì che sua madre se lo segnava affannata.

«Inga... ti prego, fai attenzione!»

«Mamma, sbrigati!»

Non le restava che aspettare. Quanto ci sarebbe voluto per mettere in moto i soccorsi? Sua madre avrebbe agito immediatamente e, lo sapeva, avrebbe tirato in ballo le polizie di tutta Europa, se l'avesse ritenuto necessario. Per fortuna era già stata informata del fatto che la figlia si trovava in una situazione di pericolo, il che lasciava supporre che la polizia fosse già sulle tracce di Marius. Partendo da un presupposto sbagliato, ma questo si sarebbe chiarito in seguito. In quel momento l'unica cosa importante era che non si perdesse troppo tempo in domande o si trascurasse l'urgenza dell'intervento. Ora tutto doveva funzionare velocemente.

L'attesa la sfiniva. Appena terminata la telefonata con sua madre Inga si era affacciata alla finestra per valutare una possibilità di fuga, ma aveva poi subito abbandonato l'idea perché irrealizzabile. Un salto sarebbe stato impossibile per l'altezza, e non c'era nulla da cui calarsi, una grondaia, una siepe, niente. Per un attimo considerò la possibilità di annodare delle lenzuola per fare una fune, ma non era certa che avrebbe funzionato. Inoltre una fuga avrebbe significato abbandonare Marius, e questo era impensabile.

«Adesso arriva la polizia» gli sussurrò, «così siamo al sicuro.»

Marius cercò di sorriderle. «Certo. Siamo al sicuro.»

«Perché non mi hai mai raccontato niente, Marius?» Mentre gli poneva questa domanda rifletté se fosse poi così importante chiarire quel punto. Se in assoluto fosse importante chiarire qualcosa in quella situazione. D'altra parte l'unica alternativa era rimanere in silenzio e ascoltare il battito forsennato del suo cuore. E forse sarebbe stato ancora più difficile da sopportare.

«Raccontato?»

«Della tua infanzia. Dei tuoi genitori. Che eri stato dato in affido. Perché non mi hai raccontato nulla?»

Non le rispose.

Come faccio a essere sicura che non sia stato lui a uccidere quei due poveri vecchi? Ha bisogno d'aiuto, questo è l'unico dato certo al momento. Ma è un criminale o no? Che legami ci sono fra tutti questi avvenimenti? Quando saprò chi è veramente?

Pensava che si fosse addormentato quando invece riaprì gli occhi. «Maximilian» disse.

Inga annuì. «È malato. L'unica speranza è che la polizia arrivi prima che perda definitivamente il controllo.»

«Voleva aiutarmi a uscire dal mio incubo.»

«Maximilian? Cosa voleva fare?»

Marius faceva fatica a parlare. Quando finalmente ci riuscì le sue parole suonarono impazienti: «Lui... sapeva tutto. Mi capiva. Ha... capito... tutte le torture...»

«Vuoi dire le torture che hai subito nella tua infanzia?»

«Non... sono... mai finite.»

«Ti capisco. E Maximilian voleva aiutarti?»

Un movimento impercettibile del capo. «Sì.»

«Quindi non è stata una coincidenza che finissimo proprio qui da Rebecca.»

«Lui... sosteneva che dovevo parlarle. Dovevo raccontarle che ero stato abbandonato da tutti. Diceva che era l'unico modo per superare quanto che era successo. Dovevo... rivolgermi alle persone che all'epoca... avevano avuto delle responsabilità.» Tossiva. Parlava faticosamente. «Io... ho pensato che fosse giusto. Che potesse essere veramente la mia salvezza. In realtà... ero più arrabbiato con la donna dei servizi sociali. Però Maximilian diceva che la vera... responsabile era Rebecca. Quella dei servizi sociali aveva avuto paura di perdere il posto. Ma Rebecca... non aveva giustificazioni.»

Inga, che conosceva parzialmente la storia, poteva solo immaginare cosa volesse dire Marius. «Le avevi chiesto aiuto? Da bambino? Ma lei dice di non conoscerti affatto.»

Di nuovo annuì, visibilmente affaticato. «Lei... non sapeva niente. Maximilian invece sosteneva che lei fosse al corrente. Che lei... glielo avrebbe detto. Ma in realtà... io avevo... parlato con una sua collaboratrice. E Rebecca... è sempre rimasta all'oscuro di questa storia.»

Il puzzle cominciava a delinearsi. «Quindi l'incontro con Maximilian in quel paesino non è stato affatto casuale» disse Inga.

«No. Io... l'avevo chiamato e gli avevo detto dove ci trovavamo. Eravamo d'accordo così. Lui ci avrebbe dato un passaggio per l'ultimo tratto e ci avrebbe lasciati in un prato vicino alla casa di Rebecca. È stato lui a fornirmi tutta l'attrezzatura, fra l'altro.»

«Capisco. Ma la macchina che secondo te... un tuo amico... ci avrebbe prestato...?»

Fece un sorriso stentato. «Mi spiace. Me l'ero... inventata. Per... rendere più... credibile il piano.»

«Quindi volevi assolutamente parlare con Rebecca. Ma perché allora hai cercato di scappare con la barca?»

«Perché ho avuto paura.»

«Paura? E di che cosa?»

«Di... di me stesso. Di tutto. Di dover portare di nuovo a galla tutta la storia. Io... non mi sentivo all'altezza... Troppe immagini... capisci? Troppe cose che... riemergevano...» Faceva sempre più fatica a parlare. Inga avrebbe voluto fargli mille domande, ma capì che per lui sarebbe stato uno sforzo eccessivo. Forse sarebbero riusciti entrambi a sopravvivere a quel dramma, e allora avrebbero avuto tutto il tempo per chiarire ogni cosa. Ma non in quel momento. Marius era gravemente ferito. Aveva bisogno delle poche energie che gli erano rimaste per sopravvivere.

«Cerca di dormire» lo pregò Inga, «dopo mi spiegherai tutto.»

«Io... sono molto stanco.»

«Lo so. Chiudi gli occhi. Ora l'unica cosa importante è guarire.» Ed è veramente così, nonostante tutto quello che c'è stato, pensò quasi stupita. Voglio che abbia una nuova possibilità.

Lo guardò in faccia. Aveva chiuso gli occhi, le palpebre tremavano. Conosceva ogni tratto del suo volto, e questa confidenza la riempì di calore. All'inizio della loro storia l'espressione di quel viso l'aveva affascinata, poi l'aveva irritata, alla fine addirittura spaventata: in apparenza il ritratto della spensieratezza, che tuttavia nascondeva un antico dolore, ferite profonde che avevano lasciato una cicatrice indelebile. Marius aveva sempre mostrato una maschera. Aveva sofferto troppo per poter sopravvivere in una condizione diversa.

Con dolcezza accarezzò il ciuffo di capelli ribelli sulla sua fronte. Marius aprì gli occhi e la guardò. A fatica sollevò un braccio, sfiorò cautamente la sua pelle gonfia intorno all'occhio tumefatto. A quel contatto Inga sussultò per il dolore.

«Mi dispiace» le disse sottovoce, «mi dispiace davvero.»

«Non ti preoccupare. Adesso dormi.» Gli sorrise. Marius rispose al sorriso.

In quello stesso attimo risuonò un terribile colpo, che ruppe in modo brutale e violento il silenzio di quella calda mattinata provenzale.

Marius e Inga trasalirono per lo spavento. Marius cercò di mettersi seduto, ma scivolò subito sul pavimento.

«Merda» sussurrò con voce roca, «ha fatto fuori Rebecca!»

Il corpo di Inga era scosso dai tremori. «E adesso verrà da noi.» Deglutì a fatica, la gola inaridita.

Troppo tardi. Se anche arriva la polizia sarà troppo tardi. Troppo tardi.

Fissò la porta prevedendo di sentire i passi di Maximilian da un momento all'altro.

Si aspettava di trovarsi di fronte il suo assassino.

Invece calò il silenzio assoluto.

Lunedì, 2 agosto

Un vento caldo saliva dal mare verso gli scogli, ancora bollenti per il sole della giornata. Una luce rossastra illuminava da ovest l'orizzonte, mentre il crepuscolo della serata d'agosto si stendeva sul paesaggio, e le onde che rumoreggiavano giù nella baia si facevano scure e misteriose. Nelle chiome degli alberi e nell'erba echeggiavano i mormorii della natura. Di lì a poco le prime stelle cadenti avrebbero attraversato il cielo notturno per tuffarsi poi nel mare.

Rebecca era seduta su una pietra piatta, completamente immersa nei suoi pensieri. Tuttavia aveva udito dei passi leggeri e sollevò lo sguardo. Inga si avvicinava zoppicando e trascinando il piede ferito, che era stato abbondantemente fasciato. L'occhio era ancora gonfio, ma con un po' di trucco era riuscita a mascherare leggermente il colore verde bluastro cangiante della sua pelle. Aveva di nuovo un aspetto umano, e non sembrava più l'ombra di se stessa come due giorni prima.

Anch'io però, rifletté Rebecca, sono stata più morta che viva.

«Siediti qui» le disse. «Come sta Marius?»

«Meglio. Ho parlato con il medico, dice che secondo lui verso la fine della settimana verrà dimesso. Per fortuna la pallottola non ha colpito organi vitali, ma ha perso molto sangue ed è estremamente debole, anche a causa delle pessime condizioni fisiche in cui si trovava prima dello sparo.»

«Comunque ce la farà. Questa è la cosa più importante.»

«Sì. Per fortuna non ci sono dubbi su questo» confermò Inga. Si sedette vicino a Rebecca sul sasso, respirò a pieni polmoni gustando l'aria salmastra. «Che splendida serata. Mi sembra quasi un miracolo poterne ancora godere.»

«Sì. Hai proprio ragione.» Rebecca sfiorò con una mano la pietra calda. Anche il gesto più semplice, come toccare un sasso tiepido, aveva assunto un significato magico dopo quelle notti di terrore. Prima o poi quella sensazione si sarebbe attenuata, ma in quegli istanti niente era scontato. Neppure la vita stessa.

«Cosa succederà a Marius?» domandò.

Inga esitò un attimo. «Probabilmente dipende soprattutto da noi due. Se sporgeremo denuncia. Ha fatto irruzione in casa tua, ci ha tenuto in ostaggio, voleva rapirti... sono cose di una certa importanza.»

Che strano, pensò Rebecca, tutto ciò non suscita in me né rabbia né odio. Assolutamente niente di tutto questo. Solo compassione per una persona che ha patito tanto e le cui grida d'aiuto sono rimaste senza risposta.

«Per quanto mi riguarda» spiegò, «non intendo sporgere denuncia. Marius ha bisogno d'aiuto. Non di una condanna del tribunale. Non è un delinquente.»

Inga la guardò di sottecchi. «Ti ringrazio» le mormorò.

«È solo quello che penso» replicò Rebecca.

Entrambe rimasero in silenzio per un attimo. La fascia rossastra all'orizzonte si era assottigliata, ancora qualche secondo e sarebbe sparita del tutto, per fare posto alla notte. Dietro di loro, dall'altra parte del giardino, le luci accese in casa emergevano calde nella notte. Rebecca non sapeva se sarebbe mai riuscita a considerarla ancora un luogo intimo e sicuro. Di certo non avrebbe mai potuto dimenticare la scena a cui aveva dovuto assistere quando Maximilian aveva alzato l'arma, se l'era puntata in bocca e aveva sparato. La sua testa era esplosa, il suo corpo era caduto a terra con un tonfo sordo, accartocciandosi in una posizione del tutto innaturale sul tappeto.

Rebecca aveva urlato, un urlo prolungato, di terrore e di estrema sofferenza, così aveva pensato. Ma Inga più tardi le aveva detto di aver udito solo lo sparo e poi un silenzio pesante, quindi il grido doveva esserselo immaginato, e in ogni caso non era uscito dalle sue labbra. Dopo tutti gli infiniti discorsi e le dichiarazioni di odio, in un istante di lucidità Maximilian doveva aver riconosciuto la sua situazione disperata e senza via di scampo, così come l'enormità degli errori di una vita intera. Così un'unica soluzione gli era sembrata possibile per liberarsi del suo fardello: con un ultimo gesto drammatico si era condannato da solo, davanti agli occhi della donna che aveva amato morbosamente e odiato con altrettanta forza.

Poco dopo erano arrivati i poliziotti, e da loro Rebecca aveva saputo che era stata Inga ad avvisarli. La casa si era riempita di persone che correvano avanti e indietro, Marius era stato caricato su un'ambulanza, un medico si era occupato delle due donne, il cadavere di Maximilian era stato rimosso. Gli investigatori le avevano interrogate sulla dinamica dei fatti, e Inga aveva risposto a ogni domanda nello stesso modo: Marius non aveva fatto niente. Marius non era colpevole. Le cose erano molto diverse da come apparivano.

«Strano» commentò Rebecca, «c'è sempre stato qualcosa che mi disturbava in Maximilian. Era il miglior amico di Felix e così mi sono sempre imposta di negare che in sua presenza mi sentivo a disagio. Io e Felix abbiamo anche parlato del fatto che probabilmente aveva un debole per me, ma lui non ha dato molta importanza alla cosa, e in fondo anch'io ero d'accordo. Ma *sentivo* che c'era qualcosa di più di una semplice infatuazione. Non avrei saputo dire con precisione di cosa si trattasse, e a volte temevo di essere io a mettermi in testa strane idee: adesso so che il mio istinto non m'ingannava. Erano segnali d'allarme che avrei dovuto prendere sul serio. Avevo a che fare con un violento criminale, e non sapevo di correre un grave pericolo.»

«Marius afferma che Maximilian l'aveva cercato e gli aveva raccontato di aver saputo da una ex collaboratrice di Kinderruf quanto era successo allora, di come la richiesta d'aiuto del bambino fosse stata respinta. Naturalmente gli aveva presentato la vicenda in modo che tu risultassi la principale responsabile, come se tu avessi agito in tutte le maniere possibili per coprire le persone che sarebbero state travolte da un eventuale scandalo. Poi gli aveva proposto di farvi incontrare. Sostenendo che per Marius sarebbe stato importante parlare di tutto, chiarire il suo passato e mettere i colpevoli di fronte alle loro responsabilità... e via di seguito. Marius, il quale soffriva ancora terribilmente per la sua storia, aveva subito accettato.»

«Tuttavia Maximilian ha corso un certo rischio» osservò Rebecca, «perché in fondo Marius avrebbe potuto confidarsi con te.»

«Immagino che abbia capito abbastanza in fretta che le cose non sarebbero andate così. Infatti fino a quel momento Marius, come aveva rivelato anche a Maximilian, non aveva ancora trovato il coraggio e la forza di raccontarmi qualcosa del suo passato. Come avrebbe potuto essere in grado di farlo così all'improvviso? Ma a parte questo... il piano di Maximilian prevedeva di uccidere te e di addossare la colpa a Marius. E il piano avrebbe avuto successo anche se io avessi saputo che il vostro incontro era stato combinato. Maximilian, che comunque resta un medico abbastanza importante, avrebbe potuto sostenere che le sue intenzioni erano delle migliori e che aveva veramente voluto dare una mano a Marius. Che alla fine Marius perdesse la testa... lui come avrebbe potuto immaginarlo?»

«Ha compiuto dei crimini atroci per far convergere tutti i sospetti su Marius» disse Rebecca rabbrividendo. «Quando siamo rimasti soli mi ha raccontato tutto. Era così orgoglioso di quello che aveva fatto. Si riteneva estremamente scaltro e raffinato. Ha ucciso lui i genitori affidatari di Marius. Ha suonato alla loro porta nel cuore della notte, si è spacciato per Marius e, dopo essersi fatto aprire, li ha aggrediti. Non si è accontentato di ucciderli subito, cosa che sarebbe stata già abbastanza tremenda, ma li ha lasciati morire in modo brutale. Così da far apparire il gesto come una vendetta. E solo Marius poteva avere un valido motivo per scatenare una tale furia. Ha inviato lettere anonime alle persone che all'epoca erano state coinvolte nella vicenda, in maniera da far ricadere ulteriori sospetti su Marius. Nessuno avrebbe sospettato nulla, e nella sua folle strategia aveva previsto che Marius avrebbe potuto uccidere anche me. Maximilian ha costruito il suo piano con grande freddezza e precisione. Avrebbe potuto cavarsela tranquillamente e senza destare il minimo sospetto. È stato disgustoso vederlo fare lo sbruffone, ho perfino avuto la sensazione che si aspettasse che riconoscessi la sua abilità.»

«Ma come ho fatto a non capire subito che c'era qualcosa di strano in lui?» si chiese Inga. «Il suo rifiuto di andare subito alla polizia. Il cellulare scarico. Anche quando l'ho avuto in mano e ho visto che funzionava perfettamente, neanche allora mi sono insospettita. E adesso so che non poteva aver letto i giornali tedeschi a proposito delle ricerche di Marius, come mi aveva raccontato: fino a quel momento, infatti, la stampa non aveva ancora scritto del caso.»

«Ma questo non potevi saperlo.»

«No» ammise Inga, «certamente.» Benché facesse parecchio caldo, alzò le spalle rabbrividendo. «Non avrebbe avuto altra scelta se non uccidere anche me e Marius» riprese. «Se non lo avesse fatto, si sarebbe ritrovato in gravi difficoltà.»

«Di sicuro voleva uccidervi. Del tuo omicidio ovviamente sarebbe stato incolpato Marius, e la sua morte sarebbe passata per suicidio. È a questo punto che qualche dettaglio è sfuggito a Maximilian. Gli ha sparato troppo presto. I tempi non corrispondevano più, e un medico legale avrebbe stabilito con certezza che Marius non poteva essersi procurato da solo le ferite. Ma Maximilian aveva certamente previsto che lo avrebbe incontrato qui in casa. Invece Marius aveva deciso di scappare portandomi con sé. Ce lo siamo trovati di fronte proprio nel momento in cui stavamo uscendo dalla camera. Ci ha risospinti indietro, ha preso un cuscino e con quello ha attutito il colpo di pistola. Sembrava molto sicuro di sé, ma al tempo stesso incapace di affrontare con la necessaria freddezza quell'imprevisto. In sostanza gli sono saltati i nervi. Le cose non sarebbero dovute andare così.»

«Forse se n'è improvvisamente reso conto» aggiunse Inga, «voglio dire, che stava perdendo il controllo della situazione. Forse per questo si è...»

«...sparato» completò Rebecca, «sì, questo è possibile. Ma potrebbe essere anche...» Si bloccò.

Inga la fissò. «Cosa?»

«Ho avuto come l'impressione che avesse capito che non sarebbe mai stato capace di uccidermi. Mi amava da più di vent'anni. Un amore non corrisposto, segnato dalla gelosia, dal dolore. Perfino l'odio che provava per me era una diretta emanazione del suo amore. Io penso... penso che si sia ucciso per non uccidere me.»

Era convinta che le cose si fossero svolte in quel modo. Glielo aveva letto negli occhi, un attimo prima che spirasse. Nella sua follia anche in quel momento l'aveva amata come il primo giorno in cui l'aveva vista, e nel giro di una frazione di secondo aveva deciso che a quelle condizioni sarebbe stato lui a lasciare il mondo, non lei.

Le due donne rimasero un attimo in silenzio, ad ascoltare il rumore delle onde che saliva dalla baia. Ormai era notte, ma una notte calda, accarezzata da una brezza tiepida.

«È rimasto qui tutto il tempo» disse Inga alla fine, «sempre. È sempre stato qui intorno a noi.»

«Mi ha fatto una scenata e se n'è andato. E non mi è venuto neanche lontanamente il sospetto che non fosse partito per la Germania. Invece lui ha preso una camera in una pensioncina della zona, sotto falso nome. Poi qualcosa ha cominciato a non funzionare: Marius non è rientrato dal giro in barca. Tu sei tornata sola e tutto faceva pensare che Marius avesse perso la vita in quella tempesta. Maximilian era in porto, e ha seguito tutti gli sviluppi della vicenda. E questo deve averlo turbato parecchio. Addossare la responsabilità di un omicidio a un disperso sarebbe stata impresa alquanto complicata. D'altro canto non aveva la certezza che Marius fosse effettivamente morto. Avrebbe potuto ricomparire, e se nel periodo della sua assenza fosse stato ricoverato in ospedale oppure accudito dai pescatori, ci sarebbero stati dei testimoni che in quel momento non poteva trovarsi a Le Brusc. Maximilian è stato costretto ad aspettare. L'unica speranza per lui era che Marius si rifacesse vivo.»

«Sapeva che Marius è un ottimo nuotatore ed esperto marinaio. Non sarebbe mai stato in barca senza giubbotto. Era abbastanza ragionevole augurarsi che fosse ancora vivo.»

«Credo però che la faccenda della barca abbia portato Maximilian a perdere il controllo della situazione. Ed è questo che lo ha indotto a sparare a Marius nel momento meno opportuno» disse Rebecca, «e a commettere l'errore di lasciare il suo cellulare acceso in macchina. È rimasto bloccato qui una settimana, senza poter portare a termine il suo piano. E questo dopo tutti gli sforzi per organizzarlo. Aveva sopportato la relazione con la mia ex collaboratrice, pur di racimolare informazioni utili su di me. Non credo sia stato facilissimo rintracciare Marius, visto che dopo il matrimonio ha preso il tuo cognome. Si è dovuto conquistare la sua fiducia, ha dovuto presentargli l'allettante possibilità di un incontro con me, ha dovuto architettare tutta la storia dell'autostop. Ha scritto lettere minatorie a dozzine e ha ucciso i due anziani coniugi in Germania. Un lavoro preparatorio enorme e paziente, per poi trovarsi inchiodato in questo paesino della Francia meridionale. E senza potermi uccidere. Non aveva idea se Marius sarebbe mai tornato. Me lo vedo, chiuso nella sua stanzetta d'albergo, a camminare avanti e indietro come un animale in gabbia. Di sicuro ogni giorno che passava lo rendeva più suscettibile e nervoso.»

«Pensi che alla fine si sia accorto che Marius era tornato?» le domandò Inga. «Oppure è stato un caso che fosse diretto verso casa tua proprio quella notte?»

Rebecca scrollò le spalle. «Non ne ho idea. Non mi ha detto niente in proposito. Forse semplicemente non ce l'ha fatta più e ha deciso di porre fine a tutta la storia, in un modo o nell'altro. Quella sera è squillato il cellulare di Marius, ma lui ha detto che non era nessuno. Che fosse invece una telefonata di controllo da parte di Maximilian? Che avesse bisogno di una conferma da Marius? Si è messo in moto per venire qui e ti ha incrociato lungo la strada. Oppure lo teneva d'occhio già da tempo! In fondo anche Marius era nei dintorni da diverso tempo. Magari Maximilian l'aveva visto. Strano, non trovi? Due uomini ci hanno controllato per giorni e giorni, e non ci siamo accorte di niente.»

«Eravamo così concentrare a parlare fra noi» osservò Inga.

«Eh, sì» le rispose Rebecca sottovoce, «proprio così.»

I giorni successivi ai suoi propositi suicidi. Chissà se lo avrebbe mai raccontato a Inga? Più tardi magari, molto più tardi. Era stata una beffa del destino che proprio Maximilian le avesse impedito di realizzare il suo scopo. Un caso, oppure un tiro mancino della sorte? Senza Maximilian, cioè senza l'uomo che da più di un anno aveva architettato e perfidamente inscenato un piano per ucciderla, a quel punto lei sarebbe stata già morta da un pezzo.

Si alzò. «Vado a dormire» disse infine, «sono stanchissima. Sono sempre stanca. Potrei dormire per anni e mi sentirei sempre priva di forza.»

«Io resto ancora un po' qui» disse Inga. Dopo i fatti spaventosi di quei giorni non le faceva piacere trattenersi dentro casa. Quando dormiva aveva gli incubi, e soffriva di claustrofobia. Avrebbe voluto essere a casa sua, ma doveva aspettare che Marius venisse dimesso.

Avrebbe preferito trasferirsi in un albergo, ma le dispiaceva lasciare sola Rebecca.

«Pensi di restare a vivere qui?» le domandò. «Dopo tutto quello che è successo?»

Rebecca esitò. «Non lo so.» Si volse per andare. «E tu resterai con Marius?» le chiese di rimando. «Dopo tutto quello che è successo?»

«Non lo so» le rispose Inga.

Venerdì, 6 agosto

«Allora, resti della tua idea?» le domandò Wolf per la terza volta nel corso della mattinata. «Veramente non intendi venire con noi?»

Erano in aeroporto, alle partenze. Avevano già consegnato il bagaglio, Wolf teneva in mano le carte d'imbarco. I bambini si rincorrevano intorno a un espositore di riviste. Avevano reagito con una certa indifferenza alla notizia che la mamma non sarebbe partita per la Turchia con loro. La loro unica preoccupazione era stata che anche il papà potesse decidere di non partire, così la vacanza al mare sarebbe saltata del tutto. Ma visto che ormai si trovavano in quell'aeroporto spaventosamente affollato di allegri turisti tedeschi in partenza, non erano più preoccupati e avevano ritrovato tutto il loro buonumore.

Spero solo, pensò Karen, che in futuro non si dimostrino indifferenti e insensibili come loro padre.

Teneva il biglietto del parcheggio ben stretto, così come Wolf le sue carte d'imbarco. Quel biglietto rappresentava la sua unica possibilità di sfuggire il prima possibile al caos di esseri umani pigiati in quel luogo. Rappresentava il confine tracciato fra lei e Wolf.

«Non ho nemmeno la valigia, Wolf» gli rispose piuttosto seccata. Perché continuava a farle quella domanda? «E poi c'è Kenzo che mi aspetta. Non abbiamo chiesto a nessuno di occuparsi della casa e del giardino...»

«Lo so» replicò Wolf.

«E allora perché me lo domandi?»

«Perché...» esitò. «Non so» disse alla fine, «forse perché non mi sembra proprio giusto quello che stai facendo. Che all'improvviso tu ti allontani da noi. Che ti ritiri in una camera tua, ci lasci andare in vacanza da soli... Insomma, non mi pare un comportamento da adottare quando si fa parte di una famiglia.»

La questione, rifletté Karen, è sempre la stessa: che senso hanno questi discorsi? Fino a non molto tempo fa ero convinta che fossero la chiave di tutto. Di un buon rapporto di coppia, di una relazione che funzioni. Ero convinta che servissero a evitare i malintesi, a spiegare certi stati d'animo, a portare chiarezza nelle situazioni più intricate. E forse è davvero così. Ma arriva un momento in cui non servono più. E allora bisogna prenderne le distanze.

Solo qualche settimana prima la sua risposta sarebbe stata: «E il tuo è forse il comportamento di uno che fa parte di una famiglia?» E allora sarebbe iniziata la discussione, Wolf avrebbe esibito tutta la sua più profonda indignazione, lei sarebbe scoppiata in lacrime e alla fine si sarebbe sentita una fallita di fronte a lui, forte e potente. Insomma, tutto si sarebbe svolto come sempre.

Ma in quell'occasione Karen non raccolse la sua osservazione.

«È ora» disse invece. «Hanno già chiamato il vostro volo. Vorrei tornare a casa.»

Wolf parve voler aggiungere qualcosa, ma poi si trattenne. Per orgoglio, oppure perché aveva capito che non erano quelli il momento e il luogo per cercare dei chiarimenti.

«Va bene, allora» concluse rassegnato, «ci vediamo fra due settimane.»

«Verrò a prendervi» promise Karen. Evitò il suo abbraccio e andò verso i figli per salutarli.

Una volta giunta a casa, Kenzo la accolse come al solito, come se fosse rimasto solo per un anno.

Ma perché gli uomini non sono così, pensò mentre lo accarezzava, o forse possono essere così e io ho solo trovato l'esemplare sbagliato?

Aprì la portafinestra per lasciare uscire il cane. Cercò di non guardare la casa dei vicini, deserta, ma naturalmente non ci riuscì. Come attratti da una forza magica i suoi occhi finirono al balcone, e rivide se stessa e Pit che salivano lungo la scala, e si ricordò di come avesse avvertito quell'imminente tragedia. Ora in casa non c'erano più i cadaveri dei Lenowsky, ma sembravano aleggiarvi oscurità e terrore. Si chiese se mai qualcuno sarebbe stato disposto ad abitarvi.

Stava per voltarsi e rientrare quando si sentì chiamare per nome. Era l'anziana vicina. Appoggiata alla sua recinzione le faceva segno con la mano.

«Novità» disse, quando Karen si avvicinò un po' contrariata, «è stata qui la polizia.»

Karen, che cominciava a essere stufa di tutta quella storia, pensò di aver avuto una bella fortuna a dover accompagnare in aeroporto la sua famiglia. Altrimenti avrebbe dovuto sostenere l'ennesimo colloquio con i poliziotti.

«Allora?» le disse.

La vecchia si sporse in avanti abbassando il tono di voce. «Pare che l'assassino non sia il figlio che avevano in affido!»

«Ah, no?»

«No! Il poliziotto mi ha mostrato la foto di un uomo e mi ha chiesto se per caso l'avessi visto da queste parti nelle ultime settimane. Non l'avevo mai visto. Mi pareva troppo vecchio per essere il figliastro dei Lenowsky, e gliel'ho anche detto. A quel punto il poliziotto mi ha detto che il figliastro non era più sospettato. Insomma, ci sono rimasta proprio! Dopo tutto quello che avevano scritto i giornali... il rapporto difficile e tutto il resto... ed era anche abbastanza strano che i Lenowsky non lo nominassero mai. Nessuno qui nei paraggi aveva idea che esistesse un figlio in affido. Insomma, è buffo che due persone si diano da fare a tirare grande un bambino e poi facciano come se non fosse mai esistito. Qualche sospetto era legittimo, no? Era ovvio che il rapporto tra loro doveva essere stato un po' difficile!»

Prese fiato. Karen sfruttò l'attimo per dire qualcosa anche lei. «Evidentemente tutto ciò non è sufficiente per fare di quel ragazzo un criminale.»

La vecchia la guardò di traverso. Per un motivo insondabile la versione del figliastro assassino le piaceva di più. «Comunque, il mondo è uno schifo» concluse. Un luogo comune ci stava sempre bene, almeno per la scorbutica signora.

«Certo» confermò Karen.

«Buffo che nessuno abbia mai visto bighellonare qua in giro

quel tipo» proseguì la vicina. «Pare che abbia aggredito i Lenowsky nella notte tra domenica e lunedì. Poi è rimasto in casa loro, devastandola. Ha lasciato i due legati e imprigionati e poi lunedì – roba da matti! – è andato tranquillamente a lavorare in ospedale! Come se non fosse successo niente! A proposito, è un medico. Un medico! Uno che dovrebbe occuparsi della salute delle altre persone!»

Karen rinunciò a darle una risposta. Per come conosceva l'anziana donna, probabilmente nemmeno se ne aspettava una.

«Martedì è tornato dai poveretti! E si è pure fatto portare una pizza. A domicilio. Voleva che la gente si convincesse che l'assassino era il figlio e allora, sa com'è... i giovani mangiano spesso la pizza, no? Poi ha ferito a morte la povera signora Lenowsky con un coltello. Coltellate inferte ad arte, in modo che la sciagurata ci mettesse un bel po' a morire. Come medico sapeva bene dove colpire. Un bel sangue freddo, non trova? La poveretta avrebbe anche potuto chiedere aiuto. Lui a quel punto è sparito, è partito per la Francia, non so poi perché.»

Terribile, pensò Karen. Quei due disgraziati. Soli per ore e ore, con la speranza di riuscire magari a cavarsela. Poi però lui torna. Naturalmente si è procurato una chiave e ha messo fuori uso l'allarme. Va e viene dalla casa come un ospite qualunque. Ma nessuno l'ha mai invitato. Un ospite sconosciuto che si è introdotto in casa loro per ucciderli.

«Una BMW scura. La sua macchina. Che però io non ho mai visto da queste parti. Certo, non sarà stato così imbecille da parcheggiarla davanti alla casa dei Lenowsky. L'avrà lasciata qualche strada più in là, e mai nello stesso punto. Chi architetta un piano del genere dev'essere molto furbo. Non commette errori.»

«A quanto pare invece sì» osservò Karen, «altrimenti la polizia non lo avrebbe incriminato.»

«Prima o poi le cose vengono a galla» sentenziò la vecchia in tono vago, per poi domandare di punto in bianco: «Ma lei non doveva partire oggi per le ferie? Non ci eravamo messe d'accordo per i fiori e la posta, o sbaglio?»

«La questione si è risolta» rispose Karen. «Comunque grazie lo stesso, è stata molto gentile a offrirsi.» Si volse per andare. Non aveva molta voglia di rispondere ad altre domande su quell'argomento.

«Devo fare ancora una telefonata importante» disse. «Le auguro una buona giornata.» Si girò e si avviò con passo deciso verso casa. Di nuovo lanciò istintivamente uno sguardo alla casa dei vicini. La polizia aveva abbassato tutte le tapparelle, anche quella della finestra da dove lei e Pit erano entrati. Pensò all'oscurità che avvolgeva le stanze, all'odore di muffa. Di nuovo si sentì venire la pelle d'oca e dovette respirare profondamente. Osservò Kenzo che annusava soddisfatto i fiori che crescevano lungo la staccionata. Era tranquillo. Non avvertiva più alcun pericolo.

Tuttavia, per quanto terribili fossero gli avvenimenti che si era lasciata alle spalle, tutto era iniziato dalla casa. Il fatto di non essere riuscita a parlare con i Lenowsky aveva accresciuto la tensione fra lei e Wolf. Lui l'aveva liquidata come una povera isterica. E invece lei aveva avuto ragione, aveva capito di potersi fidare delle sue sensazioni. Per la prima volta in tutti quegli anni di matrimonio gli era passata davanti, aveva agito autonomamente rispetto a lui. E questo era stato molto positivo per la sua autostima. Allo stesso tempo il disprezzo palese con il quale lui la trattava aveva superato il limite della sua capacità di sopportazione. La fiducia in se stessa, che lentamente si stava facendo strada, l'avrebbe aiutata a trovare la forza per compiere i passi giusti.

Com'era sua abitudine negli ultimi tempi, Kenzo alzò la zampa per fare pipì su un delfinio azzurro. Proprio per questo, la pianta era ormai piuttosto sofferente. D'un tratto Karen ricordò un particolare. Un'immagine, una mattina presto, di circa tre settimane prima. Le strade del quartiere alle prime luci dell'alba, lei e Kenzo fuori a passeggiare, il cane allegro, mentre lei, Karen, una volta di più era fiaccata dall'insonnia e dalla depressione.

Almeno qualche strada più in là, aveva appena detto la vicina. Certo, erano già parecchio distanti dalla loro strada, quando Kenzo aveva alzato la zampa sul pneumatico posteriore di un'auto parcheggiata. Una BMW blu scura. Si ricordava ancora lo spavento che si era presa quando la portiera del guidatore si era aperta, perché non si sarebbe mai aspettata che alle cinque del mattino potesse esserci qualcuno nell'auto. L'uomo era sceso, alto e robusto, e si era imbufalito, l'aveva insultata, tanto che alla fine lei era scoppiata in lacrime e si era sentita ancora più triste e amareggiata.

Che fosse proprio lui? Si era quindi trovata di fronte all'assassino dei Lenowsky? Era forse lui il terribile ospite che i due poveretti erano stati costretti ad accogliere contro la loro volontà?

Alcuni elementi portavano a questa ipotesi. Il commissario Kronborg l'aveva pregata di sforzarsi di ricordare qualunque particolare, anche quello apparentemente più insignificante. Aveva dimenticato quell'episodio. Non aveva mai pensato di aver avuto a che fare proprio con l'omicida. Per lei quell'episodio era solo uno dei tanti da annoverare nella sua personalissima rassegna di insuccessi. *Certe cose a me succedono. Vengo insultata e io non replico nemmeno. Mi metto solo a frignare come una scolaretta. Sono incapace di difendermi. Sono io a far sì che le persone mi torturino.*

Era rimasta letteralmente prigioniera dei suoi problemi personali. Qualunque altra donna avrebbe ricevuto esattamente lo stesso trattamento se il suo cane avesse fatto pipì sulla macchina di uno sconosciuto. E qualunque altra donna avrebbe almeno ribattuto, avrebbe forse chiesto scusa, ma mai si sarebbe messa a piangere per poi rimanere inquieta per il resto della giornata. Non solo, ma quella scena le sarebbe tornata in mente alcune settimane più tardi, sollecitata da Kronborg. Perché era ben strano che un uomo stesse seduto a quell'ora in un'auto parcheggiata, mentre la gente normale ancora dormiva. E mentre poche strade più in là si stava svolgendo un dramma orribile.

Non aveva più alcuna importanza. In un modo o nell'altro l'assassino era stato catturato. Avrebbe chiamato ugualmente Kronborg per raccontargli l'episodio. Ma l'avrebbe fatto più tardi. Prima doveva fare un'altra telefonata.

Entrò in sala e si avvicinò all'apparecchio, sollevò la cornetta e compose il numero di uno studio legale che aveva trovato due giorni prima sull'elenco. Era quasi mezzogiorno. Rispose una segretaria.

Fissò un appuntamento per la settimana successiva.

« Di cosa si tratta? » le domandò la segretaria.

« Vorrei separarmi da mio marito » rispose Karen perentoria.

Quasi si sentì svenire mentre pronunciava queste parole.

Ma erano le parole giuste. Non aveva più il minimo dubbio.

LETTERA DI SABRINA BALDINI A CLARA WEYLER

Monaco, settembre
Cara Clara,
le scrivo questa breve lettera per raccontarle come si sono svolte le cose. Mi auguro che lei stia bene e abbia superato per quanto possibile tutti i terribili avvenimenti passati.
Io sto bene, o per meglio dire sto tornando un po' alla volta alla normalità. Mi rallegra l'idea che d'ora in poi non riceveremo più lettere di minacce e che non c'è più nessun pazzo in libertà che cerca di attentare alle nostre vite. La cosa che mi fa più piacere è sapere che non è Marius l'autore dell'orrendo crimine a danno dei suoi genitori affidatari. Probabilmente ha agito in modo non del tutto corretto, ma non ha ammazzato nessuno e non ha mai avuto in mente di farlo. Questo non diminuisce certo le nostre responsabilità per quanto riguarda le mancanze nei suoi confronti, ma mi solleva sapere che la nostra ignoranza e la nostra superficialità se non altro non hanno favorito il gesto di un omicida. Questa catena di orrori non è del tutto imputabile a noi e almeno questo mi tranquillizza.
Guardo di nuovo al futuro e spero che anche lei lo possa fare, Clara. Nella mia vita c'è stata una svolta importante. Indovini chi mi ha telefonato: Rebecca Brandt. Intende lasciare la Francia e tornare in Germania. Vuole riattivare Kinderruf e mi ha chiesto se voglio aiutarla. Non potevo crederci, perché avrebbe tutti i motivi per essere molto arrabbiata con me. Invece si è dimostrata molto comprensiva e mi ha detto che a suo giudizio il modo migliore per rimediare a tutti i nostri

errori è quello di occuparci con rinnovato entusiasmo dei bambini e della loro tutela. Naturalmente ho accettato con gioia la sua offerta. Finalmente avrò di nuovo qualcosa in cui impegnarmi, e in più sarà un'occupazione importante e che mi darà soddisfazione. Non c'è niente di peggio che restare tutto il giorno sedute in un appartamento deserto e silenzioso a rimuginare sugli errori del passato. Inoltre fra una settimana firmerò per la separazione. Dal momento che mio marito e io vogliamo entrambi ottenerla al più presto, abbiamo dichiarato di vivere separati da almeno un anno, e questo in fondo corrisponde al vero. Così abbiamo ottenuto una procedura più rapida. Pensare a quel giorno mi fa paura, ma credo che dopo mi sentirò sollevata. A quel punto sarà veramente finita. A volte è necessario un taglio netto e definitivo per poter mettere in moto un nuovo progetto.

Rebecca mi ha anche raccontato che Marius si sottoporrà a una terapia e che spera di poter risolvere così i suoi problemi, o almeno di imparare a conviverci. La moglie non resterà con lui, del resto c'era da aspettarselo, con tutto quello che è successo. Devono esserci stati momenti terribili fra i due, e naturalmente la fiducia reciproca è seriamente compromessa. In ogni caso anche prima il matrimonio non doveva essere così felice, o forse non lo era affatto. Marius non le aveva raccontato nulla della sua infanzia. Immagino quindi che si sarà sentita del tutto impotente di fronte a certi suoi comportamenti chiaramente nevrotici. Inga – questo è il suo nome – intende lasciare Monaco. Vuole tornare ad Amburgo per terminare l'università. Inga è nata al Nord e spera di ricominciare lì una nuova vita.

Prego perché questa separazione non faccia perdere del tutto la rotta a Marius, e mi auguro che anche lui intraveda la possibilità di cercare nuove strade per sé. Magari un giorno o l'altro troverò il coraggio di andarlo a trovare. Sempre che lui sia d'accordo. Vorrei chiedergli scusa e spiegargli qualcosa della mia situazione di allora. Rebecca pensa che questo potrebbe aiutarlo.

Ecco, questo era ciò che desideravo dirle. Sarebbe bello se un giorno ci incontrassimo! Avremmo sicuramente molte cose da raccontarci e opinioni da scambiarci.

La abbraccio, Clara. Non pensi troppo a quello che è stato. Cerchi di guardare al futuro.

La sua Sabrina